Es beginnt mit einem Skandal …

Die siebzehnjährige Victoria hat eine Affäre mit ihrem Musiklehrer. Ihre Freundinnen sehen sich durch dieses unerhörte Ereignis auf einen Schlag mit der Macht ihrer Weiblichkeit konfrontiert. Plötzlich stehen die Mädchen im grellen Rampenlicht der Öffentlichkeit:

Da kommt jemand an der Schauspielschule auf die Idee, ein Stück über Victoria und den Musiklehrer aufzuführen. Die Grenzen zwischen dem Privaten und dem Öffentlichen geraten unerbittlich in Auflösung. Und schließlich kommt es zwischen Realität und Spiel zur Kollision. Eleanore Cattons preisgekröntes literarisches Debüt erzählt vom sexuellen Erwachen und von der damit einhergehenden Entfesselung von Kräften, die schwer zu verstehen und noch schwerer zu bändigen sind.

»Die Explosion eines einzigartigen Erzähltalents.«
Sunday Times

Eleanor Catton wurde 1985 in Kanada geboren und wuchs in Neuseeland auf. Sie studierte Englisch und Kreatives Schreiben und erhielt für »Die Anatomie des Erwachens« zahlreiche Auszeichnungen. 2013 wurde ihr für »Die Gestirne«, ihren zweiten Roman, als jüngste Autorin aller Zeiten der renommierte Booker-Preis zuerkannt. Eleanor Catton lebt in Auckland und unterrichtet Kreatives Schreiben am Manukau Institute of Technology.

Eleanor Catton

Die Anatomie des Erwachens

Roman

Aus dem Englischen
von Barbara Schaden

btb

Die Originalausgabe erschien 2008 unter dem Titel
»The Rehearsal« bei Viktoria University Press, Wellington.

FSC
www.fsc.org
MIX
Papier aus verantwortungsvollen Quellen
FSC® C014496

Verlagsgruppe Random House FSC® N001967

1. Auflage
Genehmigte Taschenbuchausgabe August 2016
btb Verlag in der Verlagsgruppe Random House GmbH,
Neumarkter Str. 28, 81673 München

Umschlaggestaltung: semper smile, München
Umschlagmotiv: © b3K Hamburg-Frankfurt a.M.,
unter Verwendung der Gestaltung von Dan Mogford
Druck und Einband: GGP Media GmbH, Pößneck
MKl · Herstellung: sc
Printed in Germany
ISBN 978-3-442-74894-5

www.btb-verlag.de
www.facebook.com/btbverlag
Besuchen Sie auch unseren LiteraturBlog www.transatlantik.de!

Für Johnny

EINS

Donnerstag

»Kommt nicht infrage«, sagt sie. »Ich kann einfach keine Schüler ohne musikalische Vorbildung aufnehmen. Meine Unterrichtsmethoden, Mrs Henderson, sind wohl spezieller, als Ihnen, glaube ich, klar ist.«

Ein jazziger Rhythmus setzt ein, nur Kleine und Basstrommeln. Sie wirbelt ihren Teelöffel und lässt ihn einmal aufschlagen.

»Die Klarinette ist die Kaulquappe des Saxofons, verstehen Sie das? Die Klarinette ist eine schwarz-silberne Samenzelle, und wenn Sie diesen Samen sehr lieben, wächst er eines Tages zum Saxofon heran.«

Sie beugt sich über ihren Schreibtisch. »Mrs Henderson. Ihre Tochter ist einfach noch zu jung. Lassen Sie es mich so sagen: An Ihrer Tochter klebt ein dünner Film sauer gewordener Muttermilch wie eine zweite Haut.«

Weil Mrs Henderson den Blick gesenkt hält, sagt die Saxofonlehrerin ziemlich barsch: »Hören Sie mich eigentlich, Sie mit Ihrem scharlachroten Strichmund und Ihrem Schrumpfbusen und Ihrer faden Senfbluse?«

Mrs Henderson nickt kaum merklich. Sie hört auf, an ihren Ärmeln herumzuzupfen.

»Ich verlange von allen meinen Schülern«, fährt die Saxofonlehrerin fort, »dass sie pubertierend und flaumig und pickelig vor missmutigem Argwohn sind und dass sie in geheimer Wut und Leidenschaft und Unsicherheit und Schwermut vor sich hin kochen. Ich verlange, dass sie vor jeder Stunde mindestens zehn Minuten im Korridor warten und derweil das ihnen angetane Unrecht hätscheln, dass sie selbstquälerisch in ihrer Wertlosigkeit herumbohren, wie man an einem Schorf oder einer Narbe kratzt. Wenn ich Ihre Tochter unterrichten soll, Sie liebe hoffnungslose und unzulängliche Mutter, dann muss sie launisch und durcheinander und tollpatschig und unzufrieden und linkisch sein. Wenn sie erkennt, dass ihr Körper ein Geheimnis ist, ein dunkles, klaffendes Geheimnis, das ihr von Tag zu Tag peinlicher wird, dann kommen Sie wieder. In diesem Punkt müssen Sie mich verstehen. Ich kann keine Kinder unterrichten.«

Kuss-Kuss-Kuss macht die Snare in die Stille hinein.

»Aber sie möchte Saxofon lernen«, sagt Mrs Henderson endlich beschämt und trotzig zugleich. »Nicht Klarinette.«

»Wieso versuchen Sie's nicht an ihrer Schule im Fachbereich Musik?«, sagt die Saxofonlehrerin.

Mrs Henderson blickt einen Moment lang finster vor sich hin. Dann vertauscht sie die Position ihrer überkreuzten Beine und besinnt sich, dass sie ja eine Frage stellen wollte.

»Erinnern Sie sich an Namen und Gesichter sämtlicher Schüler, die Sie je unterrichtet haben?«

Die Saxofonlehrerin scheint über die Frage erfreut.

»Ich erinnere mich an ein einziges Gesicht«, sagt sie. »Es ist kein einzelner Schüler, sondern der Eindruck, den sie alle hinterlassen haben, wie das Negativ eines Fotos, das sich mir wie Säure ins Gedächtnis geätzt hat. Für die Klarinette empfehle ich Henry Soothill«, fügt sie hinzu und reicht eine Karte über den Tisch. »Er ist sehr gut. Er spielt im Symphonieorchester.«

»Na gut«, sagt Mrs Henderson mürrisch und nimmt die Karte entgegen.

Das war um vier. Um fünf klopft es abermals. Die Saxofonlehrerin öffnet die Tür.

»Mrs Winter«, sagt sie. »Sie kommen wegen Ihrer Tochter. Kommen Sie herein, lassen Sie uns besprechen, wie wir sie in Halbstundenscheiben zerlegen, die mich Woche für Woche ernähren.«

Sie hält die Tür weit auf, damit Mrs Winter hereinhuschen kann. Es ist dieselbe Frau wie zuvor, nur anders gekleidet – Winter statt Henderson. Auch sonst hat sich manches verändert, denn die Frau ist ein Profi und hat lange über die Rolle nachgedacht. Zum Beispiel lächelt Mrs Winter nur mit halbem Mund. Mrs Winter nickt immer ein paar Sekunden zu lange. Mrs Winter atmet, wenn sie nachdenkt, leise durch die Zähne ein.

Höflich tun beide so, als wüssten sie nicht, dass es dieselbe Frau ist wie zuvor.

»Um es gleich zu sagen«, beginnt die Saxofonlehrerin, während sie ihr einen Becher Schwarztee reicht, »ich erlaube nicht, dass Eltern mit im Unterricht sitzen. Ich weiß, diese Praxis ist ein bisschen altmodisch – ein Grund dafür ist, dass die Schüler in solcher Gesellschaft nie in Bestform sind. Sie werden rot und schwitzen, und sie lachen zu leicht, und ihre Haltung verändert sich, sie falten sich zusammen wie Blüten. Ein anderer Grund, weshalb ich es gerne sehr privat halte, ist, glaube ich, dass diese Halbstundenscheiben *meine* Chance sind zu beobachten, und ich will nicht teilen.«

»So eine Mutter bin ich sowieso nicht«, sagt Mrs Winter. Sie sieht sich um. Das Studio liegt auf Dachbodenhöhe mit einer Aussicht auf nichts als Spatzen und Schieferplatten.

Die Ziegelmauer hinter dem Flügel ist gekalkt, die Steine entblättern sich weiß, als wären sie krank.

»Lassen Sie mich Ihnen vom Saxofon erzählen«, sagt die Saxofonlehrerin. An einem Ständer neben dem Flügel hängt ein Altsaxofon. Sie nimmt es und hält es wie eine Fackel. »Das Saxofon ist ein Blasinstrument, das heißt, es wird von Ihrem Atem angetrieben. Es ist interessant, dass bei den alten Lateinern das Wort für ›Atem‹ gleichbedeutend mit ›Geist‹ war. Man hatte einst die Vorstellung, dass Atem und Seele ein und dasselbe seien. Dass Leben nichts anderes bedeute, als von Atem erfüllt zu sein. Wenn Sie, meine Liebe, in dieses Instrument atmen, erwecken Sie es nicht nur zum Leben – Sie hauchen ihm *Ihr* Leben ein.«

Mrs Winter nickt lebhaft. Sie nickt ein paar Sekunden zu lange.

»Ich stelle allen meinen Schülern die Frage«, sagt die Saxofonlehrerin, »ist euer Leben ein Geschenk, das wertvoll genug ist, um es zu verschenken? Euer normales, nach Vanille schmeckendes Leben, eure Zwei-Minuten-Nudeln nach der Schule, euer Fernsehen bis zehn, eure Kerzen auf der Kommode und eure Gesichtswäsche am Waschbecken?« Sie lächelt und schüttelt den Kopf. »Natürlich nicht, und das liegt daran, dass sie einfach nicht genug gelitten haben, als dass es sich lohnte, ihnen zuzuhören.«

Sie lächelt Mrs Winter, die ihre gelben Knie aneinandergedrückt hat und mit beiden Händen ihren Tee umklammert, freundlich an.

»Ich freue mich darauf, Ihre Tochter zu unterrichten«, sagt sie. »Sie schien mir so wunderbar beeindruckbar.«

»Ja, nicht wahr, genau das finden wir auch«, sagt Mrs Winter rasch.

Die Saxofonlehrerin mustert sie einen Moment, dann

sagt sie: »Kehren wir zu dem Augenblick zurück, in dem Sie Ihre Lunge wieder auffüllen müssen, weil Sie Ihren Atem dem Saxofon eingehaucht haben und in Ihrem Körper nichts mehr übrig ist: zu dem Augenblick also, in dem das Sax mit mehr Leben erfüllt ist als Sie.

Sie und ich, Mrs Winter, wir wissen, wie es ist, ein Leben in den Händen zu halten. Ich meine keine gewöhnliche Verantwortung – wie ein Baby beaufsichtigen oder den Herd hüten oder an der Ampel auf Grün warten –, ich meine jemandes Leben, wie wenn Sie eine Porzellanvase in der Hand halten …«, sie hält ihr Saxofon in die Höhe, die flache Hand unter dem Schalltrichter, »… und wenn Sie wollten, könnten Sie es einfach … loslassen.«

Donnerstag

An der Wand im Flur hängt ein gerahmtes Schwarz-Weiß-Foto: Es zeigt einen Mann, der mit gebeugten Schultern, im Mantel, das Kinn eingezogen und den Kragen aufgestellt, mit sich entknotenden Schnürsenkeln eine kurze Treppe hinauf entschwindet. Man sieht weder sein Gesicht noch seine Hände, nur den Mantelrücken und eine halbe Sohle und einen Streifen graue Socke und seinen oberen Hinterkopf. Er wirft einen Schatten an die Wand neben der Treppe, der wie ein halbseitig auseinandergezogenes Akkordeon aussieht. Bei genauerer Betrachtung des Schattens erkennt man, dass der Mann im Hinaufgehen Saxofon spielt, aber er beugt sich so über das Instrument und hält die Ellenbogen so dicht am Körper, dass von hinten nichts davon zu sehen ist. Der Schatten fällt zur Seite hin ab wie ein Feind, spaltet das Bild in zwei Teile und verrät das unter dem Mantel verborgene Saxofon. So dunkel und dünn und verzerrt an der Ziegelwand, in das Kinn des Mannes und seine dunklen, dünnen Schattenhände eingekrümmt wie Rauch, erinnert das Schattensaxofon ein bisschen an eine Wasserpfeife.

Die Mädchen, die vor dem Musikunterricht im Flur sitzen, sehen sich, während sie warten, dieses Foto an.

Freitag

Isolde bricht nach den ersten sechs Takten ab.

»Ich habe nicht geübt«, sagt sie sofort. »Allerdings habe ich eine Entschuldigung. Wollen Sie sie hören?«

Die Saxofonlehrerin sieht sie an und nippt an ihrem Schwarztee. Entschuldigungen sind ihr fast das Liebste.

Isolde lässt sich einen Moment Zeit, um ihren Kilt glatt zu streichen und sich vorzubereiten. Sie holt Luft.

»Gestern Abend habe ich ferngesehen«, sagt sie, »und mein Pa kommt herein mit todernstem Gesicht und reißt so an seiner Krawatte, als würde er erwürgt, und schließlich nimmt er sie ab und legt sie weg …«

Sie hakt das Saxofon vom Nackengurt los, legt es auf einen Stuhl und lockert theatralisch den Gurt, als wäre er sehr eng gewesen.

»… und sagt: Setz dich, obwohl ich schon sitze, und dann reibt er richtig fest die Hände aneinander.«

Sie reibt richtig fest die Hände aneinander.

»Er sagt: Deine Mutter findet, ich soll es dir noch nicht erzählen, aber deine Schwester wurde in der Schule von einem Lehrer missbraucht.« Sie wirft jetzt einen raschen Blick auf die Saxofonlehrerin und wendet ihn gleich wieder ab. »Und dann fügt er hinzu: sexuell. Das nur zur Klärung, damit ich nicht meine, der Lehrer hätte sie für private Putzarbeiten missbraucht oder so.«

Die Lampen an der Decke sind jetzt abgedunkelt, und Isolde wird nur noch von einem zuckenden Blassblau beleuchtet, einem frostigen Schein, der an den flackernden Schimmer eines Fernsehers erinnert. Die Saxofonlehrerin ist in Schatten getaucht, sodass die eine Hälfte ihres Gesichts eisengrau und die andere bleich und leuchtend ist.

»Dann redet er mit einer komisch gepressten leisen Stimme über diesen Mr Saladin oder wie er heißt – er leitet die Oberstufen-Jazzband und das Orchester und das Jazzensemble, alles am Mittwochvormittag, eins nach dem anderen. Ich werde ihn bis zur Oberstufe nicht haben, und auch dann nur, wenn ich Jazzband überhaupt machen will, denn das überschneidet sich mit Korbball, und ich werde mich entscheiden müssen.

Mein Pa schaut mich also mit einem verschreckten Ausdruck an, so als könnte ich gleich was Verrücktes oder was wirklich Emotionales machen, und er weiß nicht, wie er damit umgehen soll. Ich sage: Woher weißt du das? Und er sagt ...«

Sie kauert sich neben dem Stuhl nieder, breitet die Hände weit aus und fährt in ernstem Ton fort:

»... Schatz, nach dem, was ich weiß, hat er ganz beiläufig damit angefangen, hat ihr nur gelegentlich mal ganz leicht die Hand auf die Schulter gelegt, *so.*«

Isolde streckt die Hand aus und berührt mit den Fingerspitzen das obere Ende des Saxofons, das seitlich auf dem Stuhl liegt. In dem Moment, als ihre Finger auf das Instrument treffen, setzt ein gleichmäßiger Rhythmus ein, wie ein Pulsschlag. Die Lehrerin rührt sich nicht.

»Und später hat er sich manchmal, wenn sie unbeobachtet waren, nahe zu ihr hingebeugt und in ihr Haar geatmet …«

Sie legt die Wange an das Instrument und atmet das Rohr entlang.

»… so, wirklich zaghaft und schüchtern, weil er nicht weiß, ob sie es schon will, und er will sich ja nicht lächerlich machen. Aber sie ist freundlich, weil sie ihn irgendwie nett findet, und sie glaubt, dass sie in ihn verknallt ist, und bald geht seine Hand tiefer, tiefer …«

Ihre Hand schlängelt sich das Saxofon abwärts und streicht die Kante des Schalltrichters entlang.

»… bis hinunter, und sie beginnt, das irgendwie zu erwidern, und manchmal lächelt sie ihn im Unterricht an, sodass sein Herz zu rasen anfängt, und wenn sie allein sind, in der Musikalienkammer oder nach der Schule oder wenn sie mit seinem Auto irgendwohin fahren, was sie manchmal tun, wenn sie also allein sind, nennt er sie mein Zigeunermädchen – er sagt es dauernd, mein Zigeunermädchen, sagt er –, und sie wünscht sich, sie hätte was darauf zu erwidern, etwas, das sie ihm ins Haar flüstern kann, etwas wirklich Besonderes, das noch nie irgendwer gesagt hat.«

Die Begleitmusik verstummt. Isolde blickt ihre Lehrerin an und sagt: »Es fällt ihr aber nichts ein.«

Das Licht geht wieder ganz normal an. Mit finsterer Miene wirft sich Isolde in einen Sessel. »Aber so oder so«, sagt sie zornig, »ist ihr die Zeit davongelaufen, es ist zu spät, ihre Freundinnen registrieren bereits, wie sie manchmal ist, wie sie manchmal den Kopf zur Seite neigt, wie um zu flirten, und so beginnt sich alles aufzulösen, es fällt in sich zusammen wie ein Kartenhaus.«

»Ich verstehe, weshalb du keine Zeit zum Üben hattest«, sagt die Saxofonlehrerin.

»Sogar heute Morgen«, sagt Isolde, »wollte ich vor der Schule noch paar Tonleitern oder so spielen, aber kaum habe ich angefangen, schreit sie: Kannst du nicht wenigstens *ein Mal* Rücksicht nehmen? Und läuft mit diesem Pseudoschluchzen aus dem Zimmer, und ich weiß, dass es pseudo ist, denn wenn es echt wäre, wäre sie nicht weggelaufen, sondern hätte es mir vorführen wollen.« Isolde gräbt sich das untere Ende ihrer Kiltnadel ins Knie. »Alle behandeln sie wie ein verdammtes Kunstwerk.«

»Ist das so ungewöhnlich?«, fragt die Saxofonlehrerin.

Isolde wirft ihr einen bösen Blick zu. »Es ist *krank*«, sagt sie. »Es ist krank, wie wenn Kinder ihre Haustiere wie Menschen anziehen, mit Kleidern und Perücken und allem, und sie dann auf den Hinterbeinen gehen lassen und fotografieren. Genau so ist das, nur noch schlimmer, denn man sieht ihr an, wie sehr sie's genießt.«

»Ich bin sicher, dass es deine Schwester nicht genießt«, sagt die Saxofonlehrerin.

»Mein Pa sagt, es dauert wahrscheinlich *Jahre*, bis Mr Saladin ordnungsgemäß verurteilt wird und in den Knast geht«, sagt Isolde. »Dann steht in allen Zeitungen Kindesmissbrauch, aber bis dahin gibt es kein Kind mehr, bis dahin ist sie erwachsen, genau wie er. Das ist so, als hätte jemand absichtlich den Tatort zerstört und stattdessen was Funkelnagelneues hingebaut.«

»Isolde«, sagt die Saxofonlehrerin, diesmal mit Nachdruck, »ich bin sicher, sie haben nur deshalb Angst, weil sie wissen, dass die Sünde noch da ist. Sie wissen, dass sie sich in sie eingeschlichen und in ihr festgesetzt hat, dass sie an einem Ort Wurzeln geschlagen hat, von dem niemand was weiß und den niemand je findet. Sie wissen, dass *seine* Sünde nur eine Tat war, ein dämliches, tödliches Fummeln im hellen, staubigen Mittagspausenlicht, aber die ihre … Ihre Sünde ist ein Zustand, eine Krankheit, die irgendwo tief drinnen sitzt, jetzt und immerdar.«

»Mein Pa glaubt nicht an Sünde«, sagt Isolde. »Wir sind Atheisten.«

»Es zahlt sich aus, aufgeschlossen zu sein«, sagt die Saxofonlehrerin.

»Jetzt werd *ich* Ihnen sagen, warum sie so Angst haben«, sagt Isolde. »Sie haben Angst, weil sie jetzt alles weiß, was sie selbst wissen. Sie haben Angst, weil sie keine Geheimnisse mehr haben.«

Die Saxofonlehrerin steht abrupt auf und geht zum Fenster. Beide schweigen lange, bis Isolde schließlich wieder spricht.

»Mein Pa sagt nur: Ich weiß nicht, wie es passiert ist, Schatz. Wichtig ist, dass es jetzt, nachdem wir Bescheid wissen, nicht mehr vorkommen wird.«

Mittwoch

»Jazzband wurde also heute Morgen abgesagt«, sagt Bridget. »Es heißt, Mr Saladin kann heute Nachmittag nicht reinkommen. Er muss bei einer Ermittlung helfen.«

Sie saugt geräuschvoll an ihrem Blättchen.

»Dass es was wirklich Ernstes ist«, sagt sie, »sieht man daran, dass sie zwischen nicht genug und zu viel Information schwanken. Normalerweise hätten sie einfach gesagt: Hört zu, Leute, Jazzband fällt aus, ihr habt drei Minuten, um euer Zeug einzusammeln, raus mit euch, genießt ausnahmsweise die Sonne, los, Abflug!«

Dieses Mädchen macht gut Stimmen nach. Eigentlich

wollte sie Isolde sein, weil Isolde die bessere Rolle hat, aber dieses Mädchen ist auch blass und schlaksig und zerknautscht und wirkt immer leicht aufgescheucht, lauter Eigenschaften, die zu Isolde nicht passen, und deshalb spielt sie stattdessen Bridget. In Wahrheit ist es genau diese Sehnsucht, eine Isolde zu sein, die sie am meisten als Bridget charakterisiert: Bridget will immer jemand anderes sein.

»Sonst«, sagt sie, »hätten sie es genau andersherum gemacht und uns mehr gesagt, als wir wissen müssen, aber absichtlich, damit wir das als Privileg erkennen. Mit weit aufgerissenen Augen hätten sie dieses feierliche heilige Ding durchgezogen, das so geht: Alle mal herhören, Ruhe jetzt, das ist wirklich wichtig. Mr Saladin musste weg, denn ein Angehöriger von ihm ist erkrankt. Okay, die Sache könnte wirklich ernst sein, und wenn beziehungsweise falls er an die Schule zurückkommt, ist es wirklich wichtig, dass ihr Rücksicht nehmt und ihn in Ruhe lasst.«

Das ist eine Theorie, über die Bridget eine Weile nachgedacht hat, und sie strahlt vor Vergnügen darüber. Sie schraubt das Blättchen ab und bläst ein experimentelles Hupen.

»Bei einer Ermittlung helfen«, sagt sie verächtlich und macht sich daran, das Mundstück wieder aufzusetzen. »Und sie sind alle extra zusammengekommen, um es zu sagen, alle im Rudel oder was, sie atmen im Chor rasch ein und aus, und dabei huschen ihre Blicke hin und her, und die Direktorin steht als Windbrecherin an der Spitze, wie die Leitgans am spitzen Winkel des V.«

»Soweit ich weiß, wechseln sich die Gänse an der Spitze ab«, sagt die Saxofonlehrerin geistesabwesend. »Windbrecher zu sein ist bestimmt ziemlich anstrengend.« Sie durchblättert einen Stapel Noten. Das Bücherregal hinter ihr ist mit alten Manuskripten vollgestopft und schwitzt einzelne Blätter auf den Boden aus.

Isolde wäre niemals auf derart abweisende Art von der Saxofonlehrerin unterbrochen worden: Das war einer der Gründe, weshalb Bridget die Rolle gerne gehabt hätte. Mit einem Mal erinnert sie sich wieder, dass sie blass und schlaksig und zerknautscht und durch und durch zweitrangig ist, und sie errötet vor neuer Entschlossenheit, sich die Bühne zurückzuerobern.

»Sie schlurfen also herein«, sagt sie, »in V-Formation oder wie auch immer, eine graue Polyesterarmee, und alle bemühen sich total, niemanden richtig anzuschauen und vor allem das riesige klaffende Loch neben dem ersten Altsax zu ignorieren, wo sonst Victoria sitzt.«

Bridget sagt »Victoria« mit Nachdruck und unverhohlener Befriedigung. Um sich ihrer Wirkung zu vergewissern, blickt sie zur Saxofonlehrerin hinüber, doch die blättert mit ihren großen blau geäderten Händen in Papieren und zuckt mit keiner Wimper.

»Die Türen der Übungsräume haben kleine Fenster aus verstärktem Glas, damit man hineinschauen kann«, sagt Bridget und strengt sich jetzt noch mehr an. Ihre Stimme wird umso lauter, je angestrengter sie ist. »Aber Mr Saladin hat über sein Fenster den Belegungsplan geklebt, sodass man nichts sieht als den Stundenplan und, wenn drinnen das Licht brennt, kleine weiße Leuchtsplitter ringsherum. Wenn Victoria ihre Holzbläserübung hatte, erloschen die Splitter.«

»Na, da ist es ja!«, sagt die Saxofonlehrerin und schwenkt eine Handvoll Notenblätter. »›Das alte Schloss‹ aus den *Bildern einer Ausstellung*. Ich denke, das wird dich interessieren, Bridget. Lass uns mal darüber reden, weshalb sich das Saxofon nie so recht als Orchesterinstrument durchgesetzt hat.«

Die Saxofonlehrerin ist manchmal selbst über sich empört, wenn sie Bridget auf diese Weise zu peinigen versucht. »Sie strengt sich einfach immer so verzweifelt an«, sagte sie einmal zu Bridgets Mutter. »Das macht es so leicht. Wenn es nicht so offensichtlich wäre, wie sie sich anstrengt, wäre ich versucht, sie etwas mehr zu respektieren.«

Bridgets Mutter nickte und nickte und sagte dann: »Ja, wir stellen fest, dass das oft ein Problem ist.«

Jetzt sieht die Saxofonlehrerin Bridget an, wie sie vor ihr steht, flachsig und zerknautscht und so verzweifelt angestrengt, und hebt die Brauen.

Bridget errötet vor Frustration und überspringt absichtlich alle denkbaren Äußerungen über Mussorgski und *Bilder einer Ausstellung* und Ravel und die Gründe, weshalb sich das Saxofon nie als Orchesterinstrument durchgesetzt hat. Das alles lässt sie aus und steuert direkt auf eine Textzeile zu, die ihr gefällt.

»Sie tun so, als wäre es eine vorbeugende Maßnahme«, sagt sie, noch lauter jetzt. »Wie bei einer Impfung, bei der man dem Körper einen kleinen Vorgeschmack verpasst, damit er Abwehrkräfte gegen die eigentliche Krankheit bildet. Sie sind verschreckt, weil es eine Krankheit ist, die sie noch nie an uns ausprobiert haben, und jetzt versuchen sie, uns zu impfen, ohne uns zu sagen, was das überhaupt für eine Krankheit ist. Sie wollen es uns ganz heimlich injizieren, ohne dass wir was merken. Das wird nicht klappen.«

Jetzt sehen sie einander wirklich an. Die Saxofonlehrerin lässt sich einen Moment Zeit, um den Papierstapel an der Kante des Teppichs auszurichten, und fragt dann: »Warum wird es nicht klappen, Bridget?«

»Weil wir's gemerkt haben!«, sagt Bridget und atmet laut durch die Nase. »Wir passen auf.«

Julias Füße scharren ständig, und sie hat einen Schorf am Mund.

»Heute Morgen haben sie eine Klassenversammlung einberufen«, sagt sie, »und der Schulpsychologe war auch da und hat sich total aufgeblasen, als wäre er noch nie so wichtig gewesen.«

Sie spricht über die Schulter, während sie ihren Instrumentenkoffer öffnet. Die Saxofonlehrerin sitzt in einem kalten Lichtkegel, der durch das Fenster fällt, und sieht die Möwen kreisen und scheißen. Die Wolken hängen tief.

»Sie redeten mit dieser leisen Honigstimme, als gingen wir kaputt, wenn sie zu laut sprechen. Sie sagen: Ihr habt ja wohl alle die Gerüchte mitbekommen, die seit letzter Woche im Umlauf sind. Wir müssen jetzt gemeinsam ein paar Dinge durchsprechen, damit wir alle genau wissen, wo wir stehen.«

Julia dreht sich auf dem Absatz um, befestigt ihr Sax am Nackengurt und steht einen Moment da, die Hände in die Seiten gestemmt. Das Sax hängt ihr um den Körper wie eine Waffe.

»Der Schulpsychologe ist ein Vollidiot«, sagt sie entschieden. »In der Neunten waren ich und Katrina mal bei ihm, weil Alice Franklin in einem Kino Sex hatte, und wir hatten Angst, sie wird eine Schlampe und kriegt aus Versehen Kinder und ruiniert sich ihr Leben. Wir erzählten ihm alles und dass wir Angst hatten, und Katrina weinte sogar. Er saß bloß da und zwinkerte und nickte dauernd, aber total langsam, so als wäre er auf ein Viertel Geschwindigkeit heruntergeschraubt, und als wirklich alles gesagt war und Katrina auch nicht mehr weinte, zog er seine Schublade auf und holte ein Blatt Papier raus und zeichnete drei Kreise ineinander, und dazu schrieb er *Ihr*, dann *Eure Familie* und dann *Eure Freunde*, und er sagte: So ist es, oder? Und dann sagte er, wir könnten das Blatt behalten, wenn wir wollen.«

Julia schnaubt verächtlich und schlägt ihren Plastikordner mit Noten auf.

»Was wurde aus Alice Franklin?«, fragt die Saxofonlehrerin.

»Och, sie hatte gelogen«, sagt Julia.

»Sie hatte nicht Sex in einem Kino.«

»Nein.«

Julia lässt sich einen Moment Zeit, um die Spinnenbeine des Notenständers zu richten.

»Aber warum hat sie denn gelogen?«, fragt die Saxofonlehrerin höflich.

Julia macht eine ausladende Armbewegung. »Wahrscheinlich war ihr nur *langweilig*«, sagt sie. Aus ihrem Mund klingt das Wort erhaben und großartig.

»Verstehe«, sagt die Saxofonlehrerin.

»Also jedenfalls diese Versammlung. Sie sagen: Vielleicht können wir den Ball ins Rollen bringen, wenn wir fragen, ob sich jemand was vom Herzen reden möchte? Und genau da fängt eines der Mädchen zu weinen an, noch bevor irgendwas wirklich passiert war, und der Schulpsychologe macht sich vor Begeisterung fast in die Hosen und sagt irgendeinen Scheiß wie: Alles, was heute hier gesagt wird, bleibt zwischen diesen vier Wänden. Das Mädchen sondert also irgendeinen Schwachsinn ab, und ihre Freundin ergreift ihre Hand oder macht sonst was Krankes, und dann fangen alle an sich auszuschütten und labern was von Vertrauen und Verrat und Geborgenheit und dass sie Angst haben und durcheinander sind … und es ist schon klar, dass das ein scheißlanger Vormittag wird.«

Julia wirft einen Blick zur Saxofonlehrerin hinüber, um festzustellen, ob ihre Ausdrucksweise eine Wirkung hat, doch die Saxofonlehrerin lächelt nur frostig und wartet. Bridget hätte gescheut und sich gekrümmt und scharlachrot verfärbt und sich danach noch ewig den Kopf zerbrochen, aber Julia ist es egal. Sie grinst nur und verwendet unnötige Sorgfalt darauf, die schlüpfrigen Seiten in den Notenständer zu klemmen.

»Nach einer Weile«, fährt Julia fort, »fragt der Schulpsychologe: Was ist Belästigung, Mädchen? Und schaut uns so eifrig und ermutigend an, wie Lehrer immer schauen, wenn sie einerseits intensiv hoffen, dass man die richtige Antwort gibt, und andererseits genauso intensiv hoffen, dass man das Falsche sagt, damit ihnen der Genuss bleibt, das Richtige selber zu sagen. Dann sagt er leise und feierlich, so als teilte er uns was mit, das sonst kein Mensch weiß: Belästigung muss nicht unbedingt Anfassen bedeuten, meine Lieben. Auch Blicke können eine Belästigung sein. Es kann Belästigung sein, wenn euch jemand auf eine Weise ansieht, die euch nicht passt.

Ich hebe also die Hand und frage: Wird es zur Belästigung, weil jemand was Bestimmtes beobachtet? Oder weil er sich was vorstellt, während er beobachtet? Alle sehen mich an, und ich werde total rot, und der Schulpsychologe legt seine Fingerspitzen aneinander und sieht mich mit diesem langen Blick an, der besagt: Ich weiß, was du vorhast, du versuchst, diese Vertrauenskiste zu sabotieren, die wir hier aufbauen, und ich werde deine Frage beantworten, weil ich muss, aber ich werde dir nicht die Antwort geben, die du hören willst.«

Die Saxofonlehrerin steht endlich auf und ergreift ihr Saxofon, wie um zu sagen: »Genug.« Aber Julia, getrieben von einer seltsamen rotwangigen Eigendynamik, sagt es bereits. Sie sagt:

»*Ich* stelle mir Sachen vor, wenn ich Leute beobachte.«

Freitag

Isolde wartet draußen im Flur. Der 15.30-Uhr-Unterricht nähert sich dem Ende, und sie hört durch die Wand das leise Gemurmel der Saxofonlehrerin. Hier im menschenleeren Flur genießt Isolde die Stille hinter der Bühne, bevor ihr Stichwort fällt und sie anklopfen und eintreten muss. Sie atmet tief ein und schmeckt auf der Zunge die Ruhe und sorglose Ungestörtheit einer gänzlich unbeobachteten Person.

Normalerweise wäre sie jetzt von einer Vorunterrichtsfurcht erfüllt, hätte fahrig in ihren Unterlagen geblättert und mit den Noten auf dem Schoß, die gespreizten Hände durch die leere Luft bewegend, pantomimisch geübt. Aber heute denkt sie nicht an den Unterricht. Sie sitzt still da und versucht mit aller Macht, ein geheimes schwellendes Gefühl tief in ihrer Brust einzufangen und zu bewahren.

Es ist wie eine kleine Lufttasche, die ihr in den Mund gefahren ist und einen kleinen Schauder über den Rücken gejagt und an der leeren Halbschale ihres Schambeins gezogen hat. Sie spürt ein anhaltendes flaues Gefühl im Bauch und ein Ziehen der Leere im Brustkorb, und mit einem Mal wird ihr siedend heiß. So fühlt sie sich manchmal, wenn sie in der Badewanne liegt oder wenn im Fernsehen Leute sich küssen oder wenn sie im Bett mit den Fingerspitzen die weiche Wölbung ihres Bauchs entlangfährt und sich vorstellt, dass die Hand nicht die ihre ist. Meist sinkt das Gefühl dann unerklärlich abwärts – manchmal an der Bushaltestelle oder in der Schlange an der Essensausgabe oder wenn sie auf das Läuten einer Glocke wartet.

Sie denkt: Habe ich das gespürt, als ich meine Schwester zum ersten Mal als sexuelles Wesen sah? Als mein Pa meinen Kopf berührte und sagte: »Das wird jetzt eine schwere Zeit, die nächsten Wochen«, und dann ließ er mich weiter fernsehen, und nach einer Weile kam Victoria herein und setzte sich und schaute zu mir herüber, und dann sagte sie: »Fantastisch, jetzt weiß es also jeder.« Und wir saßen da und sahen den Schluss irgendeines drittklassigen Donnerstagabendthrillers, nur konnte ich mich nicht konzentrieren, sondern musste immer nur eines denken: Wie? Wie hast du es fertiggebracht, den Kopf zu drehen und ihn fest anzusehen und den Hals zu recken und ihn auf den Mund zu küssen? Wie kommt es, dass du nicht gelähmt warst vor Angst und Unschlüssigkeit? Wie konntest du wissen, dass er dich annehmen, an sich ziehen, sich an dich drücken und sogar einen kleinen erstickten Laut von sich geben würde, wie ein Schrei, wie ein Schrei tief im Rachen?

Hier im Flur fragt sich Isolde: Habe ich damals, an dem Abend neulich, dieses Gefühl gehabt? Diesen schrillen Schwall Furcht und Sehnsucht, dieses Fahrstuhlabsacken, dieses merkwürdig hinausgezögerte Vorspiel zu einem Niesen?

Später wird sie das Gefühl vielleicht als eine objektlose Form der Erregung identifizieren, als eine ungehörige Forderung, die hin und wieder an ihrem Körper zupft, wie wenn eine Saite, obwohl unberührt, in harmonischem Einklang mit einem Klavier in der Nähe mitschwingt. Vielleicht gelangt sie später zu der Erkenntnis, dass das Gefühl ein bisschen so ist wie ein kleiner Anflug von Hunger, nicht das bohrende, übermächtige Verlangen echten Hungers, sondern nur ein kleiner Appetit, der kurz zusticht wie eine Warnung – der plötzlich auftritt und gleich wieder verschwindet. Aber bis dahin, bis zu dieser Zeit in kommenden Jahren, wenn sie die Gezeiten und Gelüste ihres Körpers längst kennt und sagen kann: Das *ist Frustration* und Das *ist Verlangen* und Das *ist Sehnsucht, eine nostalgische sexuelle Sehnsucht, die mich in eine frühere Zeit zurückzieht*, bis dahin wird alles klassifiziert sein, wird alles Namen und Gestalt haben, wird der bescheidene Kompass ihrer Begierden umgrenzt von dem, was sie erfahren, was sie erlebt, was sie empfunden hat. Bisher hat Isolde nichts erlebt, und dieses Gefühl bedeutet deshalb nicht *Ich muss heute Abend Sex haben* oder *Ich bin noch randvoll, fließe noch über von gestern Nacht*. Es bedeutet weder *In wen bin ich verliebt, dass ich dieses Zerren spüre?* noch *Ich will wieder das Unerreichbare haben*. Es ist noch kein Gefühl, das sie in eine Richtung weist. Es ist nur das Gefühl eines Vakuums, einer Leere, die gefüllt werden will.

Nichts davon kann man Isolde am Gesicht ablesen: Sie sitzt einfach da im grauen Zwielicht, die Hände im Schoß, und blickt die Wand an.

Montag

»Ich bin nie ganz sicher«, sagt die Saxofonlehrerin, »was wirklich gemeint ist, wenn Mütter sagen: Ich möchte, dass meine Tochter Erfahrungen macht, die mir nicht vergönnt waren.

Meiner Erfahrung nach sind die energischsten und aggressivsten Mütter zugleich auch die am wenigsten inspirierten, die unmusikalischsten Seelen, lauter zutiefst erfolglose Frauen, die das Bild der Tochter auf der Brust tragen wie eine Medaille, eine strahlende Ablenkung vom eigenen glanzlosen Ich. Wenn diese Mütter sagen: Sie soll im vollen Umfang erleben, was mir verwehrt war, dann meinen sie in Wirklichkeit: Sie soll *würdigen*, was ich nicht erleben durfte. Was sie in Wirklichkeit meinen, ist: Der Mangel in meinem Leben tritt umso plastischer hervor, wenn meine Tochter alles hat. Für sich genommen ist mein Leben gewöhnlich und wertlos und nichtig. Aber wenn meine Tochter viele Erfahrungen macht und viele Möglichkeiten hat, dann wird man mir Mitgefühl entgegenbringen: Dann wird die Kargheit meines Lebens nicht *Unfähigkeit* sein, sondern *Opfer*. Ich bekomme mehr Mitgefühl und mehr Respekt, wenn ich eine Tochter großziehe, die alles ist, was ich nicht bin.«

Die Saxofonlehrerin fährt sich mit der Zunge über die Zähne. Sie sagt: »Die erfolgreichen Mütter – musikalische Frauen, sportliche Frauen, gebildete Frauen, zufriedene und lebenslustige Frauen, Frauen, denen nichts verwehrt wurde, Frauen, deren Eltern ihnen einst Unterrichtsstunden bezahlten –, die erfolgreichen Mütter sind die zurückhaltendsten, immer. Sie haben es nicht nötig, zu beaufsichtigen oder zu herrschen oder im Namen ihrer Tochter Kämpfe auszutragen. Sie sind von sich erfüllt. Sie ruhen in sich und erwarten deshalb auch bei allen anderen diese Art von Erfülltheit. Sie können zurücktreten und ihre Töchter als eigene Wesen sehen, als etwas Ganzes und daher Unberührbares.«

Die Saxofonlehrerin tritt ans Fenster, um die Rollläden herabzulassen. Draußen dämmert es schon.

Mrs Tyke wartet zehn Minuten im Flur, bis die Saxofonlehrerin die Tür öffnet.

»Ich wollte mich eigentlich nur mal melden«, sagt sie, sobald sie drinnen sind. »Wegen dieses entsetzlichen Skandals an der Schule. Ich denke an die Mädchen.«

»Verstehe«, sagt die Saxofonlehrerin und schenkt zwei Becher Tee ein. Auf dem einen ist das Bild eines Saxofonisten auf einer menschenleeren Insel, und darunter steht: *Sax on the Beach*. Der andere Becher ist weiß und trägt die Aufschrift: *Let's talk about Sax*. Die Saxofonlehrerin stellt die Kanne auf ihren Untersetzer zurück und sucht mit Bedacht einen Teelöffel aus.

»Mrs Tyke«, sagt sie, »Sie würden, glaube ich, liebend gerne die Hände Ihrer Kinder an Ihrem Rockbund festnähen, nur um sie dauernd bei sich zu haben – wenn Sie in Eile wären, würden ihre kleinen Beine in der Luft schwingen, und wenn Sie gemütlich schlenderten, schleiften sie über den Asphalt. Und wenn Sie sich sehr schnell um die eigene Achse drehten, fächerten ihre Kinder sich auf wie ein Sonnenplisseerock. Sie wären eine Göttin mit Korsett und Tournüre, und Ihre Kinder strahlten von Ihnen aus wie lauter anmutige kleine Speichen.«

»Ich denke nur an die Mädchen, weiter nichts«, sagt Mrs Tyke. Sie streckt beide Hände aus, um ihren Becher Schwarztee entgegenzunehmen. Die Saxofonlehrerin lässt das Schweigen dahinkriechen, bis Mrs Tyke herausplatzt: »Es macht mir einfach nur Sorgen, mit was für *Ideen* sie manchmal heimkommt. Solche Ideen hatte sie früher nicht. Sie stecken in ihrer Backe wie eine Walnuss, und wenn sie redet, bekomme ich sie flüchtig zu sehen – nur ab und zu, wenn sie den Mund weit aufmacht, ganz kurz, aber es reicht, um mich nervös zu machen. Diese Ideen sind wie ein Gegenstand, den sie mit der Zunge befühlt oder im Mund herumschiebt. Solche Ideen hatte sie früher nicht.«

Sie blinzelt der Saxofonlehrerin trübselig zu, dann zuckt sie ratlos die Achseln und zieht den Kopf ein, um ihren Tee zu schlürfen.

»Darf ich Ihnen sagen, was meiner Ansicht nach das Problem ist?«, fragt die Saxofonlehrerin mit leiser Honigstimme. »Ich glaube, es kommt Ihnen ein bisschen so vor, als hätte dieser entsetzliche Mann an der Schule, dieser niederträchtige und widerliche Mann einen dicken fetten Fingerabdruck auf Ihren Brillengläsern hinterlassen, und egal, wohin Sie schauen, Sie sehen immer nur seine Finger.«

Sie steht auf, um auf und ab zu gehen.

»Ich weiß, Sie wollten, dass Ihre Tochter auf die gewöhnliche Weise dahinterkommt. Hinter dem Fahrradschuppen zum Beispiel oder unter der Tribüne des Rugbyplatzes oder in Biologie: Fakten mit Filzstift an der Weißwandtafel. Sie wollten, dass sie heimlich in Zeitschriften blättert und verbotene Filme ansieht. Sie wollten, dass sie mit einem blinden, klebrigen Gefummel im Wohnzimmer von Freundinneneltern anfängt, an einem Samstagabend, während die Freundinnen sich draußen in Blumentöpfe übergeben. Das hätte mehr als einmal passieren können. Es hätte eine Phase werden können. Aber darauf wären Sie vorbereitet gewesen.«

Während Mrs Tyke die Saxofonlehrerin beobachtet, lässt sie zu, dass sich etwas in ihr Gesicht stiehlt, nichts so Rohes und Kühnes wie Einsicht oder Erkenntnis, sondern etwas, das sich nur als ein Erschlaffen ihrer Züge bemerkbar macht, ein winziges Nachlassen. Es ist eine hervorragende

Darbietung, bei der die Saxofonlehrerin beinahe vergisst, dass sie spielt.

»Und schließlich, vielleicht in der zwölften Klasse, sollte sie einen Freund haben, einen scharwenzelnden, oberflächlichen Knaben, den Sie nicht wirklich mögen, und am Ende wollten Sie die beiden erwischen, wenn Sie früher nach Hause kommen, weil Sie ein komisches Gefühl hatten, und dann finden Sie die zwei auf dem Sofa oder auf dem Boden oder in ihrem Zimmer zwischen den Teddybären und ihren rosaroten Rüschenkissen, die sie eigentlich nicht leiden kann, aber doch nicht wegwirft.

Ich respektiere alles, was Sie sich für Ihre Tochter wünschen«, sagt die Saxofonlehrerin. »Ich stelle mir vor, dass es genau das ist, was sich jede gute Mutter wünscht. Wie entsetzlich, dass dieser bösartige kleine Mann so heimtückisch die Unschuld Ihrer Tochter geraubt hat, ohne sie auch nur ein einziges Mal anzufassen, sondern einfach, indem er ihr seine schmutzigen kleinen Geheimnisse in den Hals stopft wie Bonbons aus einer braunen Papiertüte.

Aber eines müssen Sie sich unbedingt klarmachen, meine Liebe«, raunt sie, »nämlich dass dieser kleine Vorgeschmack, den Ihre Tochter bekommen hat, ein Vorgeschmack darauf ist, was sein könnte. Sie hat ihn geschluckt. Er ist jetzt in ihr.«

ZWEI

Februar

»Das erste Semester«, sagten sie, »ist im Wesentlichen ein körperliches und emotionales Zerlegen. Sie werden alles verlernen, was Sie je gelernt haben, werden es Schicht um Schicht abschälen, werden sich immer weiter ausziehen, bis Ihr Impuls durchschimmert.«

»Dieses Institut«, sagten sie, »kann Sie nicht lehren, Schauspieler zu sein. Wir können Ihnen keine Landkarte, kein Rezept, kein Alphabet bieten, anhand deren Sie lernen, wie Sie zu spielen, wie Sie zu fühlen haben. An diesem Institut häufen wir kein Wissen an, hier werden keine Fähigkeiten erworben, wie man vielleicht eine Murmel oder einen Spielstein oder ein Amulett erwirbt. An diesem Institut hier lehren wir durch Eliminierung. Wir helfen Ihnen zu lernen, wie Sie sich eliminieren.«

»Dabei können Sie brechen oder zerbrochen werden«, sagten sie. »So was kommt vor.«

Der Dicke am einen Ende beugte sich vor und sagte mit Nachdruck: »Ein guter Schauspieler verschenkt sich.«

»Ein Schauspieler ist jemand, der seinen Körper öffentlich darbringt«, sagten sie. »Das kann auf zweierlei Weise geschehen. Der Schauspieler beutet sich aus, behandelt seinen Körper als dienstbares und williges Werkzeug, als Produkt, das zum Verkauf steht. Diese Methode fördern wir an unserem Institut nicht. Wir bilden keine Zuckerbäcker oder Clowns aus. Sie sind nicht hier, um Ihren Körper zu verkaufen: Sie sind hier, um ihn zu opfern.«

Und dann sagten sie: »Sie sind jetzt nicht mehr an der Schule.«

Februar

»Ich habe im Dezember an diesem Institut meinen Abschluss gemacht«, sagte der Goldjunge, und sein Blick wanderte mit ruhigem Desinteresse von einem Gesicht zum nächsten. »Man hat mich gebeten, heute hierherzukommen und euch meine Erfahrungen mit der Ausbildung zu schildern und zu erzählen, was ich jetzt vorhabe, und vielleicht könnt ihr dann noch Fragen stellen, wenn ihr welche habt.«

Er saß im Schneidersitz auf dem Boden der Turnhalle wie ein Prophet.

»Gott, ich beneide euch«, sagte er, und dann lächelte er und lächelte. »Nicht allzu unberührt, nicht allzu verdorben. Sitzt hier strahlend und schön und habt das Beste noch vor euch.«

Der Goldjunge sah sie an, den engen blassen Kreis nervöser Gesichter und schwarzer T-Shirts, die noch fabrikneue Längsfalten hatten.

»Die drei Jahre, die ich an diesem Institut war, haben mich nicht nur als Künstler geformt. Sondern auch als Person«, sagte er. »Hier wurde ich erweckt.«

Er errötete zart, als spräche er von einer verlorenen Geliebten.

»Alles, was ihr je geschlossen habt, wird hier wieder geöffnet«, sagte er. »Hättet ihr nicht vorgesprochen und wärt nicht genommen worden, würdet ihr alle einzementiert werden, in Gips gegossen für den Rest eures Erwachsenenlebens. So wie es allen anderen dort draußen ergeht. Hier drin werdet ihr niemals erstarren. Ihr werdet nie verknöchern oder verkrusten. Es bleiben euch sämtliche Möglichkeiten offen – sie *müssen* offenbleiben. Ihr lernt, alle diese Möglichkeiten in der Faust zu halten und keine je loszulassen.«

Ein Schweigen trat ein. Der Goldjunge glättete die Knie seiner Cordhose und sagte, als wäre es ihm eben eingefallen: »Denkt daran, dass jeder, der schlau genug ist, um euch freizulassen, immer auch schlau genug ist, um euch zu versklaven.«

Oktober

Stanley war von seinem bisherigen Leben enttäuscht. Da stand er, am Vorabend seines achtzehnten Geburtstags, in der satten, staubigen Stille des abgedunkelten Foyers und war gelähmt vor Bitternis und Unzufriedenheit. Er dachte daran, was er alles *nicht* war.

Als Teenager, hatte Stanley sich vorgestellt, würde er ungestüm und andersdenkend und selbstgerecht sein – ja, er hatte sich danach gesehnt –, und sein Missmut wuchs, als die Highschool-Jahre höflich vorüberzogen. Er hatte sich vorgestellt, wie er am Fluss saß und aus einer papiertütengetarnten Flasche Whisky trank, wie er im Gestrüpp hinter den Tennisplätzen einem Mädchen kalte Hände unter den Rock schob, wie er vom Dach der Nachbarsgarage mit einer Kartoffelkanone auf vorbeifahrende Autos feuerte. Er hatte sich vorgestellt, wie er sich blind soff und die Bushäuschen in den Vorstädten verwüstete, ohne Führerschein fuhr, sich von seiner Familie absonderte, griesgrämig wurde und vielleicht seine Mutter verängstigte, indem er die Nahrung verweigerte oder sich in seinem Zimmer verschanzte.

Das stand ihm zu, das war sein Recht, und was tat er stattdessen? Verbrachte seine Schuljahre mit Gentlemansport und Fernsehen im Familienkreis, bewunderte aus der Ferne die Jungen, die mutig genug waren, um miteinander zu kämpfen, und bei jedem Mädchen, dem er begegnete, hoffte er inständig, es möge den Kopf heben und ihm in die Augen blicken.

Stanley hörte im Geist die Stimmen der Dozenten. »Der eigentliche Kick auf der Bühne«, sagten sie, »das ist das Wissen, dass in jedem Moment was schiefgehen kann. Jeden Moment kann etwas zerbrechen oder umfallen; jemand verpasst sein Stichwort, jemand verpfuscht die Beleuchtung, jemand vergisst seinen Akzent oder seinen Text. Wenn ihr euch einen Film anschaut, habt ihr nichts zu befürchten, denn was ihr da seht, ist immer abgeschlossen, immer gleich und immer perfekt; im Theater aber gibt es allen Grund zur Sorge, denn es kann leicht etwas misslingen, und dann schämt ihr euch für die Schauspieler, denen ihr zuseht, wie sie ins Schwimmen geraten und versuchen zu retten, was zu retten ist. Aber gleichzeitig sehnt ihr euch aus dem seidigen Dunkel des Zuschauerraums nach einem Missgeschick. Ihr wünscht es geradezu herbei. Ihr empfindet ein zärtliches Mitgefühl mit jedem Schauspieler, dem der Hut vom Kopf fällt oder ein Knopf abspringt. Ihr schnappt nach Luft und applaudiert, wenn ein Schauspieler stolpert und sich wieder fängt. Und wenn ihr einen Fehler entdeckt, der anderen Zuschauern entgangen ist, empfindet ihr es als besondere Auszeichnung, wie wenn ihr einen Streifen Unterwäsche erspäht habt, etwas unendlich Privates, wie einen violetten Knutschfleck an der Innenseite eines Frauenschenkels.«

Stanley stand im Foyer des Instituts und sah sich um.

Hier bot sich ein anderes mögliches Leben, auf das er Anspruch erheben konnte, ein anderes Leben, das er haben wollte, genauso wie er, als schüchterner und unnützer Teenager, gefühllos und despektierlich und lässig und niederträchtig hatte sein wollen. Jetzt wie damals fühlte er sich vom Gewicht einer schrecklichen Trägheit zum Foyerboden hinabgedrückt. Wieder überkam ihn mit Wucht die Erkenntnis, dass die Welt nicht zu ihm kam, auch nicht auf ihn wartete, nicht einmal innehielt: Wenn er abwartete, würde dieses Leben einfach an ihm vorüberziehen. Stanley dachte darüber nach und fühlte sich ernüchtert und entsetzlich geprellt.

In der Schulaufführung der zwölften Klasse hatte er den Horatio gespielt, eine Rolle, die ihm zusagte – Horatio war immerhin ein denkwürdiger Name, der einzige, von dem er gehört hatte, bevor ihm das Stück begegnet war. An Horatio erinnert sich jeder. Das ist ein Name, der hängen bleibt. Horatio ist es, der kritisch und schrill im kollektiven Kulturgedächtnis fortdauert, während die weniger klangvollen, weniger aussprechlichen Rollen zerfasern und vergessen werden. Stanleys Part wurde fast völlig zusammengestrichen, was die adlernasige Schauspiellehrerin so begründete: »Die Leute wollen doch keine dreieinhalb Stunden hier rumsitzen«, und bei den Proben sagte sie: »Du hast schon was von Horatio, nicht wahr, Stanley? Ja, du bist durch und durch ein Horatio.« Stanley nickte und lächelte, hauchte ein »Danke« und juchzte innerlich, und erst Monate später ging ihm auf, dass die Bemerkung kein Kompliment gewesen war. Auch auf der Bühne, als er in Hamlets grüblerischem Schatten dahertrabte, mit seinem Wams protzte und an seiner Kniehose zupfte, hatte er nicht begriffen, dass seine Rolle nur existierte, um anderen, interessanteren Figuren zu größerer Tiefe und plastischer Schärfe zu verhelfen. Seine Mutter fand ihn »Großartig!«, und in der jubelnden Aufstellung zur Schlussverbeugung war er der Mitte so nahe gewesen, wie er sein konnte: an Hamlets Seite, Hamlets schwitzige Hand haltend.

Am Ende der dreizehnten Klasse hatte Stanley am Schwarzen Brett vor der Berufsberatung den Bewerbungsaufruf entdeckt und kurzerhand einen Stift gezückt und seinen Namen in die Anmeldeliste zum Vorsprechen geschrieben. Er nahm an, dass er schon als Kind hatte Schauspieler werden wollen. Der Schauspieler gehört zum kindlichen Urlexikon von Erwachsenenberufen: Lehrer, Doktor, Schauspieler, Anwalt, Feuerwehrmann, Tierarzt. Um sich für den Beruf des Schauspielers zu entscheiden, sind weder Originalität noch Weitsicht nötig. Das ist etwas anderes als etwa die Entscheidung, Jockey zu werden oder Gemüsehändler oder Eventmanager – Berufswünsche, bei denen das Suchen und Herstellen von Möglichkeiten Teil des Entscheidungsprozesses sind. Für den Berufswunsch Schauspieler braucht es weder Gelegenheiten noch ein In-sich-Gehen: Man muss nur mit beiden Händen nach einer klar umgrenzten und fertig geschnürten Kategorie greifen. Daran dachte Stanley nicht, als er seinen Namen hinschrieb. Das Papier, auf dem die Ausschreibung stand, war dick und hatte ein Wasserzeichen, und das Emblem des Instituts war in Bronzefarbe geprägt.

Später, als er das Bedürfnis hatte, die Erinnerung an diese unspektakuläre Entscheidung aufzublähen, stellte er sich vor, dass es genau dieser Augenblick war, in dem er den Stift zum Papier hob und fest aufdrückte, um die Tinte in der Kugelschreibermine in Fluss zu bringen, sodass seine Fingerspitzen eine Sekunde lang weiß und blutleer und hart waren – dass diese Sekunde, stellte er sich vor, der Augenblick war, in dem er eine Gelegenheit ergriff, um sich von einem Horatio in etwas vollkommen Neues zu verwandeln.

Oktober

»Willkommen zum ersten Akt des Aufnahmeprozesses«, sagte der Schauspielleiter, und er lächelte kurz. »An diesem Institut hier glauben wir, dass ein nicht ausgebildeter Schauspieler nichts anderes ist als ein Lügner.« Er stand hinter dem Schreibtisch, auf dessen grünes Leder er sich mit gespreizten Fingerspitzen stützte. »So, wie Sie jetzt dasitzen«, sagte er, »sind Sie alle Lügner, keine stillen, überzeugenden, sondern aufgeregte, errötende, von Zweifeln erfüllte Lügner. Einige von Ihnen werden keinen Einlass in dieses Institut finden und daher für immer Lügner bleiben.«

Vereinzeltes, vorwiegend verständnisloses Gelächter erhob sich von jenen, die keinen Einlass finden würden. Der Schauspielleiter lächelte abermals, und das Lächeln glitt über sein Gesicht wie ein Schatten.

Stanley saß steif in der letzten Reihe. Einige der Jungen kannte er aus der Highschool, aber er hatte sich nicht zu ihnen gesetzt, damit sie nicht etwa irgendeinen Aspekt an ihm, den er hinter sich zu lassen wünschte, verrieten oder gar verstärkten. Die Atmosphäre im Raum war angespannt vor Hoffen und Wollen.

»So«, sagte der Schauspielleiter. »Was passiert an diesem Institut? Wie zerteilen wir den merkwürdigen, krampfartigen, epileptischen Rhythmus der Tage? Welche Gewalt wird einem hier angetan, und was können Sie tun, um den Schaden zu begrenzen?«

Er ließ die Frage sich setzen wie Staub.

»Dieses Wochenende ist eine virtuelle Nachstellung der Lernumgebung, die unsere Studierenden hier täglich erwartet«, sagte er. »Heute erteilen wir Unterricht in Improvisation, Pantomime, Gesang, Bewegung und Theatergeschichte, und morgen haben Sie einen extensiven Workshop und proben einen Text in Zusammenarbeit mit einer anderen kleinen Gruppe. Wir erwarten von Ihnen allen, dass Sie sich uneingeschränkt am Unterricht beteiligen und Ihr Bestes geben, um uns zu demonstrieren, wie hoch das Engagement ist, das Sie aufzubringen bereit sind, sollten Sie hier zum Studium zugelassen werden.

Wir werden Sie im Verlauf des Wochenendes beobachten, werden die Wände entlangpatrouillieren und uns Notizen machen. Haben Sie dieses erste Probewochenende bestanden, werden wir Sie zu einem Gespräch und einem formelleren Vorsprechen einladen. Hat jemand Fragen zum Ablauf des Wochenendes?«

Sie hatten alle Papiernummern an die Brust geheftet wie Marathonläufer. Nummer 45 hob die Hand.

»Warum machen Sie kein normales Vorsprechen wie die anderen Schauspielschulen?«, fragte er. »Wo man halt zwei Monologe vorbereitet, einen modernen und einen klassischen?«

»Weil wir nicht diese Art von Studenten ansprechen wollen«, sagte der Schauspielleiter, »die Art von Studenten, die gut in der Selbstvermarktung sind, die zwei kontrastierende Monologe aussuchen, um die Bandbreite ihrer Fähigkeiten und das Ausmaß ihrer Gewitztheit unter Beweis zu stellen. Der Unterschied zwischen modern und klassisch ist uns egal. Wir wollen keine Studenten, die ihre Notizen bunt markieren und ihre Aufsätze Wochen im Voraus anfangen.«

Nummer 45 errötete, als hätte man ihm unterstellt, er sei einer, der seine Notizen bunt markiert und seine Aufsätze Wochen im Voraus anfängt. Die anderen Hoffnungsvollen betrachteten ihn mitleidig und beschlossen insgeheim, sich von ihm fernzuhalten.

»Schauspieler sein ist ein Beruf, der eine Form von Ganzheit voraussetzt«, sagte der Schauspielleiter. »Mein heutiger Rat an Sie lautet: Ihre Vorstellungen von Talent zählen hier nicht. Der Moment, in dem wir entscheiden, Sie auf die Ja-Liste zu setzen – der Moment, in dem wir entscheiden, dass Sie einen Platz an diesem Institut verdienen –, kann ein Moment sein, in dem Sie gar nicht spielen. Es kann ein Moment sein, in dem Sie jemand anderem beispringen. Es kann passieren, wenn Sie selbst Zuschauer sind. Es kann passieren, während Sie sich auf eine Übung vorbereiten. Es kann passieren, wenn Sie allein herumstehen, die Hände in den Taschen, und auf den Boden schauen.«

Die Strategen unter ihnen nickten ernst und planten bereits, so oft wie möglich scheinbar selbstvergessen zu wirken. Sie nahmen sich vor, immer wieder mal mit den Händen in den Taschen herumzustehen und auf den Boden zu schauen.

Stanley betrachtete seine Rivalen, alle leidenschaftlich und inbrünstig wie Anwärter auf den Märtyrertod, und über ihnen aufragend, gebläht von der wunderbaren Ehre, die ersten Todeskandidaten auszuwählen, den Schauspielleiter.

»Ich übergebe der Improvisationsleiterin«, sagte der Schauspielleiter. »Viel Glück.«

Der längste Flur im Institut verlief parallel zur Turnhalle. Auf der einen Seite war er gläsern, mit hohen, verhängten Fenstern und zurückgesetzten Türen, die andere Seite bildete eine fortlaufende Mauer, die nur auf halbem Weg von der schweren, nach außen zu öffnenden Doppeltür zur Turnhalle unterbrochen wurde. An dieser langen Mauer hing eine Reihe von Kostümen, die aufbewahrt worden waren: flach an die hohe Ziegelwand gedrückt, die leeren Ärmel weit ausgebreitet, wie von einem jähen versteinernden Lichtstrahl getroffene Geister.

Stanley blieb stehen und sah sich diese Ausstellung an. Die Kostüme waren vermutlich zur Erinnerung an denkwürdige Aufführungen hier aufgehängt, und er trat näher, um das erste Messingschild unter einer leeren schottengemusterten Hose und einem schwungvoll gerüschten Hemd zu lesen. Das Schild nannte weder den Titel des Stücks noch den Namen des Darstellers, sondern nur, eingraviert wie auf einem Grabstein, den Namen der Rolle und ein Datum. Belville. 1957. Die Messingschilder setzten sich in ordentlicher Reihe die ganze Wand entlang fort. Wie um den Toten Respekt zu erweisen, schritt Stanley durch den Flur und blickte hinauf zu den steifen gespreizten Armen und hängenden Hosenbeinen, der ramponierten Spitze, den schon betagteren Kostümen, die zerschlissen und stockfleckig waren. Vindici, Ferdinand, Mrs Alving, Der Gesandte. Vor einem schweren silberdurchwirkten und satingefütterten Königskostüm blieb er stehen. Einer der ausgebreiteten königlichen Ärmel hatte sich von der Wand gelöst und hing schlaff herab, sodass der körperlose König, dessen Schulter vom Stoff des herabgefallenen Arms schmerzlich abwärtsgezogen wurde, zum Foyer zu deuten schien. Der Kriegsminister. Hal. Die feierliche Prozession der Kostüme entlang der Wand war wie ein unheimlicher Reigen von Gespenstern, der aus einer Lücke in der Ummauerung der Unterwelt hervorquoll. Stanley schauderte. Perdita. Volpone. Die Unke.

November

»Sie werden dort Schreckliches mit dir anstellen«, sagte Stanleys Vater. »Sie konfrontieren dich mit deinen Emotionen und deinem inneren Auge und Schlimmerem. Nächstes Jahr um die Zeit werde ich dich nicht wiedererkennen. Du wirst ein großer rosaroter Gefühlsballon sein.«

»Schau dir die ganzen berühmten Absolventen an«, sagte Stanley, nahm seinem Vater den Prospekt aus der Hand und zeigte ihm die Liste auf der vorletzten Seite, in der alle Fernseh- und Filmstars mit einem roten Sternchen gekennzeichnet waren. Die Seiten des Prospekts waren vom vielen Anfassen und Blättern schon weich geworden.

»Ich freu mich darauf, dich in der Glotze zu sehen«, sagte Stanleys Vater. »Das ist mein Sohn, werd ich dann laut zu niemandem sagen. Dort im Fernsehen, der mit dem Airbrush-Tattoo und dem Toupet. Das ist mein Sohn.«

»Hast du die Fotos vom Gelände gesehen?«, fragte Stanley und blätterte zurück, bis er sie gefunden hatte. »Das Institut ist im ehemaligen Museumsgebäude. Alles Stein und Mosaikböden und so, und große hohe Fenster.«

»Das sehe ich.«

»Dreihundert Leute beim Vorsprechen.«

»Das ist toll, Stanley.«

»Und nur zwanzig wurden genommen.«

»Das ist toll.«

»Ich weiß, dass es erst ein Anfang ist«, sagte Stanley.

Ein Kellner kam, und Stanleys Vater bestellte Wein. Stanley lehnte sich zurück und sah sich um. Das Restaurant war steif und verschattet, erfüllt von dezentem Gemurmel und leisem Lachen und Kölnischwasserduft. An der Decke hingen kleine rote Laternen, die über ihnen hin und her schimmerten.

Der Kellner verbeugte und entfernte sich. Stanleys Vater schüttelte seine Manschetten aus und lächelte sein Therapielächeln. Er schob den Hochglanzprospekt über das Tischtuch zurück.

»Ich bin stolz auf dich«, sagte er. »Es wird bestimmt toll. Aber dir ist klar, dass wir ab jetzt in gegnerischen Lagern arbeiten.«

»Wieso?«, fragte Stanley.

»Im Theater geht's vor allem um das Unbewusste, richtig? Das Theater hat seine Wurzeln in Magie und Ritual und Opferung, und Magie, Ritual, Opferung kommen alle nicht ohne ein Element des Mysteriums aus. In der Psychologie geht es darum, das Mysteriöse loszuwerden, Aberglauben und Ängste in etwas Rationales zu verwandeln, das wir verstehen können.« Er zwinkerte und spießte mit einem Zahnstocher eine Olive auf. »Wir zwei sind jetzt praktisch im Krieg.«

Stanley fiel dazu nichts ein, wie so oft, wenn sein Vater etwas Geistreiches sagte. Jedes Jahr, wenn dieses Essen vorbei war, lag Stanley im Bett und dachte zwei Stunden über mögliche noch geistreichere Erwiderungen nach. Er schob mit dem Finger die öligen Essigblasen rund um seinen Teller.

»Bist du anderer Meinung?«, fragte sein Vater und sah ihn, kauend, scharf an.

»Irgendwie schon«, sagte Stanley. »Ich glaube, ich dachte … ich glaube, mir scheint das Theaterspielen eine Möglichkeit, etwas über jemanden zu erfahren oder in jemanden hineinzuschlüpfen. Ich meine, man muss Traurigkeit verstehen, um sie spielen zu können. Ich weiß nicht. Es scheint mir irgendwie dem ähnlich, was du machst.«

»A-*ha*!«, sagte Stanleys Vater mit der unangenehm gierigen Schnelligkeit desjenigen, der bei Auseinandersetzungen gerne auftrumpft. »Du denkst also, Schauspieler wissen mehr über normale Menschen als normale Menschen über sich?«

»Nein«, sagte Stanley, »aber ich bin auch nicht sicher, ob Psychologen mehr über normale Menschen wissen als über sich selber.«

Sein Vater brach in Gelächter aus und schlug auf die Tischplatte.

»Solltest du mir nicht Tipps fürs Leben geben oder einen Stab weiterreichen oder so was?«, fragte Stanley, um das Thema zu wechseln.

»Mist«, sagte sein Vater. »Ich hätte mich vorbereiten müssen. Wie wär's, wenn du mir die neuesten Schimpfwörter beibringst, und wir erzählen uns gegenseitig schmutzige Witze. Ich war nie an einer Schauspielschule. Frag mich nicht nach meinen Gefühlen.«

»Ich weiß keine neuen Schimpfwörter«, sagte Stanley. »Ich glaube, die alten sind noch in Gebrauch.«

Es trat eine kleine Pause ein.

»Ich habe einen Witz für dich«, sagte Stanleys Vater. »Wie führt man bei einem Priester eine Sterilisation durch?«

»Weiß ich nicht«, sagte Stanley.

»Man tritt dem Chorknaben gegen den Hinterkopf.«

Stanley lachte und war empört, dass sein eigener Vater noch unmöglicher war als er. Er blätterte wieder in der Broschüre, damit er auch ja nichts übersah.

Der Wein kam. Stanleys Vater machte viel Wirbel darum, ihn zu kosten, im Glas zu schwenken und das Flaschenetikett zu studieren. »In Ordnung«, sagte er schließlich zum Kellner, nickte kurz zu den beiden Gläsern hin und stellte sein Lächeln wieder auf Stanley um. »Du willst also Tipps fürs Leben«, sagte er.

»Nicht unbedingt«, sagte Stanley. »Ich dachte nur, du machst die große Jetzt-bist-du-also-erwachsen-Nummer.«

»Willst du Psychoweisheiten?«

»Nein.«

»Junge, du hast gutes Blut und schöne Schuhe.«

»Zählt nicht.«

»Habe ich dir von meiner Klientin erzählt, die sich angezündet hat?«

»Ich habe gehört, wie du's Roger erzählt hast.«

»Tipps fürs Leben«, sagte Stanleys Vater und hob sein Glas zu einem Trinkspruch. »Richtig. Ich habe was Gutes und was Gemeines. Stanley, zu deinem Eintritt in die Welt der Erwachsenen werde ich dir ein Geheimnis verraten.«

Sie stießen an und tranken.

»Okay«, sagte Stanley widerstrebend.

Sein Vater strich sich mit den Fingerspitzen der einen Hand über das Revers, mit der anderen hielt er unbekümmert das Glas in die Luft. Er sah reich und theatralisch und mörderisch aus. »Ich verrate dir, wie man eine Million Dollar macht«, sagte er.

Wieder überkam Stanley dieses heiße, frustrierte Gefühl, aber er sagte nur Okay. Er lächelte sogar.

Sein Vater sagte: »Gut. Denk an deine Zeit in der Highschool. Fünf Jahre, stimmt's? In diesen fünf Jahren, genauso wie in jedermanns fünf Jahren an jeder beliebigen Highschool, gab es einen Jungen aus deinem Jahrgang, der gestorben ist. Ja?«

»Kann sein.«

»Vielleicht ist er zu schnell gefahren, hat zu viel gesoffen, mit Waffen rumgemacht – egal: Einer stirbt immer. Hast du gewusst, Stanley«, sagte er, »dass du eine Lebensversicherung auf jemanden abschließen kannst, ohne dass der Betreffende es weiß?«

Stanley sah ihn stumm an.

»Und die Versicherungsprämien für Schüler«, fuhr sein Vater fort, »sind wirklich sehr, *sehr* niedrig. Vorausgesetzt, der Versicherer hat keinen Grund zu der Annahme, dass diese Schüler sterben werden. Du kannst für rund zweihundert im Jahr eine Lebensversicherung über eine Million Dollar für ein Kind abschließen.«

»Dad«, sagte Stanley ungläubig.

»Du musst nur das richtige aufspüren. Du musst nichts weiter tun als hingehen und ein bisschen recherchieren und die Informationen besorgen, die dir einen Vorsprung verschaffen.«

»Dad«, sagte Stanley noch einmal.

Sein Vater hob die Hände, wie um seine Unschuld zu beteuern, und lachte.

»Hey, das ist Gold wert«, sagte er. »Denk an deinen Mitschüler. Den, der gestorben ist. Hättest du ihn identifiziert? Hättest du's vorhersagen können, dann hättest du hingehen und was draus machen können. Hier also dein Tipp fürs Leben, Stanley: So werden Leute reich. Das ist das ganze Geheimnis. Sie sehen Ereignisse, bevor sie stattfinden, und schlagen zu.«

Stanleys Vater lächelte sein Therapielächeln.

»Ich hätte nicht auf ihn getippt«, sagte Stanley endlich. »Auf den Jungen an meiner Schule. Er wurde überfahren, als er mit dem Skateboard auf dem Heimweg vom Einkaufen war. Unter allen meinen Mitschülern wäre ich nie auf ihn gekommen.«

»Jammerschade«, sagte sein Vater. Weiter sagte er nichts. Er spielte mit seiner Gabel und griff nach seinem Wein und musterte Stanley über den dünnen Glasrand hinweg, während er trank.

Stanley befummelte unglücklich den Prospekt der Schauspielschule. In seinem Jackett war ihm heiß und unbehaglich, er fühlte sich wie ein zum Braten dressiertes Huhn. »Was ist mit mir?«, sagte er. »Kannst du voraussehen, was mir passieren wird?«

Sein Vater beugte sich vor und stach mit einem knochigen weißen Finger ins Tischtuch.

»Ich sehe voraus«, sagte er, »dass du ein tolles Jahr haben wirst. Du wirst es super machen.«

Oktober

»Theaterspielen ist nicht Nachahmen«, sagte die Improvisationsleiterin munter, nachdem sich die Hoffnungsvollen in einer zerklüfteten Schneidersitzellipse auf dem Boden des Probenraums versammelt hatten. In der Nähe der Tür trieb sich der Schauspielleiter mit seinem Klemmbrett herum, beobachtete das Geschehen mit bedachter Gleichgültigkeit und wog, den Stift zwischen zwei Fingern, Wert und Qualität der Bewerber gegeneinander ab.

Die Improvisationsleiterin sagte: »Im Theater geht es nicht darum, eine Kopie von etwas Bestehendem herzustellen. Das Bühnenportal ist *kein* Fenster. Die Bühne ist *kein* kleiner dreiseitiger Raum, in dem das normale Leben weitergeht. Theater ist ein *Konzentrat* des normalen Lebens. Theater ist eine *geläuterte Version* des wirklichen Lebens, ein Extrakt, eine Essenz menschlichen Verhaltens, die fremdartiger und tragischer und perfekter ist als alles, was an euch und mir alltäglich ist.«

Die Improvisationsleiterin zog einen Tennisball aus dem Leinensack neben ihr und warf ihn über Köpfe hinweg einem der Hoffnungsvollen zu. Der Junge fing den Ball mit beiden Händen. »Schaut nicht zum Schauspielleiter«, sagte die Improvisationsleiterin. »Tut so, als wäre er nicht da. Schaut zu mir her.«

Sie hielt die Hände ausgebreitet, und der Junge warf den Ball verlegen zurück. Der Schauspielleiter machte sich eine wilde kleine Notiz auf seinem Klemmbrett.

»Befassen wir uns kurz mit der Welt der Antike«, sagte die Improvisationsleiterin und wechselte die Position; sie saß jetzt mit untergeschlagenen Beinen. »In der antiken Welt existierte eine Statue von Apollo oder Aphrodite nicht, um den Leuten vorzugaukeln, die Statue sei der *echte* Gott oder auch nur ein *Ebenbild* des Gottes. Die Funktion der Statue bestand einfach darin, eine Zugangsstätte zu bieten. Die Statue existierte, damit die Menschen sich *an dieser Stätte* dem Gott nähern oder ihn erleben konnten. Ja? Ist das allen klar?«

Sie warf den Tennisball einem anderen Hoffnungsvollen zu. Der zuckte zusammen, bekam ihn aber noch zu fassen und warf ihn vorsichtig zurück. Die Improvisationsleiterin fing ihn und behielt ihn eine Weile, drückte nachdenklich in den schütteren Filz, grub den Daumen in den harten Gummikern des Balls und ließ ihn gegen ihre Hand zurückschnellen.

»Die Statue ist also eindeutig nicht *das Eigentliche*«, fuhr sie fort. »Die Statue ist nicht Apollo selbst – darin sind wir uns alle einig, ja? Und sie ist auch kein Faksimile des Eigentlichen. Sie ist kein Ebenbild Apollos, kein Hinweis darauf, wie Apollo *in echt* aussehen, wie er *in echt* gekleidet sein könnte. Sie ist nichts dergleichen. Die Statue ist nur eine Stätte, die Anbetung ermöglicht. Sie ist eine Stätte, die jede anderweitige Suche nach dieser speziellen Verknüpfung überflüssig macht. Das ist alles. Warum ist das, was ich sage, wichtig?«

Sie warf den Ball einem Mädchen in der Gruppe zu.

»Weil genau dasselbe für das Theater gilt?«, sagte das Mädchen rasch, nachdem es den Ball gefangen hatte und so lange behielt, bis die Frage beantwortet war. »Theater ist nicht das wahre Leben, und es ist keine Abbildung des wahren Lebens. Es ist nur eine Zugangsstätte.«

»*Ja*«, sagte die Improvisationsleiterin, fing den Ball und rammte ihn entschlossen in die Fläche der anderen Hand.

Das Mädchen lächelte kurz und warf einen Blick zum Schauspielleiter, um festzustellen, ob er ihren Triumph beachtet hatte. Er sah nicht her.

Die Improvisationsleiterin sagte: »Die Bühne ist nicht das wahre Leben, und sie ist keine Kopie des wahren Lebens. Genau wie die Statue ist die Bühne nur ein Ort, an dem Dinge *präsent gemacht* werden. Ereignisse, die normalerweise nicht passieren würden, werden auf der Bühne herbeigeführt. Die Bühne ist eine *Stätte*, an der Menschen Zugang zu Dingen finden, die ihnen sonst nicht zugänglich wären. Die Bühne ist ein Ort, an dem wir Dinge stellvertretend erleben können, sodass wir sie nicht selbst empfinden oder ausführen müssen. Was meine ich damit?«

Die Frage war zu spezifisch, und die Hoffnungsvollen sahen sie schweigend und stirnrunzelnd an und schürzten die Lippen, um zu zeigen, dass sie es nicht wussten. Die Improvisationsleiterin bebte fast. Sie überflog die Gesichter, aber ohne Enttäuschung, schon mit halbem Lächeln und geöffnetem Mund, als wartete die Antwort nur darauf, empor- und in überfließender Freude aus ihr hervorzusprudeln.

»Katharsis«, sagte sie endlich frohlockend. »Katharsis meine ich. Katharsis ist ein Wort, das Sie alle kennen sollten. Katharsis ist das, was Ihren Beruf erstrebenswert macht.«

Oktober

Im Foyer stand ein wassergefülltes Porzellanbassin, aus dem zwei Porzellanmasken ragten wie glasierte Verschwörer. Die Komödie starrte abgewandt, mit hämischem totem Blick am Sekretariat und am Trophäenkabinett und an den Klos vorbei den Flur entlang. Die Tragödie indes reckte den Kopf. Ihre Maske ruhte auf zwei Messingrohren, die aus dem Wasser kamen, an Kiefer und Wangenknochen vorbeiführten und im porzellanenen unteren Rand jedes starren tragischen Auges mündeten. Wurde der Brunnen eingeschaltet, saugten die Rohre Wasser aus dem Bassin und brachten die Tragödie zum Weinen.

Auf Wasserstandshöhe lief eine Messingablagerung rund um das Becken, und auf dem Grund lagen ein paar Silbermünzen der Hoffnung. Ein Schild am Sockel unter dem Bassin verkündete:

Der Geist glaubt, was er sieht,
und tut, was er glaubt:
Das ist das Geheimnis der Verzückung.

Oktober

Beim Anblick der beiden Masken war Stanleys erster Gedanke, dass sich bei manchen Menschen die Mundwinkel senken, wenn sie lächeln, und dass manche Menschen lächeln, wenn sie sehr unglücklich sind. Er sah die Masken jetzt nicht an. Er stand, die Hände in den Taschen, am Brunnen und starrte mit gerunzelter Stirn ins Bassin, während er das kranke Pochen seines Herzens zu beschwichtigen suchte. Die Pumpe lief noch nicht, die Wasserfläche war glatt und gespannt wie die Membran einer Trommel, und die blau geäderten Porzellanmasken ragten trocken und durchscheinend in die Stille des Morgens.

Stanley war fast eine Stunde zu früh, er hatte es nicht länger ausgehalten auf dieser winzigen Kreisbahn rund um sein Schlafzimmer, auf der er wieder und wieder sein Haar geglättet und seine Bewerbung überprüft und in seiner Tasche nach der harten laminierten Kante seiner Vorsprechnummer getastet hatte, die er sich später mit zwei kleinen goldenen Sicherheitsnadeln an die Brust heften würde. Das Foyer war leer. Das Sekretariat war verschlossen und verriegelt, und die Arterien der Flure lagen alle im Dunkeln. Er stand reglos und versuchte, seine Nervosität zu bezwingen, als wäre sie Seekrankheit oder Hypochondrie oder Phantomkälte.

Er hörte das dumpfe Zuschlagen der Tür zum Theatersaal, drehte sich um und sah einen Jungen auf sich zukommen, der rotgesichtig und zerrauft ein uraltes Grammofon schleppte, dessen Messingtrichter sich um seine Schulter legte. Es sah schwer aus. Der Junge drückte mit beiden Händen das Grammofon an der filzbeschichteten Unterseite an sich, spähte an dem Apparat vorbei, ob sein Weg frei war, und tastete sich mit vorsichtigen Schritten durch den dunklen Flur.

»Hey«, rief er, »bist du von der Technik? Du hast nicht zufällig einen Schlüssel zum Hauptbüro, oder?«

»Nein«, sagte Stanley, »ich bin zum Vorsprechen hier.«

Der Junge beäugte ihn. »Ah, ein Hoffnungsvoller«, sagte er ungerührt. »Ich hatte vergessen, dass es ja schon dieses Wochenende ist. Nervös?«

Stanley zuckte die Achseln. »Schon«, sagte er. Er schlenkerte ein paarmal mit den Armen und versuchte, sich etwas angemessen Allgemeines einfallen zu lassen, aber es kam nichts. »Bist du Schauspieler?«, fragte er stattdessen.

»Nein, Kostümbild«, sagte er. »Wir packen gerade *Die schöne Maschine* zusammen. Gestern Abend war die letzte Vorstellung, und morgen brauchen sie das Theater.«

»Was ist *Die schöne Maschine?*«, fragte Stanley. Der Junge hatte an der Peripherie des Foyers angehalten, und es war etwas merkwürdig, wie sie einander durch einen so weiten marmornen Raum zuriefen.

»Das Improtheater der Erstjährigen«, rief der Junge. »Im ersten Jahr muss man sich dem Institut sozusagen beweisen, man geht hin und stellt ganz allein was auf die Beine. Die Sachen, die sie sich ausdenken, die hauen dich um. Am Ende des Jahres veranstalten sie eine richtige Aufführung, mit Beleuchtung und allem.«

»Oh«, sagte Stanley.

»Das hättest du sehen sollen«, sagte der Junge. »Gestern war die letzte Vorstellung. Eine Wucht.« Mit einer Kopfbewegung zu dem Grammofon in seinen Armen fügte er hinzu: »Weil in diesem Jahrgang jede Menge musikalische Typen drunter sind, haben wir so eine Musiksache gemacht, wirklich anders und abstrakt. Du hättest es sehen sollen, es hätte dich umgehauen.«

Stanley sah den Jungen anschwellen, auch der Wechsel von *sie* zu *wir* entging ihm nicht, und er ahnte, dass *anders* und *abstrakt* Schlüsselwörter waren, Schlagwörter mit der Macht, den Sprecher herauszuheben und als einen der Erwählten auszuweisen. Die Lässigkeit dieses Jungen, der den Kopf herumwarf wie ein Pony und die Hüfte herausdrehte, sodass er wie ein Model aus einem Herrenbekleidungsmagazin stand, war einstudiert.

»Ist das dein erstes Vorsprechen?«, fragte der Junge. Er ging zum Sekretariat, vor dessen Tür er in die Knie ging, um das Grammofon vorsichtig auf dem Boden vor der Wand mit den geölten goldenen Taubenlöchern abzusetzen. Stanley hörte die Stimme seiner Schauspiellehrerin an der Highschool: Bewegt euch, *während* ihr euren Text sagt, nicht danach.

»Ja«, sagte er. »Muss ich mir Sorgen machen?«

»Nö«, sagte der Junge lässig. »Entspann dich einfach und genieß es und streng dich nicht zu sehr an. Es ist gar nicht so schlimm, wie alle immer behaupten.«

»Hast du für Kostümbild vorsprechen müssen?«

»Nein.«

Stanley wartete, aber der andere sagte nichts weiter, sondern richtete sich auf und versuchte es, ohne große Überzeugung, mit der Sekretariatstür, aber die war abgesperrt. Er blickte wieder zu Stanley.

»Das Komische an dem Laden hier ist«, sagte er, »dass niemand je was Schlechtes darüber sagt. Auch wer nicht reinkommt – hast du mal mit jemandem geredet, der nicht genommen wurde?«

»Nein«, sagte Stanley.

»Jeder sagt danach: Jetzt weiß ich, dass ich das will. Jetzt habe ich einen Eindruck davon, was hier vor sich geht, und sie haben mich zwar nicht genommen, aber ich habe jetzt ein Feuer in mir, und bei Gott, ich werde arbeiten und arbeiten und es nächstes Jahr wieder versuchen und überhaupt so lange vorsprechen, bis sie mich nehmen. Sie sagen: Was für eine Ehre und ein Privileg, dass man vor diesen erstaunlichen Leuten vorsprechen, ein ganzes Wochenende am Institut verbringen und einen Blick in eine echte Talentschmiede werfen darf. Sie sagen: Dieses Institut ist wahrhaftig ein Ort des Erwachens. Findest du das seltsam?«

Stanley zuckte unsicher die Achseln. Er machte einen halben Schritt zurück, während der andere redete, und spürte die ausstrahlende Kühle des Porzellanbeckens im Kreuz.

»Niemand zeigt den Finger, wenn er durch die Tür rausgeht, niemand sagt: Vielen herzlichen Dank, ihr Ärsche. Niemand sagt: Ich wollte sowieso nicht an eure pisshässliche Idiotenschule für Versager. Niemand sagt: Sie behaupten, ich bin nicht so gut wie dieser oder jener? Ein Scheiß – Sie sagen mir jetzt ganz genau, warum Sie mich nicht nehmen. Niemand sagt je irgendwas Negatives. Ehrlich, findest du das nicht komisch?«

»Es ist eine renommierte Schule. Ich schätze, das beeindruckt die Leute«, sagte Stanley.

»Tja«, sagte der Junge, mit einem Mal verächtlich, und tat Stanley offensichtlich als jemanden ab, der nichts zu bieten und nichts zu sagen hatte. »Jedenfalls viel Glück. Vielleicht sieht man dich ja nächstes Jahr hier.«

»Ja«, sagte Stanley und schämte sich seiner Einfallslosigkeit, aber neben seiner Nervosität wegen des Vorsprechens ging die Scham unter. Er wandte dem Brunnen den Rücken, rammte wild die Fäuste in die Taschen zurück und lauschte den verklingenden Schritten des Jungen durch den Flur, bis er endlich das schwere samtene Zuschlagen der Tür zum Theatersaal hörte.

DREI

Donnerstag

In der Morgenzeitung steht *Lehrer leugnet Sex mit Schülerin.*

»Armer Mr Saladin«, sagt die Saxofonlehrerin. »Armer Mr Saladin mit seinen feingliedrigen Händen und seinem pochenden einsamen Herzen und seinem Gesicht wie …«

»Er zeigt sein Gesicht doch gar nicht«, unterbricht Patsy, die schlecht gelaunt ist. »Er hält sich die Jacke über den Kopf.«

Das Telefon läutet.

»Sie stellen es sich trotzdem vor«, sagt die Saxofonlehrerin, »die durstigen Mütter mit ihren traurigen schwarzen Augen. Sie stellen sich scharfe kleine Zähne und ein glucksendes, schlingendes Schlucken vor. Kleine bläuliche Säcke unter den Augen.«

Patsy betrachtet den Artikel mit schief gelegtem Kopf. Gedankenverloren pickt sie mit dem Finger Krümel von ihrem Teller.

»Ich verstehe vollkommen, Mrs Miskus«, sagt die Saxofonlehrerin ins Telefon. »Ach du meine Güte, nein, ich bin dem Mann nie begegnet, aber ich will Ihnen trotzdem etwas über ihn erzählen.« (Patsy steht auf, angelt nach ihrem Mantel. Die Saxofonlehrerin folgt ihr mit dem Blick, während sie weiterspricht.) »Mr Saladin hat ein Vermächtnis hinterlassen, eine besondere Sorte schreckäugiges, fasziniertes, provozierendes Misstrauen, das unter meinen Schülerinnen grassiert wie ein Virus. Das missbrauchte Mädchen wird auf Schritt und Tritt von Geflüster und Ellenbogen und blinder, bohrender Eifersucht verfolgt. Wenn die Lichter ausgehen, weinen die Eltern und fragen einander: Was hat er mit ihr *getan*, aber in den Mädchen brennt eine andere, eigene Frage: Was hat *sie* getan? Was weiß sie jetzt, das sie so gefährlich macht wie das langsame bernsteingelbe Ausströmen eines widerlichen Qualms?«

Patsy windet sich in ihren Mantel, winkt, wirft eine Kusshand. Sie geht.

»Sie versuchen sich vorzustellen, wie sie sein Gesicht streichelt und ihren Hals krümmt und allerlei flüstert, spezielle Dinge, die vor ihr nie jemand gesagt hat. Sie versuchen sich vorzustellen, wie sie mit geschlossenen Augen, rasch und flach atmend, die Hände über dem Kopf zu Fäusten geballt, an der Wand des Musikzimmers steht. Sie versuchen, sich das Gewöhnliche vorzustellen, etwa: Wie wär's mit der Mittagspause?, oder: Ich konnte letzte Nacht nicht schlafen!, oder: Das gestreifte Hemd gefällt mir besser. Wenn sie jetzt die Arme um ihren Brustkorb schlingt, wenn sie sich einseitig das Haar glatt streicht, wenn sie plötzlich verstummt und sich fest auf die Lippe beißt, dann denken sie vielleicht, das hat alles jetzt eine Bedeutung, die es vorher nicht hatte. Sie versuchen, es sich vorzustellen, Mrs Miskus. Sie versuchen sich vorzustellen, was das bedeuten könnte.«

Die Saxofonlehrerin schweigt jetzt, lauscht, befingert das Telefonkabel. Im Treppenhaus schlägt die Tür zu.

»Ich verstehe«, sagt sie nach einer Weile. »Ihre arme zerbrechliche, empfindsame Tochter fühlt sich mitbeschmutzt und möchte so viel Abstand wie möglich zwischen sich und diesen entsetzlichen Mann bringen. Sagen Sie ihr, dienstags um drei habe ich einen freien Platz.«

Freitag

Ein Aushang teilt mit, dass wieder Proben stattfinden. Für die Jazzband und das Oberstufen-Jazzensemble und das Orchester ist eine neue Leiterin gefunden, eine Mrs Jean Critchley, der Name fett gedruckt. Die überflüssige Benennung dient zur Hervorhebung von *Mrs* und *Jean.*

»Na klar haben sie jetzt eine Frau«, sagt das erste Altsaxofon düster. Sie stehen in einem Pulk im Flur.

»Ich habe Mr Saladin gemocht«, sagt Bridget in ihrer schlaksigen, unmodischen Art.

»Ist er schon im Gefängnis?«, fragt das erste Altsaxofon.

»Wahrscheinlich unter Hausarrest«, sagt der Kontrabass. »Damit er nicht wieder straffällig wird.«

»Quatsch«, sagt die erste Posaune. »Er wird einfach im Pyjama zu Hause sitzen und fernsehen.«

Es fällt ihnen nichts mehr ein, und sie starren eine Weile auf den Namen von Mrs Jean Critchley, fett gedruckt.

»Klingt nach Zicke«, sagt das erste Altsax und spricht aus, was alle sowieso denken.

Freitag

»Gestern war ich wegen Nachhilfe bei Mr Partridge«, sagt Isolde. »Er war in seinem Büro, und als ich reinkam, riss es ihn förmlich von seinem Schreibtisch weg, und er sagte: Reden wir draußen im Flur, los, raus. So sind sie jetzt alle. Sie haben Angst vor geschlossenen Räumen.«

Die Saxofonlehrerin beobachtet sie und denkt: Das ist die Morgendämmerung einer neuen Isolde, einer verhärteten, abgestumpften Isolde, die den schmutzigen und perversen Glanz der Welt erlebt hat, aber immer noch einen winzigen Keim des Zweifels hegt, weil sie das, was sie gehört und gesehen, nicht auch gefühlt hat.

»Jedenfalls gingen wir raus in den Flur«, sagt Isolde. Sie schwingt ihr Saxofon herum, sodass es schlaff von der Schulter hängt wie eine Schultasche, und hält den Gurt mit beiden Händen an der Schulter. Sie verlagert ihr Gewicht auf das andere Bein, schiebt die Hüfte vor und zwinkert mit ihren großen Augen, sodass sie sich für einen Moment in ein süßes, schuldloses Opfer verwandelt. Die Lichter verändern sich, werden matter und diffuser, bis Isolde im cremig-fliederfarbenen Licht eines spätnachmittäglichen Schulkorridors steht, alle Spinde sind offen und leer, und über den Fußboden jagen Chipstüten wie silberne Blätter.

»Ich sage zu ihm: Ich wollte nur wissen, ob ich vielleicht Nachhilfe oder so haben kann, weil es zu Hause so arg geworden ist ...«

Und mit einer fließenden Bewegung lässt sie ihr Sax von der Schulter in ihre Arme gleiten, wo sie es locker mit beiden Händen unter dem Bauch hält und mit einer beiläufig schützenden Geste an ihr Becken schmiegt, so wie vielleicht ein Mann einen Ordner an sich drückt, wenn er mit einer Schülerin in einem Strahl cremig-fliederfarbenen Lichts in einem Korridor steht, nachdem alle anderen schon gegangen sind.

Die Saxofonlehrerin denkt darüber nach, wie sehr sie diese Verwandlungen genießt, wenn Isolde aus einer Person schlüpft und eine andere wird. Bridget macht gut Stimmen nach, aber bei Isolde ist die Darbietung immer körperlich und total, wie eine unerwartete Häutung. Die Saxofonlehrerin verändert ein wenig ihre Position und nickt, um zu zeigen, dass sie zuhört.

»Aber er schüttelt den Kopf«, sagt Isolde und macht sich jetzt breiter, lehnt sich auf den Fersen zurück und zieht den Bauch ein, sodass es die Brust herausdrückt, »und sagt: Isolde, ich bin nicht die Sorte Lehrer, die sich bei den Schülerinnen einschmeichelt, um ihre Liebe zu gewinnen. Das ist nicht mein Stil. Ich bin vielmehr ein Lehrer, der sich beliebt macht, indem er sich einen Sündenbock herauspickt. So halte ich es in jeder Klasse, die ich unterrichte. Wenn ich dir eine Nachhilfe gewähre, wäre ich ein Heuchler und Hintertreiber meiner eigenen Methoden.

Dann fährt er fort: Isolde, wenn ich mich daranmache, die Liebe einer Schülerin zu gewinnen, dann beginne ich nicht damit, ihr eine Nachhilfe zu gewähren, die sie gar nicht wirklich braucht. Sondern ich beginne damit, eine Kultur der Eifersucht in meiner Klasse zu pflegen. Eifersucht ist in jeder schulischen Umgebung ein Schlüsselelement, denn Eifersucht bedeutet Wettbewerb, und Wettbewerb bedeutet erstklassige Leistung. Nur in einer eifersüchtigen Klasse kann wahre und innige Liebe erblühen.

Erst wenn ich meine Schülerinnen so weit habe, dass sie sehr eifersüchtig aufeinander werden, suche ich mir meinen Sündenbock. Einen Sündenbock aussuchen ist nicht leicht, Isolde. Es ist nicht so leicht, wie einer Schülerin eine Nachhilfe zu gewähren, die sie gar nicht wirklich braucht. Einen Sündenbock aussuchen ist eine sehr schwierige und heikle Aufgabe. Der Trick …«, und Isolde schwingt jetzt ihr Saxofon und sticht damit in die Luft, um die Worte zu unterstreichen, »… besteht nicht darin, das Mädchen auszuwählen, das von vornherein keiner ausstehen kann. Das trüge ihr nur das Mitleid ihrer Mitschülerinnen ein und mir ihre Verachtung, weil ich grausam bin. Ich möchte aber nicht grausam zu meinen Schülerinnen sein.

Nein, der Trick besteht darin, das am wenigsten originelle Mädchen in der Klasse auszusuchen. Eine Unoriginelle brauchst du, um sicher sein zu können, dass sie sich jedes Mal, wenn du sie einsetzt, exakt gleich verhält. Eine Unoriginelle brauchst du, weil sie stumpfsinnig genug ist, um sich einzubilden, sie sei kraft ihrer humoristischen Verdienste ausgewählt worden. Sie soll glauben, dass das Gelächter, das du erzeugst, alle einschließt.

Isolde, sagt er, ich bin ein guter Lehrer, der von seinen Schülerinnen geliebt wird. Ich erringe ihre kollektive Liebe nicht durch Einschmeichelung bei jeder Einzelnen, sondern indem ich in ihrer aller Namen ein Opferlamm küre. Das ist eine gute Methode, und ich bin ein guter Lehrer. Ich will dir keine Nachhilfe gewähren, weil deine Schwester Sex hatte und alle davon wissen und du mir leidtust. Ich habe dir meine Gründe erklärt. Tut mir leid.«

Die Lichter blenden auf. Isolde kommt elegant zum Ende, befestigt das Saxofon wieder am Nackengurt und ist bereit zum Unterricht.

»Du hast also keine Nachhilfe bekommen«, sagt die Saxofonlehrerin, während sie aufsteht.

»Nein«, antwortet Isolde. »Er sagt: Du musst eines lernen, Isolde, das Leben ist einfach nicht gerecht.«

Freitag

An dieser säkularen Schule ist es eine neue und beliebte Tradition, am Kiosk kurzhalsige Coca-Cola-Plastikflaschen zu kaufen und dann mit dem Fingernagel die kleine blaue Scheibe mit hartem Rand abzulösen, die sich in die Unterseite des Verschlusses einkuschelt. Diese blaue Scheibe halten die Mädchen an die Lippen und beißen mit den Schneidezähnen ein Loch in die Mitte des glitschigen Plastiks, um es anzubohren. Nun können sie das Fleisch der Scheibe herauslösen, und es bleibt nur der Rand übrig. An diesem kleinen durchscheinenden Plastikreifen beginnen sie jetzt vorsichtig zu zupfen und zu ziehen, drehen ihn um und um und dehnen ihn zärtlich, bis der dünne Reifen so ausgeweitet ist, dass ein bleiches dünnes Armband daraus geworden ist, durch das sie die Hand stecken können. Diese Plastikbänder tragen sie dann am Handgelenk.

Die Schülerschaft kennt sie als »Fick-mich-Armbänder«. Es zeugt vom Wagemut eines Mädchens, sich aus dem Plastiksiegel einer Colaflasche ein solches Armband herzustellen, denn wer dieses Band, auch völlig unabsichtlich, zerreißt, der geht einen Kontrakt mit der Trägerin ein. Auf Partys kommt es vor, dass ein Junge ein Mädchen küsst und währenddessen mit der freien Hand nach ihrem Handgelenk fummelt, um das Coca-Cola-Siegel zu brechen. Meist kommt ihm das Mädchen auf die Schliche und tut, als wehrte sie ihn ab, denn sie weiß ja, was das Brechen des Siegels bedeutet. Sie schützt also Widerstand vor und entwindet ihm ihr Handgelenk, was dazu führt, dass das Armband umso schneller reißt. Ist das geschehen, wissen beide, dass die Sache jetzt bis zum bitteren Ende durchgezogen werden muss.

Eine Schande ist es, wenn man sich das Armband selbst zerreißt. Die Mädchen kichern hysterisch bei der Vorstellung, und wer tollpatschig genug ist, mit dem Armband an einer Türklinke oder an der Schnalle des Rucksacks hängen zu bleiben, sodass es reißt, wird gnadenlos geschnitten.

Eines der Mädchen sagt: »In Mr Saladins Übungszimmer

wurde ein Fick-mich-Armband gefunden. Unter dem Flügel. Zerrissen.«

Das stimmt nicht.

Montag

»Danke, dass ihr alle gekommen seid, Leute«, sagt der Schulpsychologe über das Scharren und Schlurfen hinweg und hebt die Hände, als wäre er ein Politiker oder Priester. »Ich möchte sehr gerne ein paar Punkte vertiefen, die wir beim letzten Mal angesprochen haben. Ich dachte, wir könnten heute über Macht und Kontrolle reden.«

Julia sitzt hinten, tief auf den Stuhl hinabgesunken, ihre Arme sind verschränkt, die Füße über Kreuz, und das Haar hängt ihr ins Gesicht. Sie beobachtet die anderen Mädchen, die aus der Kälte hereintrippeln, Arm in Arm mit der Lieblingsfreundin, sodass sich eine rechtwinklige Schwadron von Lieblingsfreundinnen durch den Raum bewegt. Flüsternd und ellenbogenstupsend und in panischer Hektik verhandeln sie, wo man sitzen soll, denn die Sorge ist groß, man könnte eines Tages in eine der schrecklichen Randpositionen geraten, die einen zwingen, sich vorzubeugen und andauernd nachzufragen: »Was? Was ist so lustig? Was hat sie gesagt?«

Mit Verachtung und leiser Eifersucht sieht Julia zu, wie sie die Plätze rund um das Zentrum der Beliebtheit besetzen. Die meisten sind aus der Dreizehnten, Altersgenossinnen des vergewaltigten Mädchens und lediglich durch ungefähre Nähe infiziert. Die Restlichen sind Musikschülerinnen und bedenklicher infiziert und wurden deshalb von einem feierlichen, rosaroten, vielfach kopierten, vom Schulpsychologen mit zarter Hand unterzeichneten Zettel herbeizitiert.

Die Tür öffnet sich, und Julia erblickt zu ihrer Überraschung die Schwester des vergewaltigten Mädchens, die ihre rosarote Vorladung behutsam in der Hand hält und die Messingnummer auf dem Schild über dem Türknauf prüft. Isolde ist erst in der Elften, zu jung für die Jazzband, das Orchester, das Oberstufen-Jazzensemble, und als sie den Raum betritt, nickt sie ein paar Mädchen zu, die anscheinend Freundinnen ihrer Schwester sind. Der Schulpsychologe lächelt beifällig, als sie hereinkommt, und demonstriert damit aller Welt, dass er fürchterlich stolz auf sie ist, so wie man auf ein Maskottchen oder eine Flagge fürchterlich stolz sein könnte.

Während sie beobachtet, wie sich Isolde das Haar hinter ein Ohr streicht und sich verdrossen nach einem Platz umsieht, verspürt Julia einen Funken von Interesse an diesem Mädchen, das jetzt für immer in den krummen Schatten der Schwester gestoßen ist, und sie fragt sich, was die Jüngere wohl denkt.

Isolde setzt sich, und das Mädchen hinter ihr beugt sich vor und drückt kurz ihre Schultern, die Finger in den Mulden über Isoldes Schlüsselbeinen, und flüstert in einem heißen mitleidigen Flüsterton: »Alles okay?« Isolde entwindet sich den von hinten greifenden Händen, nickt und antwortet etwas, das Julia nicht ganz versteht. Die Hintere schüttelt den Kopf, versetzt Isolde einen Klaps und lehnt sich mit mütterlichem Seufzen wieder zurück. Sofort stecken sie und die Nachbarin zu ihrer Linken, die sich bereits lauschend zu ihr neigt, die Köpfe zusammen.

Julia beobachtet, wie das gehauchte Flüstern sich sammelt und in der Reihe hinter Isolde hin und her eilt, und studiert den harten, gleichgültigen Blick in Isoldes Gesicht.

»Würdet ihr von einer Brücke springen, nur weil eure Freundinnen von Brücken gesprungen sind?«, fragt der Schulpsychologe. Es ist seine Lieblingsfrage, und er stellt sie regelmäßig, mit sonorer und triumphierender Stimme, als hätte er soeben ein grandioses Schachmatt hingelegt.

Julia beobachtet, wie Isolde auf dem Stuhl hin und her rutscht. Mit schlaffen, leicht schmollenden Lippen und gerunzelter Stirn starrt sie stumpf auf den Schulpsychologen, ohne ihm wirklich zuzuhören. Sie hat dieselben runden Wangenknochen und unschuldigen runden Augen wie ihre Schwester, aber während Victorias Rundheit eine Fülle ist, eine unverfrorene und offenherzige und herausfordernde Fülle, verleiht sie Isolde den pummeligen, überzuckerten Ausdruck eines verzogenen Kindes. Isolde trägt ihr Gesicht wie ein modisches Accessoire, von dem sie weiß, dass es an allen anderen besser aussähe.

»Für manche«, sagt der Schulpsychologe, »ist Verführung ein Mittel, um Aufmerksamkeit zu erlangen. Verführung ist ein Hilfeschrei, ein letzter verzweifelter Versuch, einen echten Kontakt mit einem anderen menschlichen Wesen herzustellen.« Er hebt den dicken Zeigefinger und mustert sie alle, wie sie ihn mit gelockerten Halstüchern und übereinandergeschlagenen glatten Samtbeinen in einem schottengemusterten Halbkreis umringen. »Diese einsamen und beschädigten Menschen«, sagt er, »suchen vielleicht nach körperlichen und sexuellen Beziehungen, die sie eigentlich nicht wollen, ohne die sie aber nicht auskommen. Das sind die Menschen, vor denen ihr euch in Acht nehmen müsst.« Er legt eine bedeutungsvolle Pause ein. »Mr Saladin war einer dieser Menschen.«

Julia schaut zu Isolde hinüber, doch die starrt noch immer mit demselben leeren Blick auf den Schulpsychologen.

Julia fragt sich, ob sie wohl schauspielert. Sie versucht, sich an Isoldes Stelle zu versetzen, versucht sich vorzustellen, wie sie jeden Tag von der Schule nach Hause kommt wie ein Gesandter von einem verbotenen Ort, mit ihrer Schwester zusammentrifft, über den Esstisch hinweg beobachtet, wie die Schwester ihre Kartoffel zu einem deprimierenden Teig zerdrückt, an ihrer geschlossenen Zimmertür mit den ausgebleichten, ramponierten Aufklebern und dem gestohlenen Streifen Absperrband vorbeigeht, ihr handtuchumwickelt und triefend im Flur begegnet. Julia stellt sich eine verhärmte, weinende Mutter vor und einen Vater, der an seiner Krawatte zerrt, als drückte sie ihm die Luft ab. Sie stellt sich dringende Anrufe vor und Leute, die flüsternd schreien, und ein feuchtkaltes, waberndes Schweigen. Sie stellt sich mitten darin Isolde vor, die versucht, fernzusehen oder ihre Schuhe zu putzen oder sich durch die Witzseite der Zeitung zu lesen, allein und abgeschottet durch eine Schicht tote Luft wie ein Schiff im Auge des Sturms.

Julia beobachtet, wie Isolde gleichmütig ihre Fingernägel untersucht und ein Häutchen abbeißt.

»Dieser entsetzliche Fall von Kindesmissbrauch«, sagt der Schulpsychologe unterdessen, »ist ein klassisches Beispiel dafür, wie Verführung als Mittel eingesetzt werden kann, um Macht zu gewinnen. Indem sich Mr Saladin dieses Mädchen als Beute auserkor, zerstörte er ihr Eigentumsrecht an ihrem Körper. Er missbrauchte seine Autorität als Lehrer. Er benutzte seine Machtposition dazu, um *Kontrolle über sie zu erlangen.*«

Er hat das Lesepult zur Seite geschoben und lehnt sich lässig an die Kante des Tisches, eine Hand in der Hosentasche zur Faust geballt, sodass sich der Stoff um sein Becken spannt und leicht am Reißverschluss des Hosenschlitzes zerrt. Mit der anderen Hand greift er in die Luft, als dirigierte er ein sehr modernes, sehr ergreifendes Stück.

»Ich will heute«, sagt er geschmeidig, »mit euch darüber reden, wie ich euch helfen kann zu lernen, *selbst* die Kontrolle zu erlangen. Möchte jemand etwas sagen, bevor wir loslegen?«

Sie schütteln alle den Kopf und lächeln ihn an und rücken hin und her wie Hühner auf der Stange. Dann sagt Julia: »Ich.«

In einer raschelnden Kehrtwende fahren alle außer Isolde zu ihr herum. Julia zwinkert ruhig und sagt: »Ich glaube nicht, dass Mr Saladin Kontrolle erlangen wollte.«

Der Schulpsychologe runzelt die Stirn und greift sich in den Nacken, um an einem Haarbüschel zu zupfen. »Das glaubst du nicht«, sagt er.

»Nein«, antwortet Julia. »Die Kontrolle ist ja nicht das Erregende daran. Mit einer Minderjährigen zu schlafen ist nicht deshalb erregend, weil man sie auf diese Weise herumkommandieren kann. Es ist erregend, weil man so viel riskiert. Und ein Risiko einzugehen ist nicht deshalb erregend, weil man dabei gewinnen, sondern weil man *verlieren* kann.«

Die Mädchen mustern sie von Kopf bis Fuß und staunen mit kollektiver, angewiderter Faszination. Ihre Mienen sind der Gesichtsausdruck eines beliebten Mädchens, das ein unbeliebtes Mädchen eingehend betrachtet, während dieses sich öffentlich äußert. Sie beobachten Julia, als wäre sie eine Faschingsnummer: interessant, erstaunlich, aber der Anblick macht einen fast ein bisschen krank.

»Es ist wie Glücksspiel«, sagt Julia, noch lauter. »Wenn man auf etwas setzt, bei dem man fast hundertprozentig sicher sein kann, dass man gewinnt, wird der Adrenalinausstoß nicht besonders hoch sein. So spannend ist das nicht, und es macht auch nicht so viel Spaß. Aber wenn man auf etwas setzt, bei dem sämtliche Chancen gegen einen sind und nur ein ganz winziger Hoffnungsschimmer besteht, dass man vielleicht gewinnen könnte, dann ist die Spannung enorm. Die Wahrscheinlichkeit, dass man verliert, ist viel höher. Genau das ist es doch, was einen so erregt: die Chance, zu verlieren.«

Die Mädchen beginnen unruhig zu werden und murmeln, aber Julias Blick aus glänzenden, harten, verengten Augen bleibt auf den Schulpsychologen geheftet. Der Schulpsychologe betrachtet seine Schuhe.

»Dass Victoria minderjährig und jungfräulich war«, fährt Julia fort, »war nicht deshalb erregend, weil er über sie mehr Macht ausüben konnte. Erregend war es, weil sehr viel mehr auf dem Spiel stand, falls ihm jemand dahinterkam.« Julia hat eine Art, den Kopf schief zu legen, um das Schockierende ihrer Aussage zu betonen. »Denn das heißt, er verliert nicht nur sie«, sagt sie. »Er verliert *alles*.«

Es tritt eine kleine Pause ein, dann folgt eine weitere raschelnde Kehrtwende, als sich alle wieder nach vorn zum Schulpsychologen drehen. Er blickt auf, zupft noch einmal an seinem Haarbüschel und seufzt.

»Ich denke, wir sind vom Thema abgekommen«, sagt er. »Womit wir uns hier beschäftigen, ist das Ungleichgewicht der Macht. Wir befassen uns mit der Tatsache, dass Mr Saladin als Lehrer seine Machtposition ausgenutzt hat, um eine Beziehung mit einer Schülerin herzustellen.«

»Wir sind nur von *Ihrem* Thema auf *mein* Thema gekommen«, faucht Julia. »Und ist nicht sowieso jede Beziehung auf die eine oder andere Weise ein Machtungleichgewicht?«

Der Schulpsychologe wendet sich rasch an die Gruppe, bevor Julia womöglich noch mehr sagen kann. »Was denkt ihr denn?«, fragt er und stellt nur mit den friedfertigen, am wenigsten wortgewandten Schülerinnen im Raum Blickkontakt her. »Irgendwelche Kommentare? Zustimmung? Widerspruch?«

Ein paar Mädchen heben die Hand und beginnen zu reden, und Julia verliert augenblicklich das Interesse. Sie starrt den Schulpsychologen böse an, dann fischt sie einen Kuli aus der Tasche und beginnt auf ihrem Handrücken herumzumalen, als ginge sie das alles nichts an. Nach einer Weile blickt sie auf und stellt mit jähem Erschrecken fest, dass Isolde sie ansieht. Ihr Ausdruck ist nicht mehr kindisch und überzuckert. Ihr Kopf ist leicht gedreht, und sie blickt halb über die Schulter wie eine kalte, ungerührte Königin mit dem Hals in der Schlinge.

Julia errötet bis in den Kragen hinein. Ihr Herz klopft sehr schnell. Mit einem Mal fühlt sie sich zu groß für ihren Körper, unbeholfen und schwerfällig und dumm, und dieses Gefühl überkommt sie als jäher, entsetzlicher Schauer.

Einen Moment lang blicken sie sich an, dann wendet Isolde sich ab.

Samstag

Isolde und Victoria sehen fern. Isolde hat sich, die Knie an die Brust gezogen und den Kopf auf dem Arm, in der katzenhaarigen Mulde des Lehnsessels zusammengerollt, Victoria liegt auf dem Sofa, ein Bein angewinkelt, und hält die Fernbedienung achtlos zwischen Daumen und Zeigefinger. Der Vater der Mädchen ist ins Zimmer gekommen, hat mit seiner großen Hand Isoldes Zehen zerknautscht und gesagt: »Gute Nacht, ihr Schnecken!« Ihre Mutter hat von der Treppe aus gerufen: »Um elf ist Schluss, bitte!« Dann sind ihre kontrapunktisch versetzten Schritte die Treppe hinauf entschwunden, und mit einem schwachen, gebremsten Klicken haben sie ihre Schlafzimmertür geschlossen.

Victoria sagt: »Was ist mit dieser Gruppe Jungs, mit denen ihr immer zusammen wart? Machen sie immer noch mit euch rum?«

Sie spricht mit dem durch nichts aufgewogenen Vorrecht einer älteren Schwester, die ganze Wahrheit zu fordern. Als die Ältere blickt Victoria auf das Leben ihrer kleinen Schwester stets aus der Perspektive eines Neuveteranen, der wissend und eingeweiht und durch nichts zu schockieren ist. Es ist, als höbe Isolde in jeder neuen Phase nur immer wieder ein abgelegtes Kostüm auf, das Victoria, weil herausgewachsen, hinter sich geworfen hat, und während sie sich mit den Armlöchern abmüht, hätte Victoria auch noch das Recht, in die Garderobe zu kommen und zuzuschauen. Wenn Isolde ihre erste Periode hat, in ihren ersten BH passt, zum ersten Mal küsst, ein Kleid für ihren ersten Ball aussucht – bei all diesen Meilensteinen ist Victoria anwesend oder wird es sein. Wenn nicht, hat die ältere Schwester immer das Recht zu fragen: »Warum hast du mir nichts gesagt, Issie, warum?«

Umgekehrt würde die kleine Isolde niemals wagen, Victoria zu fragen, was hinter dem kleinen überklebten Fenster in der Tür zum Probenraum *wirklich* passiert ist. Niemals würde sie wagen, nach Details zu fragen – dem Leben unter seinen Kleidern, seinem Atem, seinen Berührungen. Niemals würde sie fragen: »War er nervös, Toria?«, oder: »Wer hat den ersten Schritt gemacht?«, oder: »Habt ihr zuerst miteinander geredet, über Wochen und Wochen – über euch, über das, was ihr wollt und nicht habt?« All diese Fragen darf Isolde nicht stellen. Als Victoria sich ihren ersten Liebhaber angelte, ihr erstes Verhältnis anfing, ihr erstes Versprechen brach oder, zum ersten Mal, winzige Blütentropfen jungfräulichen Blutes vergoss, konnte sie nicht fragen: »Warum hast du mir nichts gesagt?« Denn all diese zarten Marksteine stehen auf einem Gelände, zu dem die jüngere Schwester noch keinen Zutritt hat.

Später, wenn Isolde so alt ist wie Victoria – und Victoria immer noch zwei Schritte voraus, an der Uni vielleicht oder fortgezogen, und ihren ersten selbst gedrehten Joint raucht oder mit den Sandalen am Handgelenk baumelnd von ihrem ersten One-Night-Stand heimkommt, zum ersten Mal beschließt, was sie wirklich *sein* will –, dann vielleicht wird ihr Victoria sagen, was wirklich passiert ist. Nicht in allen Details, denn bis dahin wird Victoria lässig und bewusst über allem stehen, mit einer Hand wedeln und sagen: »Meiner Meinung nach haben sich Mum und Dad in der ganzen Sache einfach scheiße verhalten«, oder: »Du lieber Gott, das ist ja urlange her.« Vielleicht sagt sie auch: »Wir wollten miteinander abhauen, aber schließlich ist er doch zu seiner Ex zurück. Vor ein paar Monaten bin ich ihm zufällig begegnet. Er ist dicker geworden.«

Zum gegenwärtigen Zeitpunkt aber wäre das unmöglich. Isolde denkt, es wäre, als blätterte sie in dem Buch, das sie liest, ein ganzes Kapitel weiter, um Victoria nach einem Detail auszuquetschen oder einer Antwort, einer Landkarte. Victorias Leben wird immer zwei Schritte voraus sein, jetzt und für immer, und wenn Isolde die Straße, die sie selbst gehen muss, im Voraus zu sehen bekäme, wäre sie einfach eine Betrügerin.

»Genau, aber das heißt, du machst nicht dieselben Fehler wie ich«, sagt Victoria, die nicht bereit ist, Isolde das Gefühl zu überlassen, sie habe den schlechteren Part.

»Nein«, sagt Isolde, »ich werde sehr wohl dieselben Fehler machen, aber bis dahin sind sie nicht mehr interessant, weil du sie schon begangen hast, und ich bin nur eine Kopie.«

»Ja … nein«, sagt Victoria. »Du hast es besser. Mum und Dad sind viel strenger mit mir als mit dir. Sie vergeuden ihre gesamte Energie an mich, und bis du so weit bist, haben sie ihre Ansprüche tiefer gehängt, und es ist ihnen egal.«

»Ja … nein«, sagt Isolde. »Ich muss tun, als wäre ich das Baby, und das nervt.«

»Ja, aber als ich sechs war, bekam ich Buntstifte und Kreiden zu Weihnachten, und als du sechs warst, haben sie dir einen pinken Tennisschläger in einer pinken Glitzerhülle geschenkt. Je älter sie werden, desto mehr Kohle haben sie. Du hattest zum Spielen viel mehr Sachen, als ich je hatte.«

»Ja, aber das allein ist es ja nicht. Ich werde immer mit dir verglichen. Du wirst mit niemandem verglichen, weil du immer alles zuerst machst.«

»Das ist doch Quatsch«, sagt Victoria. »Wann hat dich das letzte Mal jemand mit mir verglichen?«

Das Gespräch ist ein Trost, denn unter allem Gezänk wissen sie, dass sie jedenfalls einen Platz haben, die Ältere und die Jüngere, einen Platz, den sie beide so genau und vollständig ausfüllen, wie Isoldes Körper die uralte, von der Katze erlegene Mulde im Lehnsessel an der Wand ausfüllt. Unter alldem wissen sie, dass es mehr um ein notwendiges Gleichgewicht geht als um ein auf die eine oder andere Art misslungenes Ebenbild. Jede Schwester beansprucht nicht eine gespiegelte Kopie, sondern eine grobkantige, schlecht geformte, verzerrte Hälfte der Aufmerksamkeit und Herrschaft ihrer Eltern.

»Was ist mit dieser Gruppe Jungs, mit denen ihr immer

zusammen wart?«, lautet Victorias Frage jetzt, und Isolde sagt: »Ach, weiß nicht. Die St.-Sylvester-Jungs sind lauter Blödmänner, finde ich.«

»Genau das dachte ich auch«, sagt Victoria. »Als ich so alt war wie du.«

Mittwoch

Im Probenraum herrscht eine merkwürdige Stimmung, als die Jazzband ihre Instrumente zusammensteckt und die Notenständer aufklappt. Es ist das erste Mal seit drei Wochen, dass sie sich zur Probe treffen, und insgeheim fühlen sich alle verraten – nicht von Mr Saladin, der immer lustig und verwuschelt war und sie Prinzessin oder Madame nannte, sondern von Victoria, die so tat, als wäre sie eine von ihnen, und sie dann alle hereinlegte.

Die Mädchen schweigen und leiden kollektiv unter der krassen Demütigung, es als Letzte erfahren zu haben. Es keimt in ihnen die Empörung darüber, dass Victoria sie alle hat scheitern sehen, ohne ein Wort zu sagen, und die ganze Zeit in stummem, selbstgefälligem Besitz ihres Geheimnisses unter ihnen saß. Jetzt müssen sie sich schamerfüllt an ein eigenes harmloses Flirten mit Mr Saladin erinnern, und jedes erinnerte Glücksflattern ist nun von dem Bewusstsein vergiftet, dass er schon ihr gehörte, schon gestohlen war. Sie erinnern sich an den Holzbläserunterricht, wenn er mit seinem jungenhaften Grinsen die Faust in die Luft stieß und sagte: »Genau *das* meine ich!« Oder als er sich einmal in der Mittagspause kurz ihrem Footbag-Spiel im Schulhof anschloss und sich dann mit dem Footbag davonmachte, weil er zu verlieren begann. Oder als er vor der

Jazzübung zu ihnen herüberschlenderte und vom Shakespeare-Festival zu erzählen anfing, und vom Kammermusikwettbewerb und von den Änderungen an der Sommeruniform …

»Schon ganz am Anfang des ersten Halbjahrs sagte er, dass sie gut aussieht in ihrer Sommeruniform«, sagt die erste Posaune, während sie ihre Wasserklappe auf den Teppich entleert. »Ich war direkt dabei.«

Es ist ein Zeichen ihrer Verletztheit, dass sie so tun, als hätten sie schon die ganze Zeit einen Verdacht gehabt. Alles, was sie von Liebe gesehen und was man ihnen darüber erzählt hat, waren Innensichten – auf das zerschmetternde Gewicht dieses Ausgeschlossenseins waren sie nicht vorbereitet. Jetzt dämmert ihnen, wie viel sie nie mitbekommen haben und wie wenig sie erwünscht waren, und mit dieser Ahnung geht ein schmerzhaftes Neudenken des Ichs als peripher, uneingeladen und jämmerlich unbedeutend einher.

»Er machte da immer so was«, sagt die Schlagzeugerin, »wenn sie miteinander im Dunkeln lagen, wenn er in die Dunkelheit hineinredete und nicht sicher war, ob sie lächelte. Dann stakste er mit Zeige- und Mittelfinger zu ihr hinüber, um ihre Mundwinkel zu befühlen. Manchmal lag er auf der Seite und ließ seine Finger da liegen, ganz leicht, während sie ewig im Dunkeln miteinander redeten. Sie lachten oft darüber. Das war eine Spezialität von ihm.«

Bridget steht in der Ecke, hebt ihr Sax aus der grauen filzverkleideten Vertiefung und setzt geistesabwesend das Mundstück zusammen. In der vergangenen Woche hat sie verschiedene Rohrblätter von verschiedenen Herstellern gekauft, um sie zu testen, und jedes mit einer winzigen roten Nummer markiert, um sie auseinanderzuhalten. Sie nimmt eines aus der Plastikhülle und liest die winzige, mit Tinte geschriebene Nummer, bevor sie es festschraubt. Das Blatt ist härter, als sie es gewohnt ist; wahrscheinlich wird ihre Zunge bluten.

»Mein Zigeunermädchen«, sagt die zweite Trompete. »So hat er sie genannt. Mein Zigeunermädchen.«

Die Glocke läutet. Eine diffuse Aktivität aus Stühlescharren und Füßeschlurfen setzt ein, alle zielen mit ihren halb gegessenen Broten auf den Papierkorb, nehmen dann in ihrem konzentrischen Halbkreis Platz und sind in Erwartung der Leiterin.

»Sie haben sie gezwungen zu gestehen, dass das schon seit dem letzten Jahr so ging«, sagt das Tenorsaxofon. »Sie musste bei der Polizei eine Aussage machen und alles.«

Dann schweigen sie eine Weile und brüten jede für sich über die unglückliche Erkenntnis nach, dass vor allen anderen sie die eigentlich Getäuschten sind.

Mittwoch

»Wenn du dir vorgestellt hast, wie du mit französischem Zopf und gebügeltem Schulkilt auf der Preisverleihung der Dreizehnten *Sweet Georgia Brown* auf dem Tenorsax spielst und scheu in einem gelben Scheinwerferstrahl stehst, dann, fürchte ich, hast du die falsche Wahl getroffen.« Die Fingernägel der Saxofonlehrerin sind heute blutrot, und sie tapsen sacht. »Das Saxofon spricht diese Sprache nicht. Das Saxofon spricht die Sprache des Undergrounds, die ermattete, melancholische Sprache des Halbdunkels – schmutzig und sexy und verschwitzt und hart. Es ist die Sprache der Waisen und Bastarde und Huren.«

Bridget steht vor ihr und hält das Sax schlaff in der Hand wie eine welke Blume.

»Das Saxofon ist das Kokain in der Familie der Holzbläser«, fährt die Saxofonlehrerin fort. »Saxofonisten werden bewundert, weil sie gefährlich sind, weil sie einer dunkleren, unheimlicheren Seite ihres Ichs auf den Grund gegangen sind. In deinem Spiel, Bridget, höre ich nichts, das schmutzig oder sexy oder verschwitzt oder hart wäre. Was ich höre, ist blank und weiß-rosa geschrubbt, sediert und desinfiziert wie ein Zwergpudel auf einem Jahrmarkt.«

»Oh«, sagt Bridget unglücklich.

Tapp, tapp macht der blutige Fingernagel an der Seitenwand des Teebechers.

»Was zeichnet deiner Ansicht nach einen guten Lehrer aus, Bridget?«

Bridget klemmt die Lippen zwischen die Zähne, während sie nachdenkt. »Talent wahrscheinlich«, sagt sie lahm. »Das Fach beherrschen, das man unterrichtet.«

»Was noch?«

»Vielleicht geduldig sein.«

»Soll ich dir sagen, was einen guten Lehrer ausmacht?«

»Okay.«

»Ein guter Lehrer«, sagt die Saxofonlehrerin, »ist jemand, der in dir etwas zum Vorschein bringt, das vorher nicht da war. Ein guter Lehrer verändert dich so, dass du nicht mehr in den früheren Zustand zurückkehren kannst, selbst wenn du wolltest. Jetzt kannst du üben und die Notenschrift lernen und hast dein Instrument im Griff und wirst in der Lage sein, dieses Stück sehr kompetent zu spielen, aber solange du und ich nicht zusammenarbeiten, um etwas in dir hervorzulocken und aufzuwecken und zu *verändern*, so lange wirst du dieses Stück nie anders spielen als kompetent.«

»Ich habe einfach ausprobiert, wie es Mrs Critchley gesagt hat«, platzt Bridget heraus. »Sie ist der Ersatz für Mr Saladin. Wir hatten heute Jazzband.«

Die Augen der Saxofonlehrerin verengen sich für einen Moment, aber sie sagt nichts weiter als: »Jean Critchley?«

»Sie ist der Ersatz für Mr Saladin«, wiederholt Bridget.

»Ich habe sie mal live gesehen. Sie spielt Trompete.« Die Saxofonlehrerin ist mit einem Mal reserviert, ihr Ton kühl und karg und klanglos, und sie beäugt Bridget aufmerksam, als suchte sie nach erkennbaren Zeichen des Verrats.

»Warum haben *Sie* sich nicht beworben?«, fragt Bridget, und bei der Vorstellung weiten sich ihre Augen.

»Ich mag keine Highschools«, sagt die Saxofonlehrerin.

»Sie sieht nicht aus wie eine Mrs Jean Critchley. Sie hat eine rote Brille und trägt schlabberige T-Shirts mit Leggings und Turnschuhen. Als Erstes hat sie gesagt« – Bridgets Miene hellt sich jetzt auf –, »als Erstes hat sie gesagt: So, ihr haltet jetzt alle mal den Mund, damit ich über mich reden kann. Ich bin die Lehrerin, die nach dem Lehrer kommt, der die Affäre hatte. Lasst uns jetzt gleich reinen Tisch machen, damit wir das hinter uns haben und dann musizieren und unseren Spaß haben können. Und ihr könnt euch jetzt gleich schon mal alle entspannen: Ich musste versprechen, dass ich mit keiner von euch eine Affäre anfange.«

Bridget blinzelt unschuldig die Saxofonlehrerin an. Sie kann gut Stimmen nachmachen.

»Hat jemand gelacht?«, fragt die Saxofonlehrerin.

»O ja«, sagt Bridget. »Ja, alle mögen sie sehr.«

»Sie haben also gelacht. Sie lachten über die pure Lächerlichkeit der Idee. Über die Möglichkeit, dass Mrs Jean Critchley eine von euch verführen, mit subtilen und hinterlistigen Mitteln eine von euch für sich gewinnen, eine von euch an die Tür des Musikkabinetts pressen und ihre kalte Wange an die eure drücken könnte, sodass ihre Lippen beinahe euer gefiedertes Ohrläppchen berühren. Die Möglichkeit, dass eine von euch sogar *sie* begehren und als Ziel und Beute ausersehen könnte. Dass eine von euch jedes Mal, wenn Mrs Jean Critchley euch anblickt, errötet und stottert und stammelt und jede Gelegenheit zu einem Umweg durch die Musikabteilung nutzt, weil sie hofft, ihr im Flur zu begegnen.«

»Genau«, sagt Bridget. »Das alles wollte sie vom Tisch wischen, damit wir das hinter uns hätten und dann musizieren und unseren Spaß haben könnten.«

»Und dann hattet ihr das hinter euch und konntet musizieren und euren Spaß haben.«

»Genau«, sagt Bridget noch einmal.

»Und Mrs Jean Critchley fand, du solltest dieses Stück wie einen Werbesong für Eiscreme spielen.«

»Das hat sie nicht gesagt.« Bridget ahnt dunkel, dass sie einem Sieg entgegengeht, und richtet sich ein wenig auf. »Sie sagte nur: Manchmal geht es nicht um Originalität. Manchmal geht es nur darum, dass es Spaß macht.«

Die Saxofonlehrerin runzelt die Stirn. Insgeheim fragt sie sich: Bin ich eifersüchtig? Sie ruft sich in Erinnerung, dass Bridget diejenige ist, die sie von allen ihren Schülern am wenigsten mag, diejenige, über die sie sich am häufigsten lustig macht, diejenige, in deren Haut sie am wenigsten stecken möchte. Sie ruft sich in Erinnerung, dass Bridget mager und mausgrau ist und ein fettglänzendes knochiges Gesicht, eine dünne, leicht gekrümmte Nase und helle Wimpern hat, mit denen sie aussieht wie ein Frettchen oder Wiesel.

Sie ist eifersüchtig. Der Gedanke an Mrs Jean Critchley, die aufgeräumt und geradeheraus ist und ihre Schülerinnen dauernd zu *einfach nur Spaß* ermuntert, passt ihr nicht. Es passt ihr nicht, dass Bridget eine Vergleichsbasis hat, eine Gelegenheit, *sie*, die Saxofonlehrerin, in einem neuen und anderen Licht zu sehen. Es passt ihr nicht.

»Machen wir weiter«, sagt sie. »Ich denke, es ist Zeit, etwas Neues auszuprobieren. Etwas Schwereres, bei dem du dich mehr anstrengen und neu festlegen musst, wer von uns beiden wirklich das Sagen hat. Okay?«

»Okay«, sagt Bridget.

»Ich werde dir ein Achtklässlerstück heraussuchen«, sagt die Saxofonlehrerin. »Eines, bei dem Mrs Critchley keinen Grund zu Kommentaren hat.«

Freitag

Isolde bricht nach den ersten sechs Takten ab.

»Ich habe nicht geübt«, sagt sie. »Ich habe keine Entschuldigung.«

Einen Moment lang steht sie da, die Rechte über die Klappen gespreizt, die sie leise klicken lässt. Die Sehnen in ihrer Hand dehnen die Haut weiß und violett.

Die Saxofonlehrerin sieht sie an und nimmt sich vor, nicht mit ihr zu streiten. Sie geht zum Bücherregal und öffnet die Plastikhaube des Plattenspielers. »Dann spiele ich dir eben was vor«, sagt sie. Sie sucht eine Platte aus dem Stapel und sagt: »Erzähl mir, was heute in der Schule los war.«

»Sie wollten Sexualkunde streichen«, sagt Isolde düster. »Aus gegebenem Anlass. Sie riefen Miss Clark auf den Flur, und der Schulleiter war da, und wir konnten alles mithören. Wir sollen nicht mehr Sexualkunde sagen. Wir sollen es Gesundheit nennen.«

Die Saxofonlehrerin lässt die Nadel auf die Platte sinken. Es folgt ein Knistern und leises Zischen, und dann spielt Sonny Rollins auf dem Tenorsaxofon »You Don't Know What Love Is«. Die Platte bebt wie ein Blatt.

»Was erzählen sie euch denn in Gesundheit?«, fragt die Saxofonlehrerin, als sie sich setzen, um zuzuhören.

»Sie erzählen uns was über Jungs«, sagt Isolde im gleichen ausdruckslosen Tonfall. »Wir streifen Kondome über Holzstäbe. Wir lernen sie so zu entrollen, dass sie nicht reißen. Miss Clark hat sich eines über den Schuh gezogen, um uns zu demonstrieren, wie dehnbar sie sind.«

Isolde versinkt für eine Weile in Schweigen und denkt daran, wie Miss Clark sich abgemüht hat, hüpfend und rotgesichtig und schnaufend vor Anstrengung ein Kondom über die Spitze ihres zweckmäßigen, absatzlosen Schuhs zu ziehen. »Na bitte!«, rief sie schließlich triumphierend und wackelte mit dem Fuß, damit es alle sehen konnten. Sie sagte: »Glaubt nie einem Jungen, der behauptet, das sei zu eng. Sagt ihm: Ich habe mit eigenen Augen gesehen, wie Miss Clark ein Kondom über ihren Schuh gezogen hat.«

Die Musik läuft noch. Isolde blickt auf die Dächer und Kamine und Antennen hinaus und hört nur halb zu.

»Über Mädchen erzählen sie uns eigentlich kaum was«, sagt sie. »Was wir über Jungs lernen, ist alles interaktiv, mit 3-D-Modellen und Cartoons. Für das, was sie uns über Mädchen erzählen, benutzen sie immer Querschnitte und Diagramme, aber kaum Bilder. Bei den Jungs geht es nur um die Ejakulation. Bei den Mädchen um Fortpflanzung. Nur Eier.«

In Wahrheit ist der Unterricht ein löchriger Flickenteppich, es sind Stunden schwammiger, unbrauchbarer Randbemerkungen und Grenzziehungen und sorgfältiger Auslassungen, die eher lähmen als helfen. Den meisten Mädchen fehlt eine maßgebliche Definition in diesem neuen und holprigen Lexikon verbotener Wörter. Ein Mangel an Verständnis, der sie später demütigen, verwirren, bloßstellen wird, denn es wird jetzt erwartet, dass sie über alles Bescheid wissen. Was die männlichen Genitalien betrifft, rechnen sie mit stahlharten, kerzengeraden Erektionen und einer perfekten haarlosen Dreifaltigkeit, einem ansehnlichen Bukett. Von dem glänzenden Saft, der auf weibliche Erregung hindeutet, haben sie nichts gehört. Sie kennen *Ovulation*, aber nicht *Orgasmus*. Sie kennen *bisexuell*, aber nicht *blasen*. Ihr Wissen ist wie ein in der Mitte durchgerissener Zeitungsartikel, von dem nur die Hälfte übrig ist.

»Ist es hilfreich?«, fragt die Saxofonlehrerin. »Lernt ihr Dinge, die ihr vorher nicht gewusst habt?«

»Wir haben gelernt, dass man immer nur eine Sache auf einmal spüren kann«, sagt Isolde. »Man kann Erregung spüren oder Angst, aber nie beides zugleich. Wir haben gelernt, warum Schönheit so wichtig ist: Schönheit ist wichtig, weil man eigentlich nichts schänden kann, das bereits hässlich ist, und die Schändung ist das letzte Ziel des Sexualtriebs. Wir haben gelernt, dass man immer Nein sagen kann.«

Die beiden sitzen in dem befangenen Halbprofil, wie es die Etikette für den Musikunterricht verlangt. Ein direktes Gegenüber wäre zu vertraulich und ein Nebeneinander zu formell – eigentlich sind sie wie Laiendarsteller, die zum ersten Mal die Bühne betreten und nicht wagen, das Gesicht vom Publikum abzuwenden, weil sie fürchten, ihr Text könnte untergehen. Deshalb stellen oder setzen sie sich immer in Fünfundvierzig-Grad-Winkeln, dem Winkel des Profischauspielers, der sowohl die Bühne als auch das Publikum einschließt und Gesagtes und Verschwiegenes in einer fragilen Balance hält.

Das Sonny-Rollins-Stück hat den dünnen, grobkörnigen Klang alter Aufnahmen.

»Du kannst die Platte nach Hause mitnehmen, wenn du glaubst, sie könnte dich inspirieren«, sagt die Saxofonlehrerin freundlich. »Ich glaube wirklich, das Tenorsax wäre das Richtige für dich.«

»Wir haben keinen Plattenspieler«, sagt Isolde.

VIER

Oktober

Die Turnhalle war keine Turnhalle, sondern ein fließender Raum, ein Raum, der ein- und auszuatmen und sich rund um die Gestalten und Figuren auf dem Boden niederzulassen schien. Es gab ein stählernes Riesenakkordeon, das die Plastiktribünen an der Wand zusammendrückte, und schwere staubige Vorhänge, die den Raum in Drittel und Viertel und Fünftel unterteilen konnten. Die Bühne bestand aus einer Vielzahl weiß getünchter, mit Fußabdrücken übersäter Podien, die man je nach Bedarf neu zusammenstellen oder türmen oder umdrehen oder zur Treppe aufschichten konnte. An diesem Tag waren die Vorhänge alle zur Seite gezogen und die Podien zu einer hastig errichteten Barrikade entlang der Wand gestapelt. Der Raum war sauber und von Licht erfüllt.

»Pantomime ist wörtliche Verkörperung«, sagte der Bewegungsleiter, sobald die Türen sich geschlossen hatten. »Einen Gegenstand pantomimisch darzustellen heißt, sein Gewicht und sein Volumen zu entdecken – und damit auch seine Bedeutung.« Während er sprach, wog er etwas in der Hand, das unsichtbar und schwer war. »Erst wenn wir einander in Besitz nehmen, beginnen wir, einander wirklich zu verstehen«, sagte er. »Dasselbe gilt für alles andere. Pantomime ist ein Weg zum Verständnis.«

Er drehte das unsichtbare Ding in seiner Hand herum.

Alle waren gespannt und angestrengt und aufmerksam und hofften auf eine Gelegenheit, um etwas Kluges oder

Profundes oder Interessantes zu sagen, das sie von den anderen Hoffnungsvollen abhob und ihnen die Zustimmung des Dozenten eintrug. Manche nickten bedächtig und mit nachdenklich schmalen Augen, die Einsicht und Tiefsinn bekundeten. Manche warteten, dass der Dozent ein Gebiet ansprach, auf dem sie besondere Kenntnisse vorzuweisen hatten, sodass sie ihm später auflauern und ein Gespräch erzwingen konnten. Stanley saß wach und aufrecht am Rand und warf, wann immer es ging, vorsichtige Seitenblicke auf die anderen Hoffnungsvollen.

»Das erste und wichtigste Gebot lautet«, sagte der Bewegungsleiter, »dass ihr mit dem Gegenstand selbst anfangen müsst, nicht mit der Idee eines Gegenstands. Ich kann *sehen*, was ich in der Hand halte. Ich kann sein Gewicht sehen, seine Form, seine Beschaffenheit. Ob ihr ihn seht oder nicht, ist nebensächlich: Das Wichtige ist, dass ich es kann.«

Alle bemühten sich, das unsichtbare Ding in seiner Hand zu sehen. Jedes Augenpaar folgte dem Bewegungsleiter, während er sich langsam vor und zurück bewegte. Er war barfuß wie alle Dozenten am Institut, und wenn er einen Schritt machte, rollte sein Fuß mit einer langsamen, katzenartigen Bewegung, die träge und überlegt zugleich wirkte, von der Ferse zu den Ballen ab. Seine Füße waren milchweiß und mager.

Der Bewegungsleiter sagte: »Viele von uns haben Angst vor Frauen. Wir fürchten uns vor der Frau als Frau, wollen sie als Jungfrau oder Madonna oder als Hure sehen. Diese Angst bewältigen wir nicht dadurch, dass wir eine Frau werden. Sondern indem wir die Dinge werden, die sie berührt, die Räume, durch die sie sich bewegt, die gebrochenen Gesten, die keine Zeichen an sich sind und doch zu ihr gehören und folglich Teil von ihr sind. Wenn wir das Gewicht dieser kleinen Dinge entdecken, dann erscheint sie uns nicht als Idee, sondern als ein Leben und eine Ganzheit.«

Hier legte er eine Pause ein und fuhr sich mit der Zunge über die Unterlippe. Die Hoffnungsvollen rückten unsicher hin und her und fragten sich, ob Einwände von ihnen erwartet würden, und einen Moment lang sprach niemand.

Stanley, der eine reine Jungenschule besucht hatte, war sich der Anwesenheit der Mädchen in der Gruppe überdeutlich bewusst. Sie sprenkelten den Rand seines Gesichtsfelds wie verstreute Diamanten, aber wenn er sich im Raum umsah, glitt sein Blick beiläufig über sie hinweg, nicht anders, als wenn er verlegen über einen Krüppel oder Betrunkenen hinwegsähe und so täte, als bemerkte er ihn nicht, als schreckte er nicht zurück. Unbehaglich wartete er darauf, dass eines der Mädchen etwas sagte, vielleicht sogar widersprach. Er blickte zu Boden.

»*Ich* habe keine Angst vor Frauen«, rief einer der Jungen schließlich, und es folgte eine Woge erleichterten Gelächters.

Der Bewegungsleiter nickte. »Steh auf«, sagte er. »Ich will dir ein bisschen was über dich erzählen.« Er verschränkte abrupt die Arme vor der Brust und vergaß das unsichtbare Ding, das er in der Hand gehalten hatte; es war verschwunden.

Der Junge stand auf. Er war dünn und sommersprossig, am Brustbein standen die Rippen ein wenig vor, und seine Beckenknochen ragten über den fest geschnürten Bund seiner Trainingshose. Seine Schultern und Knöchel und Knie wirkten alle ein bisschen zu groß, als wäre er eine Pappfigur, deren Gelenke von Messingzapfen zusammengehalten wurden.

»Geh ein bisschen«, sagte der Bewegungsleiter. »Los. Geh im Kreis herum.«

Der Junge setzte sich in Gang. Der Bewegungsleiter beobachtete ihn schweigend eine ganze Runde durch die Turnhalle, er folgte ihm nur mit den Augen – seine Arme blieben verschränkt und sein Gesicht reglos. Als der Junge die Turnhalle einmal vollständig umrundet hatte, begann der Bewegungsleiter, hinter ihm herzugehen und ihn zu imitieren. Er zog sich in sich zurück wie eine Schildkröte, drückte dabei aber die Brust heraus und die Schulterblätter zusammen, und sein Oberkörper war steif, sodass die Arme unbeholfen von seinen Schultern fielen und bei jedem Schritt ruderten wie unter Wasser. Eine Zeit lang gingen sie so als Tandem durch den Raum, während der Junge unglücklich über die Schulter und unglücklich seitwärts zu den anderen Hoffnungsvollen blickte, die ihn vom Boden aus beobachteten, und man sah ihm an, dass er sich seiner großen Füße und steifen, rudernden Arme und seiner spitzigen Brust bewusst war wie nie.

»Das reicht«, sagte der Bewegungsleiter endlich. »Danke.« Er wandte sich an die Gruppe. »Kann mir jemand bitte was über meine Imitation dieses jungen Mannes sagen«, forderte er sie auf.

Die Hoffnungsvollen rückten verlegen hin und her, aber niemand sprach.

»Meine Darbietung war eine Parodie«, sagte der Bewegungsleiter nach einer langen Pause. »Sie konnte nichts anderes sein als eine Parodie, denn ich kenne diesen jungen Mann nicht. Ich bin alt und mit mir im Reinen und weiß nicht viel von seiner Nervosität oder Unsicherheit oder seiner Hoffnung. Auch kann ich das alles unmöglich verstehen, wenn ich ihn gerade mal fünfzehn Sekunden beobachte, während er geht. Mit der Karikierung dieses jungen Mannes zerstreue ich alle denkbare Komplexität. Ich reduziere ihn, und ich beleidige ihn. *Ihre* Vorstellungen werden ebenfalls beleidigend sein, wenn Sie nicht wirklich verstehen, was Sie zu sein vorgeben.«

In der Turnhalle war es sehr still. Der Bewegungsleiter sagte: »Was Sie nicht verstehen, können Sie nicht pantomimisch darstellen. Sie können den Tod oder Gott oder eine Frau nicht bis ins Letzte ergründen. Wenn Sie's versuchen, ist nicht Wahrheit Ihr Ziel, sondern Aufrichtigkeit. Für Schüler dieses Instituts ist Aufrichtigkeit nicht genug. Aufrichtigkeit ist ein Wort für Hausierer, Verkäufer und Schreiberlinge. Aufrichtigkeit ist ein Kunstgriff, und mit Kunstgriffen haben wir hier nichts zu tun.

Pantomime«, sagte er. »Wir beginnen mit etwas Einfachem. Bitte alle aufstehen.«

Februar

»An unserem Institut ermuntern wir die Studierenden, sich sexuell zu betätigen«, sagte der Schauspielleiter. »In diesem Beruf müssen Sie Ihren Körper kennen. Sie müssen sich selbst kennen. Sie müssen sich bis ins Kleinste erforschen. Absolventen unserer Schule werden Ihnen allerdings sagen, dass es keine gute Idee ist, miteinander zu schlafen. Das Reservoir hier ist klein, und Schauspielerpaare sind sowieso schrecklich.«

Es folgte ein kleines Geraschel des Entzückens, als die Studenten sich um- und einander ansahen, die Lippen zusammenpressten und mit den Augen rollten und bei der Vorstellung leise kicherten, und für einen kurzen Moment war jede Verpaarung, jede beliebige Zweierkombination zwischen ihnen möglich. In diesem Moment wurden sie alle, sogar die Ungestalten und Geschlechtslosen, die später übersehen oder gemieden würden, Potenzial, schlummerndes Talent, eine Knospe an der Schwelle des Erblühens. Ihre Herzen schlugen schneller.

»Loten Sie alle Bereiche Ihres Körpers aus, testen Sie seine Grenzen und seine Spielräume«, fuhr der Schauspielleiter fort. »Machen Sie sich fit, verlieben Sie sich, lassen Sie sich verletzen, masturbieren Sie.«

Er genoss das kollektive Erschrecken, das sich in plötzlicher Reglosigkeit äußerte: Um den stummen, angestrengten Beweis zu erbringen, dass sie reif genug waren, das Tun laut benannt zu hören, blickten sie alle ernst geradeaus. Jungen, die noch vier Monate zuvor gekichert und nach dem Kragen ihres engsten Freunds gegriffen hätten, um ihm eins überzubraten und dann seinen Kopf wegzuschieben, die aufs Geratewohl irgendeinen Namen geschrien und gelacht hätten, wenn der benannte Junge rot geworden und mit finsterem Gesicht noch tiefer in seinem Plastik-Schalensitz versunken wäre, die jedes denkbare Diagramm in einem auf dem Schoß aufgeschlagenen Schulbuch aus fünfter Hand flink und still mit Geschlechtsorganen verziert hätten – diese Jungen waren jetzt stumm und respektvoll und hatten die Augen weit aufgesperrt.

Auch die Mädchen in der Menge waren still und saßen mit steifem Kiefer und starrem Blick. *Wichsen* und *sich einen runterholen* und *Taschenbillard spielen*, das konnten nur Jungen: Sie waren die selbstverständlichen Praktikanten dieser einsamen Tätigkeit, und dass der Umstand so verbreitet war, linderte die Scham und bewahrte jeden Bezichtigten vor echter Ausgrenzung oder Vernichtung. Für die Mädchen hingegen blieb dieses Territorium unerklärlicherweise tabu. Vier Monate früher hätten sie einfach die Stirn gerunzelt, vielleicht eine pikierte oder angewiderte Miene aufgesetzt und ganz leicht den Kopf geschüttelt, um das Thema ein für alle Mal aus ihrem Mittagspausenkreis auf staubigem Gras zu verbannen. Jetzt empfanden sie Unbehagen: Sie hörten den Schauspielleiter das Wort laut aussprechen und bekamen auf einmal Angst, eine derart pauschale und prüde Leugnung des Aktes könnte irgendwie – in den Augen eines Mannes, den sie alle zu beeindrucken suchten – *falsch* sein. Rätselhafterweise hatte sich in dem kurzen Sommer zwischen Schule und der Welt danach ein kosmisches Zifferblatt gedreht: Selbstkenntnis war jetzt eine Eigenschaft, die ein Mädchen mit rauchiger Düsternis umgab, mit unbekümmerter Selbstgenügsamkeit, einem Reiz, der weltlich und sehnsüchtig und gelangweilt zugleich war. Steif und angespannt saßen die Mädchen auf dem Turnhallenboden und bemühten sich, so ungerührt und ernst dreinzublicken, wie es nur ging.

Das war die Methode des Schauspielleiters: alles, was diese Studenten für profan halten mochten, auf eine höhere, hehre Ebene zu heben und dann alle, jeden Einzelnen, zu provozieren, bis sie erbleichten oder lachten. Es funktionierte. Die Studenten blickten zu ihm auf, und alle verzichteten auf die üblichen Abwehrmechanismen, die sie sonst stolz hätten ausrufen lassen: *Jeder masturbiert, nur ich nicht.*

»Gut«, sagte der Schauspielleiter leise. »Jetzt stehen Sie alle auf und bilden Sie einen Kreis.«

In ihrer Hast, aufzuspringen und ihm zu gehorchen, wurden sie unbeholfen und tollpatschig und linkisch. Der Schauspielleiter sah sie sich abmühen und entknoten, um einen Ring zu bilden, und er lächelte.

»Was meinst du, Martin?«, fragte der Schauspielleiter und klopfte sich mit dem Füllhalter an die Wange. »Nummer 12, fand ich, ist sehr gelehrig.«

»Willig«, sagte der Bewegungsleiter. »Eifrig, ohne ungeduldig zu sein. Ich würde sagen, eindeutig ein Vielleicht.«

»Zu viele sind auf Vielleicht«, sagte die Stimmbildungsleiterin und drehte die Weißwandtafel herum, damit die anderen sie sehen konnten. »Wir müssen langsam ein paar Entscheidungen treffen, sonst sitzen wir noch bis morgen früh hier.«

»Leider werden die Vielleichte jedes Jahr mehr«, sagte der Schauspielleiter gereizt. »Die Kinder verlieren irgendwas. Vor zwanzig Jahren waren sie weich und geschmeidig und gefügig. Jetzt sind sie wie Holzbohlen. Wohin ihr schaut, nichts als verdammte Vielleichte.«

Er warf sich in seinem Drehstuhl zurück, aber die Federung ließ ihn wieder emporschnellen, sodass er einen Moment lang ärgerlich wippte, bis der Schwung verebbt war.

Als Überschrift hatte die Improvisationsleiterin mit ihrer engen, seitwärtsgeneigten Schrift »Ehrgeiz«, »Gelehrigkeit«, »Umgänglichkeit«, »Talent« an die Tafel geschrieben. Die Zeile verjüngte sich auf ihrem Weg nach rechts, sodass »Ehrgeiz« viel größer geschrieben war als der Rest und »Talent« sich zu einer auf die erhöhte Kante des silbernen Rahmens zielende Speerspitze verknappte. Der Schauspielleiter legte den Kopf zurück und las über die Nase hinweg die versandende Aufzählung. »Umgänglichkeit« war neu. Etliche Jahre hatte »Kollegialität« auf der Liste gestanden und davor, viele Jahre lang, »Mut«. Als er hier zu unterrichten begonnen hatte, war es »Mut« gewesen. Die

Veränderungen bezeichnen eine Entwicklung, dachte der Schauspielleiter.

»Gelehrigkeit«, sagte er laut. »Bei den Jungen heißt das: Inwieweit sind sie fähig, etwas über sich, den eigenen Körper zu lernen? Bei den Mädchen bedeutet es die Fähigkeit zu vergessen, alles zu vergessen, was man ihnen über sie und ihren Körper beigebracht hat.«

»Ach komm«, sagte die Improvisationsleiterin. »Du tust ja so, als wären Jungen und Mädchen zwei komplett unterschiedliche Spezies.«

»Ich bin mir lediglich bewusst, dass es Unterschiede gibt.«

»Ich glaube nicht, dass die Unterschiede so riesig sind. Was ist mit diesem Jungen – der Nummer 12. Inwiefern unterscheiden sich seine Chancen und Möglichkeiten von denen irgendeines Mädchens?«

Sie war heute ärgerlich auf den Schauspielleiter, ärgerlich auf seine ostentativ verdrossene Miene tiefer Enttäuschung, die ihm als Institutsleiter und Besitzer der ausschlaggebenden Stimme von Rechts wegen zustand. Er schmollte majestätisch, wie ein verwöhnter König.

»Nun«, sagte der Schauspielleiter, »erstens kümmert er sich nicht um seine Schönheit. Es ist ihm egal, ob ihm auch wirklich jede Rolle, die er annimmt, schmeichelt, ob für immer jedes Foto von ihm mit Gegenlicht und Weichzeichner aufgenommen ist. Um seiner Kunst willen nimmt er auch Hässlichkeit in Kauf.«

»Was ja überaus bequem ist«, schnauzte die Improvisationsleiterin, »weil alle unschönen Rollen, alle Charakterrollen sowieso für Männer geschrieben sind.«

Von der anderen Tischseite sah der Bewegungsleiter ihrem Gezänk zu und dachte über seine eigene Haltung zu dem Thema nach. Er meinte bei seinem älteren Kollegen eine griesgrämige Neigung zur Frauenfeindlichkeit zu erkennen, die im Laufe der Jahre zu einer bläulichen, nie ganz verschwindenden Ader an seiner Schläfe angeschwollen war, und er meinte bei seiner Kollegin einen bloß liegenden Nerv zu sehen, eine Überempfindlichkeit, eine unanständig unverblümte Form von Hysterie, bei der er zusammenzucken und den Blick abwenden wollte. So fühlte er sich oft: gestrandet zwischen zwei Ansichten, in der Schwebe. Er seufzte.

»Lass uns das nicht zu rational betrachten«, lenkte die Improvisationsleiterin endlich ein. »Wichtig ist doch, dass der Junge bescheiden und empfänglich genug ist, um auch mal was anderes auszuprobieren, um sich zu strecken und als Schauspieler zu wachsen.«

»Bescheidenheit«, sagte der Schauspielleiter. »Dann sollte das dort an der Tafel stehen. Wenn es das ist, wonach wir suchen.«

Die anderen schwiegen. Der Bewegungsleiter fuhr sich mit beiden Händen über das Gesicht.

»Na gut. Das hilft uns nicht weiter«, sagte die Stimmbildungsleiterin. »Wir sind uns einig, dass Nummer 12 gelehrig ist. Was noch?«

Sie betrachteten das Foto von Nummer 12, das mit einer Büroklammer an seiner Bewerbung befestigt war. Mit seinen großen, lang und hell bewimperten Augen und dem blonden Haar sah er leicht wehmütig aus.

»Was ich mir zu Nummer 12 notiert habe, ist ›verletzlich‹«, sagte die Improvisationsleiterin.

»Das war auch mein Eindruck«, sagte der Schauspielleiter. »Ich habe mir ›jungfräulich‹ aufgeschrieben.«

»Nett«, sagte die Improvisationsleiterin. »Das ist doch schon mal was.«

Sie gingen jetzt betont höflich miteinander um. Gleich werden sie ihn aufnehmen, dachte der Bewegungsleiter. Sie nehmen den Jungen auf, und das dient dann nur Demonstrationszwecken: Demonstration von Rücksicht bei ihm, Demonstration von Gnädigkeit bei ihr.

»Ich bin dafür, ein Ja aus ihm zu machen«, sagte der Schauspielleiter. »Martin?«

Der Bewegungsleiter zuckte die Achseln. In jüngeren Jahren hatte er es aufregend gefunden, sich aus dem Angebot die allerbesten Studenten herauszupicken, ein Gourmet auf dem Gewürzmarkt, sich die Möglichkeiten auf der Zunge zergehen zu lassen, voller Hoffnung und Ehrgeiz für das kommende Jahr. In diesem Jahr war er, als er die Bewerbungen durchblätterte, niedergeschlagen und sogar ein wenig beschämt gewesen, als verkaufte er ein Produkt, von dem er wusste, dass es nutz- und wertlos war. Er hatte zu lange unterrichtet.

Endlich nickte er. »Auch ein Ja«, sagte er.

»Alle dafür?«, fragte der Schauspielleiter, jetzt auch an die anderen gewandt.

Alle hoben ernst ihre Stifte. Die Stimmbildungsleiterin nickte ein knappes, zufriedenes Nicken und zog die Tafel zu sich her. Sie zückte ihren Stift und schrieb in die erste Zeile der Rubrik Ja mit großen eckigen Buchstaben Stanleys Namen.

November

Stanley umklammerte seine Zusage, während er im Grünen Raum wartete, dass er aufgerufen würde. Ringsum saßen die anderen Hoffnungsvollen auf Sesseln oder gestapelten Holzbänken oder den Drehstühlen, die in regelmäßigen Abständen vor dem gesprungenen, staubigen Spiegel befestigt waren. Stanley entdeckte sein Bild darin und sah, wie verängstigt er war, wie steif mit seinem gebügelten Hemd und dem neuen Haarschnitt, seinen langen blutleeren Händen. Sein Blick glitt nach links und begegnete unerwartet dem Blick seines Nachbarn. Beide schauten schnell weg und schämten sich, dass sie bei einer derart privaten Selbstbetrachtung erwischt worden waren.

Stanley hakte die Füße hinter die Querlatte seines Hockers und sah sich um. Es waren gleich viele Jungen wie Mädchen anwesend. Die zwanzigköpfige Gruppe der letzten Runde bestand immer aus zehn männlichen und zehn weiblichen Hoffnungsvollen, sodass weder die Jungen noch die Mädchen die jeweils anderen als Rivalen betrachteten: Die beiden Geschlechter liefen parallel und konkurrierten nur mit ihresgleichen. Das führte dazu, dass die Mädchen untereinander argwöhnisch und hinterlistig waren, gegenüber den Jungen aber fröhlich und flirtend; die Jungen wiederum lachten laut und ungeniert, wenn sie angesprochen wurden, hielten ansonsten aber Abstand voneinander und sahen den Mädchen mit einer Mischung aus Verwirrung und Verachtung zu, wie sie ihre kleinen falschen Bündnisse schlossen.

Stanley beobachtete jetzt die Mädchen. Obwohl Rivalinnen, drängten sie sich zusammen und pflanzten kleine Keime der Freundschaft und Gemeinsamkeit: »Ich weiß, dass es nicht passieren wird«, sagten sie, »trotzdem hoffe ich, wir kommen *alle* rein. Ich hoffe, wir schaffen es alle. Wäre es nicht toll, wenn die Dozenten rauskämen und sagten: Wir nehmen euch alle?« Die Mädchen sagten: »Auch wenn wir nicht genommen werden, bleiben wir in Kontakt«, und manche sagten: »Ich habe echt keine Chance. Nicht gegen euch. Beim ersten Vorsprechen, als du diese Sache mit der Aussteuertruhe gemacht hast, musste ich weinen. Du bist so viel besser als ich, dass es nicht mehr komisch ist.« Die Mädchen sagten: »Letzten Endes geht's mir darum, von allen gemocht zu werden, gemocht und sogar geliebt.« Ein Mädchen massierte einem anderen die Schultern. Sie presste die Handballen gegen die Schulterblätter ihrer Rivalin, ihrer Gegnerin, eines Mädchens, das sie eben erst kennengelernt hatte, und sagte mit tiefer Stimme: »Du wirst fantastisch sein. Du warst fantastisch beim ersten Vorsprechen. Dich nehmen sie, keine Frage.«

Später kam Stanley zu der Ansicht, dass Mädchen von Natur aus doppelzüngiger und listenreicher waren, geschickter darin, ihr wahres Ich zu verbergen, während die Persönlichkeit der Jungen einfach viel klarer durchschimmerte. Er erklärte sich das mit der weiblichen Begabung für Multitasking, diesem Hexentalent, zwei- und dreifache Aufmerksamkeitsebenen zugleich zu bedienen. Mädchen konnten ständig und bewusst zwischen Selbst und Selbstdarstellung, zwischen Form und Inhalt unterscheiden. Diese Doppelbegabung, diese dauernde Dualität bedeutete, dass jedes beliebige Mädchen zu jedem beliebigen Zeitpunkt sowohl Produkt als auch Werbung war. Mädchen spielen immer Theater. Mädchen können sich jederzeit neu erfinden, dachte er später mit einem bitteren Zug um den Mund und strich sich mit der Hand den Haarwirbel am Hinterkopf glatt, und Jungen können das nicht.

Was ist schwerer für die Dozenten, fragte er sich jetzt, zwischen den Mädchen zu wählen oder zwischen den Jungen? Hatten sie jeweils unterschiedliche Entscheidungskriterien, zweierlei Maß, um dem fundamentalen Unterschied zwischen den stumpfen Einheitsjungen und den vielköpfigen weiblichen Hydren Rechnung zu tragen? Mit gedämpftem Erschrecken wurde ihm bewusst, dass alle Mädchen im Raum schön waren, alle raffiniert gestylt und grazil, lauter Variationen eines Themas. Die Jungen hingegen waren meist ganz normale Käuze, noch nicht ganz hineingewachsen in ihre Gesichter und Schultern und Hände, manche schmierig und raumgreifend, manche dünn und pickelig und heiser. Wenn er sich umsah, hatte Stanley den Eindruck, als wären die Jungen hier, um für zehn verschiedene Charakterrollen in einem Stück vorzusprechen, während die Mädchen sich alle um ein und denselben Part bewarben. Er stand auf und ging weg.

Der Raum war ein Chaos: Kostümständer, Kulissen, Truhen, Gerüste und Leitern, pralle Pappschachteln, Farbdosen, verhüllte Möbel. An der Wand zum Theatersaal reihte sich Regal um Regal mit Styroporköpfen, die Helme und Hauben und Kronen trugen, und in einer Ecke stand eine verrostete Ritterrüstung, die das Becken vorgeschoben und die Hände in die Seiten gestemmt hatte.

Alle fünf bis zehn Minuten wurde eine neue Nummer aufgerufen. Die Ruferin war eine hagere graue Frau, die mit Genuss jeden Namen von ihrem Klemmbrett strich und dazwischen die Kandidaten mitleidig und mit leiser Neugier beäugte, als wären sie Gladiatoren im Angesicht des Todes.

»Nummer 5«, rief sie jetzt.

Nummer 5 sprang auf und trottete nervös aus dem Raum. Die anderen sahen ihm nach.

»Vielleicht gehört das auch zur Prüfung?«, sagte Nummer 14, als sich die Tür geschlossen hatte. »Vielleicht hängt hier irgendwo eine Videokamera, und sie schauen uns live zu, um zu sehen, wie wir miteinander umgehen?«

»Ja genau! Vielleicht gibt es gar kein Vorsprechen«, sagte

Nummer 61. »Wenn sie uns lange genug beobachtet haben, rufen sie uns einfach nacheinander raus und schicken uns heim.«

»Wie Ratten«, sagte Nummer 14, quasi zusammenfassend. Sie verstummten.

Ein paar Jungen tigerten durch den Raum, um sich ihre Nervosität abzulaufen, und zum Zeitvertreib betrachteten sie die gerahmten Fotos an den Wänden. Die Fotos zeigten, Jahrgang für Jahrgang, die Klassen, die das Institut durchlaufen hatten, und mit fortschreitender Technik wurden die Bilder schärfer und kontrastreicher, sodass die jüngsten Gruppen geradezu feucht glänzten vor Frische und Farbenfreude, die ihren Vorgängern fehlten. Stanley betrachtete die Gesichter all dieser Leute, die geöffnet, erweckt, zerbrochen und am Verkrusten gehindert worden waren, und fragte sich, wie viele von ihnen inzwischen aufgegeben und Durchschnitt geworden waren. Auf den Fotos wirkten sie hart und selbstsicher und strahlend in ihrem Bühnen-Make-up und ihren Theaterkostümen und in der Aufregung des Premierenabends. Er folgte den Fotos die Wand entlang und betrachtete Soldaten, Mönche, Waisen, Piraten, Hausfrauen, Götter, Samurais und eine Gruppe finsterer Wächter mit strengen gefiederten Masken, bei deren Anblick ihm ein unerklärlicher Schauder über den Rücken lief.

»Nummer 33, Sie sind dran«, kam der Aufruf.

Als sie sich alle hier eingefunden hatten, war der Schauspielleiter hereingerauscht, zerstreut und mit eigenartig zurückgelegtem Kopf, als trüge er normalerweise Bifokalgläser.

»Eine der Fragen, die wir Ihnen heute stellen werden«, sagte er forsch, »gilt Ihrer Motivation. Warum wollen Sie an dieses Institut, warum wollen Sie Schauspieler werden.

Ich sage Ihnen das jetzt schon, damit Sie sich Ihre Antwort gründlich überlegen können. Damit wir uns recht verstehen: Ich will nichts anderes hören als eine wahrheitsgemäße Antwort. Ich will nicht hören, dass Sie das Theater mit einer erhabenen und heiligen Leidenschaft beseelt, nur weil Sie das für eine zielführende Antwort halten. Ich möchte, dass Sie mir die Wahrheit sagen.

Lassen Sie mich erklären, was ich meine«, sagte der Schauspielleiter, der seine Zuhörer noch immer über seine lange Nase hinweg musterte. »Vor knapp vierzig Jahren habe ich selbst an diesem Institut vorgesprochen, um aufgenommen zu werden. Als ich zum Vorsprechen kam und in diesem Grünen Raum wartete, in dem Sie jetzt warten, beseelte mich keine erhabene und heilige Leidenschaft für das Theater. Ich wusste nur eines, nämlich dass sich eine Schauspielschule nach mehr Spaß anhörte als die Uni, und ich dachte, es bedeutet wahrscheinlich auch weniger Arbeit. Letzteres war ein Irrtum«, fügte er mit einem matten Lächeln hinzu.

»Der eigentliche Grund, weshalb ich mich überhaupt für ein Studium entschieden habe, war der, dass junge Frauen Studenten bevorzugen, das wusste ich. Ich war ein magerer, hölzerner, erfolgloser Jugendlicher gewesen und wollte eine zweite Chance. Ich dachte, ich immatrikuliere mich an irgendeinem College, kaufe ein Auto und suche mir eine Freundin.

Ich erzähle Ihnen das«, sagte der Schauspielleiter in seiner ruhigen, zerstreuten Art, »weil ich nicht möchte, dass Sie vor dem Prüfungsausschuss stehen und lügen. Ich möchte, dass Sie die Wahrheit sagen, auch wenn die Wahrheit langweilig oder peinlich oder beschämend ist. *Was* Sie sagen, ist mir egal, solange es wirklich *Sie* sind und solange es real ist.« Er ließ den Blick über alle gleiten, lächelte ein kleines Lächeln und sagte: »Viel Glück.«

Stanley ging vom Klassenfoto des Jahrgangs 61 zum Klassenfoto des Jahrgangs 62 weiter und entdeckte überraschend den Schauspielleiter. Jung war er und ein wenig dünner, aber er hatte schon damals dieselbe geistesabwesende Miene, als sähe er jenseits der Schulter des Fotografen etwas, das den anderen entging. Sie trugen alle Militäruniformen, und der Schauspielleiter kniete, ein Gewehr in der Hand, in der ersten Reihe, seine spitze Mütze war zurückgeschoben und gab eine dunkle ölige Haarlocke frei. Stanley beugte sich vor, um das Bild genauer zu betrachten, und fragte sich, ob dieser Soldat mit dem kantigen Kinn wohl irgendwann eine Freundin gefunden hatte.

Februar

Aus der feucht riechenden ausgeschäumten Grube unter der Falltür führte ein niedriger bewehrter Gang nach rechts und links, und jenseits des Orchestergrabens war ein weiterer Gang, der unter den ersten Reihen der Parkettbestuhlung verlief. Diese Gänge umrahmten unsichtbar den Orchestergraben und bildeten einen Burggraben, der zwei schnelle, ungesehene Wege zwischen beiden Seitenbühnen bot. Der äußere Gang, der zwischen den alten Grundmauern des Theatersaals dahinkroch, wurde entlang dem Boden von einer verstaubten Lichterkette beleuchtet, die manchmal, wenn jemand versehentlich an den Schaltkasten stieß, zu flackern begann. Es war eng und niedrig, der dick zwischen den Mauersteinen hervorgequollene und erstarrte Mörtel rammte einen grob an den Schultern, wenn man durch den Tunnel hastete, und unter den Balken irrlichterte wie Zuckerwatte die trockene, juckende Glaswolle der Unterbodenisolation heraus. Der innere Gang war mit Gipskartonplatten verkleidet und noch enger: Wenn sich zwei Schauspieler dort trafen, mussten sie eine rasche, schleifende Kreiselumarmung vollführen, praktisch ein lebendes Drehkreuz im Dunkeln.

Die Geheimnisse des Theatersaals wurden den Erstjährigen in der zweiten Woche des Schuljahrs offenbart. Schweigend zogen sie hintereinander durch die Gänge, untersuchten und testeten die Falltür, hievten sich zum Schnürboden hinauf und schwebten unbeholfen und misstrauisch, mit beiden Händen an die Gurte geklammert und nervös zur Winde des Flugwerks hinaufblickend, wieder herab. Sie gingen über die Lochblechbrücke, die Verbindung zwischen den Schnürböden, blickten auf die Bühne tief unter ihnen und streckten die Hand aus, um die hin und her laufenden dicken Kabelstränge zu befühlen. Die Oberbühne war mindestens doppelt so hoch wie das Bühnenportal, und der Schauspielleiter zeigte ihnen, wie eine komplette Kulisse hier heraufgezogen werden konnte, wo sie einsatzbereit hing und auf ihr Stichwort wartete, um hinabzusinken. Er betätigte den Aufzug im Orchestergraben, und sie sahen den Boden des Grabens sich bis auf Bühnenniveau heben. Er zeigte ihnen die schwere motorbetriebene Kette unter dem falschen Bühnenboden, mit der die Drehbühne betätigt wurde, dann setzte er die Drehbühne in Gang, und sie standen steifbeinig und gewappnet da wie Schachfiguren und ließen sich in der stillen, mächtigen Umlaufbahn herumfahren, während das rote Maul des Saals wieder und wieder an ihnen vorüberzog.

Der Oberbeleuchter stieß zu ihnen und zeigte ihnen die Schablonen, die Licht in bewegtes Wasser und Wind verwandeln, die Gaze, mit der die Illusion von Distanz erzeugt wird, die Lichter, die ein Gesicht schön oder abgefeimt oder alt aussehen lassen, und den Verfolger mit seinem dicken Stahlgriff, der von Hand bedient wird und mit seinem Lichtstrahl dem Schauspieler kreuz und quer über die Bühne folgt. Er zeigte ihnen, wie man Sonnen- und Mondlicht und falsches Feuer herstellt. Er zeigte ihnen, wie man aus einem Innen- einen Außenraum macht und umgekehrt.

Sie standen unter der stählernen Beleuchterbrücke und blickten zu den schweren schwarzen Instrumenten hinauf, die wie eine Fledermauswolke an den Rohren hingen – die schwarzen Scheunentore, die als Jalousien und Scheuklappen die Lampen von allen Seiten abblenden, waren ein- und ausgefaltet wie unzählige Fledermausflügel, die sich zum Schlaf richten. Die Instrumente klemmten einzeln mit einem Stahlbügel am Gestänge, sodass der abgeblendete Strahl auf jeden Punkt der Bühne gerichtet werden konnte: Der Oberbeleuchter führte es ihnen vor, legte flink verschiedene Farbfolien in das Vorsatzgerät ein und schob die Bügel vor und zurück. Rittlings saß er auf seiner Stehleiter, die Knöchel zum besseren Halt um die obersten Sprossen gehakt, blinzelte zu ihnen hinab und riss bei seinen Erläuterungen mit einer Hand an seinem braunen Bart.

Anschließend wurden die Erstjährigen in die kleineren Mysterien eingeweiht: den Türknaller, eine kleine Holzkiste mit einem schweren Schubriegel, mit dem man vom Bühnenhintergrund aus das Geräusch des Türzuschlagens erzeugen konnte, und den Regenmacher, einen mit Trockenerbsen gefüllten Hohlstab, mit dem sich Regen imitieren ließ – »bevor alles digitalisiert wurde«, sagte der Schauspielleiter mit nostalgischem Ernst, und als er den Stab schüttelte, klang es nach leise prasselndem Regen. Er zeigte ihnen aus der Nähe, wie die falsche Perspektive der Kulissen den Bühnenraum größer machte, als er in Wirklichkeit war. Er zeigte ihnen die Rillen und Laufschienen, in denen die Kulissen verschoben werden konnten, den antiken Flaschenzug, der den roten Vorhang hob, und den Rundhorizont, der den Bühnenabschluss bildete und dem Raum eine endlose Weite verlieh, als dehnte er sich unbegrenzt nach hinten aus.

»Dieser Saal ist ein heiliger Ort«, sagte der Schauspielleiter schließlich und sah sie ernst an, als sie in der Mitte der lichtüberfluteten Bühne standen und den süßlich staubigen Geruch heißer Scheinwerfer und künstlichen Nebels einatmeten. »Wir halten hier keinen Unterricht ab. Erst wenn wir bei der Kostümprobe sind, dürfen Sie diesen Raum nutzen. Sie dürfen ihn nicht allein betreten.«

Die Erstjährigen nickten einmütig. Stanley stand hinten in der Gruppe und blickte, den Kopf im Nacken, in die unermessliche Schwärze der Oberbühne hinauf, und er versuchte, sich alles einzuprägen, was man ihnen gezeigt hatte. Der Schauspielleiter schüchterte ihn ein wenig ein, und im Grunde seines Herzens war er nicht sicher, ob er den Mann überhaupt mochte. Er hatte etwas Kaltes, Pulsierendes, das Stanley an eine Eidechse oder einen Frosch denken ließ. Mit den sehnigen, leberfleckigen Händen des Schauspielleiters war er nie in Berührung gekommen, aber in seiner Vorstellung waren sie feuchtkalt.

Alles wartete, ob der Schauspielleiter noch mehr sagte, doch er stellte nur die Fersen zusammen und breitete den Arm aus, um sie von der Bühne zu bitten: Die Besichtigung war zu Ende.

Im stillen Gänsemarsch zogen die Erstjährigen an ihm vorbei, und er sah ihnen nach, wie sie die fahrbare Aluminiumtreppe in den Zuschauerraum hinunterstiegen, an den

Stuhlreihen entlang durch den Mittelgang gingen und endlich ins marmorne Licht des Foyers hinaustraten. Als sie fort waren, ging er zur Inspizientenloge, um die Lichter zu löschen. Mit der Hand auf dem kühlen grauen Hebel stand er da, und aus Gewohnheit räusperte er sich und rief eine Warnung zum Schnürboden hinauf: »Licht aus!«

November

Leicht benommen kam Stanley aus seinem letzten Vorsprechen. Am Brunnen im Foyer blieb er stehen, um sich wieder zu fangen, und stützte sich mit beiden Händen auf das Becken. Einen Moment lang atmete er nur und blickte an den Porzellanmasken vorbei in die neblige Halbferne einer frischen Erinnerung, und nach einer Weile merkte er, dass er beobachtet wurde. Er blickte auf und warf dem Publikum ein klägliches Lächeln zu. Das Publikum war eine ältere Frau, vielleicht die Sekretärin, die ihn, die Wange in die Hand gestützt und ins Bild gesetzt wie eine Nachrichtensprecherin, von der hohen Empfangstheke im Foyer aus beobachtete.

»Sie hätten jetzt wahrscheinlich gerne einen Flachmann dabei«, sagte sie. »Sie waren wohl gerade beim Vorsprechen.«

»Sieht man danach so aus?«, fragte Stanley. Er verstärkte seine ohnehin kreuzlahme Haltung mit einem kleinen Ruck der Wirbelsäule und hob schlaff die Hände. Die Frau lachte.

»Mehr oder weniger«, sagte sie. »Wer zu selig wirkt, ist verdächtig. Nach meiner Erfahrung werden die allzu Zuversichtlichen nachher meistens nicht genommen.«

»Ach«, sagte Stanley und richtete sich ein Stück auf.

»Ist das Ihr erster Versuch?«, sagte die Frau. »Manche

versuchen es drei, vier, fünf Mal. Da fragt man sich natürlich, was sie in der Zwischenzeit mit ihrem Leben anfangen, während sie jahrelang warten, dass sie endlich genommen werden.«

»Ja«, sagte Stanley. »Ja, Wahnsinn. Es ist mein erster Versuch.«

»Hat man Sie hart rangenommen?«, fragte die Frau. »Am Anfang können die ziemlich gemein sein. Damit Sie gleich wissen, was Sie erwartet.«

Sie schien sich zu langweilen, wie sie da mit aufgestütztem Kopf in der hallenden Höhle des Foyers saß. Alle Flächen glänzten blank und kahl, und der Parkplatz hinter der hohen Glaswand war leer.

»Es war nicht so schlimm«, sagte Stanley. »Nichts, das ich nicht verdient hätte, glaub ich.«

Die Frau lachte wieder. Stanley beobachtete sie dabei, und zum allerersten Mal ging ihm auf, dass es Schönheitsmerkmale gab, die Frauen vorbehalten waren – junge Mädchen konnten sie nicht besitzen: Freundlichkeitsfalten um die Augen und den Mund, eine gewisse Gesetztheit des Körpers, eine Ermüdung von Pose und Positur, die unbestimmbar sexuell war, wie die alte Pracht eines verstaubten Taftkleids oder eines Modeschmucks mit verrosteter Anstecknadel. Dieser Gedanke war ihm noch nie gekommen. Er war stets unbewusst davon ausgegangen, dass eine Frau nur insoweit attraktiv sein kann, als sie einem Mädchen ähnelt; dass ihre Attraktivität während ihrer Zwanziger- und Dreißigerjahre nach und nach abnimmt, bis im mittleren Alter nichts mehr davon übrig ist; dass die Eigenschaften, nach denen die Frauen streben, stets die Qualitäten sind, die sie einst in der Jugend besessen haben – eine rückwärtsgewandte Sehnsucht also, die letztlich zum Scheitern verurteilt ist. Er hatte angenommen, dass Männer nur deshalb mit gleichaltrigen Frauen schlafen, weil sie keine jüngere ergattern können oder weil sie immer noch mit ihrer Jugendliebe verheiratet sind; er hatte sich nicht vorstellen können, dass abgespannte, geäderte, birnenförmige Frauen als solche attraktiv sein könnten – er hatte gedacht, sie seien zweite Wahl, ein Trostpflaster. Und jetzt regte sich etwas tief in seiner Brust, das ihn diese Frau auf einmal mit anderen Augen sehen ließ.

Sie war geschminkt, hatte eine dünne schwarze Linie über den Wimpern ihres oberen Augenlids, die sicher gerade und gleichförmig gewesen war, als sie das Lid straff gezogen hatte, um den Eyeliner aufzutragen, aber als sie die Haut wieder losgelassen hatte, um zu blinzeln und sich zu betrachten, hatte die Linie sich gekräuselt und verlieh ihr jetzt etwas Verschwommenes, leicht Clowneskes, das Stanley an eine alte, freundliche Hure denken ließ. Als sie lächelte, sah er, dass ein Schneidezahn einen metallisch blaugrauen Rand von einer alten Füllung hatte. Die Haut ihrer Handrücken war schlaff genug, um die Sehnen und Adern zu verraten, und die Fingerknöchel glichen kleinen weißen Beuteln. Die Bräune ihres Schlüsselbeins und in dem v-förmigen Schlitz zwischen ihren Brüsten verlieh der Haut ein fasriges Aussehen: Das Geflecht der Falten verlief sowohl vertikal wie horizontal, und das ließ die Haut weich und gegerbt wirken, wie viel getragenes Wildleder.

Zum ersten Mal in seinem Leben sah Stanley, dass eine Frau nicht einfach eine gescheiterte und hoffnungslos gealterte Exjugendliche ist. Sie ist ein eigenes Wesen, das nichts gemein hat mit den gestylten und honigsüßen Mädchen im Vorsprechraum: Diese Mädchen, dachte Stanley, könnten nie diese Frau spielen, bis sie eines Tages selbst so weit sind, und von dem Tag an können sie nie wieder ein Mädchen spielen.

»Mit dem Flachmann haben Sie recht«, sagte er. »Ich glaube, ich gehe jetzt erst mal in den Pub.«

»Trinken Sie einen für mich mit«, sagte die Frau. »Und viel Glück. Wenn das irgendwas hilft.«

Stanley trat durch die Doppeltür in die schläfrige Spätnachmittagswärme hinaus. Als er um die Ecke bog und das Institut mit dem hohen Giebel hinter sich ließ, sagte er sich, dass er wahrscheinlich der zwanzigste Kandidat war, der an diesem Tag aus dem Vorsprechraum gekommen war, das Foyer durchquert und an der Empfangstheke vorbeigegangen war und nach einem kurzen Wortwechsel mit der Sekretärin das Gebäude verlassen hatte. Er fragte sich, was sie zu den anderen gesagt und wie sie es gesagt hatte und was sie gedacht hatten, als sie ihr in die Augen blickten.

Oktober

»Lassen Sie die Funken fliegen«, sagte der Schauspielleiter und forderte die beiden mit einem Nicken auf anzufangen.

»Ich habe ihn letzte Woche beim Interschul-Ball auf der Tanzfläche kennengelernt«, sagte sie. Die Worte stolperten zu schnell, zu früh aus ihr heraus, noch ehe sie ihre Nervosität bezwungen und ihren Rhythmus gefunden hatte. »Alles drängte sich vor der Bühne zu einem Knäuel zusammen und bildete eine Menschenschlinge rund um das Mädchen und den Jungen in der Mitte. Damit die Lehrer nichts mitkriegen. Von außen sieht es arg aus, ein einziges Gedränge und Geschiebe, wie bei einem Hahnenkampf oder einem Bärentanz. In dieser Schlinge wechseln sich alle ab. Ich war am anderen Ende, sah einfach zu, und er kam zu mir und fragte sehr leise, ob ich was trinken wollte.«

Sie saß mit überkreuzten Füßen auf der Kante des Podiums und ließ träge die Beine baumeln, sodass ihre Fersen immer wieder ans Holz prallten. Stanley stand ein Stück abseits, die Hände in den Taschen, und beobachtete sie.

»Gleich werde ich dich durch die Nacht nach Hause begleiten und fragen, ob du kalte Hände hast, damit ich einen Grund habe, dich zu berühren«, sagte Stanley.

»Er fragte, ob ich was trinken wollte«, wiederholte das Mädchen. Sie sah ihn nicht an. Sie hatte jetzt ihren Rhythmus gefunden, und ihre Augen funkelten. »Ich dachte, das bedeutet, er hat irgendwie was mit Alkohol dabei, und deshalb sagte ich Ja. Wir müssen sie nämlich jetzt an der Tür anhauchen, bevor sie uns reinlassen, wir müssen Namen und Adresse sagen, und man spürt dann immer einen kleinen Krampf Furcht – könnte ja sein, dass sie was finden. Ein paar Jungs nehmen extra Kameras mit, damit sie leere Filmdosen mit Rum füllen können, den sie dann trinken, sobald sie drin sind. Oder sie binden sich Flachmänner an die Beine. Die meisten bringen aber nur Pillen mit. Ich dachte, er will mir sagen, dass er Alkohol hat, und deshalb sagte ich Ja. Er verschwand.«

»Ich war auf den ersten Blick enttäuscht«, sagte Stanley. »Kann aus so einem langweiligen Anfang irgendwas rauskommen?, fragte ich mich. Ich sah dich an und dachte an alles, was du nicht warst. Noch bevor ich dich ansprach, war ich wütend auf dich, weil du nicht mehr bist, als du bist.«

»Er kam wieder zurück«, sagte das Mädchen, »und ich hätte beinahe gelacht. Er hatte uns beiden eine Cola aus dem Kühlschrank hinter der Bar besorgt, die noch ganz kalt und beschlagen war, und er machte mir meine Flasche auf, und dabei wurde er ein bisschen rot vor Stolz, als wäre er so ein Schwarz-Weiß-Filmheld, der mir Feuer gibt und meinen Drink genau so mixt, wie ich ihn mag. Wir redeten eine Zeit lang, was nach der Schule käme, ob Studium oder nicht, er erzählte, dass er Schauspieler werden will, und dann beobachteten wir eine Zeit lang die Schlinge.«

»Ich habe dich nicht gemocht«, sagte Stanley. »Es hat mich genervt, dass du mich in nervösem Schweigen und Dummschwätzerei festgehalten hast. Ich war nicht an dir interessiert. Ich bin geblieben, weil ich wütend war und weil ich dir zeigen wollte, dass ich dich langweilig finde. Ich wollte, dass du dich langweilig *fühlst*.«

Der Schauspielleiter beobachtete sie teilnahmslos. Stanley sah ihn, wenn er den Kopf ganz still hielt, aus dem Augenwinkel.

»Ich hatte mich bereits entschieden«, sagte das Mädchen. »Das konnte er nicht wissen. Kaum hatte ich ihn gesehen, war mir klar, dass nichts laufen würde. Er hatte keine Chance.«

November

»Warum willst du Schauspieler werden, mein Junge?«, fragte Stanleys Vater. Die Äderchen in seinen Wangen leuchteten wie kräftige kleine Krausfäden. Allein an der Art, wie er leicht den Kopf einzog und blinzelte, sah ihm Stanley an, dass er betrunken war.

»Das haben sie mich beim Vorsprechen auch gefragt«, sagte er. Er sah zu, wie sein Vater sich nachschenkte, und auf einmal widerstrebte es ihm, ehrlich zu sein. »Ich will wohl einfach nur Spaß.«

»Bist du nicht auf Ruhm und Reichtum aus?«

»Ach«, sagte Stanley und sah zu, wie sein Vater die Hand über den Tisch streckte und ihm den Rest aus der Flasche einschenkte. »Nein. Es ist mehr ein … nein. Ich will einfach Spaß.«

»Guter Mann«, sagte Stanleys Vater. »Ich weiß einen Witz, der dir gefallen dürfte.«

»Ach ja?«, sagte Stanley. Das mochte er am wenigsten an diesen Abenden. Er versuchte, über den Tisch hinweg die Armbanduhr seines Vaters zu lesen. Sie hatten bereits einen Nachtisch bestellt – winzige Kleckse Creme und Farbe auf großen weißen Tellern, und bald würde sein Vater zwei Taxis rufen, ihm fünfzig Dollar in die Brusttasche stecken, ihm auf die Schulter klopfen und sich trollen. Die Straße draußen war glatt und glitschig vom Regen.

»Was ist die häufigste Ursache von Pädophilie?«

»Weiß ich nicht.«

»Sexy Kinder.«

»Witzig.«

»Ja, gut, oder?«

»Ja.«

»Habe ich von einem Klienten. Habe ich dir von ihm erzählt? Das ist der mit den Engelsstimmen. Der würde dir gefallen, Stanley. Der Bursche ist wirklich speziell.«

Manchmal versuchte Stanley sich vorzustellen, wie es wäre, mit seinem Vater unter einem Dach zu leben, ihn jeden Tag zu sehen, ihm zu begegnen, wenn er auf dem Sofa döste oder sich die Zähne putzte oder in den Kühlschrank schaute. Ihr gemeinsamer Jahresausflug führte sie jedes Mal in ein anderes Restaurant, und Stanley konnte das Verhältnis zu seinem Vater als Liste von Namen katalogisieren: The Empire Room, The Setting Sun, Federico's, La Vista. Manchmal rief ihn sein Vater an, aber die Zwei-Sekunden-Verzögerung der internationalen Verbindung ließ ihn fern und wie nicht bei der Sache klingen, und Stanley fürchtete immer, zu viel oder zu wenig zu reden.

»Du warst ein Unfall«, so hatte es ihm sein Vater viele Restaurants früher gesagt. »Unsere Beziehung war unverbindlich, respektvoll und sehr kurz. Sie erfuhr, dass sie schwanger war, und beschloss, dich zu behalten, obwohl meine Praxis kurz vor dem Umzug nach England stand und es unwahrscheinlich war, dass ich je zurückkäme. Ich sagte, wir bleiben in Kontakt und ich greife dir unter die Arme, wo immer es geht. Und ich habe dir das Leben gerettet – sie wollte dich ursprünglich Gerald nennen. Das habe ich verhindert.«

»Danke«, sagte Stanley.

»Keine Ursache«, sagte sein Vater und wedelte mit einem Stück Tintenfisch. »Aber glaub mir, mit Sperma ist nicht zu spaßen.«

Stanley sah ihn jetzt an, wie er ihm gegenübersaß, betrunken und extravagant und boshaft und von den eigenen Geschichten erheitert. Er hatte ein bisschen Angst vor seinem Vater. Er fürchtete sich vor der Art seiner Meinungsäußerungen, fürchtete sich vor seiner wachen, gewitzten Streitbarkeit, bei der Stanley nie wusste, ob er widersprechen oder zustimmen sollte. Diese Millionen-Dollar-Lebensversicherungsidee war eine typische Falle, ein roher, blutiger Köder, der mit großer Geste und hinterhältigem Lächeln ausgelegt wurde. Hatte sein Vater damit gerechnet, dass er die Idee erriet? Wurde von ihm erwartet, dass er mitzog, oder hätte er ihm wegen seiner derben und makabren Scherze Vorhaltungen machen sollen? Stanley wusste es nicht. Er griff in die Tasche und berührte eine Seite des Hochglanzprospekts vom Institut.

»So, ich denke, das wär's«, sagte sein Vater, stellte sein Glas auf den Tisch und strich sich das Revers glatt. »Nächstes Jahr um diese Zeit, mein Junge, wirst du eine empfindsame und fühlende Seele geworden sein.«

November

»Erzählen Sie uns von sich, Stanley«, sagte der Schauspielleiter. Er machte eine abrupte Geste. »Irgendwas. Muss nichts Wichtiges ein.«

Stanley verlagerte sein Gewicht auf das andere Bein. Sein Herz hämmerte gegen seinen Brustkorb. Der Prüfungsausschuss saß vor einer Wand mit hohen Fenstern, sodass die Gesichter im Schatten waren und Stanley gegen das grelle Licht anblinzeln musste.

»Ich glaube, ich bin nicht besonders gut darin, irgendwas zu fühlen«, sagte er. In dem weiten Raum klang seine Stimme dünn. »Bis jetzt ist in meinem Leben nichts Bedeutendes passiert. Niemand ist gestorben, es hat sich nichts Schreckliches ereignet. Ich war nie wirklich verliebt oder so. Komischerweise freu ich mich irgendwie darauf, dass mal was Schlimmes passiert, nur damit ich weiß, wie es ist.«

»Weiter«, sagte der Schauspielleiter, als Stanley abbrach.

»Ich war immer ein bisschen eifersüchtig auf Leute, denen was echt Tragisches zugestoßen ist«, sagte er. »Die haben was erlebt. Mir kam es immer vor, als hätte ich gar nichts. Natürlich will ich nicht, dass jemand aus meiner Familie stirbt – ich möchte nur irgendwas, das ich bewältigen muss. Ich möchte eine Herausforderung. Ich glaube, ich bin bereit dafür.«

Er versuchte, sie alle gleichzeitig anzusehen.

»An der Highschool war ich irgendwie nur am Ausprobieren«, sagte er, »um zu sehen, wie es ist. Auch wenn ich wütend oder aufgeregt war oder mit jemandem Streit hatte, war es, als probierte ich das alles nur aus, um zu sehen, wie weit ich gehen konnte. In mir ist immer ein kleiner Teil, der nicht wütend ist, der irgendwie ruhig bleibt und interessiert und amüsiert.«

»Gut«, sagte der Schauspielleiter abrupt. »Sagen Sie uns, warum Sie Schauspieler werden wollen.«

»Ich möchte gesehen werden«, sagte Stanley. »Ich habe wirklich keine bessere Antwort darauf. Ich möchte einfach gesehen werden.«

»Warum?«, fragte der Schauspielleiter, und seine Füllfeder schwebte über dem Blatt.

Stanley sagte: »Wenn einem jemand zuschaut, dann weiß man, dass man was wert ist.«

FÜNF

Montag

»Danke, dass ihr alle gekommen seid, Leute«, sagt der Schulpsychologe in dem Moment, als Isolde hereinkommt. Er hebt die Hände, als wäre er ein Politiker oder Priester. »Ich möchte sehr gerne ein paar Punkte vertiefen, die wir beim letzten Mal angesprochen haben. Ich dachte, wir könnten heute über Macht und Kontrolle reden.«

Der Raum ist beinahe voll. Isolde sieht sich nach einem Sitzplatz um, nickt knapp ein paar Freundinnen ihrer Schwester zu, die sie mit traurigen runden Augen betrachten, als malten sie sich aus, wie es wäre, in Isoldes Haut zu stecken, und täten sich dabei unendlich leid. Isolde zieht ein finsteres Gesicht. Sie schiebt sich auf einen Stuhl und rutscht so tief wie möglich in den Sitz hinunter. Der Schulpsychologe lächelt sie an, es ist ein grässliches, gummiartiges, stolzes Lächeln, bei dem Isolde eine Gänsehaut überläuft, und sie wendet rasch den Blick ihren Fingernägeln und den ausgefransten Ärmelbündchen ihres Schulpullovers zu. Sie erduldet das Befragen und Betätscheln von dem Mädchen hinter ihr, einer stämmigen, mütterlichen Person, die in der Mittelstufe Victorias Tennispartnerin war und einmal unter den Bäumen hinten auf der Wiese eine Tüte Süßigkeiten mit Isolde geteilt hat.

Wie eine dicke Henne mit Federschopf lehnt sich das Mädchen wieder zurück, und Isolde hört sie zu ihrer Nachbarin sagen: »Ich schätze, sie sagen ihr nichts. Sicher richtig.«

»Wer kann mir sagen, worum es hier geht?«, sagt der Schulpsychologe jetzt und breitet die Arme aus, wie um sie alle einzuschließen. »Mit G fängt es an«, fügt er hinzu und schließt alle Mädchen, die womöglich eine nicht mit G beginnende Antwort geben wollten, wieder aus. Die Mädchen lehnen sich zurück und denken nach, welche G-Wörter sie aus dem Mund des Schulpsychologen gehört haben.

»*Grenzen*«, gurrt der Schulpsychologe endlich, und es folgt ein kollektives Ausatmen. »Grenzen, Leute.«

Isolde sitzt reglos da und gibt nichts preis, sie kapselt sich ein und schottet sich ab, als setzte sie sich eine Maske vors Gesicht. Geier, denkt sie, den Ausdruck ihrer Mutter gebrauchend. Die hatte es beim Anblick der befriedigten Schlagzeilen in der Morgenzeitung ausgerufen: Geier, und hatte sich dann auf die Zeitung gestürzt und die Titelseite zerrissen, aber nicht erfolgreich genug, denn die Überschrift des Artikels war senkrecht halbiert, und der noch übrige Teil lautete *Lehrer Sex*, zwei Wörter untereinander. Geier, denkt Isolde jetzt, als das Flüstern sie umwogt und der Schulpsychologe sein feistes, schmieriges Lächeln lächelt.

Jetzt sagt der Schulpsychologe: »Vielleicht lasst ihr so etwas zu, weil ihr einfach nicht wisst, wie ihr anders reagieren sollt.«

Isolde seufzt und wünscht, sie wäre tot.

»Warum muss ich da hin?«, hat sie ihre Mutter am Abend vorher gefragt und den rosaroten Brief neben die gewürfelten Zwiebeln und das Mehl geklatscht. »Da sind nur Leute aus der Dreizehnten und Musikschülerinnen und *ich*. Ich bin da die Einzige aus der Elften, und das ist *demütigend*. Alle bemitleiden mich, und ich hasse es.«

Isoldes Mutter kaute auf ihrer Lippe herum, wie immer, wenn sie nicht weiterwusste.

»Ich glaube, du müsstest nicht hingehen, Schatz«, sagte sie geistesabwesend, »aber das sieht dann womöglich aus wie eine Stellungnahme. Und du lenkst nur Aufmerksamkeit auf dich, und das ist vielleicht nicht gut. Vielleicht ist es am besten, einfach den Kopf einzuziehen und die Sache über dich ergehen zu lassen. Ich weiß auch nicht. Das musst du entscheiden.« Sie lächelte unbestimmt, aber aufmunternd. »Armes Lämmchen« war das Letzte, was sie sagte, ehe sie sich wieder ihren Zwiebeln widmete und ihr Desinteresse sich über die Tochter legte wie eine Chemikalienwolke über einen Brandherd im Haus.

Isolde packte ihren rosaroten Brief und stakste aus der Küche. »Jetzt muss ich deinetwegen zum Schulpsychologen«, fuhr sie Victoria an, der sie in der Diele begegnete.

»Wieso?«, fragte Victoria, blieb stehen und blickte vollkommen überrascht drein.

»Weil sie uns in Quarantäne stecken wollen«, schrie Isolde. »Sie wollen uns alle zusammenpferchen, damit die Krankheit sich nicht ausbreitet und sie sich einen Impfstoff ausdenken können. Sie wollen uns in einen betonierten Hof sperren und uns ausziehen und abspritzen und mit Sandpapier und mit Terpentin und Lumpen aus Uraltunterhosen schrubben. Es ist, als hättest du riesige Tintenabdrücke auf uns hinterlassen, auf allen, denen du je begegnet bist, aber vor allem auf mir, ich bin die Beschmierteste von allen, ich triefe vor Tinte, sie rinnt mir die Arme und Beine hinunter und tropft mir von den Fingerspitzen und bildet immer größere Lachen auf dem Boden.«

Victoria stand in der Diele, der letzte Sonnenstrahl fiel ihr schräg über das Gesicht, und eine Zeit lang sagte sie gar nichts. Isolde atmete stoßweise und starrte sie wütend an, und sie stand direkt hinter ihrer Zimmertür, die Hand auf dem Knauf und bereit, sie auf ein Stichwort hin zuzuknallen. Dann sagte Victoria: »Das tut mir leid.«

»Schwachsinn«, sagte Isolde. Sie knallte die Tür zu.

»Möchte jemand etwas sagen, bevor wir loslegen?«, fragt der Schulpsychologe jetzt, und eines der Mädchen in den hinteren Reihen ruft: »Ich.«

Isolde, die noch finster vor sich hin brütet, dreht sich nicht um, als das Mädchen zu reden beginnt. Sie hört sie sagen: »Ich glaube nicht, dass Mr Saladin Kontrolle erlangen wollte«, aber es dauert einen Moment, bis sie mitkriegt, was das Mädchen wirklich sagt.

Das Mädchen sagt: »Mit einer Minderjährigen zu schlafen ist nicht deshalb erregend, weil man sie auf diese Weise herumkommandieren kann. Es ist erregend, weil man so viel riskiert. Und ein Risiko einzugehen ist nicht deshalb erregend, weil man dabei gewinnen, sondern weil man *verlieren* kann.«

Isolde dreht sich nach ihr um.

Die Sprecherin ist eine aus der Dreizehnten, eine Scharfkantige, Tintenfleckige, die neben dem Torpfosten auf dem Fußballplatz einsame Zigaretten raucht und dann, wenn sie nachsitzen muss, ein zufriedenes Grinsen im Gesicht hat, um zu beweisen, dass alles genau so läuft, wie sie es geplant hat. Sie ist eine Einzelgängerin, zu schlau für die Flittchenhaften und zu wild für die Schlauen, wie ein missmutiger, enttäuschter Geist spukt sie um die Ecken und Kanten der Schule und wird von erschrockenen, boshaften Gerüchten verfolgt, sie sei wahrscheinlich *lesbisch*.

Weil die Gerüchte um Julia nicht von Augenzeugen oder Berichten untermauert werden, ist Julias Sexualität ein schwer fassbarer Privatbesitz, bedrohlich, aber nicht genau ermessbar und auf unvorhersehbare, unabwendbare Art gefräßig. Julia selbst, unwirsch und ätzend und mit ihren Kopfhörern und Taschenbüchern und dem Haarvorhang über dem Gesicht gegen die Welt abgeschottet, denkt nicht daran, das sie umschattende Geraune aktiv zu zerstreuen. Wird sie direkt provoziert, zieht sie wohl eine Grimasse und zeigt den Finger, aber weil Provokationen derzeit nicht in Mode sind, lässt man sie meist einfach in Ruhe.

Jetzt, als die Mädchen Julia beobachten wie eine Faschingsnummer und der Schulpsychologe nervös an einem Haarbüschel in seinem Nacken zupft, spürt Isolde, wie sich die Atmosphäre im Raum verändert. Wie ein Geruch steigt eine keimende kalte Furcht von den Mädchen auf. Die Gefahr, die der inzwischen abwesende Mr Saladin im Nachhinein darstellt, tritt vor dieser tückischeren, unbenennbaren Gefahr namens Julia kurzerhand in den Hintergrund. Was ihnen Angst macht, ist nicht einfach die Äußerung einer Meinung. Julia ist ein Eindringling, ein gefährlicher Maulwurf, der vielleicht, ohne dass sie es wissen, in eine von ihnen *verliebt* ist, der sich jederzeit eine von ihnen *vorstellen* könnte – kein Psychologe der Welt könnte die Mädchen gegen die Avancen von ihresgleichen wappnen.

»Dass Victoria minderjährig und jungfräulich war, war nicht deshalb erregend, weil er über sie mehr Macht ausüben konnte«, sagt Julia jetzt. »Erregend war es, weil sehr viel mehr auf dem Spiel stand, falls ihm jemand dahinterkam.« Sie legt den Kopf schief, um das Schockierende zu unterstreichen. »Denn das heißt, er verliert nicht nur sie. Er verliert *alles.*«

Isolde betrachtet sie fasziniert. Während sie Julias Worte erwägt, keimt in ihr zum ersten Mal ein Interesse an Mr Saladin: Mr Saladin, der in ihrer Schwester etwas Erstrebenswertes sah, der Dinge flüsterte, die niemand je gesagt hatte, der alles, was er hatte, aufs Spiel gesetzt und verloren hatte.

Warum hat sich Mr Saladin Victoria ausgesucht? Isolde erkennt, dass sie sich diese Frage eigentlich zum ersten Mal stellt. Im Geist sieht sie den runden Kirschenmund und die runden weiten Augen ihrer Schwester und das Aufblitzen von rotem Satin, wenn sie sich bückt und den absichtlich tiefen Rockbund ihres Schulkilts freilegt. Sie sieht Victoria in der Jazzband, wie sie sich vorbeugt, um mit dem schräg vor dem Körper hängenden Sax umzublättern, wie das Gewicht des Instruments den Nackenriemen abwärts- und dicht an ihr Brustbein zieht, sodass der obere Teil des Saxofons goldfunkelnd zwischen den blauwolligen Wölbungen ihrer Brüste ruht. Und dann fragt sich Isolde: Warum hat sich Victoria Mr Saladin ausgesucht?

In der ersten Zeit, als ihre Eltern sich wegen Victoria stritten und wie die Gewissensengel in einem Moralitätendrama an die Schultern der Tochter klammerten, konnte Isolde nichts anderes empfinden als einen vorauseilenden Stich der Eifersucht: Fänden ihre Eltern wohl je einen Anlass, sich *ihr* derart intensiv zu widmen? Ernst betrachtete sie die Bestürzung ihrer Eltern und beobachtete Victoria aus sicherem Abstand, doch der Gedanke an Mr Saladin, wie er in seinem kamel-cremefarbenen Apartment auf und ab tigerte und seine zerknirschte Kündigung einreichte und schamerfüllt seine Familie anrief, um zu beichten – dieser Gedanke kam ihr nicht.

Selbst jetzt hat Isolde nur eine trübe und flüchtige Wahrnehmung von Mr Saladin. In ihrer Erinnerung trägt er einen Anzug und dirigiert beim Jahresabschlusskonzert das Orchester, und einmal hat sie ihn mit einem Bündel Papiere in der Hand und über die Schulter wehender Krawatte von der

Musikabteilung zum Lehrerparkplatz rennen sehen. Undeutlich erinnert sie sich, wie er bei der allerersten Versammlung auf dem Podium lümmelte, sich mit einer Hand durch die Haare fuhr und verstohlen auf die Uhr sah, während die neuen Mittelstuflerinnen umständlich an der Schule willkommen geheißen wurden. Sie erinnert sich, dass er seine Schülerinnen Prinzessin zu nennen pflegte, auf eine scherzhaft verzweifelte Art, als wollte er sagen, dass da wirklich nichts zu machen sei.

Isolde versucht, sich Mr Saladin beim Sex vorzustellen, und scheitert. Sie tastet herum und setzt ihn versuchsweise zwischen seinesgleichen. Mr Horne mit der akneverursachten Kraterlandschaft auf beiden Wangen und den kreidigen Fingerspuren rund um die Hosentasche. Mr Kebble, der Mathe und ein muffiges Französisch unterrichtet und dem Schweißflecken unter den Achseln blühen. Mr MacAuley vom Schulkassenamt, der schneidig und forsch hinter der Schiebeglasscheibe hervorglänzt wie ein polierter Apfel. Sie stellt sich vor, dass sie ihnen die Knöpfe öffnet und die Hemdzipfel aus der Hose zerrt und sie ungestüm an die Tür der Musikalienkammer presst. Sie stellt sich vor, dass sie ihnen im Unterricht zulächelt und damit Herzrasen verursacht. Sie stellt sich vor, dass sie sagt: Wie wär's mit der Mittagspause?, und: Das gestreifte Hemd gefällt mir besser. Sie stellt sich vor, dass sie sagt: Ich glaub dir nicht, dass es zu eng ist. Ich habe gesehen, wie Miss Clark eines über ihren Schuh gezogen hat.

Isolde ist tief in Gedanken, als Julia den Kopf hebt und ihrem Blick begegnet. Es dauert einen Moment, bis Isoldes tranceglasige Augen sich wieder scharf stellen, und dann wird ihr ganz flau, und eine Sekunde lang befällt sie Panik, man könnte ihr irgendwie ansehen, was sie gedacht hat. Ihr

Herz beginnt zu hämmern. Wieder denkt Isolde an die Gerüchte, die Julia auf Schritt und Tritt verfolgen, und auf einmal wird ihr bange, als hätte sie sich in einer ihr selbst nicht ganz verständlichen Weise entsetzlich entblößt. Erschrocken wendet sie sich ab. Der Schulpsychologe redet wieder, und ringsum nicken die Mädchen voller Zufriedenheit und Mitleid und tiefem, wunschlosem Frieden.

Isoldes Pulsschlag normalisiert sich wieder. Wie ein spätes Echo kehren Julias Worte zurück und überschwemmen sie mit plötzlicher Lautstärke, wie der unerwartete, klatschende Schwall einer Springflut. Ich glaube nicht, hat Julia gesagt, dass Mr Saladin Kontrolle erlangen wollte. Verwirrt und schamerfüllt macht sich Isolde auf ihrem Stuhl klein, und als es läutet, huscht sie ohne einen Blick zurück aus dem Raum.

Mittwoch

»Bridget«, sagt die Saxofonlehrerin, »ich habe dir gesagt, dass ich zu schreien anfange, wenn du diesen Takt jetzt nicht endlich richtig spielst.«

»Ich weiß«, sagt Bridget unglücklich.

»Wolltest du, dass ich zu schreien anfange? Hast du dir vorgestellt, wie mir die scharfe Kante jeder falschen Note wie ein kleiner Stachel die Wangen aufreißt? Ist es das, was du wolltest?«

»Nein«, sagt Bridget.

Die Saxofonlehrerin zieht das Schweigen zwischen ihnen über drei halbe Pausen hin, zu denen das Metronom auf dem Flügel beharrlich den Takt schlägt. »Hast du Ärger zu Hause?«, fragt sie. »Oder in der Schule?«

Bridgets Augen füllen sich mit Tränen. »Hat meine Ma sie angerufen?«, fragt sie, schon voller Angst vor dem Unvermeidlichen. »Sie hat mir versprochen, dass sie's nicht macht. Immer verspricht sie mir was, und dann tut sie das Gegenteil.«

Die Saxofonlehrerin betrachtet sie von oben bis unten und fragt: »Lügt deine Mutter dich an, Bridget?«

Bridget versinkt in niedergeschlagenem Schweigen, während sie über die Frage nachdenkt.

Wann immer sie schikaniert oder übers Ohr gehauen oder in irgendeiner Weise schlecht behandelt wird, gilt Bridgets erster panischer Gedanke stets ihrer Mutter, die auf keinen Fall davon erfahren darf. Bridgets Mutter marschiert beinahe vierzehntäglich in den Verwaltungsblock, um sich in Bridgets Namen zu beschweren oder zu beanstanden oder zu fordern, immer geht es um Bridget, die im Schlepptau ihrer selbstgerechten Mutter dahertrottet und einmal die Sekretärin hat flüstern hören: »Dieses Mädchen hat seine Mutter um den Finger gewickelt. Wirklich *eingewickelt*.«

»Bitte komm nicht in die Schule«, flehte Bridget in banger Furcht letzte Woche, als ihre Mutter erfuhr, dass sie die monatliche Leihgebühr für ihr Sax aus Versehen zweimal gezahlt hatte. »Ich bring das in Ordnung, wenn wir Jazzband haben. Bitte komm nicht.«

»Gut«, sagte die Mutter endlich und beäugte Bridget misstrauisch. »Aber sieh zu, dass sie dir eine Quittung geben.« Später, auf dem Heimweg vom Supermarkt, überlegte sie es sich anders und marschierte ins Sekretariat, ehe Bridget eingreifen konnte.

»Ich sagte doch, ich bringe es in Ordnung, wenn wir Jazzband haben«, sagte Bridget.

»So konnte ich aber mal fragen, welche Maßnahmen ergriffen wurden«, sagte Bridgets Mutter. Sie zog einen geschwollenen Fuß aus dem Schuh und massierte ihn bedächtig. »Nach dieser schrecklichen Sache mit Mr Saladin wollte ich einfach wissen, welche Maßnahmen ergriffen wurden.« Den Schuh schwingend, musterte sie Bridget und sagte: »*Gar keine*, sag ich dir. *Gar nichts* ist unternommen worden.«

»Ich habe dich gebeten, nicht hinzugehen«, sagte Bridget leise. »Sie denken, ich hätte dich um den Finger gewickelt.«

»Bridget«, sagte Bridgets Mutter, »es ist mein Geld, das du für dieses Saxofon ausgibst. Ich kann mit meinem Geld tun, was mir passt. Und außerdem konnte ich denen mal die Meinung sagen. Sie haben *nichts* unternommen.«

Die Saxofonlehrerin wartet stumm ab, bis Bridget sich wieder gesammelt hat.

»Ich glaube, dass man sagen kann, sie lügt«, sagt Bridget schließlich. »Ich glaube, sie lügt mich wirklich an.« Der Verrat stößt ihr sauer auf.

»Sie sabotiert dich«, sagt die Saxofonlehrerin.

»Ja, wahrscheinlich«, sagt Bridget. Das Pendel des Metronoms schwingt hin und her und misst den Raum zwischen ihnen.

Die Saxofonlehrerin lässt Bridgets Elend einen Moment lang schwer im Raum hängen, dann sagt sie: »Tatsächlich war deine Mutter letzte Woche hier. Nur zur Information. Sie hat sich mit einem Lehrer an deiner Schule unterhalten.«

Panik überfällt Bridget. »Was hat sie gesagt?«

Die Saxofonlehrerin spielt gerne Bridgets Mutter. Sie schrumpft in sich zusammen, bis sie blass und schlaksig und zerknautscht und leicht aufgescheucht wirkt, reißt wie unter Zwang an den Fransen ihres Schals, und ihre kleinen Äuglein schießen hektisch hin und her, während sie spricht.

»Bridget kam noch nie gut mit ihren Lehrern aus«, sagt

Bridgets Mutter. »Offenbar findet sie einfach zu niemandem einen Draht. Sie ist kein schlechtes Mädchen – überhaupt keine Unruhestifterin –, und sie ist nicht dumm. Aber sie hat etwas an sich, das sie bei Lehrern immer anecken lässt. Ich kann das nicht verstehen. Wie macht man das eigene Kind liebenswert? Das habe ich anscheinend verpasst. Irgendwie ist es an mir vorübergegangen.«

Es ist eine exakte Nachahmung. Mit erfreuter, erwartungsvoller Miene, als wüsste sie, dass sie die volle Punktzahl erreicht hat, und wollte dennoch die Bestätigung hören, wird die Saxofonlehrerin wieder sie selbst.

»Solche Sachen sagt sie ständig«, sagt Bridget unglücklich. »So redet sie über mich. Geht zu meinen Lehrern und erzählt ihnen, ich hätte komische Ideen, oder sie fragt sie, wieso ich nie Ideen hätte und was sie dagegen zu tun gedächten.«

»Sie will eben das Beste für dich«, sagt die Saxofonlehrerin.

»Nein, sicher nicht«, sagt Bridget. »Es passiert einfach sonst nichts in ihrem Leben, und sie muss überall ihre Nase reinstecken, damit sie nicht vor Langeweile stirbt.«

»Na komm, Bridget«, sagt die Saxofonlehrerin vorwurfsvoll. »Dieses ganze Drama an deiner Schule, dieser Sexskandal – das hat sie wirklich mitgenommen. Sie macht sich Sorgen um dich.«

Dieser plötzliche Kurswechsel ist typisch für die Gespräche der Saxofonlehrerin mit Bridget. Eine jähe Kehrtwende zieht stets eine befriedigende, gekränkte Verunsicherung nach sich, die Bridgets Gesicht mit Scham bewölkt, mit dem pochenden, unumkehrbaren Schuldgefühl, zu viel gesagt zu haben. Die Saxofonlehrerin betrachtet die Wirkung mit Genugtuung.

Bridget sieht sie einen Moment lang jämmerlich an. Ihre Rattenschwänzchen hängen herab, und die Schleifen daran sind grau. »Sie sagte: Gott sei Dank, dass Sie eine Frau sind«, sagt sie unvermittelt, als dächte sie zum ersten Mal über die Worte nach.

Donnerstag

Die Schule, die diese Mädchen so widerwillig besuchen, heißt Abbey Grange und wird, je nach Stimmung oder Betrachtungsweise, entweder Schäbige Scheune oder Abtei des Schreckens genannt. Die Jungen von der Knabenschule gegenüber hängen sich mit den Achseln über den schmiedeeisernen Zaun und schreien »Schreckensscheune!« durch die Stäbe, und die Mädchen schreien, wenn sie die Abkürzung über das St-Sylvester-Gelände nehmen, »Syphilis!« oder »Sankt Belästiger!«, manchmal auch fürs Publikum, aber immer mit dem Gefühl, damit einen Punktegleichstand herbeizuführen.

Heute geht Isolde, windverwehten Müll und die ausgetretenen, vom Frost der vergangenen Nacht ockerfarben verkrusteten Schlammlöcher umrundend, über die winterlich kahle Wiese auf Abbey Grange zu. Vom sonnenerwärmten Asphalt der Korbballplätze kräuselt sich aufsteigender Dunst, und das geflickte Netz im Fußballtor glitzert vom Tau. Die gemalten Linien auf den Plätzen sind vom ursprünglichen Weiß zu einem schmutzigen, fasrigen Grau verblasst. Die Schule besteht vorwiegend aus Schindelbauten, gebrochen weiß bis braungrau, aber zwischen den alten gibt es auch ein paar neuere Gebäude, die jüngst erst gestrichen wurden und heller als der Rest herausleuchten, wie glänzende neue Haut, die sich über einer Verbrennung bildet. Sämtliche Bäume werden von eisernen Halskragen und messerbeschrifteten Sitzbänken gebändigt, die von Namen und Schicksal jeder je hier inhaftierten Schülerin künden.

Isolde geht langsam dahin, während die Hochwassermarke aus grauem Matsch und abgeschnittenen Gräsern schleichend über die Oberkante ihrer Schulschuhe steigt und in die feuchte Wolle ihrer Socken eindringt. Die meisten Mädchen strömen durch den Haupteingang in die Schule, und Isolde, auf dem Weg zur Klassenversammlung, ist froh, eine Außenseiterin zu sein. Mr Saladins Abgang hat sie in den Genuss einer besonderen Freiheit gebracht, denn alle Schülerinnen gehen ihr verlegen aus dem Weg, als wäre sie besonders fragil; die Lehrer indes sind forsch und geistesabwesend und eindeutig bemüht, Isolde so normal wie möglich zu behandeln. Die Ungestörtheit ist ihr willkommen, aber sie ist sich auch darüber im Klaren, dass dieser Berühmtheitsabglanz keine unbegrenzte Laufzeit hat. Mit verächtlicher Gleichgültigkeit hat sie zur Kenntnis genommen, dass keiner ihrer Lehrer sie mehr mit ihrer Schwester vergleicht, nicht mal der Korbballtrainer, dessen Lieblingsspruch einmal war: »Also wirklich, ihr zwei – euch haben sie doch was in den Tee getan!«

Isolde zielt mit dem Fuß auf eine flach getretene Cola-Dose, die ein paar Meter auf die Schule zufliegt, und beschließt, sie den ganzen Weg bis zum Versammlungsraum vor sich herzukicken. Die erste Glocke läutet. Isolde tritt wieder gegen die Dose und steckt ihr Englischprojekt, ein handgemaltes, zu einem steifen Rohr gerolltes und von Gummibändern zusammengehaltenes Poster, unter den anderen Arm.

Für diese besondere Aufgabe hat Isolde einen König gezeichnet, der tot, ein Schwert im Herzen, im Bett liegt, und der Blutfleck auf der Decke hat die Umrisse Schottlands. Darunter steht das Zitat: »Blute, blute, du armes Vaterland«. Isolde ist eine gute Zeichnerin, vor allem eine gute Porträtistin, und auf dieses Bild, das sie mit Buntstift und Kohle gezeichnet und zur Vermeidung von Schmierflecken mit Sprühlack behandelt hat, ist sie besonders stolz.

»Weißt du, wenn bei Shakespeare das Wort *country* vorkommt, klingt meistens irgendwo auch *cunt* an«, kommentierte Victoria, als sie, die Ellenbogen auf die Lehne eines Esszimmerstuhls gestützt, die Zeichnung mit kritischem Blick beäugte. »Die Leute waren damals alle viel obszöner, ›Fotze‹ war ein völlig normales Wort.«

Isolde legte ihren Stift hin und zog die Shakespeare-Ausgabe zu sich her. Unsicher überflog sie die zitierte Stelle und sagte dann: »Hier aber wohl nicht, glaube ich. In den Anmerkungen steht nichts davon.«

»Tja, das ist ja auch eine Schulausgabe, oder?«, sagte Victoria. »Da müssen sie das zotige Zeug weglassen. Glaub mir, ›Land‹ bedeutet immer auch ›Fotze‹. Land-Sachen – das ist *Hamlet*. Übrigens genauso das Wort *cunning*. *O cunning love* – ›O list'ge Liebe‹ übersetzen sie das. Vergiss es. Das heißt ›Mösenliebe‹.«

Eine Zeit lang betrachteten sie schweigend das Bild. Dann fügte Victoria hinzu: »Das lernst du in der Dreizehnten. Sobald Englisch kein Pflichtfach mehr ist, kommen sie mit den spannenden Sachen.«

»Meinst du, ich sollte es noch mal neu machen?«, fragte Isolde, die einen Buntstiftspan zwischen Daumen und Zeigefinger zerdrückte und das Bild jetzt mit anderen Augen betrachtete.

»Nein, so ist es doch viel raffinierter«, sagte Victoria großzügig und neigte den Kopf zur Seite, um die Zeichnung besser zu sehen. »Der Blutfleck und alles. Ich wette, du kriegst die Höchstpunktzahl.«

Als Isolde mit ihrem Bild unter dem Arm unauffällig am Parkplatz vorbeitrottet, steht Mr Horne am Eingang. Er schüttelt stoßweise die Faust gegen die in die Schule strömende behandschuhte und umschalte Mädchenflut, und die Radfahrerinnen, die ihre Helme mit dem Kinnriemen an die Lenkstange gehängt haben und auf den Pedalen stehend ihre Mitschülerinnen umkreisen, schreit er an: »Steigt ab und schiebt!«

»Morgen, Isolde«, ruft Mr Horne ihr zu und tippt sich zu einer Art Salut mit zwei Fingern an die Stirn. Isolde lächelt und winkt und steigt die Stufen zum Musikblock hinauf, wo ihre Klassenversammlung stattfindet.

Als sie eintritt, stürzt eine Mitschülerin auf sie zu und fragt: »Hey, Issie. Alles okay?« Sie betrachtet Isolde mit aufgesetzt traurigem Blick und herabgezogenen Mundwinkeln, als bettelte sie, und kommt sich mütterlich, mitfühlend und nett vor.

Isolde runzelt die Stirn. »Heute ist kein guter Tag«, sagt sie, denn so ist es leichter.

Samstag

»Ein Mann kann mächtig sein und dennoch geliebt werden«, liest Patsy vor, »aber dass eine Frau um ihrer Macht willen geliebt wird, erlebt man selten – Frauen müssen machtlos sein. Wenn also in unserer Gesellschaft eine Frau Macht erlangt, wird es ihr auch schwerer fallen, Liebe zu finden.« Sie klappt das Buch zu und sieht die Saxofonlehrerin fragend an. »Siehst du das auch so?«

Das ist eine weit zurückliegende Szene. Die Saxofonlehrerin sieht viel jünger aus. Die Haut unter ihren Augen ist straffer, und von den Tabaksbeutelfalten rund um den Mund ist noch nichts zu sehen. Patsy ist umringt von Büchern und Papieren und Kugelschreibern. Draußen regnet es.

Die Saxofonlehrerin lehnt sich im Stuhl zurück und denkt mit zweifelnder Miene über die Frage nach. »Ich kannte mal ein Paar mit einem kleinen Kind«, sagt sie schließlich, »ein Junge, vielleicht vierzehn Monate. Der Vater arbeitete den ganzen Tag, und wenn er abends heimkam, lächelte der Kleine ihn an und grinste und streckte seine Ärmchen nach ihm aus und kasperte für seinen Papa herum. Aber wenn die Mutter nur eine Weile weg war, das Kind vielleicht bei Verwandten oder einer Nachbarin ließ, um mal kurz rauszugehen, dann war es beleidigt. Es war böse und wandte sich ab und ließ sich nicht mehr von ihr halten, und wenn sie ihm zu nahe kam, fing es an zu schreien. In seinen Augen hatte *sie* kein Recht, wegzugehen und es allein zu lassen. Die Liebe des Vaters war bedingt und musste verdient werden. Der Kleine musste sich bemühen, um seinen Vater für sich einzunehmen, und das tat er. Die Mutterliebe hingegen sah er als von Rechts wegen *un*bedingt, und wenn sie ihm die Liebe entzog, empfand er das als vollkommen ungerecht und empörend.

Zuerst«, sagt die Saxofonlehrerin, »tat mir die Mutter leid. Ich fand den Kleinen schrecklich unfair. Aber dann habe ich das anders gesehen.«

»Du hast das anders gesehen?«

»Ja«, sagt die Saxofonlehrerin. »Die Mutter hatte auch eine gewisse Macht. Sie hatte eine Form von Einfluss. Das habe ich schließlich eingesehen.«

»Meine Frage ist damit eigentlich nicht beantwortet«,

sagt Patsy. »Ich wollte wissen, ob du glaubst, dass es Frauen, die eine gewisse Macht in der Welt erlangt haben, schwerer haben, Liebe zu finden.«

»Nein«, sagt die Saxofonlehrerin, »ich finde die Formulierung der Frage falsch. Ich finde nicht, dass Macht und Liebe zwangsläufig zwei unterschiedliche Dinge sind.«

»Du bist *nie* mit der Frage einverstanden«, sagt Patsy mit gespieltem Ärger. »Nie kommen wir zu *irgend*welchen Antworten, weil du immer was gegen die Frage hast.«

»Das lernt man an der Uni«, sagt die Saxofonlehrerin. »An der Schule wollen sie Antworten haben, aber an der Uni wird nichts anderes von einem erwartet, als dass man die Frage infrage stellt. Darum geht's. Das sagen dir alle.«

Patsy seufzt und wischt mit der flachen Hand einen Krümel vom Schutzumschlag. »Lächerlich«, sagt sie, aber sie klingt besiegt.

»Im ersten Studienjahr hatte ich eine Freundin«, sagt die Saxofonlehrerin, »die jeden Text, den sie schrieb, immer gleich anfing. Nehmen wir an, sie musste über Bilder der Gewalt in Mary Shelleys *Frankenstein* schreiben. Dann begann ihr Aufsatz so: ›Das Problem der Gewalt in Mary Shelleys *Frankenstein* hat zwei Seiten.‹ Es war immer dasselbe. Egal, worüber sie schrieb. ›Das Problem des Nationalismus im Vorkriegsengland hat zwei Seiten.‹ Immer dasselbe.«

»Was, wenn es nur eine Seite hatte, das Problem?«, fragt Patsy und starrt wieder finster auf das zugeklappte Buch.

»Jedes Problem hat *immer* zwei Seiten«, sagt die Saxofonlehrerin. »Das ist das Geheimnis.«

»Da ist so ein Mädchen an der Schule«, sagt Bridget, »das wirklich krasse Lügen erzählt. Dass sie so krass sind, liegt, glaube ich, daran, dass sie's wohl selber nicht merkt, wenn sie lügt.«

»Welches Mädchen?«, fragt die Saxofonlehrerin.

»Willa«, antwortet Bridget ausweichend. »Aber man sieht es ihr nicht an. Sie ist gut.«

Bridget fummelt an ihrem Blättchen herum, dann blickt sie auf.

»Ich zum Beispiel habe immer so einen blöden Fehler gemacht«, sagt sie. »Wenn ich das Wort *verständnisinnig* las, war mir nicht klar, dass es mit *innig* zu tun hat, also erfüllt von Verständnis bedeutet, sondern ich dachte, es kommt vom *Sinn*, und das Wort ist genauso gebildet wie *wahnsinnig*. Deswegen sagte ich immer *verständnis-sinnig* statt *verständnis-innig*.«

Die Fingerspitzen der Saxofonlehrerin ruhen auf dem Saxofon, das um ihren Hals hängt, und wenn sie die Hand bewegt, hinterlässt sie graue Feuchtigkeitsovale, die sich binnen Sekunden erst runzeln, dann auflösen.

»Dieses Mädchen«, sagt Bridget, »diese Willa, sie war letztes Jahr mit mir im Förderkurs, und einmal hörte sie mich laut *verständnissinnig* sagen, und die Lehrerin sagte mir, wie das Wort richtig heißt, und wir lachten alle, weil es so kurios war. Und dann sitzen wir letzte Woche beim Mittagessen, mit mehreren, und Willa fängt an zu erzählen, wie sie immer dachte, es heißt *verständnis-sinnig*, bis sie endlich mal aufgeklärt wurde. Sie erzählt die ganze Geschichte, als wäre es *ihre*.

Ich habe sie währenddessen scharf beobachtet«, fährt

Bridget fort, »aber sie sah mich völlig arglos an und lachte über sich, und ich glaube wirklich, sie wusste gar nicht, dass sie meine Geschichte erzählte. Sonst hätte sie doch irgendwie ein schlechtes Gewissen gehabt oder hätte die Geschichte nicht in meinem Beisein erzählt. Ich glaube, sie hat einfach diesen Fehler bei mir gehört und fand ihn witzig, und nach einer Weile hat sie sich eingeredet, die Geschichte sei ihre.«

»Hast du sie bloßgestellt?«, fragt die Saxofonlehrerin. »Vor den anderen?«

»Nein«, sagt Bridget. »Es hätte mich doch jeder für bescheuert gehalten.«

»Also hat niemand erfahren, dass sie gelogen hat.«

»Nein.«

»Und wenn du das nächste Mal aus Versehen *verständnissinnig* sagst, glauben alle, du machst Willa nach.«

»Ja«, sagt Bridget. »Falls mir der Fehler noch mal passiert.«

»Und du bist dir sicher, dass Willa ganz bestimmt nicht insgeheim *verständnissinnig* liest, wenn sie das Wort *verständnisinnig* sieht.«

»Ja«, sagt Bridget tapfer. »Ich bin mir sicher. Das ist *meine* Geschichte. Und im Förderkurs hat sie jedenfalls über mich gelacht.«

»Tja«, sagt die Saxofonlehrerin. »Das ist sicher nicht die heroischste Geschichte, die man von jemand anderem klauen und als die eigene verkaufen kann. Da fällt mir sicher noch was Besseres ein.« Wieder bewegt sie die Hand, und die grauen feuchten Fingerabdrücke verdunsten und sind fort.

Bridget wird rot und ist nicht imstande, die Empörung, ja Wut, die sie gegenüber dieser wildernden Willa empfindet, dieser Lügnerin und ungenierten Diebin, in angemessene Worte zu fassen. Bridget hat ohnehin nicht viele Geschichten über sich zu erzählen, so unheroisch sie sein mögen, und weil dieses Mädchen sie bestohlen hat, ist sie jetzt um noch eine Geschichte ärmer, ihr Leben noch dünner, noch weniger originell.

»Aber jetzt hat sie diese Erinnerung«, müht sich Bridget weiter. »Eine echte Erinnerung an jedes Mal, wenn sie dieses Wort falsch gelesen hat. Und sie lacht über sich und sagt: Wie blöd war ich, so als könnte sie's gar nicht glauben, wie dumm man sein kann. Dabei ist sie es gar nicht. Dumm, meine ich. Sie hat das Wort immer richtig gelesen.«

»Vielleicht lügt sie einfach gern«, sagt die Saxofonlehrerin.

»Aber wenn sie nicht weiß, dass sie lügt«, sagt Bridget jetzt beinahe verzweifelt, »und niemand anderes es weiß, und wenn sie diese echte Erinnerung im Kopf hat …«

Sie bricht ab, nur den Mund bewegt sie noch, wie ein gefangener Fisch.

»Dann könnte es genauso gut wahr sein«, schließt sie endlich, und in ihrer Verstörung schlägt sie sich ein-, zweimal mit den Händen an die Seiten, und dann ist sie still.

Montag

»Ich hatte Mr Saladin in der Elften«, sagt Julia aus heiterem Himmel in ihrer Montagnachmittagsstunde.

»Ach ja?«, sagt die Saxofonlehrerin.

»In Musik«, sagt Julia. »Ich fand ihn immer irgendwie schräg.«

»Ach!«, sagt die Saxofonlehrerin überrascht, der die Vorstellung eines schrägen Mr Saladin vollkommen neu ist. Sie bewegt den Gedanken einen Moment lang im Mund herum.

»In dem Jahr war sie mit mir in Musik«, fährt Julia leicht verträumt fort. »Victoria, meine ich. Damals waren sie sicher noch nicht zusammen – damals hatte sie noch keinen Holzbläserunterricht. Das ist mir neulich wieder eingefallen, und seitdem denke ich ständig drüber nach und versuche mich an irgendeinen Vorfall zu erinnern, bei dem die beiden zusammen waren, irgendein Ereignis, das ich aus dem restlichen Jahr herauslösen und bedeutsamer machen kann, als es in Wirklichkeit war.«

»Und?«

»Einmal«, sagt Julia, »einmal sagte Mr Saladin: Victoria, wenn du in dieser Stunde noch ein einziges Mal diese Blockflöte anfasst, wirst du jung sterben, und glaub bloß nicht, dass ich das nicht ernst meine.« Julia spreizt die flachen Seitenarme des Notenständers, die ihre Noten festhalten, nach außen. »Ich sollte das mal beim Schulpsychologen zur Sprache bringen«, sagt sie und schnaubt unelegant. »Und dann anfangen zu weinen.«

»Was hat er denn heute mit euch gemacht?«, fragt die Saxofonlehrerin.

»Kritik üben ist konstruktiv, vergleichen ist beleidigend«, sagt Julia. »Zum Beispiel: ›Ich finde deine Einstellung verletzend‹, das ist Kritik, das ist okay. ›Du bist genau wie deine Mutter‹ – das ist ein Vergleich und nicht okay. Das haben wir zuerst gelernt, und danach kamen Rollenspiele. Rollenspiele können helfen, eine Situation aus verschiedenen Blickwinkeln zu betrachten.«

Die Saxofonlehrerin sagt nichts. Sie streicht mit dem Daumen über den rauen Keramikrand ihres Teebechers und wartet, dass Julia weiterspricht.

»Ich melde mich also«, sagt Julia, »und sage: Und wie ist das in einer gleichgeschlechtlichen Beziehung? Ganz bestimmt, sage ich, spielt der Vergleich in gleichgeschlechtlichen Beziehungen eine viel größere Rolle. Zum Beispiel: Ich bin dicker als du, oder: Ich bin männlicher als du, oder: Ich bin die Mütterliche von uns beiden, oder: Ich bin die männliche Schulter oder – keine Ahnung. Ich sagte zum Schulpsychologen: Was meinen Sie – wenn vergleichen beleidigend ist, geht es dann bei gleichgeschlechtlichen Paaren beleidigender zu als bei den normalen?«

Frohlockend im blassen Nachglühen ihrer hinterlistigen Teenagerlogik wiegt sich Julia mit ihren scharrenden Füßen vor und zurück und denkt an das daran anschließende furchtsame, empörte Schweigen im Klassenzimmer, während sich der Schulpsychologe die Stirn rieb und die Mädchen über die Leere hinweg finster zu ihr zurückstarrten.

»Und der Schulpsychologe sagt: Julia, wir reden momentan nicht über gleichgeschlechtliche Beziehungen. Mr Saladin war ein Mann, und Victoria war ein Mädchen. Lass uns jetzt nicht abschweifen. – Und dann redet er auch noch ständig in der Vergangenheit, als wären sie beide tot!«

Hiermit kommt Julia zum Ende, greift zu ihrem Saxofon und beginnt zu spielen. Den letzten Teil der Szene unmittelbar vor dem Läuten, als die Mädchen sich wieder nach vorn drehten und der Schulpsychologe mit gerunzelter Stirn in seinen Notizen kramte, hat sie gestrichen. Eine der Schönen hatte sich zu ihr umgedreht und gezischt: »Wieso musst du immer so ein Zeug reden? Jedes Mal sagst du so was, damit allen unwohl wird. Anscheinend kriegst du's nicht mehr aus dem Kopf und musst dauernd drüber reden, nur so zum Spaß. Das ist doch widerlich.«

Manchmal versucht die Saxofonlehrerin, nur zum Vergnügen, sich vorzustellen, wie es wäre, wenn die Rollen anders verteilt wären. Sie stellt sich das Mädchen, das die Bridget spielt, in der begehrten Isoldenrolle vor, und im Geist formt sie das Mädchen um, bügelt sein strähniges Un-Haar zu einem schimmernden Vorhang, der glatt und glänzend von einem Mittelscheitel herabfällt, rötet seine Wangen und verwandelt seinen Gesichtsausdruck in die selbstvergessen waidwunde Miene, die Isoldes Markenzeichen geworden ist. Sie fügt eine silberne Armbanduhr hinzu und unter dem Kragen der Schuluniform eine dünne silberne Gliederkette. Diese Kette windet sich die Darstellerin der Isolde von Zeit zu Zeit gedankenverloren um den Finger oder hebt sie, während sie nachdenkt, zum Mund und kaut darauf herum, sodass sich die Kettenglieder wie ein zarter Silberzaum in die glatte Haut beider Wangen graben.

Selbstredend steht die Isoldenrolle nicht wegen irgendwelcher Eigenschaften der Isolde hoch im Kurs: Sie ist wegen ihrer Nähe zum Skandal um die Schwester so begehrt. Kraft desselben Mechanismus, der den Schönen Macht verleiht, wenn sie sagen: »Ich muss jetzt einfach mal eine Weile allein sein«, verleiht ihr das weithin hallende Echo von Schmach und Schande Macht, sodass sie fortan zu jeder Zeit von einer ernsten, besorgten Dienerschar umflattert wird, die einander zuflüstert: »Dass sie sich nur ja nichts antut!« Sogar die begriffsstutzige Bridget hat erkannt, dass Isoldes Nähe zum Geschehen viel wert ist.

Bei der Vorstellung des Mäuschens Bridget in Isoldes Rolle muss die Saxofonlehrerin lächeln. Zärtlich denkt sie, dass für dieses blasse, schlaksige, zerknautschte Mädchen, das auf seinen Haarspitzen herumkaut und den Kilt immer eine Spur zu hoch trägt und sich immer so verzweifelt anstrengt, vielleicht doch noch ein Schimmer Hoffnung besteht.

Für die Rolle der Bridget stellt sich die Saxofonlehrerin das Mädchen vor, das gegenwärtig die Julia spielt, und zieht ihr im Geist eine Schuluniform an, die ihr viel zu groß und andeutungsweise zerknittert ist und muffig riecht. Sie stellt sich vor, wie sich die Körperhaltung verändert, wie das Mädchen verschlossen wird und verzagt und dahinwelkt wie die in der Hitze der Pfanne schrumpfende Schwarte einer Speckscheibe. Die Rolle der Bridget wäre die leichteste der drei, denn Bridget ist ein Opfer, und Opfer sind leicht zu spielen. Nach der Julia wäre die Bridget wirklich ein Kinderspiel.

Die Rolle der Julia besetzt die Saxofonlehrerin mit dem rundgesichtigen Mädchen, das momentan die Isolde spielt. Diese Verwandlung ist am schwierigsten vorstellbar, denn sie ist die subtilste. Die Saxofonlehrerin überlegt, dass das Mädchen hinter der Isolde womöglich zu unschuldig ist, um die Julia zu spielen: Dieses Mädchen ist noch nicht befleckt genug, um die totale Eitelkeit von Julias Selbstekel zu erfassen.

Mit Zuneigung denkt die Saxofonlehrerin an ihre Schülerinnen, während sie am Fenster sitzt und, das Kinn in die Hand gestützt, auf die Dächer und Wolken hinausblickt. Dann klopft es an der Tür, und sie stellt ihren Becher Schwarztee ab. Sie streicht sich über die Hosenbeine und sagt: »Herein.«

Der Ginkgobaum wächst aus einem kleinen Quadrat Erde in der Mitte des Innenhofs. Rund um den Stamm wölbt sich der aufgeplatzte Beton. Das Laub ist inzwischen zu einem gelblichen Brei zertreten, der Abflüsse verstopft und die Pflastersteine mit einem fahlen Schmutzfilm überzieht.

Sie ist früh dran, und in der Ferne hört sie undeutlich, leise ein Tenorsaxofon eine aufsteigende Tonleiter spielen, deren Töne über Schieferplatten in den leeren Innenhof mit seinem nackten Ginkgo hinabschweben. Über dem Hof ragt die alte Sternwarte auf, die jetzt für das Publikum geschlossen ist, eine weiß geriffelte Kuppel mit flechtengrünem Fleckenmuster und schmiedeeiserner, von Vogelkot und Schmutz gesprenkelter Treppe.

Das Studio der Saxofonlehrerin befindet sich in einem ausufernden Gebäudeverbund, in dem einst das Museum und etliche obskure Universitätsinstitute untergebracht waren. Jetzt werden die gemauerten Innenhöfe und Kreuzgänge und die kleinen Gärten privat verpachtet, und die ehemaligen Ausstellungsräume beherbergen heute Büros und Studios und Läden.

Das Tenorsax wiederholt die Übung einen Halbton höher. Isolde blickt auf die Uhr: Sie hat noch fast fünfzehn Minuten. Müßig schwingt sie den Saxofonkasten und sieht sich im Hof nach einem Zeitvertreib um. Der Beton ist stumpf und schwarz vom letzten Regen, unter den Fallrohren stehen trübsinnige Pfützen, und die Vögel, die von einer Antenne zur anderen hüpfen, schütteln sich die Tropfen aus dem Gefieder. Isolde entfernt sich unschlüssig von dem Baum und der Sternwarte und biegt schließlich mit der unbestimmten Absicht, eine Bäckerei zu suchen und sich ein Rosinenbrötchen zu kaufen, in eine Gasse ein.

Als sie durch den Kreuzgang geht, dringt ein ferner Trommelwirbel an ihr Ohr. Bei den Backwagen, die jenseits des Kreuzgangs parken, finden manchmal kostenlose Theateraufführungen oder Performances statt, und Isolde folgt gedankenverloren dem Klang. Sie geht durch einen schmalen Bogen und eine nasse, ziegelgepflasterte Gasse, bis sie vor einer offenen Tür steht.

Die Tür wird von einer Stahlstange waagerecht halbiert, und auf Brusthöhe prangt ein glänzender Fleck, wo die Farbe dem Fett von Tausenden Händen gewichen ist. Jetzt hält ein Ziegelstein die Tür einen Spalt offen, und von drinnen hört Isolde Rufen und das deutliche Schlagen einer Trommel.

Sie schlüpft leise hinein, tapst den Flur entlang und mehrere Treppenstufen mit weiß markierter Kante hinauf. Sie kommt an ein paar Garderoben mit angelehnten Türen vorbei und erkennt, dass sie offensichtlich durch den Künstlereingang das alte Theater betreten hat. Sie zögert und ist schon im Begriff, wieder kehrtzumachen, aber das Getrommel ist jetzt lauter, und sie hört Stimmen und beschließt weiterzugehen, um wenigstens einen Blick zu erhaschen, bevor sie auf dem Weg, den sie gekommen ist, wieder verschwindet. Sie dringt in die samtene Schwärze der Seitenbühne ein und tastet sich im Dunkeln vorwärts, bis sie eine Lücke im Stoff findet, der ihr einen Blick auf die Bühne erlaubt.

Von der Seite betrachtet sieht die Bühne chaotisch aus, alle Kreide- und Bleistiftstriche sind sichtbar, die Kulissen schräg und zusammengedrängt und unschön, und auf der gegenüberliegenden Seitenbühne ballt sich das Durcheinander der Requisiten und Kostüme. Hinter der Bühne entdeckt Isolde, durch den leise bebenden Stoff der Kulissen voneinander getrennt, ein paar Gestalten, von denen manche kostümiert sind und die, angespannt auf den Zehenspitzen stehend, auf ihr Stichwort warten. Hinter dem Rampenlicht erkennt sie nebelhaft den dunklen Unterbauch des zweistöckigen Zuschauerraums und im Vordergrund die Silhouetten der Darsteller, die von einem zarten Strahlenkranz umgeben sind, wie eine vom Mond verfinsterte Sonne von ihrer leuchtenden Korona.

In der Mitte der Bühne steht ein Junge mit scharlachrotem Turban und schäbigem Frack; er trägt eine zerschlissene schmutzige Halskrause und fleckige, lose weiße Handschuhe. Über beide Augen hat er sich eine senkrechte schwarze Raute gemalt, die als fettige, klebrige Spur durch das weiß gepuderte Gesicht die Wange hinabsticht. Diese Rauten verleihen ihm etwas seltsam Getriebenes, machen ihn witzig und wehmütig zugleich. Von ihrem Standpunkt aus kann Isolde nicht viel von seinem Profil erkennen, nur die Linie seiner Wange und die Ausbuchtung des Turbans über der Schläfe, und manchmal, wenn er den Kopf wendet, blitzt eine schwarze Raute auf.

»Das ist ein vollständiges Kartenspiel«, sagt der Junge in die Dunkelheit hinein und lässt geschickt einen Satz Karten als saubere Kaskade von der rechten in die linke Hand stürzen. »Kein Joker. Asse zählen niedrig. Die Karte, die Sie aus diesem Spiel ziehen, müssen Sie behalten. Sie müssen sie immer mit sich herumtragen wie ein schmutziges Geheimnis.«

Mit einer schwungvollen Geste fächert der Junge die Karten auf dem filzbespannten Tisch vor ihm zu einem Bogen. Isolde, deren Augen sich allmählich an die Dunkelheit gewöhnen, erkennt weitere rot und schwarz gekleidete Personen auf der Bühne, die den Jungen in der Mitte wie Aussätzige umschleichen. Der Junge ist groß und stolz und glitzernd und grell ausgeleuchtet, wie eine Gestalt auf einem überbelichteten Foto. Hell und umflort starrt er mit glasigem Blick in das gleißende Licht.

»Geraten Sie an eine schwarze Karte, wird es Sie zu Männern hinziehen. Geraten Sie an Rot, zieht es Sie zu Frauen hin. Der Wert auf jeder Zahlenkarte sagt etwas über Ihre Potenz aus: Zehn heißt, Sie sind gut; Ass heißt, Sie *halten* sich für gut.«

Während er spricht, zieht der Junge blitzschnell einzelne Karten, hält sie zwischen Daumen und Zeigefinger in die Höhe und lässt sie dann mit einer schnellen Handbewegung davonspringen und über ihm durch die Luft flattern. Mit der anderen Hand fängt er die flatternde Karte auf, während die erste Hand bereits nach der nächsten Karte greift. Es ist fast wie ein Jonglieren: In einem explosiven kleinen Bogen fliegen die Karten in die Luft und werden gefangen, ehe sie zu Boden fallen.

»Ziehen Sie eine Hofkarte, könnte Ihr Liebesleben ein bisschen komplizierter werden. Generell ist zu sagen, dass eine Königin jeder beliebigen Farbe Sie zum Transvestiten macht, ein König wird Ihnen sadistische Tendenzen verleihen, ein Bube hingegen eine Neigung zum Masochismus. Allerdings gibt es Ausnahmen.«

Der Wirbel der Kesselpauke wird lauter und lauter, und mit zunehmender Lautstärke wird auch der Kartenspieler immer nachdrücklicher. Seine Bewegungen werden schneller, seine Stimme gepresster und eindringlicher. Die schwarz gekleideten Figuren auf der Bühne winden sich jetzt.

»Der Karokönig ist der Einzige, der statt eines Schwerts eine Streitaxt trägt. Deshalb heißt er auch der Mann mit der Axt. Wenn Sie den Mann mit der Axt ziehen, könnte sich

Ihr sexuelles Verlangen durchaus zu einer Perversion entwickeln.

Alle Hofkarten sind en face zu sehen, nur drei nicht: Zwei Buben und ein König zeigen sich immer im Profil. Ziehen Sie eine dieser einäugigen Karten, werden Sie anfällig für Selbsttäuschung und Unaufrichtigkeit.

Die wichtigste aller Hofkarten aber ist die Pikdame.«

Jemand rammt Isolde heftig von hinten. Sie taumelt und fährt, peinlich berührt, herum. Ein Junge ist rücklings gegen das Kulissentuch gefallen und krallt sich fluchend mit einer Hand in den Stoff, um Halt zu finden, aber seine Füße gleiten auf den abgetretenen kreidigen Dielenbrettern aus, und sein anderer Arm schwingt wild vor und zurück, während er um sein Gleichgewicht ringt. Er fuchtelt in der Luft, um das Zepter in seiner Hand nicht zu verlieren, doch es fällt klappernd zu Boden und rollt unter eine Vorhangfalte.

Er mustert sie scharf und grimmig. »Was machst du hier?«, zischt er, schon gebückt, um sein Zepter aufzuheben.

»Hab nur zugeschaut«, sagt Isolde und tritt hastig zurück, während der Junge im Halbdunkel umhertastet. »Entschuldigung.«

»Stanley!«, zischt einer der Leprösen von der Bühne. »Stanley, du bist dran!«

Isolde kann nichts weiter sagen. Der Junge packt sein Zepter, springt auf und stürzt auf die Bühne hinaus; in der halben Sekunde, bevor der Scheinwerfer ihn erfasst, richtet er seine Krone und reißt das Zepter hoch. Isoldes letzter Eindruck von ihm, ehe er sich im gleißenden Bühnenlicht auflöst, ist ein Gesicht im Wandel, auf halber Strecke zwischen natürlichem Ausdruck und Karikatur, und die Verwandlung vollzieht sich von innen heraus, so wie die Oberfläche des Badewassers sich zu kräuseln und einzusinken beginnt, wenn der Stöpsel gezogen wird.

Isoldes Herz hämmert noch von dem Zusammenstoß, und auf einmal schämt sie sich, dass sie heimlich zugesehen hat. Sie wendet sich ab und schleicht davon, die weiß markierten Treppenstufen hinab, über die sie gekommen ist, tapst leise durch den schmalen Korridor und stürzt endlich hinaus ins ginkgoduftende Tageslicht.

SECHS

April

»Masken oder Gesichter? Das frag ich mich schon die ganze Zeit. Masken oder Gesichter?«

Der Bewegungsleiter lehnte am Heizkörper im Dozentenraum, die dünnen Hände um seinen Becher gefaltet, und starrte finster und irgendwie glasig auf einen undeutlichen Fleck auf dem Linoleumboden. »Dieses große Mädchen«, sagte er. »Heute. In diesem … diesem Ausschnitt aus … Was sie heute vorgetragen hat … ah, hilf mir mal auf die Sprünge.«

Der Schauspielleiter ließ seine Zeitung sinken und musterte ihn über den Rand seiner Brille hinweg. »Kommt, Geister …«

»*Kommt*, Geister, die ihr lauscht auf Mordgedanken, und entweibt mich hier; Füllt mich von Wirbel bis zur Zeh', randvoll mit wilder Grausamkeit. Ja.« Einen Moment lang stand der Bewegungsleiter bebend da. »Sie wird diese Rolle nie hinkriegen. Sie ist eine Gefangene ihres glatten, symmetrischen Gesichts mit den kleinen, runden Augen. Als ich sie sah, dachte ich nur: dass *ihr* dieser Text niemals einfiele. Nicht ihr. Nicht diesem Gesicht. Dieses Gesicht hätte niemals den Mut dazu. Wenn ich sie in einer Aufführung sähe, würde ich rausgehen und sagen: Die Lady Macbeth war völlig falsch.« Der Bewegungsleiter reckte frustriert den Kopf. »Ich sehe sie mir alle an«, sagte er, »und ich sehe so viel Hoffnung und Tatendrang und Entschlossenheit, und das alles gefangen in Gesichtern, an die sich niemand erinnern wird, die nie Aufsehen erregen werden – moderne, verzärtelte, seidenglatte Gesichter, die nie Tragik oder Not oder Extremsituationen erlebt haben, oder gar … Mein Gott, die meisten haben praktisch ihr ganzes Leben *drinnen* verbracht. Dieses Mädchen – die Lady Macbeth heute. Als wäre sie aus Plastik. Sie ist zu glatt und rund, um real zu sein. Und diesem Glatten und Runden wird sie nie entkommen. Dieses Gesicht ist ihr Schicksal.«

»Heute bist du aber wirklich schlecht drauf, Martin«, sagte der Schauspielleiter, packte ein Aspirin aus und warf es zielsicher in seinen Kaffee. »Ich fand sie nicht so übel. Ihre Frische hat mir gefallen. ›Kommt an die Weibesbrust, trinkt Galle statt der Milch‹ – ich fand sie wunderbar verführerisch. Sie hat gar nicht erst *versucht*, böse zu sein.«

»Ja natürlich nicht! Weil sie kein einziges verdammtes Wort von ihrem Text kapiert hat!«, schnaubte der Bewegungsleiter.

Ein Schweigen trat ein. Der Bewegungsleiter senkte den Kopf zu seinem Becher und trank auf eine unfein schlingende Art, bei der er nach jedem heißen Mundvoll nach Luft schnappte und die Kehle beim Schlucken zusammenzog wie ein Reptil. Junggesellenmanieren, dachte der Schauspielleiter, das kommt davon, wenn man immer allein isst. Auf einmal tat ihm der Bewegungsleiter leid, und er legte die Zeitung aus der Hand.

Seine Unzufriedenheit mit der Welt hat immer so was schrecklich Persönliches, dachte der Schauspielleiter; jedes Mal, wenn etwas hinter einem Ideal zurückbleibt, ist er wieder ganz neu enttäuscht und trägt seine Enttäuschung vor sich her wie ein Kind. Er legte eine bei einem Mann seines Alters eigenartige Unschuld an den Tag – eine verrückte, selbstzerstörerische Art der Unschuld, denn er wusste ja, dass ihn eine Enttäuschung erwartete, und hoffte trotzdem.

Der Bewegungsleiter tendierte zu Schlichtheit und Skrupel, und doch war er kein skrupulöser Mann: Er war besorgt und unentschlossen, jammerte gern und schlingerte zwischen zwei Standpunkten. Er stand für immer im Schatten eines Prinzips, für immer im Schatten einer angestrahlten Kathedrale, in der es nachts von Fledermäusen wimmelte, und während er den mächtigen Bau wohl bewunderte und verehrte und seine Masse ihm imponierte, brachte er es nicht über sich, sich ihm wirklich zu nähern; niemals würde er anklopfen und eintreten.

Der Schauspielleiter sah ihn zusammenzucken und grimmig in seinen Kaffee starren und die Schulterblätter zurückziehen und den Hals recken, als wäre seine Haut geschrumpft. Der Schauspielleiter dachte: Es ist so, als wäre ein Teil von ihm immer noch ein Teenager, der noch nicht diese selbstsüchtig blinde Fähigkeit verloren hat, sich zu verlieben und auf die Nase zu fallen. War er neidisch auf den Mann, fragte er sich, neidisch auf seine Zweifel, auf seine Qualen vor jeder Entscheidung, neidisch auf sein gepeinigtes Gefühl des Scheiterns und gescheiterter Gerechtigkeit in der Welt?

»Ist es ein schlechter Jahrgang diesmal?«, fragte der Schauspielleiter. »Ist es das, was dich runterzieht?«

Der Jüngere schrumpfte auf seinem Stuhl zusammen wie ein angestochener Luftballon. »Nein«, sagte er gedehnt.

»Du hast dich gefragt, ob Masken oder Gesichter.«

»Ja«, sagte der Bewegungsleiter und seufzte. »Ich habe immer an Gesichter geglaubt. Mein ganzes Leben habe ich an Gesichter geglaubt. Aber jetzt nicht mehr.«

Immer wenn im Institut eine Tür geschlossen wurde, öffnete sich eine andere, schwang sanft auf, unsichtbar angestoßen von einem Luftzug, der sich nicht eindämmen ließ. Die Zugluft verlieh den Gebäuden etwas Murmelndes, Geisterhaftes. Wenn Stanley eine Tür hinter sich schloss, konnte er immer eine andere hören, die wie ein getreues Echo irgendwo in den tieferen Schatten des Flurs aufsprang. Die Türen rasselten, und Haarrisse umwoben das Email der Türknäufe.

Das Schuljahr begann mit einer aufwendigen Inszenierung des *König Lear* unter der Regie der diesjährigen Absolventen, und alle Dozenten spielten mit, stolz und strahlend in Weinrot und Grau. Die Hauptrolle hatte der frühere, längst pensionierte Schauspielleiter des Instituts, ein drahtiger Mann mit langen Zähnen und dünnem weißem Haar, das er exakt über der Stirn abgeschnitten trug wie ein Mönch. Etwa einen Monat nach der letzten Aufführung hing ein neues Kostüm an der Ziegelwand im Flur. Von dem Blut, das aus leeren Augenhöhlen geronnen und zähflüssig und scharlachrot vom grauen, unrasierten Kinn des Bewegungsleiters getropft war, trug der Kragen noch dunkle Flecken.

Jetzt fing das Jahr richtig an. Die Aufführung des *König Lear* war zum Teil eine Herausforderung gewesen, um den Anfängern Angst einzujagen und ihnen ein Erbe zu demonstrieren, dessen sie sich erst als würdig erweisen müssten. Eine Zeit lang funktionierte das. In der ersten Zeit blickten die Anfänger mit kleinlauter Verehrung zu den Dozenten und älteren Semestern auf, doch als die Wochen ins Land gingen, begannen sie, sich langsam aufzublähen, und schwollen an vor Zielstrebigkeit und Selbstvertrauen.

»Ich bin Schauspieler«, hörte sich Stanley zu seiner Überraschung sagen, und nach einer anfänglichen Pause stellte er fest, dass ihm die Bezeichnung gefiel, mehr noch: Sie machte ihn stark. »Am Drama-Institut«, fügte er dann hinzu und wartete zuversichtlich, bis sein Gesprächspartner sagte: »Ach, am *Institut*! Angeblich ist es ja total schwer, da reinzukommen, oder? Da musst du ziemlich gut sein.«

Die ersten Wochen des Jahres waren ein einziges Geflimmer. Am Anfang wirkte der neue Jahrgang zögernd und zaghaft und verlegen, tatsächlich aber suchte sich jeder und jede einen eigenen Platz in der Gruppe: Wer, je nachdem, als komisch oder tragisch oder exzentrisch oder tiefschürfend gelten wollte, begann, sein Revier abzustecken, legte sich Attribute zu und meldete, damit ihm niemand anderes in die Quere kam, seinen Anspruch auf einen speziellen Persönlichkeitstyp an. So kam es, dass eines der Mädchen auf dem Weg von Bewegung zu Stimmbildung im Flur die Arme um ihre Kommilitonen schlang und ausrief: »Gott, ich liebe euch! Ich liebe euch alle!«, um sich ihren Platz als jemand, der unbestreitbar *lieb* war, zu sichern. Nachdem dieser Platz besetzt war, beeilten sich die anderen, ihre sozialen oder musikalischen oder geistigen Gaben zur Schau zu tragen und damit einen kleinen Raum in Besitz zu nehmen, auf den niemand sonst Zugriff hatte. Es hieß: »Esther ist so *witzig*!« und »Michael ist so *arg*!«, und im Handumdrehen erlangte jeder die zweifache Gewissheit, sowohl Person als auch Typ zu werden.

Stanley war nicht sicher, was ihn als Person kennzeichnete. Zu Beginn des Jahres hielt er sich zurück, ließ die anderen Jungen die Rollen des Anführers, des Spielers, des Clowns besetzen und sah verunsichert zu, wie sie sich anstrengten, um Bewunderer und ein Publikum zu rekrutieren. Bei sich dachte er, dass er gerne als empfindsam und nachdenklich gelten würde, doch betrieb er die Markenbildung nicht mit genügend Nachdruck, sodass diese beiden Kennzeichen bald mit anderen Studenten in Verbindung gebracht wurden. Sehr schnell stand er im Schatten einiger ehrgeiziger Mitschüler – Jungen, die sich auf plan- und kunstvolle Art das Haar aus der Stirn warfen, schlaksige Gestalten, aus deren Taschen Nietzsche-Taschenbuchausgaben ragten, Jungen, die auf selbstbewusste Weise entrückte Mienen zur Schau trugen und dabei ständig besorgt und immer leicht unterernährt wirkten. Wenn diese Jungen den Mund aufmachten, verharrte die Klasse respektvoll und lauschte.

Still und leise geriet Stanley ins Mittelfeld der Unauffälligen in der Klasse. Wie die anderen hegte er eine kleine Hoffnung, dass er eines Tages noch zu seinem Recht käme und es allen zeigen könnte, aber diese Hoffnung war vage, und im Unterricht tat er sich selten hervor.

»Aus Ihnen«, sagte die Improvisationsleiterin eines Morgens zu Stanley und tippte ihm mit dem Finger auf die Brust, »werden wir schon noch was machen. Da ist was drin, das eines schönen Tages einfach *reifen* wird, über Nacht. Sie werden sehen«, sagte sie.

Sie ging davon, und Stanley blieb mit dem heißen Nachklang ihrer Berührung auf seinem Brustbein und dem Gefühl seligen Angekommenseins zurück, das ihn auch während der folgenden Tage und Wochen nicht verließ. Angespornt von diesem Keim der Zuversicht, der in seiner Brust zur Blüte heranwuchs, widmete er sich mit verstärktem Engagement seiner Technik. Er begann, selbst an seine Reifung zu glauben, und blickte ihr mit einer frommen Erwartung entgegen wie ein Geistlicher, der sich Antwort auf sein Gebet erhofft. Er wurde nachsichtiger gegenüber eigenen Misserfolgen und fühlte sich aufgehoben in dem Wissen, dass er eines nicht fernen Tages zweifellos seinen Durchbruch hätte.

»Es ist doch komisch«, sagte die Improvisationsleiterin später im Dozentenraum und verstummte dann für eine Weile, in der sie mit ihrem perlmuttfarbenen Fingernagel Maschen zählte und das wollene Viereck flach ausbreitete, um ihren Fortschritt zu begutachten. »Es ist wirklich komisch«, wiederholte sie dann, »dass wir derart ihr Ego aufpäppeln. Ich sehe, wie sehr es sie beeinflusst und ermutigt, und ich fühle mich so verantwortlich, ja eigentlich schuldig, als gäbe ich einem Kind eine geladene Pistole in die Hand.«

»Alle Schauspieler werden von ihrem Beruf entstellt«, antwortete der Schauspielleiter, schüttelte seine Zeitung aus und legte sie raschelnd entlang der vorgegebenen Faltung zusammen. »Wir pumpen ihr Ego auf, um das, was an ihnen zertreten und zerbrochen wird, wieder auszugleichen. Du schadest ihnen nicht, Glenda. Du milderst nur den Schlag ab.«

Stanleys ehemalige Schulfreunde hatten sich unterdessen zerstreut, waren in der Universität und an der Fachhochschule aufgegangen oder hatten sich ins Ausland davongemacht, um anderswo besseren Chancen nachzujagen. Stanley vergrub sich im Institut. Die Anfänger hatten jeden Tag ein volles Programm, und immer öfter fand Stanley einen Grund, um auch am Wochenende ins Institut zu kommen, in der Bibliothek herumzuschnüffeln oder mit einem Buch zur Zuschauergalerie über dem Tanzsaal hinaufzugehen, wo er den Schülern der Wochenendkurse bei Ballettunterricht, Seilarbeit und Muskelgrundtraining zusah. Er bezog eine Wohnung zusammen mit zwei weiteren Erstjährigen, dünnen, feierlichen Figuren, die, wie er, alles andere, was in ihrem Leben einst wichtig gewesen war, über Bord geworfen hatten. Mit der Zeit fraß ihn das Institut so vollständig, so rückstandslos auf, dass er manchmal daran denken musste, was der verdrießliche Junge aus Kostümbild mit dem alten Grammofon im Arm gesagt hatte. Er hatte ihn seither ein paarmal gesehen, wie er beladen mit Farbdosen und Säcken voller Stoffreste und halb fertigen, nadelgespickten Schneiderpuppen zu den Werkstätten unterwegs war.

Zu Hause redeten die Jungen über nichts anderes als Schauspielerei, über Film und Theater und Straßenauftritte und Revolution; behaglich saßen sie in der Muschelschale der eigenen Bedeutungslosigkeit und waren doch alle leicht benommen, als stünden sie gemeinsam und allein am Rand einer neuen, unerforschten Welt. Sie redeten bis spät in die Nacht, entwarfen Stücke auf fettigen Zeitungsfetzen und malten sich aus, für welche grandiosen Lügenmärchen sie eines Tages bezahlt würden.

»Wenn unsere Biografien geschrieben werden«, sagten seine Mitbewohner, »wenn unsere Biografien geschrieben werden, steht das alles in der Einleitung, im ersten Kapitel vor dem großen Knall, bevor wir berühmt wurden, bevor alles anfing. Und das ist dann das Kapitel, das jeder ungemein interessant und ermutigend finden wird, weil es zeigt, dass wir ganz normale Menschen sind, die ganz normal angefangen haben, Menschen, die mal arm waren und sich abrackern mussten und ganz normal verdienten. So gesehen, wird dieses Kapitel das interessanteste des ganzen Buchs.«

Stanley begann, sich mit anderen Augen zu sehen, begann, die Aspekte an ihm, die sich als verwendbar erweisen mochten, zu schätzen und zu lieben und sich vorsichtig auf Schwachstellen zu prüfen, voller Furcht und zugleich voller

Hoffnung, es könnte dazu führen, dass er Schaden nähme oder gar zerbräche. Sein Vater, der bisher keine herausragende Stellung in seinem Alltag eingenommen hatte, trat jetzt als Quelle der Tragik in Erscheinung, die sich erschließen und ausbeuten ließ. Im Unterricht redete er immer öfter über seinen Vater. Nach und nach und ganz unbewusst begann Stanley, sich als tragische Gestalt zu sehen – nicht als Opfer der normalen Geißel der Jugend, sondern als eine Person, der tieferer Tort angetan worden war, eine königliche Gestalt, ein Held des Gefühls. Nachts seufzte er und boxte sein Kissen, und manchmal weinte er.

»Immer der Arrivist«, sagte der Schauspielleiter im Dozentenraum mit einem Anflug väterlicher Erheiterung. »Wir kriegen sie zu spät. Das ist das Problem. Eigentlich brauchen wir eine Schule für Sechzehnjährige. Den Schulabschluss machen sie mit neunzehn. Sie müssten die Highschool aufgeben, um hier anzufangen. Es bekäme ihnen nicht schlecht.«

»Sie sind auch schon ausgeformt, wenn sie hier anfangen«, sagte die Stimmbildungsleiterin. »Psychisch ausgeformt. Moralisch ausgeformt. Heutzutage passiert alles so früh.«

»Und sie lieben sich so sehr«, sagte die Improvisationsleiterin. Sie riss heftig an ihrer Wolle, woraufhin das Knäuel unter den Tisch davonsprang. »Das ist ihnen am schwersten auszutreiben.«

In der Mensa ein Stockwerk tiefer hockten die Erstjährigen in einer ähnlichen Debatte zusammen. Stanley stocherte nachdenklich an seiner grauen Scheibe Schwein herum, während er lauschte.

»Die Leute, die sich das hier antun, haben wirklich größte Bewunderung verdient«, sagte einer von ihnen.

»Leute, die sich freiwillig zur Schau stellen, Leute, die freiwillig mit genau den Aspekten ihrer Person spielen, die sie am verletzlichsten machen. Das sind doch die tapfersten Menschen der Welt.«

April

Feiner Sprühregen färbte den Schiefer dunkel und sprenkelte das aufgequollene Moos mit einem dünnen Perlenfilm, der wie silberner Tau aussah. Stanley lümmelte auf einem der Kunstledersofas, die in den Fluren im Technikflügel standen, und las. Er lag auf dem Rücken, die Beine um das Heizrohr geschlungen, und bog mit dem Daumen den Buchrücken an der oberen Kante auseinander, um das Buch offen zu halten.

»Ist das deine Lektüre für Frühe Neuzeit?«, fragte eine Erstjährige, als sie auf ihn zutrat und sich neben ihm auf den Boden plumpsen ließ.

»Ja«, sagte Stanley und verschob den Daumen ein Stück, um seine Seite nicht zu verlieren. »Ich habe *Die Tragödie des Rächers* bekommen. Was hast du?«

»*Der Alchimist*«, sagte sie, öffnete ihre Tasche und holte eine eselsohrige Ausgabe des Theaterstücks hervor. »Ich hab noch nicht angefangen. Worum geht's bei dir?«

Stanley dachte eine Sekunde nach und sagte: »Um einen Mann, der sich verkleidet, um den Tod eines geliebten Menschen zu rächen, aber nach vollzogener Rache stellt er fest, dass er die Verkleidung nicht mehr loswird. Er ist die Person geworden, die er so lange gespielt hat.« Er drehte das Buch um und warf einen Blick auf das Umschlagbild: Ein verhüllter Mann versuchte, ein Skelett zu umarmen. Der Totenschädel leuchtete in Pfirsichgelb und Scharlachrot, die Wangenknochen waren mit Rouge gefärbt und die Augenhöhlen glänzend schwarz umrandet.

»Cool«, sagte das Mädchen völlig ungerührt. Sie seufzte, streckte die Beine aus und reckte sich, um mit beiden Händen ihre Zehen zu packen. »Also das Tanzen gestern hat mich buchstäblich *zerstört*«, sagte sie. »Ich bin den ganzen Heimweg gehumpelt. Wirklich *gehumpelt*.«

»Ja«, sagte Stanley. Er stockte eine Sekunde und dachte darüber nach, was er als Nächstes sagen sollte. Er hätte beinahe erzählt, dass ihn der Tanzunterricht sehr ins Schwitzen gebracht hatte, doch im letzten Moment, als die Worte schon in seiner Kehle steckten, stoppte er sich. Dann hätte er beinahe selbstironisch über seine Fitness zu plaudern begonnen, doch er stockte abermals und überlegte sich stattdessen eine Bemerkung über den Dozenten für Tanz oder den Kurs insgesamt, aber es fiel ihm zu lange nichts ein, und auf einmal erstarrte er in der Panik der Erkenntnis, dass er zu lange gezögert hatte. Das Mädchen verlagerte sich und dehnte jetzt das andere Bein. Das zerlesene Exemplar des *Alchimisten* rutschte ihr vom Schoß auf den Boden.

»Die Tanzdozenten an diesem Institut sind Sadisten«, sagte sie. »Schau dir diesen blauen Fleck an.«

Stanley schaute. Schmale Finger in Grau und Purpur krochen über ihre Hüfte und verschmolzen über dem Beckenknochen zu einer rötlichen Wolke. Beeindruckt streichelte sie den Bluterguss mit einem Finger, während die andere Hand den Bund ihrer Trainingshose hielt, um die Haut zu zeigen.

»Nicht schlecht«, sagte Stanley.

»Allerdings kriege ich sowieso immer sehr schnell blaue Flecken«, sagte das Mädchen. Sie ließ den Bluterguss unter dem Hosenbund verschwinden und nahm ihre Dehnübung wieder auf.

»Hey, dieses Stück hier ist übrigens wirklich gut«, sagte Stanley, der seine Zunge zu seinem zweiten Versuch lockerte. Halbherzig klopfte er mit der *Tragödie des Rächers* an sein Bein. »Es ist gruselig und echt krank.«

Das Mädchen warf einen zweiten raschen Blick auf den Umschlag. »Das ist das Stück, in dem ein Typ einem anderen mit einem Dolch die Zunge am Boden festnagelt?«

»Genau!«, sagte Stanley. »Und während er stirbt, muss er zuschauen, wie seine Frau mit seinem unehelichen Sohn schläft.«

»Ja, die Szene kenn ich«, sagte das Mädchen.

Ihre Gleichgültigkeit schien das Gespräch definitiv zu beenden, es war wie ein Türenzuschlagen mit einem Knall ohne Echo. Sie seufzte. Stanley trommelte mit den Fingern und fragte sich kurz, ob er sein Buch wieder aufschlagen und weiterlesen sollte. Er entschied sich für einen Kompromiss, drehte es um und las noch einmal den Rückseitentext.

»Hast *du* denn blaue Flecken von gestern?«, fragte sie nach einem Moment und musterte Stanley mit schmaläugigem Interesse von oben bis unten.

»Ich hab nur schrecklich geschwitzt«, sagte Stanley und wurde im selben Moment von einem Schwall Resignation überflutet, als hätte er die ganze Zeit gewusst, dass er es sagen würde. »Der Tanzunterricht bringt mich jedes Mal ins Schwitzen.«

»Krass«, sagte das Mädchen und betastete abermals mit sorgsam um die Hüfte gewölbten Fingern den Bluterguss, diesmal durch den Hosenstoff hindurch.

»Lassen Sie die Funken fliegen«, sagte der Schauspielleiter und forderte die beiden mit einem Nicken auf anzufangen.

Diesmal saß Stanley mit untergeschlagenen Beinen auf einer Parkbank und zog vor Kälte die Schultern bis zu den Ohren. Die Luft war klar und voller Ginkgoduft.

»Ich hab dich schon mal hier gesehen«, sagte Stanley, »auf dem Weg zum Musikunterricht.«

Das Mädchen blieb ein Stück entfernt stehen. Sie ließ ihren Musikkoffer von der Schulter gleiten, stellte ihn hochkant vor sich hin und legte die Hände darauf, wie eine Kassiererin an einer Mautstelle. Stanley sprach weiter.

»Ich dachte«, sagte er, »ich könnte dir vielleicht das Gefühl geben, dass du was wert bist. Falls du interessiert bist. Vielleicht dieses Wochenende. Ich würde dich nur küssen, wenn du ganz, ganz sicher bist, dass du mir vertrauen kannst. Ich würde auf dich aufpassen. Versprochen.«

»Wieso?«, fragte das Mädchen.

»Ich finde dich interessant«, sagte Stanley. »Ich möchte dich besser kennenlernen.«

Der Wind erfasste den Rocksaum des Mädchens und zupfte daran. Sie schob die Knie näher zusammen, um den Luftzug abzuwehren.

»Letztes Jahr«, sagte sie, »stand ich nach Korbball an der Bushaltestelle, und einer der Jungs kreuzte mit dem Fahrrad auf, ich lächelte ihn an, und wir redeten über Bekannte, und dann sagte er: Rate, was meine Freundin zum Valentinstag von mir gekriegt hat? Eine Schwangerschaft. Ich lächelte und sagte: Glückwunsch. Aber er schaute mich wütend an und sagte: Herrgott, wir waren beim Arzt. Sie ist sechzehn.«

»Versteh ich nicht«, sagte Stanley.

»Heute gibt es so was wie Unschuld nicht mehr«, sagte das Mädchen. »Es gibt nur Unwissenheit. Du denkst, du hast was Reines gefunden, aber weit gefehlt. Du hast einfach keine Ahnung. Du bist beeinträchtigt durch alles, was du noch nicht weißt.«

»Aber in *dir* sehe ich was Reines«, sagte Stanley leise. »Ich sehe etwas in dir, das dich von allen anderen unterscheidet. Ich sehe eine Reinheit in dir.«

»Der einzige Unterschied zwischen mir und allen anderen«, sagte das Mädchen unbeteiligt, aber mit einer gewissen Genugtuung, »ist die Frage, zu welchem Preis und unter welchen Umständen ich bereit bin nachzugeben.«

April

»Den Bühnen- oder Theaterkampf«, sagte der Bewegungsleiter, »nennt man auch Kampfpantomime.«

Heute waren sie alle aufrecht und hellwach, hüpften auf und ab und schüttelten die Hände aus. Das war der Kurs, auf den sich alle gefreut, den sich alle im Stundenplan rot angestrichen und auf den sie sich schon im Voraus, in der Abgeschiedenheit des eigenen Schlafzimmers, vorbereitet hatten.

»Kämpfen auf der Bühne ist keine Form von Gewalt«, sagte der Bewegungsleiter. »Sondern eine Art Tanz, ein kontrollierter Tanz, der sehr langsam eingeübt wird, bis er perfekt sitzt, und dann wird das Tempo gesteigert. Nächstes Jahr lernt ihr die Grundlagen des Fechtens – Degen, Säbel und Florett. Dieses Jahr konzentrieren wir uns einfach aufs Schlagen, Boxen und Treten und greifen dabei auf Kickboxen, Capoeira und Basisakrobatik zurück. Am Ende dieses ersten Jahres solltet ihr in der Lage sein, einen Kampf zu choreografieren und aufzuführen, bei dem ihr zum Schein euren Gegner boxt, tretet und werft und selbst geboxt, getreten und geworfen werdet.«

Er lächelte über ihre Begeisterung und fügte hinzu: »Ihr werdet lernen, dass es genauso schwierig und anspruchsvoll ist, einen Bühnenkampf zu verlieren, wie einen zu gewinnen. So. Wer kennt die Definition von Spezialeffekt?« Er sah sich um, doch die Gruppe war ratlos und abgelenkt, alles hüpfte von einem Fuß auf den anderen und brannte darauf, endlich anzufangen. »Ein Spezialeffekt«, sagte der Bewegungsleiter geduldig, »ist etwas, das nicht passiert, es *scheint* nur zu passieren. Bühnenkampf ist ein Spezialeffekt. Die Gewalt, die ihr auf der Bühne simuliert, *geschieht nicht*. Jeder, der das nicht begreift, wird in diesem Kurs scheitern. Wir haben früher schon Studenten aus dem Kurs genommen, weil sie die Definition von Spezialeffekt nicht verstanden haben.«

Er deutete auf ein mit Kreide auf den Turnhallenboden gezeichnetes Rechteck und sagte: »Okay. Alle da reinstellen, bitte.«

Die Studenten drängten sich im Pulk in das Rechteck. Die Fläche war klein, und sie mussten sich eng zusammenquetschen und sich aneinanderklammern, um ihr Gleichgewicht zu halten und innerhalb der Linien zu bleiben. Die Mädchen zogen die Schultern ein und wurden leicht konkav, weil sie instinktiv, um ihre Brüste zu schützen, die Oberarme zusammenschoben. Die Jungen kicherten und rempelten einander mit den Schultern und Handrücken. Stanley fand sich inmitten des Gedränges zwischen einem nach innen blickenden Mädchenpaar unbequem eingeklemmt. Das Mädchen vor ihm atmete an sein Schlüsselbein und verschob die Füße vorsichtig, sodass sie zwischen den seinen steckten. Die äußere Kante ihres Fußes berührte den seinen, und sie verlagerte rasch das Gewicht, um ihm auszuweichen.

»Ehe wir mit dem Kämpfen beginnen, fangen wir mit ein paar Übungen an, die es uns leichter machen, einander zu berühren«, sagte der Bewegungsleiter. »Die erste heißt ›Das Floß der Medusa‹. Zweck der Übung ist es, sich möglichst lange in dem Rechteck zu halten. Wenn ich das Startsignal gebe, beginnt ihr, euch gegenseitig anzuschieben. Sobald irgendein Körperteil von euch den Boden außerhalb des Rechtecks berührt, müsst ihr augenblicklich das Floß verlassen. Gewonnen hat, wer als Letzter noch steht. Haben das alle verstanden?«

Aus dem überfüllten Rechteck kam ein vielköpfiges Nicken.

»Nur Schieben«, sagte der Bewegungsleiter. »Kein Boxen. Kein Treten. Noch nicht.«

Alle spannten die Ellenbogen an und gingen kampfbereit ein wenig in die Knie. Zu spät hatten die Studenten am Rand ihren Nachteil erkannt und versuchten jetzt alle zugleich, sich zur Mitte hinzuwühlen, um sich besser zu positionieren.

»Okay«, sagte der Bewegungsleiter. »Los.«

Die rechtwinklige Menge begann zu brodeln. Etliche wurden binnen Sekunden aus dem Rechteck gedrängt; sie sprangen zurück und stellten sich mit zerknirschter Enttäuschung als Zuschauer in den Hintergrund. Stanley fand sich von Mädchen umringt, und er schob erst nur behutsam und vorwiegend mit Schultern und Hüften, um nur ja nicht aus Versehen mit den Händen eine Brust zu berühren. Die Mädchen waren weniger höflich. Kleine Handflächen stemmten sich unerwartet in sein Kreuz und schoben, schoben, bis ihm der Boden unter den Füßen entglitt. Halt suchend griff er in einen fremden Pullover. Die gesamte Menge taumelte jäh zur Seite; nackte Füße stemmten sich in den Boden und stolperten dennoch über die Bretter, und die halbe Klasse purzelte über den Kreidestrich und vom Floß. Folgsam hüpften die disqualifizierten Studenten aus dem Weg und ließen die übrigen weiterkämpfen.

Nachdem ein Großteil der Klasse ausgeschieden war, konnten sich die Übriggebliebenen freier bewegen. Das Spiel wurde taktischer und unverblümter kriegerisch. Stanley hielt eines der kleineren Mädchen in einem linkischen Schwitzkasten und hatte sie beinahe über die Linie gedrängt, als ein anderer Student seitlich auf ihn fiel und sie alle drei vom Floß stolperten. Der Bewegungsleiter stand ruhig daneben und sah auf die Uhr.

Als fast alle vom Floß gestoßen waren, bildeten die Abgestürzten einen Ring um die letzten Kämpfer und begannen, sie johlend anzufeuern. In der kreidigen Mitte des Floßes waren die drei Finalisten in einer schweißnassen Umarmung verhakt, schwankten hin und her, fielen hin und wieder schmerzhaft auf ein Knie oder eine Hüfte und rissen die anderen mit zu Boden. Sie spannten die Beine an, während sie miteinander rangen, zwei Jungen und ein Mädchen – ein drahtiges, muskulöses Mädchen mit der wohlgeformten, entschiedenen Figur einer Tänzerin.

Unter den Zuschauern begann jemand, rhythmisch zu stampfen, und bald stampften sie alle im Takt, und ihre bloßen Füße wirbelten winzige Wolken weißen Kreidestaub auf, der gleichmäßige Takt erfüllte den großen Raum und stieg zu der hohen Decke empor, wo verspiegelte Leuchten nicht leuchtend an ihrem bläulichen Gestänge hingen. Der Bewegungsleiter fiel nicht in das Stampfen mit ein, doch seine langen Finger klopften den Takt auf seinem Unterarm, und sein Blick wanderte aufmerksam zwischen dem Ring der johlenden Zuschauer und den kämpfenden drei hin und her. Jedes Mal, wenn einer der Siegeskandidaten hart bedrängt oder in gefährliche Nähe des Kreidestrichs geriet, ging ein anerkennendes Jauchzen durch die Menge, und es brandeten Beifall und Gelächter auf. Der Takt wurde schneller und schneller. Der Bewegungsleiter nickte dazu, und manchmal lächelte er ein schmales Lächeln.

Mit einer unerwarteten einhelligen Bewegung änderte sich die Dynamik der kämpfenden drei abrupt: Nun wandten sich die Jungen gemeinsam gegen das Mädchen und begannen zum ersten Mal, als Tandem zu arbeiten. Das stillschweigende Aufflackern jäher Übereinkunft ließ den Bewegungsleiter hörbar Luft holen, und er strich sich mit Daumen und Zeigefinger über die Mundwinkel. Das Mädchen wurde nun endlich hinausgedrängt – mit einem doppelten Schubangriff hatten die Jungen sie rasch über die Linie befördert und sprangen nun, wieder zu Gegnern geworden, vom Rand in die sichere Floßmitte zurück. Die Besiegte schloss sich dem Chor der Johlenden und Stampfenden an, und die Jungen verkeilten sich abermals in einem schwankenden Schwitzkasten, einem ermatteten, sich zentimeterweise bewegenden Tanz, der schließlich damit endete, dass die beiden in einem Knäuel über die Grenzlinie fielen.

Die Erstjährigen führten ›Das Floß der Medusa‹ insgesamt sechsmal auf, bis ihnen alles wehtat und sie rot und erschöpft waren. Im Laufe des Vormittags veränderte sich nach und nach ihre Haltung, sie wurde härter und freier und aggressiver, und das Eingekrümmte, befangen Schützende, das sie anfangs alle so offensichtlich behindert hatte, fiel schließlich ganz von ihnen ab. Die Kreidelinie war bald zu klebrigen grau-weißen Spuren verwischt, die ausstrahlten wie ein sterbender Stern.

»So, danke«, sagte der Bewegungsleiter nach fast einer Stunde, als zum sechsten und letzten Mal ein rotgesichtiger Sieger seinen Gegner taumelnd über die Linie geschickt hatte. »Jetzt seid ihr sicher alle hübsch aufgewärmt und habt keine Scheu mehr vor Berührungen. Wir fangen jetzt mit den Grundlagen des Bühnenkampfs an, auf denen wir dann aufbauen werden.« Er winkte sie näher zu sich. »Als Erstes«, sagte er, »lernen wir, wie man boxt.«

Mai

Der Junge mit der Maske sagte: »Ich brauche einen Freiwilligen.«

Die Maske war rund um die Oberlippe hufeisenförmig ausgeschnitten, sodass Unterkiefer und Kinn frei waren. Der harte Plastikbogen um seinen Mund gab ihm etwas marionettenhaft Glänzendes, Starres, Scharnierbewegtes. Die Oberfläche der Maske war glatt und fleischfarben, sie hatte mandelförmige Augenschlitze und hielt ohne Gummiband.

Mehrere Erstjährige aus dem Publikum meldeten sich mit einem befangenen, defensiven Grinsen, und der Maskierte deutete auf einen von ihnen. »Du«, sagte er und winkte ihn zu sich. Das war offensichtlich ein Stichwort, denn in dem Moment füllte sich die Turnhalle mit Akkordeonklängen, die vergnügt und fröhlich und schrill waren.

Die Tür öffnete sich, und die Sekretärin fegte herein, trabte auf den Schauspielleiter zu und flüsterte ihm hastig etwas ins Ohr. Der Schauspielleiter nickte, stand auf und folgte ihr hinaus. Die Tür schloss sich hinter ihnen.

Stanley, der im Publikum saß, erschauderte vor ahnungslosem Entzücken. Er beobachtete den Freiwilligen, der sich einen Weg durch die Zuschauer suchte und die Stufen zur Bühne hinaufstieg. Unterdessen schlenderten andere maskierte Gestalten lässig von den Seitenkulissen auf die Bühne, gingen umher und blickten unbeteiligt durch die fleischigen Mandellöcher in ihren durchbrochenen Masken ins Publikum.

»Dies ist eine Übung im Theater der Grausamkeit«, rief der maskierte Junge über die wachsende Lautstärke der Musik hinweg. »Diese Übung ist eine Herausforderung.«

Er stellte sich hinter seinen Freiwilligen. Unsicher ins Publikum lächelnd, stand der Junge da, und während er auf Anweisungen wartete, lauschte er auf den Maskierten hinter ihm und wiegte sich verlegen auf den Fersen vor und zurück. Dann schlug ihn der Maskierte nieder. Als der Junge nach vorn auf die Knie fiel, riss es ihm den Kopf zurück, und sein Gesichtsausdruck war verletzt und entgeistert über den sekundenbruchteilkurzen Schlag, aber noch immer lächelte er sein nervöses, defensives Lächeln. Rasch trat der Maskierte vor und schlug ihn erneut, und der Freiwillige fiel auf den Bauch und schrammte mit dem Kinn über die Bretter. Im Handumdrehen kniete der Maskierte auf seinem Freiwilligen, presste ihn flach auf den Boden und drehte ihm die Hände auf den Rücken, sodass er sich nicht rühren konnte.

Jemand hastete mit einem Schaff mit schwappendem Wasser herbei, das er mit Schwung auf dem Boden abstellte. Der Angreifer bäumte sich auf, packte den Freiwilligen an einem Haarbüschel und tauchte seinen Kopf ins Wasser. Er hielt selbst den Atem an, während er sich abmühte, den Kopf des Freiwilligen unter Wasser zu halten, und blickte mit konzentriert zusammengepressten Lippen seine steifen, geäderten Arme hinab auf sein sich windendes Opfer. Dieses begann, vor Verzweiflung und Angst um sich zu schlagen, und seine Beine keilten panisch und zuckend wie ein ausgeweideter, blutiger, an der Pier sterbender Fisch gegen den Bretterboden.

Aus der Perspektive Stanleys, der mit überkreuzten Beinen im Publikum saß, sah der gefesselte ertrinkende Junge kopflos aus. Stanley sah nur seinen feuchten Hemdkragen und den letzten weißen Höcker seiner Wirbelsäule über dem Rand des Wassertrogs, aus dem sich das Opfer vergeblich zu befreien suchte. Er sah den Jungen auf die Bodenbretter schlagen und sich krümmen und sah Wasser schwappen und spritzen, während das Akkordeon seine lustige ländliche Melodie dazu spielte. Nach fast zwanzig Sekunden begann das Publikum, unruhig zu werden und zu murmeln, und jemand rief: »Mann, lass ihn doch los!« In dem Moment fuhr der Maskierte auf wie aus einem Tagtraum gerissen und gab sein Opfer augenblicklich frei. Mit einem flinken Satz sprang er zurück, und der Freiwillige hob prustend und hustend und japsend nach Luft ringend seinen triefenden Kopf. Seine Augen waren rot gerändert und tränten, sein Gesicht war weiß. Einen Moment lang saß er in gekränkter Bestürzung zitternd und keuchend in der Mitte der Bühne.

Das Publikum sah schweigend zu, wie er wieder zu Atem kam. Es begegnete seinem Blick mit argwöhnischer Vorsicht, denn alle vermuteten ein abgekartetes Spiel: Sicher war das ein im Voraus ausgesuchter Assistent, der jetzt gleich aufspringen und lachen und ihnen auf die Schulter klopfen und sagen würde: »Da hab ich euch schön reingelegt, was?« Zweifelnd musterten sie ihn. Sie waren noch nicht überzeugt. Ein paar Studenten sahen sich nach dem Dozenten um, wollten sich seiner Genehmigung oder Zustimmung vergewissern, doch der Schauspielleiter war fort, und sie waren allein, ein ratloser, zusammengewürfelter schwarzer Haufen in der großen Halle.

Der Maskierte auf der Bühne stand teilnahmslos da, hatte die Beine gespreizt und die Hände hinter dem Rücken. Dann hob er mit einer raschen Bewegung den Arm, zwei andere Maskierte rannten nach vorn, packten den japsenden Freiwilligen unter den Armen und hievten ihn auf die Füße. Der erste Maskierte trat rasch zu ihm, und es entstand ein hektisches, klapperndes Getümmel, dann wurde der Freiwillige abermals auf die Knie gedrückt und hart ins Gesicht geschlagen. Die beiden, die ihn hielten, begannen, an seinem Gewand zu zerren, und Stanley erkannte, dass sie ihm die Kleider aufgeschnitten hatten: Vom hinteren Saum bis zum Kragen waren Pullover und Hemd der Länge nach aufgeschlitzt. Die Maskierten rissen ihm die zerfetzten Klamotten vom Leib und sprangen wieder in den Hintergrund. Das Opfer blieb bleich und hemdlos und zitternd auf dem Boden zurück.

Der Maskierte blickte jetzt direkt ins Publikum, wie um es zu einer Reaktion aufzufordern. Die Erstjährigen schauten verwirrt zurück.

»Das ist scheiße, Mann«, sagte der Freiwillige plötzlich und blickte auf die zerschnittenen Überreste seines Pullovers und Hemds, die als zerknüllter Haufen vor ihm lagen. Seine Stimme war dünn. »Das war mein Lieblingshemd.«

Der Maskierte zeigte keine Regung. Er blickte weiter ins Publikum, als erwartete er von dort eine Antwort. Es kam keine. Daraufhin sprang er nach vorn, wieder blitzte die Schere auf, und mit einer raschen, zielsicheren Bewegung hatte er eine Handvoll Haare am Oberkopf des Freiwilligen gepackt und mit einem satten silbernen *Schnipp* abgeschnitten.

Aus dem Publikum kam ein erschrecktes, kollektives Luftholen. Der Maskierte hielt das braune Büschel in die Höhe wie einen erbeuteten Skalp. Niemand rührte sich. Es trat eine lange, schreckliche Pause ein, und dann sprang der Freiwillige unvermittelt auf und schoss davon. Die maskierten Helfer versuchten noch, ihn zu packen, doch zu spät – er entkam. Er sprang von der Bühne und floh ohne einen Blick zurück aus der Halle.

Der Maskierte sah ihn verschwinden und reckte den Kopf.

»Dies ist eine Übung im Theater der Grausamkeit«, sagte er. »Wir sind hier, um euch zu zeigen, was es bedeutet, wirklich etwas zu spüren.« Er vollführte eine komische kleine Verbeugung, dann fiel, mit einem Zischen wie ein herabsausendes Schwert, der Vorhang. Mit einem dumpfen Aufprall landeten die Saumfalten auf dem Bühnenboden, dann waren die Erstjährigen allein in der Halle. Jenseits des Vorhangs hörten sie das leise, zaghafte Tapsen der auseinandergehenden Schauspielerfüße, bis es schließlich verklang.

Mai

»Komm mit«, sagte der Bewegungsleiter nur, als Stanley ihn gefunden hatte, und Stanley folgte seinem schlendernden, barfüßigen Gang vom Innenhof bis hinauf in sein Büro im ersten Stock. Beide schwiegen den ganzen Weg, und Stanley ließ sich ein Stück zurückfallen, um seine Tränen hinunterzuschlucken und sich nichts anmerken zu lassen. Die Heftigkeit seiner Reaktion wunderte ihn selbst.

»Ich will mich beschweren«, sagte er, oben angelangt, drückte seine knochigen Knie zusammen und quetschte das Blut aus seinen Händen. »Ich finde den Schauspielleiter nicht. Ich will mich beschweren.«

Bei aller Aufregung war Stanley ein wenig erleichtert gewesen, als er das Büro des Schauspielleiters verschlossen und den Dozentenraum leer vorgefunden hatte. Der Bewegungsleiter war unendlich zugänglicher als sein älterer Kollege, der die Studenten mit frostiger Ungerührtheit durch seine Brille musterte und selbst im Winter kurze Ärmel trug wie ein Kaltblüter.

Jetzt, in der Stille des Büros, legte der Bewegungsleiter gleichsam bittend die Hände zusammen. »Stanley«, sagte er. »Stanley, stell dir vor, du hast Eintritt für ein Stück bezahlt, in dem eine Vergewaltigungsszene vorkommt, und während dieser Szene merkst du, dass der Angreifer sein Opfer tatsächlich vergewaltigt. Was, glaubst du, würdest du tun?«

»Ich würde was sagen«, sagte Stanley. In seiner Stimme war ein leichtes Tremolo, und er hob die Hand und rieb sich die Wange.

»Das würdest du nicht«, sagte der Bewegungsleiter. Er verschränkte seine Finger. »Du würdest auf deinem Sitz herumrutschen und erst nicht glauben, was du siehst, du würdest denken, das ist aber schrecklich avantgardistisch, gar nicht mein Geschmack, du würdest dich wundern, wie realistisch das alles wirkt, und vielleicht, wenn dir schon sehr unbehaglich ist, würdest du dich umschauen, um festzustellen, wie die anderen reagieren. Und dann, wenn dir dämmert, dass hier wirklich etwas völlig verkehrt läuft, vielleicht weil das Opfer unmissverständlich um Hilfe schreit oder weil das ganze Publikum dein Unbehagen offensichtlich teilt, *dann* vielleicht stehst du auf und rufst was. Aber bis dahin würde es sehr lange dauern. Bis du so viel Mut beisammenhast, um was zu tun, ist die Szene höchstwahrscheinlich schon vorbei.«

Stanley wusste nicht, was er sagen sollte.

»Ich weiß, es ist eine grauenhafte Vorstellung«, sagte der Bewegungsleiter, »aber ich möchte, dass du etwas verstehst. Ich möchte dir klarmachen, dass ›real‹ ein nutzloser Begriff ist, wenn jemand vor einem Saal voller Menschen auf der Bühne steht. Auf der Bühne beschreibt ›real‹ gar nichts. Auf der Bühne kommt es nur darauf an, ob etwas real *aussieht*. Wenn es real *aussieht*, dann ist die Frage, ob es real ist oder nicht, müßig. Es spielt keine Rolle. Das ist des Pudels Kern.«

»Im Unterricht haben Sie aber was anderes gesagt«, sagte Stanley mit aufkeimendem Ärger. »Sie haben gesagt, worauf es ankommt, ist Wahrheit, nicht Aufrichtigkeit. Diese ganzen Sachen, die Sie über Pantomime gesagt haben. Ich hab das alles *geglaubt*.«

Der Bewegungsleiter seufzte und drückte die Finger an die Lippen. »Nein«, sagte er und schwieg einen Moment, kopfschüttelnd, und sammelte seine Gedanken. Müde holte er Luft. »Nein. Jetzt reden wir über zwei verschiedene Dinge.

Stanley«, fuhr er fort. »Stell dir vor, wie du dich fühlen würdest, wenn du in einem Stück auftrittst, in dem deine Figur stirbt, und nach der Vorstellung kommen alle zu dir und sagen: Ich habe dir das vollkommen abgenommen, ich habe wirklich und ehrlich geglaubt, du wärst gestorben. Ich sah dich tot auf der Bühne, und ich dachte, du lieber Gott, er ist wirklich *tot*. Du wärst hingerissen. Es wäre das bestmögliche Kompliment, das dir irgendwer machen kann: dass deine Täuschung, dein kunstvolles So-tun-als-ob so real ausgesehen hat, dass tatsächlich jemand glaubt, es *ist* real.«

»Aber ich *bin* real«, sagte Stanley, der zu seinem Missfallen merkte, dass er schon wieder den Tränen nahe war. »Mein Spiel mag Täuschung sein – ich bin es nicht.«

»Genau«, fiel ihm der Bewegungsleiter ins Wort. »Wenn du ein guter Schauspieler bist, benutzt du *deine* Gefühle, du führst *dein* Lachen, *deine* Tränen, *deine* Sexualität, *deine* Unsicherheiten vor. Immer ist diese Duplizität im Spiel. Du und die Figur, die du spielst, ihr müsst beide transparent sein. Du musst durch den einen blicken, um den anderen zu sehen. Deshalb ist der Beruf des Schauspielers ein so schwieriger. Dort oben auf der Bühne, das bist wirklich du.«

»Aber die Sache heute, das war überhaupt keine Duplizität«, rief Stanley aus. Seine Stimme war hoch und gequetscht und halb erstickt. »Das war einfach nur er. Es war sein Hemd, das sie ruiniert haben. Es war sein Atem. Es waren seine Haare. Sie haben *ihn* angegriffen.«

»Du bist wütend, weil sie dich hintergangen haben«, sagte der Bewegungsleiter schlicht. »Sie haben dich verleitet, etwas Wahres und Reales zu empfinden, und es dann vor deinen Augen zerstört.«

»Sie haben *ihn* hintergangen!«, schrie Stanley.

Der Bewegungsleiter seufzte und blickte auf seine Hände.

»Wieso ist das kein Problem für Sie?«, fragte Stanley nach einer Weile, immer noch rasch atmend. »Wieso ist es okay für Sie, dass so was passieren kann?«

»Ich verstehe deinen Zorn«, sagte der Bewegungsleiter. »Bitte glaube mir, dass es nicht so ablaufen sollte, wie es dann gekommen ist. Tatsächlich haben die Jungs, fürchte ich, nicht ganz kapiert, was sie tun. Das Manifest des Theaters der Grausamkeit ist in Wahrheit viel komplizierter und interessanter und lebensbejahender, als sein Name vermuten lässt.« Er schloss die Augen, während er sich einen geliebten Text in Erinnerung rief, dann zitierte er: »›Ich sagte also ›Grausamkeit‹, wie ich hätte ›Leben‹ oder ›Notwendigkeit‹ sagen können, denn ich möchte klarmachen, dass nichts Erstarrtes daran ist, dass ich es in echtes Handeln verwandle, folglich in Leben, folglich in Magie.‹« Er öffnete die Augen und lächelte Stanley betrübt an. »Artaud«, sagte er, »mit seinen eigenen Worten.«

Stanley saß einen Moment stumm und schwer atmend da und fühlte sich in die Enge getrieben. Er versuchte sich zu erinnern, worüber sie ein paar Minuten zuvor gesprochen hatten, den Faden wiederaufzugreifen und den Bewegungsleiter aus seiner müden Verteidigungsapathie zu reißen.

»Ich finde es gut, dass du den Mut hattest, mit mir darüber zu reden«, sagte der Bewegungsleiter jetzt. »Ich werde nachher mit jedem einzelnen der betroffenen Studenten ein ernstes Gespräch führen, um sicherzugehen, dass sie die emotionalen Folgen ihres Tuns wirklich verstehen.« Er sah Stanley zwinkernd an und wartete. Der Minutenzeiger rückte mit einem feierlichen *Tock* weiter.

In jungen Jahren hatte der Bewegungsleiter beim Freien Theater mitgespielt, einer mottenzerfressenen Truppe aus Musikanten und gescheiterten Zigeunern, die Abbruchhäuser besetzten und auf Parkplätzen kampierten und kreuz und quer durchs Land tingelten, um in Gefängnissen und Dorfschulen aufzutreten. An der Wand über ihm hingen ein paar Schnappschüsse von damals, die Theaterschminke und Straßenartisten und Ölfassfeuer und geschrammte Gitarren zeigten. Jetzt saß er da, altersgebeugt und müde bis in die Knochen, und strich sich mit einer trockenen, runzligen Hand, die spröde und grau und verblichen war wie ein zu lange der Sonne ausgesetztes Stück Pergament, über sein dünnes Haar.

»Haben Sie denn so was je erlebt?«, fragte Stanley unvermittelt. »Wie diese Vergewaltigungsszene. Haben Sie je ein Stück gesehen, in dem was Reales passiert ist und jeder zugesehen und gedacht hat, es gehört dazu?«

»Ja«, sagte der Bewegungsleiter. »Vor vielen, vielen Jahren. Ich habe einen Mann an einem Herzinfarkt sterben sehen. Er war alt. Der Vorhang fiel, und das war's. Wir wurden aufgefordert zu gehen. Alle gingen sehr leise.«

»Wen hat er gespielt, als er starb?«, fragte Stanley.

»Ach, das war ein obskures kleines Stück, kein Riesenerfolg, soweit ich weiß«, sagte der Bewegungsleiter, lehnte sich zurück und blickte zur Decke hinauf, um seiner Erinnerung nachzuhelfen. Es war eine Erleichterung, Stanley nicht mehr ansehen zu müssen. »Seltsamerweise war das alles eigentlich sehr schön. Er starb in der letzten Szene des Stücks und am letzten Abend. Wir wussten erst gar nicht, dass er tot war – wir dachten, vielleicht ein Schlaganfall. Von meinem Platz aus sah es nicht so aus, als wäre es tödlich gewesen. Aber am nächsten Tag stand es in der Zeitung.«

Der Bewegungsleiter wurde selten gebeten, solche Szenen aus seinem Leben zu erzählen, und er genoss es.

»Die Figur, die er gespielt hat, war ein Mann, der mit Hochstapelei und Fälschungen ein Vermögen gemacht hat. Am Ende seines Lebens kommt er heim und stellt fest, dass seine Familie keine Erinnerung mehr an ihn hat. Es war, als hätte er nie als realer Mensch existiert. Ungefähr so war die Geschichte.

Ich vermute ja, dass die Figur sowieso gestorben wäre«, sagte der Bewegungsleiter, »auf einer der letzten Seiten. Aber ich habe das Ende natürlich nie gesehen.«

SIEBEN

Samstag

Sie sind mit der Saxofonlehrerin neben dem Cola-Automaten verabredet. Isolde entdeckt sie zuerst gar nicht: Als der einzige einprägsame Orientierungspunkt im Foyer der Stadthalle wird der Cola-Automat von einem Pulk wartender Besucher umlagert, die sich ebenfalls hier mit Freunden und Angehörigen verabredet haben. Nach einer Weile dünnt die Menge aus, und Isolde sieht sie hochgewachsen und eckig in einer braunen Lederjacke, die Hände vor dem Körper gefaltet, dastehen und die Leute ringsum mit dem ruhigen, kritischen Ganzkörperblick mustern, den Isolde inzwischen so gut kennt.

»Hallo Isolde«, sagt die Saxofonlehrerin bei ihrem Anblick und lächelt. »Hat deine Mutter dich hergebracht?«

»Ja«, sagt Isolde und kommt sich komisch vor. Nie hat sie die Saxofonlehrerin außerhalb ihres Dachbodenstudios getroffen, und nie – das fällt ihr jetzt mit Befremden auf – am Abend. Sie nimmt ein Programmheft entgegen und senkt unter Bekundung größeren Interesses, als sie wirklich empfindet, den Kopf, um es zu studieren.

»Da ist sie ja!«, sagt die Saxofonlehrerin und winkt über die Leute hinweg jemandem zu. »Jetzt sind wir komplett.«

Eine vorbeidrängende Gruppe junger Musiker schiebt sich zwischen der Saxofonlehrerin und Isolde hindurch, sodass sie für einen kurzen Moment getrennt voneinander in der Menge gestrandet sind. Nebelhaft und wogend und einander mit ihren schlanken Musikerfingern am Ellenbogen umklammernd, ziehen die Musiker in einer Duftwolke aus Zigarettenrauch und Parfum vorüber.

Und dann sagt die Saxofonlehrerin: »Isolde, kennst du meine Schülerin Julia? Julia ist jetzt seit drei Jahren bei mir.«

Isolde schaut auf. Wie eine plötzliche Übelkeit fährt ihr ein Stich des Erkennens durch den Bauch, als ihre Blicke sich treffen. Julias Augen weiten sich kaum merklich, und ihre Wangen färben sich rosa.

»Hey«, sagt Isolde rasch und bemüht sich, eine heraufdämmernde verwirrte Verlegenheit zu verbergen, und Julia nickt zur Begrüßung mit zusammengepressten Lippen und einem kurzen, undurchschaubaren Lächeln.

Ohne ihre Schuluniform wirkt Julia älter. Sie trägt eine schwarze Wolljacke und einen langen schwarzen Rock, ihr Haar ist lässig am Hinterkopf festgesteckt und fällt an den Schläfen in losen Strähnen herab. Von der mürrischen, abweisenden, aufmüpfigen Julia, die Isolde in der Psychologenstunde kennengelernt hat, ist nichts mehr zu spüren: Irgendwie scheint sie jetzt fragiler, als legte die auf ihr Äußeres gewandte Sorgfalt eine Empfindsamkeit frei, die zur Schau zu stellen sie bislang nie Anlass hatte. Isoldes Herz rast.

»Kennt ihr euch von der Schule?«, fragt die Saxofonlehrerin und blickt interessiert von der einen zur anderen, als offenbarte ihr die Gegenüberstellung der beiden bestimmte Aspekte an jedem Mädchen, die ihr bisher entgangen sind.

»Sozusagen«, sagt Julia rasch. »Ich hab dich jedenfalls schon gesehen.«

»Ja«, sagt Isolde. »Aber ich wusste nicht, dass du Saxofon spielst.« Aus irgendeinem Grund findet sie den Gedanken an Julia als eine vertraute, langjährige Schülerin der Saxofonlehrerin befremdlich, und mit Erschrecken begreift sie, dass die privaten Vertraulichkeiten und Erfolge und Misserfolge, die sie jeden Freitag im Unterricht preisgegeben hat, für die Saxofonlehrerin nur eine singuläre, wiederkehrende Episode in Wochen, Monaten, Jahren preisgegebener Vertraulichkeiten und Erfolge und Misserfolge waren – dass sie selbst nur eine unter vielen ist. Isolde fragt sich, was Julia der Saxofonlehrerin wohl alles erzählt, wenn sie allein sind.

»Warum bist du nicht in der Jazzband?«, fragt Isolde schnell. Ihre Schüchternheit lässt die Frage anklagend klingen. Sie ist sich bewusst, dass die Augen der Saxofonlehrerin zwischen ihr und Julia hin- und herhuschen, als wäre Isolde das letzte Puzzleteilchen, das ihr noch gefehlt hat, um Julia zu verstehen, und Julia umgekehrt ebenfalls das noch fehlende Endstück in einem Puzzle, das Isolde heißt. Isolde wird davon heiß und ungemütlich, und vor Unbehagen krümmt sie die Zehen in ihren Schuhen.

»Ich habe eigentlich keinen schulischen Gemeinschaftssinn«, sagt Julia. »Das liegt mir nicht. Eher was Kleineres und Exklusiveres. Ich hab schon daran gedacht, selber eine Band zu gründen.«

»Oh«, sagt Isolde und staunt über die neuartige Vorstellung, dass man in etwas gut sein kann, ohne es an der Schule beweisen zu müssen.

»In meinem ersten Jahr an der Uni habe ich in einer Band gespielt«, sagt die Saxofonlehrerin. »Wir hatten einen grauenhaften Namen – ich weiß jetzt gar nicht mehr, wie wir uns eigentlich nannten.«

»Saxkätzchen?«, schlägt Julia vor. »Oder Sax, Drums and Rock 'n' Roll?«

»Nicht annähernd so originell«, sagt die Saxofonlehrerin. »Gott, waren wir schrecklich. Am Ende jedes Gigs machten wir was ganz Banales, das aber die Leute immer wieder aus dem Häuschen brachte. Ich stand neben dem Typen am

Tenor, und am Ende der Nummer kippte er sein Sax zu mir, und ich blies, während er weiter die Töne griff, sodass wir gleichzeitig auf demselben Instrument spielten. Es hat wohl ziemlich schwer ausgesehen – die Leute kreischten jedes Mal, als wären wir die tollsten Akrobaten.«

Julia grinst jetzt. »Sie haben eine dunkle Jazzvergangenheit«, sagt sie. »Sie haben *Muggen* gemacht.«

»Ich habe so manches gemacht, zu meiner Zeit«, sagt die Saxofonlehrerin mit gespieltem Hochmut.

Sie drehen sich beide zu Isolde, um sie in den Scherz einzubeziehen, und Isolde lächelt rasch.

»Ach, jetzt weiß ich's wieder«, sagt die Saxofonlehrerin. »Wir nannten uns die Travestie-Akteure.«

»Was heißt das, Travestie?«, fragt Isolde.

»Das ist ein Begriff aus dem Theater«, sagt die Saxofonlehrerin. »Von einer Travestierolle spricht man, wenn eine Figur von einer Person des anderen Geschlechts dargestellt wird. Hosenrollen zum Beispiel. Wenn du Hamlet spielst, heißt es im Programm: ›Isolde in einer Hosenrolle als Hamlet‹.«

»Ach«, sagt Isolde.

»Warum haben Sie sich ausgerechnet so einen Namen ausgesucht?«, fragt Julia.

»Wir hatten es damals sehr mit den Geschlechterrollen«, sagt die Saxofonlehrerin vergnügt. »Frag deine Mutter.«

Sie ist wirklich munter heute Abend, aber Isolde schreckt innerlich zurück und findet diese Vertraulichkeit zu nachdrücklich und provokant, als wäre die Saxofonlehrerin eine Gefängnisinsassin, die für einen einzigen Abend Freigang hat und die Mädchen jetzt mit einer entschlossenen Zangenbewegung an sich zieht, um Teilnahme an ihrer mageren, einsamen Freude zu fordern. Julia fühlt sich offensichtlich wohl dabei, sie lächelt und bestürmt die Saxofonlehrerin nach weiteren Einzelheiten über ihre dunkle Jazzvergangenheit, und Isolde betrachtet sie eifersüchtig.

Ihre Weste ist mit goldenen Kugelknöpfen zugeknöpft und am Saum ein bisschen ausgefranst, was ihr etwas selbstvergessen Professorales verleiht, und Isolde kommt sich neben ihr jung und linkisch und naiv vor. An ihrem tintenfleckigen Finger mit dem abgebissenen Nagel trägt Julia einen silbernen Ring mit einem Türkis und unter dem Rock eine engmaschige Netzstrumpfhose. Isolde saugt das alles in sich auf und empfindet auf einmal eine eigenartige Enttäuschung beim Anblick dieser neueren, vollständigeren Version von Julia, die nicht nur die Idee einer Person ist, sondern ein Ganzes. Sie ist eifersüchtig und fühlt sich ausgeschlossen, ja verraten, als hätte Julia kein Recht, außerhalb von Isoldes Kenntnis von ihr zu existieren.

Isolde wendet sich wieder dem Programmheft zu. Der Solist ist ein Ausländer, fotografiert in Schwarz-Weiß, das Kinn in die Hand gestützt und das funkelnde Saxofon neben der Wange. Er sieht launisch und unerbittlich und begabt aus. Heute Abend spielt er mit dem Symphonieorchester, und die gegenüberliegende Seite zeigt den Dirigenten, einen molligen, fröhlichen Mann, der den Stab lässig in der Hand hält wie einen ungenutzten Dolch.

»Ein großer Solist«, sagt die Saxofonlehrerin, »ist nie ein vollkommen luftdichtes, gefriergetrocknetes Paket, das studiert und studiert und studiert hat. Ein großer Solist geht immer aus einer Partnerschaft oder Gruppe hervor. Ein großer Solist hat immer eine Quelle, die ihn nährt.«

Julia lauscht höflich, aber mit gerunzelter Stirn. Isolde fällt auf, dass diese nörgelnde Skepsis, die ihr in der Schule wie ein Zeichen von Unzufriedenheit und Angriffslust und

Niedergedrücktheit vorkam, jetzt ein Hinweis auf etwas anderes zu sein scheint, mehr eine Vorsicht oder ein Gewappnetsein, etwas Instinktiveres und weniger Feindseliges.

»Das ist dein erstes Konzert dieses Jahr, oder, Isolde?«, fragt die Saxofonlehrerin plötzlich, und Isolde nickt.

»Dieser Typ ist fantastisch«, sagt Julia und wedelt mit ihrem Programmheft. »Ich hab alles von ihm. Hey, haben klassische Musiker eigentlich auch Groupies? Das muss ich mal rausfinden.«

Sie versucht, nett zu Isolde zu sein, doch Isolde bringt leider nichts anderes fertig, als zu erröten und zu lächeln und zu murmeln, dass sie sich freue. Sie krümmt die Zehen fester.

Der Gong ertönt, ein freundlicher Dreiklang, der sie auffordert, ihre Plätze einzunehmen. Die Menge um den Cola-Automaten beginnt sich zu zerstreuen, und die Saxofonlehrerin lächelt sie nacheinander an.

»Ich hoffe, ihr nehmt etwas davon mit«, sagt sie. »Auch für mich ist das heute was Besonderes – als ich dieses Arrangement das letzte Mal auf der Bühne gehört habe, war ich kaum älter als ihr. Es hat mich richtig aufgeweckt.«

Samstag

Das Orchester funkelt vornehm und erhaben vor dem blitzblanken Holz des Podiums. In der ersten Reihe des Balkons sitzt – eine stille, schweigende, matriarchale Figur – die Saxofonlehrerin zwischen ihren beiden Schülerinnen, die sich ihrerseits in schrägem Winkel nach außen neigen, sodass die drei wie ein heraldisches Motiv aussehen, eine Heldengruppe, die etwa zusammen mit einem Ritterschild ein Wappenbild darstellen könnte. Julia hat die Hände im Schoß und starrt mit einer angespannten, glasigen Ausschließlichkeit auf das funkelnde Silber und Gold, ihre Augen sind völlig unbewegt, als konzentrierte sie sich darauf, etwas im Geist festzuhalten. Isolde ist unruhiger, sie beugt sich absichtlich von der Saxofonlehrerin fort, damit nicht etwa ihre Ellenbogen einander berühren, und beobachtet die Musiker distanziert und nachdenklich, und ihr Blick schweift über die ernsten Geistergesichter im Halbdunkel ringsum.

Während Isolde gedankenverloren die fahlen Mienen des Publikums betrachtet, denkt sie über die verschiedenen Arten des Zuhörens nach. Manche Zuhörer haben die Augen geschlossen und die Gesichter leicht himmelwärts gereckt und genießen den warmen Regen der Musik auf der Haut. Andere nicken auf bedächtige, bedeutsame Weise alle vier, fünf Takte einmal, als nähme etwas vor ihren Augen langsam und majestätisch Gestalt an. Manche, wie die Saxofonlehrerin neben ihr, sitzen einfach still da.

Isolde findet es sehr sonderbar, dass jede Person im Publikum im privaten Erleben der Musik gefangen ist, allein mit den eigenen Gedanken, allein in der Begeisterung oder Abneigung und schaudernd über das grenzenlose Gefühl von Intimität, die diese Einsamkeit erzeugt, bereits ungeduldig auf die Pause wartend, wenn man seine Empfindungen mit den Nachbarn teilen und erleichtert Übereinstimmung feststellen kann. Höre ich dasselbe, was sie hören?, fragt sich Isolde halbherzig, verfolgt den Gedanken aber nicht weiter, denn eine ältere Frau im Parkett, die geräuschvoll in ihrer Handtasche nach einem Taschentuch oder Bonbon wühlt, lenkt sie ab.

Julia lauscht verträumt, schläfrig; bei ihr erzeugt die Musik keine Diaschau aus Einzeleindrücken, die sie nachher zusammenstückeln und wieder teilen kann, um die arithmetische Bedeutung zu finden, sondern einen allmählich entstehenden, klar umrissenen Gesamteindruck. Sie denkt über Isolde nach. Hinter dem strengen, reglosen Profil der Saxofonlehrerin ist bis auf ein kurzes Aufblitzen eines Knies, wenn Isolde ein Bein über das andere schlägt, nicht viel von ihr zu sehen, und doch stellt Julia fest, dass der linke Rand ihres Blickfelds von einer angespannten Überbewusstheit geschärft ist, sobald das jüngere Mädchen sich rührt. Sie denkt an den langen Blick, den sie und Isolde in der Psychologenstunde gewechselt haben, und befühlt diesen Gedanken unermüdlich wie einen blutigen Zahn, und sie fragt sich, wie sie sich schon viele Male gefragt hat, woher dieser Blick kam und wohin er wohl führt.

Manchmal, wenn Julias Gedanken umherschweifen wie jetzt, wird sie von der irrationalen Furcht ergriffen, sie könnte den Mund aufmachen und genau das sagen, was sie denkt, einfach um sich eins auszuwischen. Sie denkt darüber nach, was sie sagen würde, falls sie was sagte, beißt sich im selben Moment auf die Lippe und kämpft bei der Vorstellung, sie könnte es wirklich aussprechen, einen kalten Schwall Furcht nieder.

Die Saxofonlehrerin denkt an Patsy. Sie denkt an Patsy in der verrauchten Bar danach, wie sie, noch mit dem Programmheft in der Hand, zwei Gläser Wein bestellt, die sie nachher verstohlen und mit leisem Hochgefühl aus der Schraubverschlussflasche in Patsys Handtasche nachfüllen werden. Sie sieht sie beide, wie sie sich in eine Ecke drücken, Schals und Mäntel ablegen und über die Leute und das Arrangement und den Solisten reden und Patsy, schon halb lachend in ihrem Eifer, irgendwann fragt: »Was hast du dir vorgestellt?«

»Ich habe mir vorgestellt, dass die Musik aus dem Saxofon herausfließt wie Wasser«, sagte die Saxofonlehrerin, »dass sie über die Kante des Trichters fließt und sich vor seinen Füßen sammelt und das Wasser höher und höher steigt und immer wilder und wilder schäumt und er schließlich das Stück beenden muss, nur um zu überleben. Und dann applaudierten wir, und er begann mit einem neuen Stück, und ich stellte mir vor, dass nicht er Luft ins Instrument bläst, sondern dass das Sax den Atem aus ihm heraussaugt und das Mundstück sich immer tiefer und tiefer in ihn hineinbohrt, dass das Sax versucht, ihn zu ersticken, und er immer weiterspielen muss, um zu überleben.«

Patsy lachte und klatschte, und sie stießen miteinander an und tranken, und die Saxofonlehrerin sagte: »Und du, was hast *du* dir vorgestellt?«

»Ich habe mir vorgestellt, dass Töne die Macht haben, einen ernsthaft zu verletzen, sogar zu töten«, sagte Patsy, »je nach musikalischem Können. Je eleganter der Vortrag, desto sicherer der Tod. Die Stadthalle wäre die Arena, in die du geschickt wirst, wenn du was wirklich Furchtbares begangen hast. Du würdest in den Zuschauerraum verfrachtet und mit Gurten so fest an einem roten Samtsitz festgezurrt, dass du dich nicht rühren kannst. Der Solist wäre der Henker, er spielt schneller und schneller und beobachtet dich mit nassen, gierigen Augen.«

Die Saxofonlehrerin lachte und klatschte, und wieder stießen sie an und tranken, und Patsy sagte: »Dieses Konzert hat mich für immer verändert.«

Samstag

An Samstagabenden arbeitet Bridget in der Videothek. Sie sitzt missmutig auf einem plastikbezogenen Barhocker, beobachtet die von Regal zu Regal schlendernden einsamen Kunden und behält den Schwarz-Weiß-Monitor der Überwachungskamera im Auge, der unscharf den vorhangverhüllten Winkel mit den Filmen nur für Erwachsene zeigt. Die Uhr sagt halb zehn. Bridget beobachtet das schneckengleiche Kriechen des Minutenzeigers und horcht auf den gedämpften Aufprall einer spät zurückgebrachten Kassette, die durch den taufeuchten Einwurfschlitz fällt.

»Hallo Bridget«, sagt jemand.

Bridget schiebt ihren Kaugummi in eine Wange, wendet ihren müden Kopf und sieht Mr Saladin frisch und munter in beigefarbener Hose und Wollmantel in der Tür stehen. Er lächelt sie jungenhaft an.

»Hallo Mr Saladin«, sagt Bridget erfreut und gleitet von ihrem Hocker. »Sie habe ich ja noch nie hier gesehen.«

»Meine Neffen wohnen in der Gegend«, sagt Mr Saladin. »Zwei Straßen weiter.«

»Ach«, sagt Bridget, ehrlich überrascht, denn sie hat sich Mr Saladin nie als die Sorte Mann vorgestellt, der Neffen hat. Sie betrachtet ihn leicht befangen.

»Wie kommt es, dass du hier arbeiten darfst? Du bist doch noch nicht achtzehn«, sagt Mr Saladin und faltet seine behandschuhten Hände vor der Brust. »Wahrscheinlich darfst du die Hälfte der Filme hier gar nicht sehen.«

»Ich seh sie ja nicht«, sagt Bridget. »Ich verleihe sie nur.«

Mr Saladin schmunzelt. »Und wenn ich wieder weg bin, wirst du sicher im Computer nachsehen, ob ich Pornos ausleihe«, sagt er.

»Wahrscheinlich«, sagt Bridget mit einem Schwall Dankbarkeit dafür, dass er ihr diesen Scherz zugesteht. »Und ich schaue nach, wie alt Sie wirklich sind.«

»Jetzt gehst du zu weit«, sagt Mr Saladin mit gespieltem Ernst. »Das sind vertrauliche Informationen. Wage es ja nicht.«

Bridget beginnt zu kichern und schlägt sofort die Hand vor den Mund, um das Geräusch zu unterdrücken. Hinter ihr huschen Bilder stummer silberner Autowracks und rascher vorzeitiger Todesfälle über die in einer Reihe aufgehängten Fernsehschirme.

»Am Samstagabend arbeiten«, sagt Mr Saladin kopfschüttelnd. »Was ist denn aus Trinken und Drogen und Rauchen und lauter Musik geworden? Ich bin offensichtlich nicht mehr auf der Höhe der Zeit.«

Wieder fliegt Bridgets Hand zu ihrem Mund, um ein Gelächter zu ersticken. Mr Saladin lächelt, und für eine Sekunde gleitet sein Blick, angelockt von einem vorüberhuschenden Bild, nach oben.

Der Uhrzeiger bewegt sich weiter.

Bis zu diesem Moment in ihrem Leben hat Bridget Flirten lediglich als Mittel zur Eigenwerbung verstanden. Als sie jetzt Mr Saladin ansieht, wie er ruhig und lächelnd und gelassen in seinen sauberen, gebügelten Kleidern vor ihr steht, seinen ordentlich um den Hals geknoteten Schal, die eleganten Lederhandschuhe mit Dreifachsteppung und sein windzerzaustes Haar betrachtet, da verspürt Bridget einen wollüstigen Schwall verwirrten Begehrens, das sich wie eine Faust in ihrer Schamgegend ballt. In der dunklen und erregenden Ahnung, dass *hier*, endlich, ein Mann ist, der sie ausschließlich als sexuelles Wesen sieht, fühlt sie sich zum ersten Mal in sechzehn Jahren zum Flirten genötigt, und dies mit keinem anderen Zweck als dem, jemanden zu verführen. Sie streckt die Hand aus, um mit Daumen- und Fingerspitzen die laminierte Kante der Theke zu fassen, lehnt sich kokett auf den Fersen zurück und bietet sich nur um des Vergnügens willen, ihn ins Leere schnappen zu sehen, als Beute dar.

»Was machen Sie jetzt? Haben Sie einen neuen Job?«, fragt sie. »Wir vermissen Sie in der Jazzband.«

»Vorläufig streiche ich Wohnungen«, sagt Mr Saladin. »Ich bin irgendwie in der Schwebe. Der neue Dirigent nimmt euch also hart ran, ja?«

»Dirigen*tin.* Mrs Jean Critchley«, sagt Bridget. »Sie ist okay.«

»Ich kenne sie dem Namen nach«, sagt Mr Saladin. »Ich hab sie mal live gehört. Sie ist gut.«

»Na ja«, sagt Bridget beiläufig. Mr Saladin lächelt und sieht sich um, als beabsichtigte er, sich zu entfernen, und deshalb stößt Bridget hastig hervor: »Als Sie weg waren, mussten wir zum Schulpsychologen, für den Fall, dass wir irgendwie traumatisiert wären. Das war total öde.«

Mr Saladin hebt die Brauen. Eine Weile schweigt er. Dann sagt er ruhig: »Klingt nicht sehr witzig.«

»Es war total öde«, wiederholt Bridget und kommt sich beinahe albern vor, doch dann fällt ihr wieder ein, dass *hier*, endlich, ein Mann ist, der ihre Naivität verstehen wird: Dieser Mann hält ihre unbeholfene Jugendlichkeit nicht für ein Handicap, sondern für erstrebenswert. Die Faust in ihrem Unterleib ballt sich erneut und greift zu wie eine rasch angezogene Schraube.

»Victoria ist noch nicht wieder in der Schule«, platzt sie heraus, bevor Mr Saladin etwas tun oder sagen kann, und auf ihre linkische und zerknautschte Art versucht sie, lässig zu reden, wie die Schönen in der Schule lässig reden, das Haar über die Schulter zurückwerfend und einen Fuß nach außen gedreht wie ein Showpony. »Kommt sie nicht mehr wieder?«

»Nein, das glaub ich nicht«, sagt Mr Saladin. »Zu den Prüfungen wird sie wohl wieder da sein, nehme ich an.«

»Das ist gut«, sagt Bridget. Sie lächelt, ermutigend, wie sie hofft, denn sie möchte Mr Saladin zeigen, dass sie auf seiner Seite steht.

»War nett, dich zu sehen, Bridget. Bleib bei deiner Musik«, sagt Mr Saladin. Er lächelt sie an und schlendert zu der Neonwand mit den Neuerscheinungen davon. »Ich schau mal, was du im Angebot hast«, fügt er über die Schulter hinzu.

»Sie kriegen zwei für zehn«, ruft ihm Bridget nach.

Einen Moment steht sie da, dann setzt sie sich wieder auf ihren Hocker. Aus Gewohnheit kontrolliert sie den Monitor der Überwachungskamera und sieht ein Paar verstohlen den Erwachsenenbereich betreten, eng umschlungen und kichernd, während sie mit den Fingern die Kassettenrücken entlangstreichen. Die Frau wählt einen Titel aus, und sie lachen über die verschiedenen Stellungen, die im Miniaturformat auf der Rückseite dargestellt sind. Der Mann murmelt etwas, und die Frau tut, als wäre sie böse auf ihn, und schlägt ihn mit ihrem Schal. Sie lachen.

Als Mr Saladin fort ist, überprüft Bridget seine Kundendaten und entdeckt zu ihrer Enttäuschung keine Pornos. Sie erfährt, dass er einunddreißig ist.

Nach dem Applaus sitzen die drei einen Moment lang schweigend da. Im Saal gehen die Lichter an und geben den Gespenstern die Farben zurück, ringsum beginnt die Menge, wie von einem Zauberbann befreit, sich zu rühren und zu lachen und zu plaudern, greift nach Schals und Programmheften und Abendtäschchen. Die Saxofonlehrerin ist in einer Erinnerung versunken und rührt sich nicht, ihre Hände liegen ermattet vom Applaudieren in ihrem Schoß, und ihre Augen sind groß und leer auf die Bühne gerichtet. Julia, die vorgebeugt dasitzt, wendet sich unvermittelt zu Isolde und fragt: »Soll ich dich heimbringen? Ich bin mit dem Auto da. Wäre kein Problem.«

Isolde kann noch nicht fahren, und bei Julias Angebot fühlt sie sich jung und unerfahren und peinlich, als würde sie gezwungen einzugestehen, dass sie nicht lesen kann oder sich immer noch im Dunkeln fürchtet. Das ältere Mädchen erscheint ihr unmöglich reif, wie Victorias Freundinnen ihr immer unmöglich reif scheinen, wenn sie gepudert und parfümiert und voller Geheimnisse und vertraulichem Gelächter auf die kleine Issie herabschauen und sie verachten für alles, was sie noch nicht weiß. »Danke«, sagt Isolde jetzt zu Julia, lächelt kurz und zieht den Kopf ein. »Das wär toll. Ich wollte ein Taxi nehmen.«

»Ich werde deiner Mutter nichts verraten«, sagt die Saxofonlehrerin, die endlich aus ihrer Erinnerung auftaucht, zu Isolde. »Schon klar, dass du das Taxigeld, das sie dir gegeben hat, behältst.«

»Woher wollen Sie wissen, dass ich *kein* Taxigeld berechne?«, fragt Julia.

Die Saxofonlehrerin lacht. »Zum Beispiel, weil ich dein

Auto gesehen habe«, sagt sie. Dann beginnt sie, vorwiegend an Julia gerichtet, über die Musik zu schwatzen. Ihre großen Hände sind ausgebreitet, während sie spricht, und drehen ihren Eindruck vom Konzert um und um, wie ein Tongefäß auf der Töpferscheibe.

Isolde nickt und lächelt. Sie wirft Julia einen Blick zu und fragt sich, ob sie sich das Angebot schon im Voraus zurechtgelegt hat, ob sie stumm im fahlen Widerschein der Bühnenbeleuchtung gesessen und währenddessen überlegt hat, wie sie die Frage am besten formulieren sollte. Soll ich dich heimbringen? Ich bin mit dem Auto da. Wäre kein Problem.

»Das ist wirklich eine ungewöhnliche Zusammenstellung«, sagt die Saxofonlehrerin unterdessen. Isolde nickt weise dazu und bemüht sich, das flatternde Gefühl in ihrem Bauch zu verheimlichen, das ihr halb frohe Erregung und halb Furcht zu sein scheint. Was bedeutet das Angebot? Isolde stellt sich beinahe vor, wie sich das ältere Mädchen über Schaltung und Handbremse zu ihr beugt und ihr mit einer tintenfleckigen, ringgeschmückten Hand eine Haarsträhne hinters Ohr streicht. Sie stellt es sich *beinahe* vor, denn in einem flüchtigen panischen Schrecken löscht sie den Gedanken im Keim wieder aus.

»Wirklich sehr anregend«, sagt die Saxofonlehrerin abschließend, schlägt vergnügt auf die Armlehnen und steht auf, um sich in den schneckengleich vorrückenden Exodus einzureihen. »Wirklich sehr anregend.«

Samstag

»Vielen Dank für das Konzert«, sagt Julia zur Saxofonlehrerin, als sie sich aus dem Saal und durch das marmorne Foyer geschoben haben und draußen in der Kälte stehen. »Es war unglaublich gut. Da werde ich noch die ganze Woche dran denken.«

Die Saxofonlehrerin zieht den Gürtel ihrer Lederjacke fester um die Taille. »Wir sehen uns dann am Montag«, sagt sie zu Julia, und zu Isolde: »Und wir beide am Freitag«, und wie sie da steif, rechts und links von Menschen umströmt, auf der kiesbesäten Stadthallentreppe steht, wirkt sie mit einem Mal einsam. Von hinten beleuchtet sie das rötliche Samtlicht aus dem Foyer, und Isolde erkennt plötzlich, dass sie eigentlich hübsch ist. Und mit einem kleinen Triumphgefühl registriert sie, dass jetzt die Saxofonlehrerin die Außenseiterin ist, wie sie da mit zögernder Miene auf die Mädchen hinunterblickt, als wollte sie die beiden noch länger zurückhalten, wüsste aber nicht, wie.

»Auf jeden Fall«, sagt Isolde und winkt kurz. Julia lächelt, und dann wenden die beiden sich ab und gehen in die Nacht davon.

Sonntag

Mrs De Gregorio hält ihre Handtasche in der Senke ihres Schoßes festgeklemmt, während sie schlückchenweise ihren Tee trinkt. Sie drückt die Knie zusammen, und ihre Knie zeigen leicht nach oben, weil sie die Fersen auf die Querlatte des Stuhls gestellt hat und nur ihre quadratischen Zehen den Boden berühren. Ihre Brüste reichen beinahe bis in ihren

Schoß hinab, und sie hat im Niedersetzen die Tasche in den spitzen Winkel verkeilt, den ihr zusammengeklappter Körper bildet. Die Saxofonlehrerin denkt, wie ungemein merkwürdig das aussieht, Mrs De Gregorio, die sich derart schützend um ihre Handtasche krümmt. Von ihrem Platz aus sieht sie nur die goldene Doppelkugel der Schließe, die unter dem weichen acrylverhüllten Gewölbe von Mrs De Gregorios Brust hervorspitzt.

Sie lächelt. »Was kann ich für Sie tun, Mrs De Gregorio?«

»Ich bin wegen meiner Tochter hier«, sagt Mrs De Gregorio, und wie immer wundert sich die Saxofonlehrerin insgeheim über den Auftritt dieser Frau, dieser einzelnen Einheitsfrau, die sämtliche Mütter so unterschiedlich spielt: Jede Darstellung ist ein zartes, einzigartiges Objekt wie die geäderte Trübung auf einer feinen Perle. »Sie finden das jetzt sicher etwas sonderbar«, sagt die Frau, »wie ich hier so hereinmarschiere, um Ihnen eine so persönliche Frage zu stellen, aber in letzter Zeit haben wir zu Hause ein paar Veränderungen festgestellt und ...« Mrs De Gregorio blickt auf ihren Schoß und seufzt. »Sie ist einfach *unmöglich* geworden«, sagt sie endlich.

»Dann fangen wir ganz am Anfang an«, sagt die Saxofonlehrerin energisch, strafft ihre Hemdzipfel und streicht geschäftsmäßig die Wolle ihres Pullovers glatt. »Erstens – wieso überhaupt das Saxofon? Warum haben Sie gerade dieses Instrument ausgesucht? Das Saxofon steht für etwas, wie Sie wissen. Ein Saxofon ist kein Klavier, keine Flöte. Es ist eine ganz bestimmte Sorte Mädchen, die es zum Saxofon hinzieht, und offen gestanden, ist das nicht die ruhige Sorte. Warum soll Ihre Tochter Saxofon lernen?«

»Oh, das war *ihre* Entscheidung«, sagt Mrs De Gregorio, aber die Saxofonlehrerin schüttelt den Kopf und fällt ihr prompt ins Wort.

»Lassen wir diese Spielchen, Mrs De Gregorio. Ihre Tochter ist Ihr Projekt, das wissen wir beide. Da gibt es doch kaum etwas, das Sie nicht entscheiden. Sie sind nicht die Sorte Mutter, die sich die Zügel aus der Hand nehmen lässt. Eine Mutter, die ihre Kinder als selbstbestimmte Wesen betrachtet, ist eine schludrige Mutter, eine Rabenmutter, die ihrer Aufgabe nicht gerecht wird. Zu dieser Sorte zählen Sie nicht.«

Mrs De Gregorio nickt leicht unterwürfig.

»Sie haben Ihrer Tochter also dieses Schicksal auserkoren«, fährt die Saxofonlehrerin fort. »Sie haben sie zum Instrument ihres Verderbens gedrängt. Sie hätten eine geigenspielende Tochter haben können, eine langhaarige und exzentrische und selbstsichere, doch Sie haben das Saxofon ausgesucht. *Sie* haben diese Entscheidung getroffen.«

»Ich wollte sagen«, sagt Mrs De Gregorio, nach Worten ringend, »ich wollte sagen, dass wir eine eindeutige Veränderung festgestellt haben, das ist alles. Sie redet nicht – tja. Sie wissen, wie das ist. Und ich wollte nur fragen, was sie *Ihnen* sagt. Ob Sie vielleicht irgendwas wissen. Über einen Freund oder was. Irgendwas, womit wir was anfangen und das wir verstehen können.«

»Warum glauben Sie, dass Ihre Tochter *mir* die Wahrheit sagt?«, fragt die Saxofonlehrerin.

»Wie es in der Schule läuft«, sagt Mrs De Gregorio schwach. »Im Unterricht und überhaupt. Irgendwas, wie einen Freund, ein Problem, mit dem wir was anfangen und das wir verstehen könnten.«

Die Saxofonlehrerin schweigt einen Moment, nur damit Mrs De Gregorio sich unwohl fühlt und wünscht, sie hätte nicht so freiheraus gesprochen. Dann sagt sie: »Aber wie wollen Sie das je wissen?« Sie ist jetzt nachdenklicher, weniger schroff. »Wie wollen Sie je zum Kern der Wahrheit hinter alldem vorstoßen? Sie könnten sie beobachten. Aber Sie müssen bedenken, dass es zwei Arten des Beobachtens gibt: Entweder sie merkt, dass sie beobachtet wird; dann verändert sich unter der Beobachtung ihr Verhalten, bis das, was Sie sehen, nur noch eine Vorführung ist, die nichts mit der Realität zu tun hat. Und wenn sie nicht merkt, dass sie beobachtet wird, dann ist das, was Sie sehen, etwas Unvorbereitetes, nicht zur Vorführung Geeignetes, etwas Grobes und Unverfeinertes, das Sie dann selbst zu verfeinern suchen: Sie werden versuchen, ihm eine Bedeutung unterzuschieben, die es von Natur aus nicht hat, und damit werden Sie Ihre Tochter in eine Form pressen, die ihr nicht gerecht wird. Sie sehen also, keine der beiden Vorgehensweisen bringt das zum Vorschein, was Sie wahr nennen würden. Sie bekommen nur Zerrbilder.«

»*Hat* sie denn was gesagt?«, fragt Mrs De Gregorio. »Ich weiß, das ist eine komische Frage. Es ist mir peinlich, dass ich fragen muss. Aber gibt es da etwas, das wir wissen sollten?« Ihre Hand verschwindet unter ihren Brüsten und prüft, ob die Handtasche noch immer im weiten Bassin ihres Schoßes feststeckt. Ihre Finger ertasten das pralle Leder und streichen kurz darüber.

»Oh, Mrs De Gregorio. Ich bin ihre Musiklehrerin«, sagt die Saxofonlehrerin. Sie stellt ihren Becher auf den Tisch und faltet die Hände.

»Aber was soll ich dann tun?«, fragt Mrs De Gregorio wie in aufkeimender Panik. »Welche Möglichkeiten habe ich denn?«

»Sie könnten Ihre Tochter fragen«, sagt die Saxofonlehrerin. »Sie könnten sich mit ihr zusammensetzen und wirklich mit ihr reden. Aber dabei besteht natürlich immer die Gefahr, dass sie lügt.«

Montag

»Was hast du dir währenddessen vorgestellt?«, fragt die Saxofonlehrerin, als Julia am Montagnachmittag zum Unterricht kommt. »Während des Konzerts, meine ich.«

»Die zweite Hälfte hat mir besser gefallen als die erste«, beginnt Julia, doch die Saxofonlehrerin wedelt ungeduldig mit der Hand und sagt: »Nein, nein, ich meine: Was hast du während des Konzerts gedacht? Was ging dir durch den Kopf?«

Julia sieht sie neugierig an, als wäre das ein Test. »Warum?«, fragt sie.

»Das ist ein Spiel, das ich mit einer alten Freundin sehr gerne gespielt habe«, sagt die Saxofonlehrerin. »Wir haben uns einen Spaß draus gemacht, dass die Wirkung eines Konzerts mit seiner Qualität wächst: Je höher das Niveau, desto katalytischer der Effekt. Bei einer mittelmäßigen Darbietung denkt man nur daran, was man zu Abend gegessen hat oder was man am nächsten Morgen anziehen wird. Aber bei einem wirklich großartigen Konzert kommen einem Dinge in den Sinn, die man früher niemals zu denken gewagt hätte.«

Sie spricht voller Eifer, wie ein Kind. Julia öffnet die Hebelverschlüsse an ihrem Saxofonkoffer und sagt: »Ich habe einfach an die Musik gedacht.«

»Ja, aber *neben* der Musik? Wenn deine Gedanken abgeschweift sind. Was hast du dir vorgestellt?«

Julia zieht das Blättchen aus seiner verschließbaren Plastikhülle und hält es eine Sekunde in der Hand. »Ich habe mir vorgestellt, was passieren wird«, sagt sie, »wenn ich Isolde nach Hause fahre.«

Das Licht verändert sich. Die Deckenlampen und das helle, diffuse Licht vom Fenster blenden sich aus; vor einem einzelnen Scheinwerfer fällt eine Schablone herab, und die Anlage beginnt zu rotieren, sodass das gelbe Licht schmal und rhythmisch über die beiden dahinstreift wie die wandernden Lichtkegel vorüberziehender Straßenlaternen über das Armaturenbrett eines fahrenden Autos. Julia setzt sich. Die Straßenlaternen kommen und gehen, huschen über ihre Knie, krümmen sich über ihre Schulter davon und sind fort, und einen Moment lang ist sie im Dunkeln, bevor der nächste Lichtkegel naht und dem ersten folgt, dann noch einer und noch einer, alle gelb und nach vorn geneigt.

»Ich stellte mir vor«, sagt Julia, »dass wir auf dem Heimweg ein bisschen über das Konzert reden und wie es uns gefallen hat, dann über die Lehrer an der Schule, und dass wir immer wieder auf *Sie* zurückkommen und über Sie reden, denn Sie sind die einzige echte Verbindung zwischen uns. Ich stellte mir vor, dass das Gespräch eine Zeit lang hin und her geht, aber wir dabei nicht ganz ehrlich sind, denn es kommt uns vor allem darauf an, attraktiv zu wirken, und was wir wirklich denken, zählt eigentlich nicht. Wir sagen alles Mögliche, damit wir im bestmöglichen Licht dastehen. Wir lügen. Auf dem ganzen Heimweg lügen wir uns gegenseitig an.«

Die Saxofonlehrerin rührt sich nicht. Sie betrachtet Julia von Kopf bis Fuß. Ihr Gesicht ist wie eine Maske.

»Und dann stellte ich mir vor«, fährt Julia fort, »dass ich den Motor ausschalte und wir noch eine Weile dasitzen, ohne einander anzusehen, wir schauen einfach durch die Dunkelheit auf Isoldes unbeleuchtetes Haus. Mein Schlüsselanhänger schwingt noch im Zündschloss, und wir lauschen dem Wind in den Bäumen. Mein Mund ist trocken.«

Die rotierende Schablone hat angehalten, und Julias Knie befinden sich in einem Lichtquadrat, das durch das Autofenster herein und über ihren Schoß fällt. Ihr Gesicht ist im Schatten. Sie sitzt steif da, ein Bein nach vorn gestreckt und leicht angewinkelt, als hätte sie den Fuß auf dem Bremspedal. Das Saxofon liegt neben ihr auf dem Sofa, und sie hält es locker mit der Linken, das obere Ende ein Stück angehoben, sodass es aussieht, als wäre ihre Hand mit leicht angewinkeltem Gelenk, die Knöchel in der Vertiefung unter dem Griff, lässig um die Handbremse gelegt. Mit der anderen Hand zupft sie an ihrem Brustbein, als prüfte sie gedankenverloren die Spannung eines unsichtbaren Sicherheitsgurts, den sie abspreizt und zurückschnalzen lässt.

»Und ich sage: Du weißt ja, was alle über mich sagen. In der Schule und so. Es stimmt nicht.«

Julia fährt sich mit der Zunge über die Lippen. Sie sieht Isolde nicht an: Sie blickt aus dem Fenster, starrt ins dunkle Silber des Seitenspiegels, mit einer Hand am Gurt zupfend.

»Und Isolde darauf: Ich weiß. Sie sagt es sehr schnell und wiederholt es sogar. Ich weiß. Sie sieht mich nicht an, sie schaut geradeaus, zu ihrem Haus, und ein Finger ist an ihrem Hals und zwirbelt ihre Kette, verzwirbelt sie so, dass schon das Blut aus der Fingerspitze weicht und die Haut grau wird.« Julia wirft einen raschen Blick zu Isolde hinüber und packt die Handbremse fester. »Und dann sage ich: Ich hatte Angst, du denkst womöglich, ich will dich anbaggern oder über dich herfallen oder irgendwas. Ich hatte Angst, das könntest du denken.«

Ihr Blick kehrt zum Seitenspiegel zurück, ihr Gesicht ist abgewandt.

»Isolde sagt: Das denke ich nicht. Und ich sage: Gut. Und dann sitzen wir einen Moment da, schauen wieder auf Isoldes unbeleuchtetes Haus und horchen auf unseren Atem, und dann sage ich: Das ist alles. Das wollte ich nur klarstellen.«

Das Licht wird ein wenig heller, gerade ausreichend, um auch die Saxofonlehrerin zu erfassen und in die Szene hereinzuholen. Sie ändert ihre Position, schlägt ein Bein über das andere. Ihr ist sichtlich unbehaglich.

»Was sagen sie denn an der Schule über dich?«, fragt sie widerstrebend. Manchmal fühlt sie sich von Julia in die Enge getrieben. Jetzt ist so ein Moment.

»Alle denken, ich steh auf Mädchen«, sagt Julia.

»Verstehe«, sagt die Saxofonlehrerin. Die Lichter verlöschen wieder, bis nur noch die Straßenlaterne leuchtet, die ihren quadratischen Lichtschein auf Julias Schoß wirft. Die Saxofonlehrerin ist wieder im Schatten versunken.

»Ich parkte das Auto«, sagt Julia, »und wir saßen eine Weile da, und alles, was wir sprachen, versickerte irgendwie, wie Wasser, bis nichts mehr übrig war, und dann saßen wir nur noch da und warteten, dass was passiert. Mein Mund war trocken. Und dann sagt Isolde: Macht es dir was aus, noch ein bisschen hier im Auto zu sitzen? Meine Ma denkt, Victoria war mit mir im Konzert, und für den Fall, dass sie noch auf ist, müssen wir zusammen heimkommen.

Und noch während sie das sagte, kam ein Auto angefahren und blieb ein paar Häuser weiter stehen, sodass wir einen Moment lang im roten Widerschein der Rückscheinwerfer saßen, dann gingen die Lichter aus, aber niemand stieg aus. Wir warteten, aber das Auto stand einfach nur da. Und

Isolde sagt: Sie weiß nicht, dass wir hier sind. Sie hat uns nicht gesehen. Isolde beobachtet das Auto mit einem irgendwie harten, angespannten Ausdruck, und ich will nichts sagen, damit es nicht womöglich das Falsche ist, und dann sagt sie: Wir haben das so abgesprochen. Mama hat uns an der Stadthalle abgesetzt, und ich ging rein, um euch beide zu treffen, und Victoria traf sich mit ihm. Die meisten Abende darf sie nicht raus, und von ihren Freundinnen deckt sie jetzt keine mehr. Mir macht es nichts aus.«

Die Saxofonlehrerin beugt sich im Dunkeln vor. Sie runzelt die Stirn.

»Und dann sagt Isolde: Ich sollte lieber gehen. Das ist doch komisch, wenn wir hier noch länger rumsitzen. Ich muss gehen.«

Julia streicht sich über die Knie und zerrt wieder am Gurt. Sie nickt.

»Aber sie geht nicht. Sie sitzt weiter im Auto, und durch das Rückfenster des Wagens vor uns sehen wir, wie Victoria sich hinüberlehnt und den Kopf auf Mr Saladins Schulter legt. Es sieht linkisch und ungemütlich aus, wie sie sich über den Schalthebel streckt und so viel Platz zwischen ihnen ist, und er greift mit einer Hand nach oben und streichelt ihren Kopf. Er sagt was, aber wir sehen natürlich nur ihre Silhouetten. Es ist wie ein Schattenspiel, und auf einmal fängt mein Herz zu hämmern an, ich schaue zu Isolde hinüber, und sie wirft mir einen ganz schnellen Blick zu und dann noch einen, und sie sagt: Bitte sag's niemandem weiter, und ich verspreche es ihr.«

Julias Stimme ist heiser geworden, sie spricht wie mit zugeschnürter Kehle, und immer wieder fährt ihre Zunge hervor, um die Lippen zu befeuchten. Hoch auf ihren Wangen haben sich zwei karmesinrote Flecken gebildet.

»Und dann steigt sie aus«, sagt Julia, »und die Silhouetten drehen sich um und sehen sie, und Victoria gibt Mr Saladin einen Abschiedskuss, aber nicht auf den Mund. Er dreht das Gesicht zur Seite, sodass sie ihn auf die Wange küssen kann, und dann lächeln sie beide, vielleicht lachen sie, wie über einen Witz. Und dann gehen die roten Schlusslichter wieder an, und Mr Saladins Auto ist verschwunden, und Victoria und Isolde gehen zusammen ins Haus. Isolde ist diejenige, die das Tor aufsperrt, und als sie nach der Klinke greift, tritt Victoria in den Lichtschein und sieht mich an, mit einem wirklich langen Blick sieht sie mich an, dann sagt sie leise irgendwas zu Isolde, als wäre sie unglücklich. Und dann verschwinden sie im Haus.«

Julia verstummt jäh und sieht zum ersten Mal die Saxofonlehrerin an. Ihr Mund ist verzerrt und ihr Gesichtsausdruck unzufrieden, als hätte die Vorführung sie an ein unangenehmes Gefühl erinnert, das sie lieber vergessen hätte.

»Ist das wirklich passiert?«, fragt die Saxofonlehrerin, als das Licht wieder normal ist und Julia zu ihrem Saxofon greift. »War das Mr Saladin in dem Wagen, Julia? Bist du sicher?«

»Ich hab Ihnen nur erzählt, was ich mir vorgestellt habe«, sagt Julia, die plötzlich mürrisch und reserviert ist, und mustert die Saxofonlehrerin wie eine Feindin. Dann fügt sie hinzu: »Es war dunkel.« Sie drückt auf eine Klappe am Saxofon, nur um es klacken zu hören.

»Das könnte sehr wichtig sein«, sagt die Saxofonlehrerin.

»Ich hab mir das vorgestellt«, wiederholt Julia und wird noch verschlossener. Sie wendet sich ab und spielt zum Aufwärmen einen gebrochenen Akkord.

»Julia«, sagt die Saxofonlehrerin mit funkelnden Augen. »Sag mir, was du gesehen hast.«

»Nichts«, antwortet Julia, und obwohl sie misslaunig und

unzugänglich ist, verbreitet sie so etwas wie ein Triumphgefühl, als hätte sie die Saxofonlehrerin in einsame Gefilde gelockt, nur um sie dort zurückzulassen. »Ich hab sie heimgebracht. Sie hat sich verabschiedet. Ist ausgestiegen. Hat die Tür zugeschmissen. Nichts ist passiert.«

Samstag

»Weißt du noch, wie du deine Unschuld verloren hast, Patsy?«, fragt die Saxofonlehrerin.

Sie sind in der Bar danach, Patsy sitzt seitlich in der Bank, hat die Beine angezogen und ihre Füße in den braunen Stiefeln überkreuzt. Zwischen ihnen stehen eine Flasche und zwei Gläser, beide mit dem durchscheinend grauen Kuss einer weiblichen Unterlippe, wie ein Fingerabdruck knapp unterhalb des Rands.

»Meinst du ein bestimmtes Ereignis?«, fragt Patsy zurück. »Du meinst den eigentlichen Verlust?«

»Ja.«

»Den Verlust meiner Jungfräulichkeit?«

»Nicht unbedingt. Ich will nur wissen, ob es einen Moment gegeben hat, in dem du aufgehört hast, unschuldig zu sein. Einen Sündenfall. Weißt du das noch?«

Patsy denkt schweigend nach. Die Saxofonlehrerin hebt ihr Weinglas zum Mund und trinkt. Patsy ist schön heute Abend. Sie hat ihr Haar im Nacken zu einem prekären Knoten gesteckt, und ihre Augen sind klar und strahlend. Sie trägt ein schweres Messingmedaillon, Geschenk von Brian, ein antikes und zufällig wirkendes Stück, das perfekt zu ihr passt, zu der robusten Breite ihres Brustkorbs und der weichen Einkerbung hinter ihrem Schlüsselbein. Patsy passt immer zu ihren Kleidern, ihrer Aufmachung. Ihre Erscheinung ist immer vollständig, denkt die Saxofonlehrerin: Es ist unmöglich, sie zu halbieren, zu entkleiden, zu schmälern. Die Saxofonlehrerin kann sich nicht vorstellen, wie sie ihre Halskette abnimmt, nicht einmal in der Fantasie – sie kann sich Patsy nicht unbekleidet denken, Patsy ohne all das Zubehör und Zierwerk, in dem sie so vollkommen zu Hause ist.

Patsy dreht den Stiel ihres Weinglases zwischen den Fingern.

»Als Kind hat man mir nichts vorgemacht«, sagt sie langsam. »Du weißt schon – nicht vernikolaust, verosterhast, verpuppenstubt, an der Nase herumgeführt. Ich kann mich nicht erinnern, dass man mir je irgendwelche Märchen erzählte hätte. Ich erinnere mich nicht, dass ich jemals *nicht* Bescheid gewusst hätte. Sex war eigentlich nie ein Mysterium. Und es gab keinen Gott in unserem Haus, also auch in der Hinsicht kein Mysterium. Natürlich hatte ich erste Erfahrungen wie wir alle, machte Fehler wie wir alle, kam drüber hinweg und rappelte mich wieder auf, wie wir alle. Aber ich kann mich wirklich an kein *Fallen* erinnern. Sollte ich je unschuldig gewesen sein, dann weiß ich es nicht mehr. Ich habe keine Sehnsucht nach einem Zustand *davor*.«

Sie blickt zur Saxofonlehrerin auf. »Ist das schrecklich traurig?«, sagt sie und lacht.

Die Saxofonlehrerin lächelt und sagt nichts, und beide sitzen eine Zeit lang nur da und schweigen, berühren mit den Fingerspitzen ihre Weingläser, blicken zur Seite.

»Alles war schon mal da gewesen«, sagt Patsy nach einer Weile. »Für alles, was ich je getan habe, gab es eine Vorlage, eine Formel, ein Modell, irgendwas Öffentliches und Sichtbares und *Bekanntes*. Ich kannte die Gestalt von allem, was mir je begegnen würde, bevor es mir wirklich begegnete.

Die Vorlage ging immer der Realität, der Erfahrung, der persönlichen Wahrheit einer Sache voraus. Was Liebe ist, wusste ich aus dem Kino und aus dem Fernsehen, auch von der Bühne. Ich lernte die Formel, dann wandte ich sie an. So war das bei mir. Mein ganzes Leben.«

Wieder lacht sie kurz auf. »Ist das schrecklich traurig?«, sagt sie noch einmal. »Ist das sehr traurig?«

Neben dem Klavier auf dem kleinen Podium beugt sich der Kontrabassist vor und sagt ins Mikrofon: »Noch eine letzte Nummer, Leute. Hier kommt ein letztes Lied.«

ACHT

Mai

Am Tag nach der Lektion in Sachen Theater der Grausamkeit begegnete Stanley dem Opfer der Übung auf der Haupttreppe. Der Junge lief rasch, mit gesenktem Kopf, immer zwei Stufen auf einmal nehmend, treppab. Seine Haare waren jetzt kurz geschoren, um den Verlust des Büschels, das ihm der Maskierte abgeschnitten hatte, wettzumachen. Der Bürstenschnitt stand ihm nicht besonders. Zu blank und sichtbar standen Ohren und Stirn unter dem dezimierten Schopf hervor, und er sah ein wenig verschreckt aus. Er trug ein neues Hemd.

»Hallo«, sagte Stanley und streckte eine Hand aus, um ihn aufzuhalten.

Der Junge blickte schuldbewusst zu ihm auf und nickte schüchtern zur Begrüßung.

»Hör mal, ich hab mich beschwert«, sagte Stanley. In diesem Treppenhaus klang seine Stimme gewaltig, wand sich Stockwerk um Stockwerk empor und tönte klar und hohl durch den vertikalen Schacht wie ein Glockengeläut. »Wegen dem, was passiert ist. Ich war beim Bewegungsleiter und hab mich beschwert.«

»Danke«, sagte der Junge leise. »Aber es ist schon wieder okay. Es war einfach eine blöde Sache.« Er machte Anstalten, sich zu entfernen, doch Stanley hielt ihn auf, rückte ihm zuleibe, sodass er ans Geländer gedrückt wurde und gefangen war.

»Ich werde auch mit dem Schauspielleiter reden«, sagte

Stanley. »Es ist unglaublich, dass niemand sonst was unternimmt. Das ist widerlich. Was sie dir angetan haben, war widerlich. Und keinen kümmert's.«

Der Junge sah Stanley einen Moment lang unergründlich an. Er griff mit beiden Händen hinter sich nach dem Geländer, dann stand er da, die Arme rückwärts verdreht, und zog sanft am Handlauf. »Das war abgesprochen«, sagte er.

»Wie bitte?«, fragte Stanley.

»Die ganze Sache. Der Typ – Nick, der mit der Maske – er fragte mich, und es war alles im Voraus abgesprochen. Ich wusste, dass sie mich aussuchen, und ich wusste, was passieren würde, also das meiste. Ich wusste über das Wasser Bescheid, und er sagte, sie würden mich vielleicht ein bisschen schikanieren. Ich fand das witzig. Nur ein Spaß.«

Stanley sah ihn stirnrunzelnd an. »Aber du bist abgehauen.«

»Ich wusste nicht, dass sie so weit gehen würden«, sagte der Junge. »Mein Hemd und alles. Mir die Haare abschneiden. Nick hat mir nur von dem Wassertrog erzählt. Ich dachte, das geht schon. Ich dachte, sie brauchen mich oder so. Ich hab zugestimmt.«

»Ist das immer abgesprochen?«, fragte Stanley. »Jedes Jahr?«

»Ich schätze schon«, sagte der Junge. Sein Blick riss sich los und glitt an Stanleys Schulter vorbei die Treppe hinunter. »Sonst kämen sie wohl nie damit durch.«

»Sie sollen auch nicht damit durchkommen!«

»Tja«, sagte der Junge und zuckte die Achseln. »Es war bloß eine Übung. Um was zu beweisen.«

»Aber *warum*?«, fragte Stanley, aggressiver als beabsichtigt. Er verspürte dasselbe aufkeimende Gefühl von Hilflosigkeit, das ihn im Büro des Bewegungsleiters überkommen hatte. In seiner Verwirrung starrte er den Jungen böse an, und der Junge starrte jetzt böse zurück.

»Ich habe ihnen bloß geholfen. Sie brauchten jemand für ihr Projekt. Keine große Sache.«

»Was ist mit deinem Hemd?«, fragte Stanley. »Dein Hemd war schon eine große Sache.«

Der Junge packte das Geländer fester. Er wurde rot. Er biss die Zähne zusammen, und seine goldstoppelige Kopfhaut glitt mit einem zornigen Ruck über den Schädel nach hinten.

»Also, es ist nett von dir, dass du dir Sorgen machst, okay?«, sagte er. »Aber ich bin kein Trittbrett zum Aufspringen, verstehst du, oder irgendeine gerechte Sache, für die du kämpfen kannst. Ich bin selber schuld. Ich hätte nachfragen müssen, was genau sie vorhaben. Es ist wirklich keine Sache. Du hättest dich nicht beschweren müssen.«

»Sie haben dich *angegriffen*!«, schrie Stanley.

»Ja, aber nachher sind sie zu mir gekommen«, sagte der Junge laut. »Nachdem sie die Masken abgenommen hatten und alles vorbei war. Wir haben geredet und alles, und jetzt ist das geklärt. Es ist nicht dein Problem. Du warst nicht dabei.«

Stanley sah den Jungen eine Sekunde an, dann trat er zur Seite, um ihn durchzulassen. Der Junge zog den Kopf ein und murmelte: »Trotzdem, danke.« Er schlüpfte an Stanley vorbei, sprang die Treppe hinunter und verschwand.

Stanley blickte auf, durch das hohe, längs unterteilte Fenster, das die Lichtquelle des Treppenhauses war, und atmete schwer. Er merkte, dass seine Hände zu Fäusten geballt waren, und hatte den unbestimmten Drang, irgendwohin zu schlagen, wusste aber nicht, wohin, geschweige denn, warum. Eine Flut von Schauspielschülern im zweiten Jahr kam die Treppe herabgedonnert, und er drückte sich ans Geländer, und als die Menge sich gelichtet hatte, hob er den Kopf und sah in ihrem Kielwasser den Schauspielleiter behäbig die Stufen herabsteigen, unter dem Arm ein zusammengeknülltes, geflicktes, mit Leinen verschnürtes und entlang den Kanten mit rostbeschichteten Reffgattchen besetztes Großsegel. Er schien in Gedanken versunken.

»Stanley«, sagte er im Näherkommen. »Sie sind der Mann, der mich sprechen wollte, richtig?«

»Das hat sich erledigt. Ich habe schon alles mit dem Bewegungsleiter besprochen«, sagte Stanley und trat respektvoll zurück. »Es ist jetzt alles geklärt.«

Mai

»Dieses ist eine Übung in Kontrolle und Kommunikation«, sagte der Bewegungsleiter. »Ich möchte, dass ihr euch paarweise mit dem Gesicht zueinander aufstellt. Legt eure Handflächen aneinander und bildet mit den Füßen ein Viereck, und dann beginnt ihr, euch als Tandem zu bewegen, jeder das Spiegelbild seines Gegenübers. Ihr könnt euch bewegen, wie und wohin ihr wollt, wichtig ist, dass ich zwischen euch herumgehen und nicht erraten kann, wer von euch führt und wer folgt.«

Die Klasse rappelte sich auf, und Stanley bildete mit dem Mädchen, das neben ihm gesessen hatte, ein Paar. Beide lächelten flüchtig, als sie sich einander gegenüberstellten, und Stanleys Herz machte einen Sprung. Er empfand einen kleinen Stich der Selbstverachtung und runzelte finster die Stirn, um das Gefühl niederzuringen. Er wandte den Blick wieder dem Bewegungsleiter zu und verengte dabei leicht die Augen, um dem Mädchen zu zeigen, dass er ganz Ohr und gesonnen war, den Unterricht sehr ernst zu nehmen, und vor allem: ungeachtet aller etwaigen Erwartungen oder Annahmen ihrerseits gänzlich gleichgültig gegenüber ihrer Weiblichkeit. Am undeutlichen Rand seines Gesichtsfeldes nahm er wahr, dass ihn das Mädchen noch einen Moment länger ansah und dann ebenfalls zum Bewegungsleiter blickte.

»Macht jetzt untereinander aus«, sagte der Bewegungsleiter, »wer von euch beiden zuerst führt. Ihr müsst euch auch auf irgendein Signal einigen, wenn der oder die andere die Führung übernehmen soll. Ihr könnt hin und her wechseln, sooft ihr wollt. Augenkontakt ist unerlässlich. Wir machen diese Übung still.«

Die Studentenpaare steckten die Köpfe zusammen, um flüsternd zu beratschlagen. Der Bewegungsleiter wandte sich ab und drückte auf einen Knopf an der Stereo-Surround-Anlage, und während er wartete, dass die CD ansprang, wischte er mit dem Zeigefinger den Staub von der vorstehenden Kante. Der Staub war dick und silbergrau, und so zusammengeschoben auf seiner Fingerkuppe sah er wie eine weich gefiederte Waffel aus. Er rollte ihn zu einer Kugel, die er fortschnippte. Die CD kam in Gang, und er drehte langsam die Lautstärke auf, sodass die Musik sich leise einblendete und immer mehr ausdehnte, bis sie die Halle vollständig ausfüllte. Er hatte einen Film-Soundtrack gewählt, ein rein instrumentales, wogendes, bombastisches Stück.

»Bitte nehmt eure Plätze ein und fangt an«, rief er über die ersten Takte hinweg. »Die Musik ist euer Rhythmus. Lasst euch davon inspirieren. Tretet aus euch heraus und teilt euch auf zwischen der Beobachtung eures Partners und der Empfänglichkeit für den Rhythmus. Konzentriert euch, aber bleibt locker. Fangt an.«

Stanley wandte sich seiner Partnerin zu und hielt ihr in Erwartung ihrer Hände die gestreckten Handflächen entgegen. Sie sahen einander unmittelbar an, und zuerst krümmte er sich innerlich, und vor Verunsicherung, was sie wohl sah, wenn sie ihn so offen, so unverstellt ansah, schnitt er ein finsteres Gesicht. Sie war ein bisschen kleiner als er und musste, um seinem Blick zu begegnen, den Kopf ein Stück zurücklehnen. Sie hatte resolute graue Augen und einen geraden, dünnlippigen Mund. Stanley war ihr nahe genug, um den Flaum auf ihren Wangen zu sehen, die im schrägen Lichteinfall zartrosa leuchteten, und die über den Nasenrücken gestreuten rehbraunen Sommersprossen.

Die Bläser verklangen und ließen die Streicher ihrerseits ein gezupftes Crescendo aufbauen. Stanley schälte seine rechte Handfläche von der Hand seiner Partnerin ab und spürte, wie sie seiner Bewegung langsam und vorsichtig, mit einer Verzögerung von vielleicht einer Viertelsekunde folgte. Auch sie hatte leicht die Stirn gerunzelt, und im selben Moment, als er sich ihres Ausdrucks bewusst wurde, erkannte er, dass sie versuchte, sich ihm anzupassen. Er entspannte sich, setzte eine neutralere Miene auf und sah sie dasselbe tun, sah seine Bewegungen als graziles feminines Echo gespiegelt – als gäbe ihm eine Höhle eine zartere weibliche Version seines Rufs zurück. Bemüht, sich langsam und bedächtig zu bewegen, damit sie die gesamte Bewegungskurve erfassen und entsprechend reagieren konnte, ballte er die Hand zur Faust und führte sie unters Kinn. Sie beobachtete seine Augen, nicht die Bewegung seiner Hand. Von der Anstrengung, wortlos miteinander zu kommunizieren, waren beider Augen weit aufgerissen. Die anderen

Paare ringsum bewegten sich ähnlich und schwenkten in abgezirkeltem Zeitlupentempo die Hände. Als er die Finger spreizte und sie in die dünnen kalten Finger seines Echomädchens verflocht, kam ihm der Gedanke, dass die Klasse von oben wie ein windbewegtes Getreidefeld aussehen müsse, ein Auf- und Niederwogen dünner bebender Halme, die sich aus dem Boden empor- und in einen steifen, ständig die Richtung wechselnden Wind warfen.

Der Bewegungsleiter, die staubbeschichteten Finger noch auf der Musikanlage, beobachtete sie schweigend von der Bühne aus. Sein Blick glitt über sie hin und verharrte schließlich bei einem Jungen am Rand der Gruppe, der die Hand zum Hals seiner Partnerin hob und ihn mit dem Zeigefinger berührte. Der Bewegungsleiter sah zu, wie das Spiegelpaar entlang der Luftröhre des jeweils anderen eine unsichtbare Linie bis hinab in die Vertiefung zwischen den Schlüsselbeinen zog, und dachte: Der Junge führt. Er sah es immer.

Der Junge stand da mit erhobenem Kinn, die Beine ein Stück gespreizt, und hatte einen feierlichen, brennenden Ausdruck im Gesicht, über den der Bewegungsleiter beinahe lächeln musste. Zum ersten Mal seit dem tränenseligen Ausbruch in seinem Büro nach der Übung im Theater der Grausamkeit hatte er ihn wieder im Unterricht, und als er an diesem Morgen die Turnhalle betreten hatte, war ihm Stanley sofort ins Auge gefallen, wie er, erpicht, zur Kenntnis genommen zu werden, am Rand herumtanzte. Der Bewegungsleiter hatte den Blick abgewandt. Er wollte nicht, dass sich der Junge in dieser furchtsamen Sohnesart an ihn heftete und Beachtung, Zuwendung, Zeit forderte, nicht ahnend, dass all die bangen Ersterfahrungen und Gedankenschösslinge, die ihm selbst so tief zu Herzen gingen, für den

Bewegungsleiter immer nur das jeweils Neueste in einer langen Reihe von Gleichem waren.

Jedes Jahr beschwerte sich mindestens ein Student über die Übung im Theater der Grausamkeit. Die Lektion fiel in die Zuständigkeit des Schauspielleiters, und meistens war er es, der die Gequälten in sein Büro mitnahm und etwaige nachhaltige Schäden verarztete. In manchen Jahren, so auch in diesem, richtete er es so ein, dass er unter irgendeinem Vorwand im letzten Moment die Klasse verlassen musste, stieg dann über die Hintertreppe zur Beleuchterkabine über der Halle hinauf und beobachtete die Studenten hinter der getönten Scheibe. Der Anblick war jedes Mal ein anderer. In einem Jahr hatte es das Opfer fertiggebracht, sich freizukämpfen und zurückzuschlagen, und von den Studenten auf der Bühne waren etliche ernsthaft verletzt worden; in einem anderen Jahr hatten die Zuschauer zu einer Massenrettungsaktion die Bühne gestürmt. In letzter Zeit aber hatten die auftretenden Studenten etwas eingebüßt, Jahr für Jahr ein bisschen mehr – was? Die Bereitschaft *aufzutreten*, dachte er, ohne Ironie. Dieses Jahr zum Beispiel – ein Hemd, ein bisschen Haare und der Wassertrog, und einer, der danach vor Erschütterung in seinen Hemdsärmel weint.

Manchmal wollte der Bewegungsleiter dreinschlagen, von der Bühne springen und sie ohrfeigen und schütteln, bis sie aufwachten und sich wehrten; diese Klebefolie aus Apathie, die sie lähmte und einschnürte und ihnen den Atem nahm, bis sie eingeschweißten Puppen glichen, massenproduzierte Ware mit aufgeprägtem Markenzeichen – sie trieb ihn manchmal fast in den Wahnsinn.

Er reckte den Kopf. Sie waren auf Samtkissen gebettet. Sie mussten nur aufgeweckt werden.

Unten im Saal hatte Stanley die Führung an seine Partnerin abgetreten, die jetzt von ihm zurückwich, und sie strebten voneinander fort, zwei schwarze Gestalten vor dem Hintergrund des Holzbodens, wie ein symmetrischer Tintenklecks auf einer betagten Spielkarte. Nicht vollkommen symmetrisch. Die männlichen Bewegungen stimmten nicht immer ganz mit den weiblichen überein und umgekehrt: Immer fehlte etwas, immer gab es irgendeinen hellen Rand, der die Täuschung verriet. Der Bewegungsleiter seufzte und sah sie sekundenlang alle als Panorama, die seidene, apathische Menge der Schlafwandler, die zugesehen hatte, wie ihr Klassenkamerad entkleidet und geschoren und fast ersäuft worden war, ohne einen Finger zu rühren. Er dachte: Wie um alles in der Welt soll ich sie wachrütteln? Und dann dachte er: Wer wird mich aufwecken?

Juni

»Ich will Ihnen heute von Ihrem Improprojekt zum Jahresabschluss erzählen«, sagte der Schauspielleiter forsch, »dem mit Abstand wichtigsten Ereignis im ersten Jahr.«

Wann immer der Schauspielleiter den Mund aufmachte, trat ein furchtsames, regloses Schweigen ein. Nie musste er die Stimme erheben.

»Zuallererst muss ich Sie darauf hinweisen, dass Sie vollkommen auf sich gestellt sind. Proben, Texte, Lichtführung, Kostümentwürfe, Konzeptdiskussionen, das ist alles Ihre Sache, die Dozenten mischen sich nicht ein. Wenn wir am ersten Oktober abends um acht in den Theatersaal kommen, wollen wir überrascht werden. Und schockiert. Wir wollen sehen, warum wir unter zweihundert Hoffnungsvollen, die wir vorsprechen ließen, gerade *Sie* ausgewählt haben.

Nach der Vorstellung wollen wir stolz auf unseren guten Geschmack sein.

Ich sollte hinzufügen, dass dieses Projekt an unserem Institut ein beeindruckendes Vermächtnis hat: Sehr oft wurden diese Stücke später zu größeren Inszenierungen umgearbeitet, von denen manche auf internationale Tourneen gingen. Seien Sie sich also darüber im Klaren, dass Sie in große Fußstapfen treten.«

Seine Miene hellte sich jetzt auf, wie sie sich immer aufhellte, wenn er über Ehemalige sprach. Seine Bewunderung und Anerkennung wurden immer nur rückblickend vergeben, wovon diese Erstjährigen allerdings noch nichts wussten. In ihrer Unkenntnis blickten sie leidenschaftlich zu ihm auf und fieberten dieser glanzvollen neuen Bewährungsprobe entgegen.

»Es ist eine Tradition am Institut«, fuhr der Schauspielleiter fort, »dass die Mitwirkenden am Abend der letzten Vorstellung ein Requisit aus ihrer Inszenierung auswählen, das weitergereicht wird. Dieses Requisit dient als Inspiration für die Produktion des folgenden Jahres. Die Studenten des letzten Jahres, die ihre Inszenierung *Die schöne Maschine* nannten, empfingen von ihren Vorgängern ein großes eisernes Rad. In der ursprünglichen Inszenierung war das Rad Teil einer funktionierenden Rikscha gewesen. In der *Schönen Maschine* wurde es zum Rad des Schicksals umfunktioniert und zu einem zentralen visuellen Bestandteil der schönen Maschine als solcher.«

Einer der Jungen nickte heftig, um zu zeigen, dass er *Die schöne Maschine* gesehen hatte und sich des Rades sehr genau entsann. Der Schauspielleiter lächelte kurz und sagte: »Die Mitwirkenden an der *Schönen Maschine*, die Erstjährigen des letzten Jahres, haben ein Requisit ausgewählt, das der

Fokus Ihrer Inszenierung sein wird. Ich habe es hier in der Tasche.«

Er legte eine ausgedehnte Pause ein und genoss die Spannung.

»Hat jemand Fragen, bevor ich Sie alle zu Ihrer ersten Besprechung allein lasse?«

Niemandem fiel eine Frage ein. Der Schauspielleiter griff in die Tasche und zog eine Spielkarte hervor. Sie stammte aus einem gewöhnlichen Kartenspiel, hatte dünne zartrosa Streifen auf der Rückseite und gerundete Ecken. Er hielt sie verkehrt herum hoch, damit alle sie sehen konnten, und drehte sie dann um: Es war der Karokönig, der bärtig, schmallippig und versonnen seine Streitaxt mit einer mächtigen Pranke hinter dem Kopf hielt. Der Schauspielleiter warf die Karte auf den Boden, neigte höflich den Kopf und verließ den Saal.

Leise schloss sich die Tür hinter ihm, und der Luftzug ließ die Karte einen kleinen Satz zur Seite machen. Sie war ganz leicht konvex und erzitterte auf ihrem zart gekrümmten Rücken wie ein mastenlos auf See treibendes Schiffchen. Im ersten Moment herrschte Schweigen. Dann sagte ein Mädchen zaghaft: »Der Karokönig ist einer der Selbstmordkönige. Falls das nicht bekannt ist.« Sie sprach in entschuldigendem Ton, als wollte sie um Verzeihung bitten, dass sie das Schweigen gebrochen und als Erste das Wort ergriffen hatte.

»Der Herzkönig hält sein Schwert so an seinen Kopf« – sie demonstrierte es –, »dass es aussieht, als wollte er sich umbringen, und der Karokönig ist so dargestellt, dass die Klinge seiner Axt auf ihn zeigt. Das ist bei jedem Kartenspiel so. Deshalb nennt man die beiden roten Könige immer die Selbstmordkönige.«

Alle reckten den Hals, um einen Blick auf die Karte zu werfen, und sahen, dass sie recht hatte. Wieder trat Schweigen ein, diesmal eine andere Art des Schweigens, das vom Nachklang der beiden letzten gesprochenen Wörter erfüllt war: *die Selbstmordkönige*. Wenn einmal die erste Idee geboren wurde, verändert sich auch das Schweigen, dachte Stanley.

Nach ein paar weiteren Momenten zerplatzte die kollektive Konzentration. Sie blickten auf und grinsten verlegen und lachten und reckten sich und veränderten ihre Sitzhaltung und begannen zu schwatzen und sahen sich nach einem Anführer um, der sie von nun an leiten würde.

Juli

»Was meinst du, erreichen wir als Lehrer ein Stadium«, sagte der Bewegungsleiter, »in dem die einzigen Studenten, die uns wirklich tangieren, diejenigen sind, die uns am meisten an eine junge Version von uns erinnern?«

Der Schauspielleiter lachte. »Und natürlich immer an eine sehr schmeichelhafte Version«, sagte er. »Und immer sind es nur der Elan und die Ideale. Und die Körper. Die geschmeidigen, leistungsfähigen jugendlichen Körper, von denen wir alle denken, dass wir sie mal hatten.«

Der Schauspielleiter war an die zehn Jahre älter als der Bewegungsleiter, und er hatte sich nicht gut gehalten: Seine blassen Augen waren an der Unterseite von einem nassen roten Lid gesäumt, das ihn immer kränklich aussehen ließ.

»Ich denke, das trifft leider auf mich zu«, sagte der Bewegungsleiter. »Da ist ein Student im neuen Jahrgang, der, glaube ich, mir als jungem Menschen sehr ähnlich ist. Er scheint mir so, wie ich mal war – jedenfalls in meiner Vorstellung. Wenn ich seine Klasse unterrichte, vergesse ich alle meine Zweifel an … tja, an eigentlich allem. Ich beobachte ihn sehr genau, und ich bin wirklich entzückt über seine Fortschritte – ich meine *wirklich* –, ich beobachte ihn oft und sehe, wie er sich ganz allmählich verändert, und ich empfinde Begeisterung und Wohlwollen und alles, was Lehrer eben empfinden sollen.«

Als Lehrer hatte der Schauspielleiter immer bewusst Abstand zu seinen Studenten gehalten, doch seine zurückgenommene und zutiefst ungerührte Art schien sie merkwürdigerweise nur zu umso größerer Ehrerbietung zu verleiten. Er war es, den die Mehrzahl der Studenten zu beeindrucken suchte, und er war es, den die meisten in den Jahren danach am lebhaftesten in Erinnerung behielten. Seine Kälte und Teilnahmslosigkeit zog sie eigenartig an, wie Hundewelpen, die einem Herrn mit Peitsche zulaufen. Dem Bewegungsleiter fehlt die Gabe der Gleichgültigkeit, dachte der Schauspielleiter jetzt: Er gab zu viel von sich preis, zeigte sich zu unverhüllt; er verachtete seine Schüler zu sehr, wenn sie ihn enttäuschten.

»Die Illusion von Tiefgründigkeit bei einer Rolle«, hatte der Schauspielleiter erst an diesem Morgen zu seinen Studierenden im zweiten Jahr gesagt, »entsteht einfach dadurch, dass man dem Publikum Informationen vorenthält. Ein Charakter erscheint nur dann komplex und interessant, wenn wir die Gründe dafür nicht kennen.«

Der Bewegungsleiter strich sich mit den Fingerspitzen über die Knöchel. Er schüttelte den Kopf.

»Und ich sage mir immer wieder, dass es aller Wahrscheinlichkeit nach einfach *Eitelkeit* ist«, sagte er, »wenn ich mir eine jüngere Version von mir herauspicke und wie gebannt beobachte. Es ist traurig. Ich glaube nicht, dass ich mich anderen Studenten ähnlich verbunden fühle. Sie sind mir einfach …« Er breitete die Hände aus und zuckte die Achseln. »Sie sind mir einfach nicht *wichtig* genug«, sagte er. »Es interessiert mich nicht genug, was sie heraushebt. Das erfahren sie aber nie. Ich stehe vor ihnen und unterrichte, und es ist wie jeder beliebige Bühnenauftritt, man kann die Rolle von hinten bis vorn auswendig und stellt sich hin und macht es. Aber dahinter ist alles nur Theater.«

»Vielleicht bist du zu streng mit dir«, sagte der Schauspielleiter. »Erwartest zu sehr von dir, dass es dich interessieren *muss*. Vielleicht braucht es das nicht. Vielleicht kannst du gleichgültig und trotzdem ein guter Lehrer sein.«

»Vielleicht«, sagte der Bewegungsleiter.

»Wer ist denn der Student, der dich so fasziniert?«, fragte der Schauspielleiter. »Diese jüngere Version von dir?«

Der Bewegungsleiter zögerte, blinzelte zu dem Licht direkt über dem Kopf des Schauspielleiters hinauf.

»Das verrate ich lieber nicht«, sagte der Bewegungsleiter ein wenig scheu, als wäre der Junge ein Schwarm von ihm, der seinem Herzen immer noch zu nahe war.

»Na gut«, sagte der Schauspielleiter. »Aber ich kann's mir schon denken.«

April

»Mein Dad hat folgende Theorie«, sagte Stanley. »Er findet, Schulen sollten Lebensversicherungen für Schüler abschließen, bei denen ihrer Einschätzung nach eine hohe Wahrscheinlichkeit besteht, dass sie sterben.«

Alles erstarrte; dann legten alle sechs ihre Gabeln nieder und nahmen Stanley genauer ins Visier.

»Wie bitte?«, sagten sie.

»Weil es immer jemanden gibt, der stirbt«, sagte Stanley. »An jeder Highschool, stimmt's? Aus eurer Zeit an der Highschool oder irgendeiner Schule wisst ihr immer jemanden, der gestorben ist.«

Sein Lächeln geriet ins Wanken. Die Bemerkung hätte flapsig und witzig und ein bisschen schockierend sein sollen, aber seine Klassenkameraden sahen ihn erschüttert und angewidert an. Er versuchte, einen überraschten und desillusionierten Ausdruck über sein Gesicht huschen zu lassen, der mitteilen sollte, dass sein Publikum offensichtlich doch nicht so unbefangen und verrucht war, wie er gehofft hatte; dass ihn diese sechs mit ihrer verklemmten und zimperlichen Art, mit ihrer rückständigen und altmodischen Anschauung, in der kein Platz für Witz oder Skandal war, arg enttäuscht hatten. Er versuchte, mit schräg aufwärts zusammengezogenen Brauen und leicht gesenktem Lächeln eine weltläufige Miene hinzubekommen, die herablassend und fröhlich und unbekümmert aussah. Er versuchte, unbekümmert zu sein.

»Das ist doch krank«, sagte eines der Mädchen.

Stanley lächelte breiter. Jetzt gab es kein Zurück mehr. Er war verpflichtet, eine Auffassung zu formulieren – und sich damit wenigstens teilweise zu eigen zu machen –, die er gar nicht teilte. Er fühlte sich in der Falle und versuchte sich zu retten, indem er sich jovial gab, wie sein Vater, und seinen persönlichen Anteil, seine Befürwortung der Idee aufblähte, bis es so aussah, als wäre sie tatsächlich seine.

»Man schließt eine Lebensversicherung ab«, sagte er, »sagen wir, für zweihundert im Jahr. Die Versicherungsprämien für Schüler sind wirklich sehr, sehr niedrig. Reich wird man, wenn man Ereignisse voraussieht, bevor sie stattfinden, stimmt's? Also wenn ihr hingehen und was draus machen könnt – wenn ihr den Mitschüler identifiziert, der am wahrscheinlichsten sterben wird ...«

Er breitete die Hände aus und zuckte die Achseln, als wäre die Logik selbstverständlich.

»Und du meinst, die Kohle sollte dann der bekommen, der die Versicherung abgeschlossen hat«, sagte ein Junge. »Also zum Beispiel die Schule als Lohn dafür, dass sie schlau genug war, um den Schüler mit dem größten Todesrisiko zu erkennen?«

»Was soll das heißen, ›das größte Todesrisiko‹?«, fauchte das Mädchen. »Das ist doch krank! Woher soll man wissen, wie groß die Wahrscheinlichkeit ist, dass jemand sterben wird?«

Stanley war heiß geworden. Er begann sich zu ärgern, nicht über seinen Vater, vor den er sich instinktiv schützend stellte, sondern über seine empörten Zuhörer, die ihn über die spiegelblanke Linoleumtischplatte hinweg finster anstarrten, als hätte er etwas wirklich Haarsträubendes gesagt. Er vergaß, dass er auf die Lebensversicherungsidee seines Vaters selbst mit leisem Abscheu reagiert hatte; er vergaß, dass ihm die absichtlichen Provokationen seines Vaters häufig Beklemmungen verursachten – und einen hilflosen, würgenden Ärger, der noch Tage und Wochen anhielt. Er starrte seinerseits die sechs anderen finster an und fragte: »Wer sagt denn, dass bei einem Todesfall nicht auch was Positives rauskommen darf? Wer sagt denn, dass es falsch ist, aus etwas Schrecklichem wie einem Todesfall auch etwas Gutes herauszuholen? Ereignisse zu sehen, bevor sie stattfinden, und zuzugreifen?«

Er gab es nicht optimal wieder, in seinem Mund klangen die Worte schief und unwahrscheinlich.

»Etwas Gutes – wie zum Beispiel eine Million Dollar

für den Kopf eines Kindes, das auf dem Heimweg von der Schule überfahren wird?«

»Vielleicht«, sagte Stanley. »Ja, vielleicht.«

»Das ist die dämlichste Idee, die ich je gehört habe«, sagte einer von ihnen. »Bei einer Lebensversicherung geht's darum, dass man einen Rettungsanker hat, wenn der Mensch, von dem man abhängig ist, stirbt. Zum Beispiel wenn mein Dad stirbt, wäre meine Ma schön aufgeschmissen, weil sie sein Gehalt braucht, um leben zu können, um die Hypothek zu zahlen, die Rechnungen, alles. Falls er sterben sollte, zahlt also seine Lebensversicherung, damit sie ein paar Jahre lang, bis sie jemand Neuen gefunden hat, über die Runden kommt. Warum soll es erlaubt sein, eine Lebensversicherung auf ein Kind abzuschließen? Das ist doch absurd. Da wird doch jeder misstrauisch.«

»Ich rede doch nur von der Möglichkeit«, sagte Stanley und trat damit jetzt doch selbst an die Stelle des Urhebers. »Ich meine, es ist theoretisch möglich. Könnte sich lohnen. Wenn man es durchziehen könnte.«

Blitzartig fiel ihm eine Szene aus La Vista ein, dem Restaurant vor zwei Jahren, sie beide als Silhouetten vor einer Wand aus Mattglas und Efeu und einem kunstreichen Brunnen mit einem Wassergeriesel, das nie austrocknete. Sein Vater wischte sich mit einer zerknüllten Handvoll Leinen den Mund ab und sagte: »Willst du den schlimmsten schmutzigen Witz hören, der mir je zu Ohren gekommen ist? Den kennst du nicht, garantiert.«

Im Restaurant war es still. Das Paar gegenüber kaute und blickte aus dem Fenster. Stanley tupfte sich den Mund ab. Er sagte: »Okay.«

»Aber ich warne dich. Er ist ziemlich übel. Soll ich wirklich?«

»Ja.«

»Na gut. Was kriegst du, wenn du ein sechsjähriges Kind mit Erdnussbutter einschmierst?«

»Keine Ahnung«, sagte Stanley.

»Eine Erektion.«

Eine lange Pause trat ein, Stanleys Vater grinste mit hochgezogenen Augenbrauen, erstarrt, wie ein Clown. Die Frau gegenüber hatte beiläufig zu Stanley herübergesehen, war seinem Blick begegnet und hatte den Blick dann träge wieder ab- und der stummen Zerteilung ihrer Mahlzeit zugewandt. Er war nicht sicher, ob sie es gehört hatte. Er sah wieder seinen Vater an, seinen grinsenden, erwartungsvollen Vater, und setzte ein Lächeln auf. Dieses Lächeln fühlte sich entsetzlich falsch an, als wären seine Mundwinkel mit Wäscheklammern oder Angelhaken fixiert, und sekundenlang schwiegen sie beide, grinsten beide, saßen beide reglos. Endlich nickte Stanley, und sein Vater sagte: »Ziemlich daneben, oder?«

»Ja.«

»Ist das der übelste Witz, den du je gehört hast?« Der Kopf seines Vaters war keck zur Seite gekippt, und er schaukelte vergnügt mit dem Stuhl.

»Wahrscheinlich«, sagte Stanley. »Wahrscheinlich der übelste.«

Diese Erinnerung kam ihm ungebeten in den Sinn, und gleich machte er ein noch böseres Gesicht, denn er fühlte sich von Neuem verraten. Sein Publikum starrte böse zurück, und die blanke Tischplatte gab die Gesichter wächsern und perspektivisch verkürzt wieder.

»Niemand würde je zulassen, dass du vom Tod eines Kindes profitierst«, sagte einer. »Das gibt's einfach nicht. Das erlaubt niemand.«

Stanley zuckte die Achseln, wandte sich ab und blickte über die Mensatische hin, als wäre das Gespräch damit beendet und ihn kümmerte es nicht. »Ihr versteht das falsch«, sagte er, ohne einen von ihnen anzusehen. Er kratzte sich achtlos an der Wange und ließ den Blick durch den Raum wandern, und sein Mund war vorgeschoben, leicht höhnisch, wie der trotzige Schmollmund eines Kindes. Er sagte: »Ihr nehmt das zu wörtlich. Es war nur ein Scherz.«

Juli

»Was ist ein Tabu?«, fragte der Schauspielleiter sonor in den weiten, hallenden Raum hinein. Seine Schüler saßen mit überkreuzten Beinen im Kreis, hielten ihre kalten, kreideweiß überstäubten Zehen, und im diffusen Licht sahen ihre Gesichter grau und geisterhaft aus.

Jemand sagte: »Ein Tabu ist etwas, das man haben will, aber nicht haben kann.«

»Ein Tabu ist etwas, das verboten ist, weil es ekelhaft ist.«

»Oder heilig.«

»Ein Tabu ist etwas, worüber wir nicht reden dürfen.«

»Ein Tabu ist etwas, bei dem man sich unwohl fühlt.«

»Ein Tabu ist etwas, wofür wir noch nicht reif sind.«

Dieser letzte Einwurf kam von einem Mädchen, das rechts vom Schauspielleiter saß. Als sie sprach, zuckte er erschrocken zusammen und sah sich mit seinen klaren blassen Augen nach ihr um, und nach einem Moment ging, selten und unerwartet, ein Lächeln über sein Gesicht. »Wofür wir noch nicht reif sind«, wiederholte er. »Gut.«

Eine Zeit lang sprachen sie über Magie, Rituale und Opfer, dann fragte der Schauspielleiter: »Ist der Tod ein Tabu?« Er sah sie nacheinander fragend an, jeden Einzelnen. »Er war einmal ein großes Tabu. Ist er es noch?«

Stanley saß da und starrte mit gerunzelter Stirn auf den Boden. Der blasse, huschende Blick des Schauspielleiters machte ihn nervös. Der Dozent stellte die Fragen mit majestätischer Ruhe, wie um die Tiefgründigkeit der zur Debatte stehenden Themen hervorzuheben und ihnen vor Augen zu halten, dass eigentlich keiner von ihnen eine angemessene Antwort hatte. Die kalte Schlichtheit seiner Ausdrucksweise rief bei Stanley ein flatterndes Gefühl im Bauch hervor, als würde das Verbotene durch die Distanziertheit des Dozenten irgendwie noch verbotener: Wahrscheinlich ist diese lässige Selbstverständlichkeit reine Absicht, dachte Stanley, wie wenn ein Schurke einem Kind eine Zigarette anbietet und dann so tut, als merkte er nicht, wie das Kind rot wird und stotternd abwehrt.

Es war an dem ganzen Gespräch etwas ungeheuer Befremdliches, als wäre das Tabu als solches ein verbotenes Thema. Stanley hatte das unbestimmte Gefühl, dass sie in Versuchung geführt wurden, aber nicht verstanden, wie. Er wand sich und wünschte dieses Flattern im Bauch wieder fort. Den meisten Kommilitonen war, wie ihm, sichtlich unbehaglich; mit niedergeschlagenen Augen saßen sie da und erwarteten, dass der Dozent sich auf sie stürzte.

»Stanley«, sagte der Dozent, sich auf ihn stürzend. »Ist der Tod ein großes Tabu?«

Stanley ballte die Hände zu Fäusten und drückte die Knöchel in die Fußbodenbretter, während er nachdachte.

»Nein«, sagte er endlich. »Nicht mehr.«

»Warum?«

»Weil man heutzutage ständig den eigenen Tod vortäuscht«, sagte Stanley. »Jedes Mal, wenn ich den Fernseher einschalte, sehe ich Leute, die vortäuschen, dass sie sterben.«

»Ach ja?«, sagte der Schauspielleiter, aber er zog die Lippen ein und wirkte interessiert.

Stanley sagte: »Wäre der Tod ein großes Tabu, dann hätte es doch Konsequenzen, wenn man sich tot stellt.«

Der Schauspielleiter nickte einmal kurz und befriedigt und wandte sich wieder der Gruppe zu. Stanley holte tief Luft. Er schwitzte.

»Ich will Ihnen vom Tod meines Vaters erzählen«, sagte der Dozent. »Er starb zu Hause im Bett, und nach seinem Tod saßen wir alle, seine Familie, einen Abend lang bei seiner Leiche, bevor sie abgeholt wurde. Von der Totenstarre hatte ich gehört, fand sie eine interessante Vorstellung, war aber auch ein bisschen misstrauisch, denn es konnte ja genauso gut ein Ammenmärchen sein, etwas Archaisches, das heutzutage nicht mehr passiert.

Ich saß also am Totenbett meines Vaters und wachte über ihn, und ab und zu, vielleicht einmal in der Stunde, beugte ich mich vor und pikste ihn ganz leicht mit dem Zeigefinger in eine Falte unter dem Wangenknochen, wo die Haut schlaff und weich war. Das tat ich regelmäßig und war gespannt, ob eine Starre einsetzte. Und nach einer Weile geschah das tatsächlich: Als ich mich wieder mal vorbeugte und ihm in die Wange stupste, war sie hart wie ein Brett.

Es war die Zeitverzögerung, die ich beängstigend fand«, sagte er. »Seine Wange war erst weich wie zu seinen Lebzeiten, und dann war es auf einmal, als wäre ein Schalter umgelegt worden. Diese Verzögerung machte mir Angst. Der zeitliche Abstand zwischen zwei Symptomen des Todes –

Herzstillstand und Totenstarre. Auf einmal war der Tod nicht mehr ein singuläres und endgültiges Ereignis, sondern ein schrittweise ablaufender Prozess, eine langsame Akkumulation von Symptomen, ein allmähliches Abtreten. So hatte ich den Tod noch nie gesehen.«

Sie sahen ihn jetzt alle aufmerksam an.

»Für mich ist das eine sehr persönliche Erinnerung«, sagte der Schauspielleiter, »denn ich hatte mir immer vorgestellt, dass ich beim Tod meines Vaters in tiefste Trauer, ja Hysterie verfallen und ein Meer von Tränen vergießen würde, wie ich es bei meinen Schwestern gesehen hatte, dass ich fortan eine tiefe Sehnsucht nach allem hätte, was an meinem Vater unersetzlich war, und dass ich mich sehr würde anstrengen müssen, um mir wieder ein normales Leben aufzubauen. Ich hatte mir vorgestellt, dass ich mir danach Zeit nehmen würde, um über meine Sterblichkeit nachzudenken, allerdings mit neuer Bewusstheit und Ehrfurcht angesichts der Kürze des Daseins.« Der Tonfall des Schauspielleiters war gleichmäßig, seine Stimme aber sehr leise und dadurch irgendwie intensiver, wie die wilde hellblaue Flamme am Gasherd, wenn sie heruntergedreht wird.

»Aber das geschah nicht«, sagte er. »Ich weinte nicht. Ich trauerte nicht besonders, und ich fand für alles, was mir fehlte, rasch Ersatz. Meine Haltung gegenüber meiner Sterblichkeit veränderte sich nicht. Ich hatte geglaubt, ich wüsste, wie ich auf den Tod meines Vaters reagieren würde, und ich hatte mich geirrt.

Wie Stanley«, fuhr der Schauspielleiter fort, und es war, als beschleunigte er, schaltete in einen neuen, höheren Gang, »können Sie alle Ihren Fernseher aufdrehen und zuschauen, wie jemand vorgibt zu sterben. Gewiss haben Sie Tausende Tode gesehen, die alle kein Tod waren, sondern nur Leute, die so taten, als ob. Wenn ich jetzt zu Ihnen sage: ›Sie wurden angeschossen!‹, würden Sie sich auf dem Boden wälzen und sich den Bauch halten und zucken und stöhnen, und was Sie damit machen – *alles*, was Sie damit machen –, wäre nichts anderes, als eine Kopie zu kopieren.

Was ich Ihnen jetzt gerne als Hausaufgabe auftragen möchte«, sagte er, »ist nicht, eine Darstellung des Sterbens vorzubereiten, denn die meisten von Ihnen werden nicht aus eigener Anschauung wissen, was es bedeutet, wirklich zu sterben. Stattdessen bitte ich Sie, sich zu überlegen, wie Sie Ihr intimstes Erlebnis vorführen können. Sie werden sich diesem Experiment ausliefern, indem sie der ganzen Gruppe Ihren intimen Moment vorführen. Ziel der Übung ist es, herauszufinden, wie wir diese absolut privaten Erlebnisse als eine Form von emotionalem *Ersatz* benutzen können, wenn wir einmal eine Szene oder Situation spielen müssen, die wir nicht verstehen.«

Ein unwilliges Schweigen trat ein. Jeder mied den Blick der anderen, und alle versuchten hektisch, sich die relativ unschmerzhaften Momente ihres Lebens einfallen zu lassen, die sie vor der Klasse nachzustellen und als persönlichste Erfahrung in ihrem bisherigen Dasein auszugeben bereit wären.

Der Schauspielleiter ließ sie eine Weile vor sich hin brüten. Träge dachte er: Was wäre, wenn einer von ihnen eine Szene aus meinem Unterricht aufführt? Was, wenn der intimste Moment im Leben eines dieser Kinder tatsächlich mit *mir* zu tun haben, irgendein kostbarer Moment mit *mir* sein und das Kind die Frechheit besitzen, ihn vor den Übrigen aufzuführen? Mit vorgeschobenen Lippen erwog er diese Möglichkeit. Das passiert nicht, dachte er dann. Das traut sich niemand.

»Ich persönlich habe die Erinnerung an den Tod meines Vaters während meiner beruflichen Laufbahn viele Male verwendet«, sagte der Schauspielleiter schließlich. »Ich habe sie heraufbeschworen, habe sie mir neu vorgestellt, habe sie nachgespielt, bis der gesamte nützliche Saft aus der Erinnerung gesogen war und ich etwas *gelernt* hatte. Ich habe sie als Løvborg benutzt. Ich habe sie als Kent benutzt. Ob Sie es glauben oder nicht, ich habe sie als Theatertruppenleiter benutzt. Ich habe sie als Algie benutzt.«

Stanley, auf dem Boden sitzend, dachte an seinen Vater: Er stellte ihn sich vor, wie er jetzt bei ihnen wäre, wie er mit den Händen in den Taschen an der Ballettstange lehnte und Stanley feierlich zublinzelte, wenn er über das Meer nickender Köpfe auf dem Turnhallenboden seinem Blick begegnete. Er würde den Schauspielleiter hassen, dachte Stanley und stellte sich vor, was sein Vater jetzt sagen würde: Ganz recht, bete alles an, was dich fertigmacht. Bete die Todesfälle und Scheidungen an, und lerne das eigene Leiden lauter hören als allen übrigen Lärm. Das wird dir alles in ein hübsches, gesundes Licht rücken. Supervoraussetzung. Stanley stellte sich vor, wie sein Vater den Kopf schüttelte und mit einem Achselzucken unter dem grauen, mit verfilzten Knötchen übersäten Sportjackett, das er bei der Arbeit mit Klienten zu tragen pflegte, ein angewidertes, resigniertes Gelächter ausstieß.

Aber vielleicht auch nicht. Vielleicht würde sein Vater mit gerecktem Daumen auf den Schauspielleiter deuten und sagen: Eines muss man ihm lassen. Es sind Leute wie er, die letztlich Leuten wie mir Arbeit verschaffen. Lasst euch nur langsam, aber sicher so richtig verhunzen. Wenn ihr alles, was an eurem Leben spontan und gut war, losgeworden seid, habe ich zwanzig neue Klienten, die ich wieder aufmöbeln kann. Also nur zu. Ich stehe hinter dir, Sohn. Ich stehe hinter euch allen. Geht nur in euch.

»Wenn es eine Sünde ist, woran Sie sich erinnern«, sagte der Schauspielleiter jetzt, und seine Stimme tönte, als rezitierte er aus einem geliebten Text, »werden Sie danach frei von ihr sein. Es ist eine Form der Absolution.«

Stanley fragte sich, ob er in seinem Leben etwas getan hatte, das der Absolution bedürfte. Er schämte sich, dass ihm nichts einfiel. Er wünschte, er hätte ein Geheimnis, einen düster blühenden Tintenfleck von einem Geheimnis, das er bebrüten und dann wegwischen könnte.

Endlich, als der Minutenzeiger auf zwölf zeigte, sagte der Schauspielleiter: »Noch eine letzte Frage, bevor wir Schluss machen. Was ist das letzte Tabu? Das Tabu, das gewichtiger und heiliger ist als alle anderen?«

»Sex«, sagte jemand. Die Antwort klang billig, und etliche runzelten die Stirn, rutschten hin und her, starrten auf den Boden, zerbrachen sich den Kopf. Stanley spürte wieder dieses Flattern im Unterleib, und er versteifte sich; er wollte nichts lieber, als den Raum zu verlassen und zu verschwinden. Dann hob das Mädchen, das rechts vom Schauspielleiter saß, den Kopf und sagte: »Inzest ist das letzte Tabu.«

Die Glocke läutete. Der Schauspielleiter sagte: »Sie können gehen.«

August

Es dauerte fast einen ganzen Vormittag, bis zwanzig Studenten den intimsten Moment ihres Lebens aufgeführt hatten. Die Mehrzahl hatte sich für ein einschneidendes Erlebnis im Verlauf der elterlichen Trennung entschieden. Manche versuchten es mit einer sexuellen Erfahrung oder mit einer peinlichen Szene in der Öffentlichkeit. Eine Studentin trug einen Stapel Pizzaschachteln auf die Bühne. Sie zerkaute jedes Stück und spuckte den Brei in eine weiße Schüssel, die sie unter dem Arm hielt. Sie vergoss Ströme von Tränen und hatte sich durch drei kalte Pizzen gekaut, bis der Schauspielleiter endlich in die Hände klatschte und sagte: »Gut. Danke. Damit lässt sich arbeiten.«

Mit voranschreitendem Vormittag wurde die Stimmung in der Klasse immer trübsinniger. Stanley war einer der Letzten, und während er zusah, wie die Darsteller aufeinanderfolgten, einer nach dem anderen, alle weinend und schreiend und unsichtbare Liebespartner mit zitternden Handrücken streichelnd, drückte er seine kleine Papiertüte mit Requisiten an sich.

»Als ich sechzehn war«, sagte ein Mädchen jetzt, »durchsuchte ich den Schreibtisch meines Dad nach einem Zirkel für eine Matheaufgabe. Ich fand ein Foto von meinem Dad mit einem kleinen Kind in der Badewanne. Ich kannte weder das Kind noch die Badewanne. Ich drehte das Foto um, aber es stand nichts auf der Rückseite. Ich zeigte es meiner Ma.«

Sie riss am Griff einer alten einziehbaren Landkarte, die an der oberen Kante einer frei stehenden, fleckenübersäten Weißwandtafel befestigt war. Die Landkarte entrollte sich. Auf dieser Unterlage hatte das Mädchen eine riesige gemalte Wiedergabe des Fotos befestigt. Ihr Vater war ein bärtiger Mann, der mit zurückgeworfenem Kopf lachte, sodass das geheime Scharlachrot seiner Kehle zu sehen war. Das Mädchen hängte den Griff der Landkarte, um sie zu fixieren, an einen Haken an der Unterkante der Tafel und trat zurück.

»Er hatte zwei Familien«, sagte sie. »Auf diese Weise erfuhren wir davon. Er hatte seit Jahren eine Affäre mit einer anderen Frau, sie wurde schwanger, dann wurde sie noch mal schwanger, und ein drittes Mal, und plötzlich hatte er zwei Familien, zwei Fuhren Kinder. Ich nehme an, er teilte sich zwischen beiden auf. Als wir es erfuhren, versuchte er gar nicht erst, irgendwas zu erklären. Er stand einfach auf und ging. Ich habe ihn nie wieder gesehen. Ich will es auch nicht. Meine Mutter hat das Foto vernichtet, deshalb musste ich es nachmalen. Also, das ist er mit dem dritten Kind aus der neuen Fuhre.«

Stanley starrte zu dem fleischigen Vater in der Badewanne hinauf, der, völlig unproportioniert, seine dicken rosaroten Finger um die winzige Gestalt eines lachenden Babys gelegt hatte und es in der hellen Seifenlagune zwischen seinen Beinen festhielt. Der Schauspielleiter nickte und kritzelte wild auf seinem Notizblock. Stanley sah das Mädchen das riesige Bild einrollen und leise von der Bühne herabsteigen.

Ein Junge begann mit der Schilderung des schlimmsten Streits, den seine Eltern je hatten. Er war einer der Clowns in der Gruppe, eine witzige, selbstironische Frohnatur mit viel Erfolg bei den Mädchen, und als er die Bühne betrat, ließ die Angespanntheit der Klasse sichtlich nach, die Stimmung wurde heiter, alle richteten sich mit einer neuen Großzügigkeit und Lachbereitschaft auf. Der Schauspielleiter blätterte um und betrachtete den Jungen mit geneigtem Kopf, die Fingerkuppen gespreizt auf die Schreibtischplatte vor ihm gestützt, über die Brille hinweg.

»Und das war der Moment«, sagte der Junge, »als Dad loslegte: Du bist ein neurotisches, zwanghaftes Weib, und eines Tages wirst du dir das eingestehen müssen. Eigentlich schrie er es, und im ersten Augenblick war das ein bisschen erschreckend, denn mein Dad ist eigentlich ein ganz ruhiger, geduldiger Mensch. Das löste irgendwas aus. Mama rannte weg, es war wirklich wie eine Flucht, sie rannte durch den Flur in ihr Arbeitszimmer und knallte die Tür hinter sich zu. Wir dachten, der Krach ist vorbei, aber zehn Minuten später kommt sie wieder raus, mit stolz erhobenem Kopf, so ...«, er demonstrierte es mit ausgebreiteten Armen wie eine Balletttänzerin, »... und hat einen Stapel Papier in der Hand, und es stellt sich raus, dass sie ihn getippt hat, den ganzen Satz, wörtlich, in Sechsunddreißig-Punkt-Schrift, und sie hat fünfzig Ausdrucke gemacht. Die verteilte sie jetzt überall. Sie versteckte welche in seiner Aktentasche und in seinen Hosen und Jacken. Sie heftete sie an die Pinnwand in der Küche. Im ganzen Haus waren jetzt diese Zettel, auf denen stand: Du bist ein neurotisches, zwanghaftes Weib, und eines Tages wirst du dir das eingestehen müssen.«

Alles lachte. Der Junge hob kurz beide Daumen und wollte auf seinen Platz am Boden zurückkehren.

»Warten Sie noch einen Moment, Oliver«, sagte der Schauspielleiter. Er lächelte nicht. »Warum haben Sie diese Szene als Ihren intimsten Augenblick ausgesucht?«

Der Junge zuckte die Achseln und stopfte die Hände in die Taschen. »Wahrscheinlich, weil es der Tag war, an dem ich lernte, was Rache ist«, sagte er, und wieder lachte alles.

»Tatsächlich?«, sagte der Schauspielleiter. »Oder war es vielmehr deshalb, weil es für Sie das Leichteste auf der Welt ist, Ihre Zuhörer zum Lachen zu bringen? Und Sie haben sich eben für das Leichteste entschieden, für den Weg des geringsten Widerstands, statt sich uns auf ehrliche und aufrichtige Weise zu zeigen?«

Im Publikum war es still geworden. Alle pickten mit den Fingernägeln am Holzboden herum und vermieden es,

Oliver den Clown anzusehen, der noch mit den Händen in den Hosentaschen auf der Bühne stand und mit den Füßen scharrte. Stanley sah sein defensives Lächeln wie eine Flamme um seine Mundwinkel flackern.

»Alle anderen hier haben uns etwas Echtes von sich mitgeteilt«, sagte der Schauspielleiter. »Sie haben sich bereitwillig von ihrer verletzlichsten Seite gezeigt. Sie haben noch einmal die schmerzhaftesten und heiligsten Augenblicke ihres Lebens durchlebt und vor uns ausgebreitet. Das ist sehr mutig. Wir haben hier an diesem Vormittag sehr viel Mut und Vertrauen erlebt. An Ihnen, Oliver, erkenne ich nicht viel Vertrauen. Ihre Stärken auszuspielen ist nicht mutig. Sie wussten von vornherein, dass alle lachen würden, und sind also nicht das geringste Risiko eingegangen.«

Oliver nickte jetzt ärgerlich und sichtlich bestrebt, von der Bühne herunterzukommen und wieder in der sitzenden Menge aufzugehen, um im Stillen über seine Schmach nachzugrübeln. Er hätte damit rechnen können. Alle Erstjährigen mussten früher oder später einen Einbruch dieser Art hinnehmen, ein gewaltsames Zerschmettern ihres Egos, damit aus den Scherben ein wandlungsfähigeres Ich entstehen konnte. Bisher war es etwa der Hälfte der Erstjährigen an den Kragen gegangen, und die noch Ungeschorenen saßen beklommen da und warteten, dass sie an die Reihe kämen.

»Haben Sie eine Freundin, Oliver?«, fragte der Schauspielleiter.

»Ja.« Sie war ebenfalls unter den Erstjährigen, und seine Augen suchten sie kurz in der Menge.

»Gibt es einen Aspekt an Ihrer Beziehung, den Sie dem Rest der Gruppe lieber verheimlichen würden?«

Der Junge blickte wieder den Schauspielleiter an. Er zögerte und musterte den Dozenten einen Moment lang argwöhnisch. »Ja«, sagte er wieder, aber Stanley dachte, dass er ja nicht gut hätte Nein sagen können. Die Freundin wirkte leicht bestürzt, vielleicht rechnete sie schon mit einer Zwangsenthüllung, die sie herabsetzen oder ruinieren würde, zugleich aber bereitete ihr das Eingeständnis des Jungen ein plötzliches Vergnügen, und sie lächelte beinahe und sah sich rasch unter ihren Kommilitonen nach Zeichen des Neids um.

»Das ist es nämlich, was Intimität bedeutet«, sagte der Schauspielleiter. »Intimität meint all die Momente, bei denen Sie keine Zuschauer haben wollen.«

Der Schauspielleiter sah Oliver an und klopfte missbilligend mit seinem Stift auf die Tischplatte.

»Sie können sich setzen«, sagte er endlich. »Aber ich bin noch nicht fertig mit Ihnen.«

Der Schauspielleiter saß ein Stück seitlich hinter den Studenten an einem kleinen Schreibtisch, hatte die Beine untergeschlagen und strich sich, wenn er schrieb, gedankenverloren mit der Hand über eine Wade. Er beobachtete den beschämten Oliver, der an seinen Platz auf dem Boden neben seiner Freundin zurückkehrte, dann steckte er energisch die Kappe auf seinen Stift.

»Stanley«, sagte er. »Sie sind dran.«

NEUN

Freitag

Julias Stichwortkarten sind von der Feuchtigkeit ihrer Hände an den Rändern aufgequollen.

»Die Mädchen sind wie die Darstellerinnen eines Tableau vivant: Es ist immer dieselbe Szene, und sie sind immer identisch aufgestellt«, sagt sie. »Die am schärfsten Aufgestylte fungiert als die Fußangel. Die Fußangel ist immer in der Mitte. Sie darf nicht zu nahe am Rand sein, sonst wäre sie ein leichtes Ziel.«

Ein greller Scheinwerferstrahl nagelt Julia flach an die Wand.

»Die Fußangel ist nicht unbedingt die Schönste«, sagt sie, »aber immer die Provokanteste. Manchmal benimmt sie sich so, dass es für die anderen Figuren peinlich oder beschämend ist, meist wegen ihres krassen oder absichtlich skandalösen Verhaltens. Das gehört zu ihrer Rolle.

Die Schönste sitzt auf der einen Seite der Fußangel, und sie gilt als der Siegerpreis. Der Siegerpreis zeichnet sich durch seine Unberührbarkeit aus. Sie ist oft die einzige Figur im Tableau, die in einer stabilen Langzeitbeziehung lebt. Zweck dieser Beziehung ist immer die Unterstreichung ihrer Unberührbarkeit. In der Regel ist der Siegerpreis adrett und erfolgreich und unergründlich.

Hinter der Fußangel und dem Siegerpreis steht die Chefin. Die Chefin lenkt alle Bewegungen innerhalb des Tableaus. Sie ist oft schwer zu entdecken: Naturgemäß unterscheiden sich die Methoden der Menschenführung von

Gruppe zu Gruppe. Zu einigen verbreiteten Methoden verdeckter Menschenführung gehört der Einsatz von Witz oder Grausamkeit, manchmal auch die Verbrämung mit einer mütterlichen Fassade.

Alle anderen Figuren im Tableau sind die aufstrebenden Dienerinnen dieses zentralen Dreigespanns. Sie werden als Kontrastfiguren, Sündenböcke oder Konservengelächter eingesetzt.«

Julia hat manchmal eine eigenartig tonlose Art, ihren Text zu sprechen, als hätte jemand sie gezwungen, ihn abzulesen, und als wollte sie auf diese Weise demonstrieren, dass sie in Wahrheit eigentlich nur Verachtung empfindet.

»Die deprimierende Starre dieses Tableaus«, sagt sie abschließend, »erklärt, weshalb für Mädchen Wiedergeburt und Identitätswechsel erstrebenswert sind.«

Montag

Als Bridget stirbt, finden keine Psychologenstunden statt. Aus der Gerätekammer in der Turnhalle wird eine Fahne geholt, gebügelt und auf halbmast gehisst, wo sie eine bedrückte Woche lang flatternd gegen den angerosteten Fahnenmast schlägt. Die Mädchen bewegen sich wie eine gespensterhafte Dünung über das Schulgelände. Sie schämen sich, dass sie nichts spüren, und täuschen deshalb respektvoll große Gefühlstiefe vor. Sie beobachten die auf der Scheibe abwärtsrinnenden Regentropfen und sinnen befangen über die eigene Sterblichkeit nach. Sie seufzen und brauchen zu lange auf dem Klo und sagen zueinander: »Ich glaube, ich muss jetzt eine Weile allein sein.«

»Es sind die kleinen Dinge«, hört Julia in der Schlange

vor der Imbissbude ein Mädchen zu einer Freundin sagen. »An die kleinen Dinge erinnert man sich.«

In der Versammlung sagt der Schulpsychologe: »Bridget war ein ganz besonderer Mensch.« *Besonderer* spricht er mit derselben Betonung aus, wie er sonst *wichtig* sagt, er wölbt die Lippen um das Wort, als versuchte er, eine Eichel auszusaugen, und verleiht ihm damit ungewollt die entgegengesetzte Bedeutung. Im Publikum nicken Mädchen, die Bridget nicht kannten, in zitternder Zustimmung und zupfen trostheischend an den Ärmeln der Nachbarinnen.

Im Lehrerzimmer diskutiert der Lehrkörper darüber, wie man Bridgets gedenken könnte. Jemand schlägt ein Wandbild vor. Jemand anderes eine Gedenktafel im Musikflur, um ihr Engagement in der Jazzband zu würdigen. Die Wochen vergehen.

Unterdessen kehrt Isoldes Schwester Victoria an die Schule zurück.

Freitag

»Du und Julia, ihr scheint euch ja sehr gut zu verstehen«, sagt die Saxofonlehrerin, nachdem Isolde eingetrudelt ist, sich aus ihrem Schal gewickelt und ihre Fäustlinge ausgezogen hat.

»Ja«, sagt Isolde. Sie fuchtelt mit den Armen. »Meine Güte, ist das kalt!«

»Siehst du sie oft in der Schule?«

»Schon«, sagt Isolde. »Die aus der Dreizehnten haben einen eigenen Gemeinschaftsraum und einen eigenen Arbeitsbereich und so weiter. Wir dürfen da nicht rein. Hey, ich habe ein paar Aufnahmen von dem Typen aufgetrieben, den wir im Konzert gehört haben – in der Bibliothek haben sie einen ganzen Haufen davon.«

»Gut«, sagt die Saxofonlehrerin. »Und?«

»Wahnsinn«, sagt Isolde. »Da möchte man gleich anfangen, mit anderen zusammenzuspielen, also richtig.«

»Du könntest in Julias Band mitmachen.«

»Sie ist doch tausendmal besser als ich«, sagt Isolde. »Spielt sie nicht schon seit Ewigkeiten?«

»Sie macht dieses Jahr ihr Diplom«, sagt die Saxofonlehrerin. »Ich muss sagen, ich habe mich sehr gefreut, dass ihr zwei so gut miteinander auskommt. Ist sie sie mit deiner Schwester befreundet?«

»Um Himmels willen«, sagt Julia mit einem verächtlichen Schnauben. »Victorias Freundinnen sind … jetzt wollte ich sagen: hirntot. Aber nein. Das sind einfach … Girlies.«

»Julia ist kein Girlie?«

»Auf keinen Fall.«

»Was ist denn das Gegenteil eines Girlies?«, fragt die Saxofonlehrerin und denkt bei sich, dass nur Fragen der sozialen Hierarchie und Markennamen ihre Schülerinnen je zu derart kategorischen Aussagen verleiten können.

Isolde, ihre Halskette zwirbelnd, denkt einen Moment nach. »Knallhart«, antwortet sie schließlich, und sie sagt das so entschieden, als wollte sie sämtliche Alternativen ausschließen.

»Julia ist also knallhart«, sagt die Saxofonlehrerin.

»Hey, ich wollte Sie was fragen, und zwar zu einer der CDs, die ich ausgeliehen habe«, sagt Isolde und bückt sich, um in ihrer Tasche zu wühlen. »Ich hab sie mitgebracht.«

Die Miene der Saxofonlehrerin verdüstert sich. Sie will eine Vorstellung sehen. Sie will, dass sich das Licht verändert, zum Widerschein der Rücklichter an Mr Saladins Auto wird, will Isolde rot ausgeleuchtet sehen, eine Sekunde lang, bis Mr Saladin den Motor ausschaltet und die Lichter verlöschen und Isolde im Zwielicht sitzt, das die Straßenlaterne ins dunkle Wageninnere wirft, und sie will Isolde sagen hören …

»Und zwar geht es mir um die Stimmführung bei diesem einen Stück«, sagt Isolde jetzt, zieht die CD hervor, dreht sie um und sucht auf der Rückseite nach dem Titel. »Darf ich es Ihnen vorspielen?«

»Ja sicher, nur zu«, sagt die Saxofonlehrerin, setzt sich gnädig nieder und sieht zu, wie Isolde an der Stereoanlage herumfummelt und endlich ihre CD einlegt. Die Saxofonlehrerin lässt sich ihre Enttäuschung nicht anmerken, sondern greift nach ihrem erkaltenden Tee und betrachtet Isolde, die mit vorsichtig stupsenden Fingerspitzen über die Tasten der Anlage gleitet, als wäre sie blind.

Isolde dreht am Lautstärkeregler, die Musik setzt ein, und in dem Moment ändert sich auch die Beleuchtung. Parallel zu den anschwellenden Saxofonklängen verblasst das Licht der Glühbirne an der Decke, bis es finster ist. Einen Moment lang sitzen beide in völliger Dunkelheit, dann fährt das Licht langsam wieder hoch. Es ist jetzt rötlich und warm, gedämpft und umgrenzt, wie von einer Tischlampe in einer Provinzkneipe. Die Musik ist träge und chromatisch und leise. Mit einem befriedigten kleinen Seufzer lehnt sich die Saxofonlehrerin erwartungsvoll zurück.

»Als wir von Ihnen weggingen«, sagt Isolde, »hörten wir genau dieses Stück, es kam aus einer der verrauchten kleinen Bars in den Gassen rund um die Stadthalle, wo die Leute nach Veranstaltungen hingehen. Irgendwo gab es Live-Musik, nicht die Art von rempelndem, schweißigem Gig, bei dem sich alle in den Vordergrund drängen wollen, sondern bloß eine Drei-Mann-Band, die in einer ruhigen Bar stundenlang vor sich hin jammt. Julia fragt mich: Willst du noch was trinken?, und ich muss wohl genickt haben, denn gleich darauf stoßen wir diese beschlagene Glastür auf und betreten ein warmes Nachtcafé …«

Isolde dreht die Lautstärke höher, und die Musik schwillt jäh an, als wäre eine Tür geöffnet worden.

»… und die Musiker spielen Schlagzeug und Bass und Keyboard, alle barfuß und gut drauf, und der Schlagzeuger beugt sich, während er spielt, zur Bar hinüber und plaudert mit dem Barmann.«

Die Saxofonlehrerin nickt, als sie sich im Geist das Lokal ausmalt: Sie kennt sie sehr gut, diese Bar mit der fleckigen rautengemusterten Tapete, der dunklen Täfelung, die als elegantes Gesims in Schulterhöhe endet, den rötlichen Messinglampen an der Wand und den raffiniert zerfließenden, senkrecht abwärts gestreckten Rostfingern. Es ist Patsys Lieblingslokal, und die Saxofonlehrerin hat im Lauf der Jahre unzählige Stunden in dieser stickigen, schattigen Ecke verbracht. Sie kann den verschnörkelten Gipsrahmen um den Spiegel hinter der Bar sehen, angestoßenes und blätterndes Gold, und die vom Alter graufleckigen Messingschilder an den Toilettentüren.

»Wir gehen rein«, sagt Isolde, »und Julia sagt: Setz dich schon mal. Sie will für uns beide was zu trinken holen, also verziehe ich mich in eine Sitznische in einer Ecke, schäle mich aus Mantel und Schal und prüfe mein Spiegelbild in der dunklen Glasscheibe des Fensters neben der Tür. Ich beobachte sie, wie sie sich über die Theke beugt und zum Barmann was sagt, dann ihr Wechselgeld einsteckt und zwei Gläser nimmt, und er fuchtelt mit seiner halb geschnittenen Zitrone vor ihr herum und sagt: Marsch, Abflug!, und sie lachen beide. Sie kommt zu mir auf die Bank und sagt: Sorry, ich hab gar nicht gefragt, ist rot okay? Und ich will nicht sagen, dass ich meistens nur Wodka oder Rum trinke, in Fruchtsirup, damit man es nicht so schmeckt, und das einzige Mal, dass ich Rotwein getrunken habe, war, als wir von Nicolas Mutter eine Flasche geklaut und in eine halb volle Colaflasche umgefüllt haben, damit man nichts merkt.«

Isoldes Mund ist trocken. Sie befeuchtet sich die Lippen.

»Ich nehme einen Schluck«, sagt sie, »und es schmeckt scheußlich, scheußlicher als damals, als wir das Zeug halb mit Cola gemischt auf dem Rugbyplatz unter der Tribüne tranken. Ich frage Julia, ob sie denn schon achtzehn ist, und sie schaut ein bisschen genervt, als würde sie lieber über was anderes reden. Sie sagt: Ja, seit letzter Woche. Letzte Woche hatte sie Geburtstag. Ich sage: Der Wein ist gut. Dann reden wir über Sie, was wir über Sie denken, wahrscheinlich weil Sie die einzige Verbindung zwischen uns sind.«

Die Musik dudelt dahin. Die Saxofonlehrerin kann es sehen: Die gut gelaunte, in die Jahre gekommene, barfuß über gelbe Verlängerungskabel steigende Drei-Mann-Band, der Kontrabassist, der über die glänzende Holzschulter seiner einbeinigen Frauengestalt hinwegnickt und -lächelt, der Pianist, der sich zwischen Licht und Dunkelheit vor und zurück wiegt, der Schlagzeuger, der ein paar Takte lang in einen leisen einhändigen Beat fällt, während er mit der anderen Hand nach seinem feucht beperlten, golden unter dem fransenbesetzten Schirm einer Lampe leuchtenden Bierglas greift und einen Schluck nimmt.

»Danach«, sagt Isolde, »als wir ausgetrunken haben und zu ihrem Auto gehen, bin ich ein bisschen beschwipst. Ich lache zu viel. Und Julia sagt: In der Schule haben die meisten Angst vor mir, ein bisschen. Schön, dass du keine hast.«

Isolde hält inne. Sie steht jetzt, großäugig und kurzatmig und krampfhaft an ihren Pulloverärmeln zupfend, im gelben Lichtschein einer Straßenlaterne. Die Musik wird schneller, beharrlicher und disharmonischer. Isolde versteift sich.

»Ich sah sie an und sagte: Ein bisschen schon. Ich meine, ich habe schon ein bisschen Angst. Aber sonst wäre es die Sache ja nicht wert.«

Isolde stößt einen kleinen Schrei aus, ein unwillkürliches, halb ersticktes Schluchzen, das später das Einzige ist, woran sich die Saxofonlehrerin noch erinnert.

»Und Julia sieht mich an«, sagt sie, »und sie packt mich an den Mantelärmeln, so richtig fest mit der ganzen Faust packt sie den Stoff und zieht mich wild zu sich her. Und ich weiß noch, dass ich dachte, jetzt dauert es nur noch einen winzigen Augenblick, bis wir zusammenkommen, es ist wie ein Hinauszögern im allerletzten Moment, und ich spürte schon ihren keuchenden Atem auf meiner Oberlippe, süß und heiß. In der Handbreit Luft, die zwischen uns war, roch ich das dunkle Rotweinaroma, und dann küsste sie mich.«

Isolde sieht die Saxofonlehrerin nicht an; sie schaut zum Fenster hinaus auf die bemoosten Dächer und Antennenwälder und endlos vor dem Himmel kreisenden Tauben.

»Bloß war es kein Kuss, wie ich ihn mir vorgestellt hatte«, sagt sie. »Sondern sie nahm meine Unterlippe zwischen die Lippen und biss zu. Sie biss mir auf die Unterlippe, aber nicht so fest, dass es wehtat, eher war es ein ganz zartes Ziehen mit den Zähnen. Und ich glaube, ich wich irgendwie mit dem Kopf zurück und stieß einen Schreckenslaut aus und öffnete den Mund ein bisschen, und sie hatte währenddessen immer noch meine Unterlippe zwischen den Zähnen, aber wirklich zärtlich, als hätte sie mich gefangen und wollte mich nicht mehr auslassen.

Und dann lehnten wir an der Mauer«, sagt sie, »und ich erinnere mich, dass meine Augen geschlossen waren und meine Hände zu Fäusten geballt an der Wand über meinem Kopf, und Julia presst sich an mich, und ihre Hände arbeiten sich wild unter meinen Pulli und suchen nach Haut, und dann gleiten sie mir kalt den Rücken hinauf, und sie flüstert mir salzig und heiß ins Ohr: Ich kann gar nicht glauben, dass das wahr ist. Ich kann's nicht glauben. Ich kann nicht sagen, ob das meine Fantasie ist oder Ihre.«

Die Lichter gehen wieder an, und genau in dem Moment schließt das Stück auf der Platte mit einem Akkord. Bevor das nächste Stück beginnen kann, ist Isolde schon bei der Anlage und lässt die CD auswerfen. Die Saxofonlehrerin fährt sich mit der Hand übers Gesicht, und als sie beim Kinn angelangt ist, wird die weiche Wangenhaut einen kurzen Moment lang abwärtsgezogen, sodass sie aussieht wie ein trauriger Clown.

Dienstag

»Mir ist klar, dass man auf so etwas nicht vorbereitet ist«, sagt die Saxofonlehrerin zu Bridgets Mutter. »Ich bin selbst geschockt. Mir scheint, das liegt zum Teil daran, dass Bridget so farblos war. Ich stelle mir immer vor, dass diejenigen, die sterben, die Interessanten sind, die, denen Unrecht widerfahren ist, die Tragischen, diejenigen, deren Tod ein schrecklicher, schrecklicher Verlust ist. Ich stelle es mir immer als Tragödie vor. Bridgets Tod scheint nicht dazu zu passen.«

Bridgets Mutter befummelt den Knopf am Kissen. Sie sieht grau aus. Am Ringfinger ihrer drallen linken Hand steckt, gefangen zwischen zwei geschwollenen Knöcheln und in den Finger eingegraben wie eine Tätowierung oder ein Brandzeichen, ein juwelenbesetzter Stapel Gold. Ungeduldig stößt sie das Kissen vom Schoß und schüttelt verzweifelt den Kopf.

»Wenn sie nur origineller gewesen wäre«, sagt Bridgets Mutter, »es wäre leichter gewesen. Denn dann, verstehen Sie, dann hätten wir uns vielleicht Sorgen gemacht, sie könnte eines Tages Selbstmord begehen. Dann hätten wir immerhin schon an ihren Tod gedacht. Wir hätten uns einfach mit der Vorstellung befasst und so auf die Möglichkeit vorbereitet. Aber ein so unorigineller Mensch wie Bridget kommt doch nicht auf die Idee, sich umzubringen. Der ist doch gar nicht aufgeweckt genug, um Selbstmord überhaupt in Erwägung zu ziehen.«

»Ja«, sagt die Saxofonlehrerin. »Das ist mir auch aufgefallen. Bridget schien mir nicht intelligent genug, um verzweifelt zu sein.«

Eine Zeit lang sitzen sie schweigend da. Unten im Hof findet ein Taubenkampf statt.

»Und wie soll man sich auch auf einen Unfall vorbereiten?«, sagt Bridgets Mutter schlaff. »Wie bereitet man sich auf ein Auto vor, das durch die Nacht rast?«

Nach einer Weile fragt die Saxofonlehrerin: »Haben Sie noch weitere Kinder?«

»Ach, einen Sohn«, sagt Bridgets Mutter. »Älter. Er wohnt nicht mehr zu Hause.«

»Ich nehme an, Sie haben ihn angerufen.«

»Ja«, sagt Bridgets Mutter.

»Ich nehme an, er kommt zur Beerdigung.«

»Ach, die Beerdigung«, sagt Bridgets Mutter. Sie verfällt wieder in Schweigen, und dann sagt sie: »Ich hätte einfach nicht gedacht, dass so was passiert. Ich war nicht darauf vorbereitet. Ich bin noch immer nicht vorbereitet. Es ist nicht fair.«

Freitag

»Weißt du«, sagt Patsy in träumerischem Ton und wiegt sich mit aufgestütztem Kinn am Tisch hin und her, »die Momente, in denen ich Brian gegenüber am unaufrichtigsten bin, sind meistens diejenigen, die er für unsere intimsten hält.«

»Was meinst du?«, fragt die Saxofonlehrerin. Sie sitzt steif da, das Saxofon senkrecht auf den Knien. Die Szene ist lange her. Noch hält sie das Instrument mit sorgsamer Ehrfurcht, ja fast andächtig mit beiden Händen, als wäre es eine frisch Angetraute und noch nicht von Fingern gezeichnet oder abgenutzt.

»Ich sitze da und denke, wie er mich aufregt«, sagt Patsy, »zum Beispiel weil er beim Lesen schnieft, dauernd schnieft er, nach jeder halben Seite. Und dann schaut er auf und lächelt mich an, und ich fühle mich gezwungen, etwas zu sagen, denn es könnte ja sein, dass er mir irgendwie angesehen hat, was ich dachte. Also bin ich in Panik, und aus meinem Schuldgefühl heraus sage ich: Ist es nicht wunderschön, wie wir hier still sitzen und lesen können? So friedlich. Ich bin so gerne so mit dir zusammen. Was praktisch das genaue Gegenteil von dem ist, was ich wirklich denke. Es passiert so oft! Zum Beispiel denke ich, dass er eigentlich ganz schön dick wird, und gleich darauf schäme ich mich, dass ich etwas so Kleinliches denke, und platze heraus: Ich liebe dich. Also ich habe wirklich immer die sonderbarsten Beweggründe.«

»Aber du liebst ihn doch wirklich«, sagt die Saxofonlehrerin, vor allem weil sie das Gefühl hat, es müsste gesagt werden. Sie ist Brian bisher nur ein einziges Mal begegnet, bei einem Konzert in der alten Universitätskapelle. Er hat ihr die Hand geschüttelt und ihr Spiel gelobt und dann mit Donnerstimme über die Restaurierung der Gobelins und Wandverkleidungen doziert und sie von oben herab angestrahlt, als wäre ihm ihr Desinteresse das größte Vergnügen. Patsy sauste hin und her und boxte ihn in die Seite und sagte immer wieder: »Ach komm, Brian, sie will das doch gar nicht hören.«

»O Gott, ja, ich *liebe* ihn«, sagt Patsy jetzt. »Fast immer. Jedenfalls zu einem ordentlichen Prozentsatz. Meinem bisher besten Prozentsatz.«

Sie lacht und zuckt leicht mit den Achseln, eine Einladung an die Saxofonlehrerin, mit einzustimmen und über Patsys Dummheit ebenso zu lachen wie über die Dummheit aller doppelzüngigen Frauen, die das eine denken und das Gegenteil sagen. Die Saxofonlehrerin lächelt verkniffen und sieht Patsys Lachen in einem Kopfschütteln und Seufzen versanden. Sie will ihren Mund küssen. Sie will spüren, wie ihre Freundin vor Überraschung eine Spur zurückzuckt, ja fast zusammenschreckt, weil es sich so merkwürdig und verboten anfühlt, dann aber, fast im selben Augenblick, darauf eingeht – auch gegen ihren Willen. Besonders gegen ihren Willen.

Gäbe es keinen Brian … Oft beginnen so die Gedanken der Saxofonlehrerin. Gäbe es keinen Brian, was dann? Ist Brian nur ein Mann, nur ein unwesentlicher, zufälliger Mann, oder steht Brian für alle Männer? Ist er ein Symbol für eine allgemeine Vorliebe, eine allgemeine Tendenz, und wäre, gäbe es keinen Brian, ein anderer da, vielleicht ein Mickey oder Hamish oder Bob? Manchmal fürchtet sie, dass Brians physische Gegenwart und Haltbarkeit im Laufe der Jahre sogar schon Patsys äußere Erscheinung verändert, sie gebeugt und gebogen hat, sodass sie nur noch eine Negativform ist, eine Ergänzung des Mannes; jeder definiert den anderen. Sie fürchtet, dass Patsy – Brian oder nicht Brian – jetzt nur noch in dieser Form existieren wird, so verkrümmt, dass sie sich nur rund um einen Mann definieren kann, immer einen Mann: ein Yin, das sich mit einem stets einwärtsgekrümmten und einem stets auswärtsgebogenen Arm nach seinem kontrapunktischen Yang streckt, für immer.

Patsy schüttelt abermals den Kopf, als könnte sie selbst nicht glauben, wie töricht sie ist, und streicht sich mit den Handballen das Schläfenhaar aus ihrem alternden Gesicht. Ihre Handgelenke sind zierlich. Die Saxofonlehrerin folgt der Bewegung mit den Augen.

Mittwoch

»Es heißt, sie ist auf Prozac«, sagen alle, als die zweite Woche beginnt, oder: »Angeblich war sie so durch den Wind, dass sie auf Ritalin gesetzt wurde, nachdem sie aufgeflogen war.« Victoria ist jetzt eine Gezeichnete, sie muss, ob sie will oder nicht, das eine oder andere der in entgegengesetzte Richtungen auseinanderstrebenden Schicksale annehmen. »Entweder es läuft darauf hinaus, dass sie für den Rest ihres Lebens eine Schlampe wird; dann ist ihr Körper die Waffe, von der sie abhängt, die sie aber nicht richtig zu handhaben versteht«, flüstern die Mädchen, »oder sie endet als emotionale Hülse, ausgehöhlt und apathisch und leer. Eins von beiden. Jetzt ist sie geliefert. Ihr werdet sehen. Sie wird entweder das eine oder das andere.« Sie beobachten sie gierig und gespannt, welchen Weg sie einschlagen wird, recken die Hälse, wenn sie einen Raum betritt, und sinken enttäuscht und erleichtert in sich zusammen, wenn sie ihn wieder verlässt.

Victoria macht keine Anstalten, den einen oder anderen Weg zu gehen. Sie ist verhalten und höflich gegenüber ihren Lehrern, und im Schulhof versucht sie, mit geringem Erfolg, die durch ihren Verrat so arg beschädigten Freundschaften wieder zu flicken. Die Mädchen mustern sie scheel, vor allem diejenigen, die Victoria früher am nächsten standen und einen Anspruch auf Mitwisserschaft gehabt hätten. Sie stellt höfliche Fragen nach den Monaten, die sie versäumt hat, und die Mädchen antworten wahrheitsgemäß, sehen Victoria aber die ganze Zeit, wie aus weiter Ferne, mit einer Mischung aus Mitgefühl und Abscheu an.

»Haben deine Eltern Mr Saladin eigentlich mal kennengelernt?«, fragt ein Mädchen in der Mittagspause. »Ich meine, nachdem du schon nicht mehr in der Schule warst. Hat es ein Treffen oder so was gegeben?«

»Ja«, sagt Victoria. »Zu viert.«

Eine jähe, faszinierte Stille tritt ein. Alle Mädchen sind verstummt und starren sie an.

»Er ist immer noch um einiges jünger als mein Dad«, sagt Victoria, »also waren es immer noch zwei gegen zwei, wir gegen sie.« Mehr sagt sie nicht. Sie isst ihren Apfel auf und schlendert durch den Hof, um das Kernhaus in den Abfalleimer zu werfen. Als sie zurückkommt, hat die Glocke geläutet, und die Mädchen, die schon im Begriff sind auseinanderzugehen und noch nach ihren Taschen angeln und ihre Essensbeutel verstauen, blicken sehnsüchtig zu ihr auf.

»Dir ist klar, dass es nur eine einzige Möglichkeit gibt,

diesen Verrat wiedergutzumachen«, wollen sie sagen, »nämlich indem du uns alles erzählst und kein Detail auslässt.«

»Du wärst der Star unter uns«, wollen sie sagen, »wärst du nur bereit, uns alles preiszugeben, uns alles zu erzählen, uns einzuweihen.«

Sie wollen sagen: »Dass du uns gegenüber diesen Vorteil hast, ist unfair. Es ist reiner Egoismus, dass du ein so kostbares und gefährliches Wissen für dich behältst.«

Die Wochen vergehen.

Montag

»Dein Auftritt letzte Woche hat mir gefallen«, sagt die Saxofonlehrerin, als Julia hereinkommt. »Deine Vorführung von der Heimfahrt nach dem Konzert, ihr beide zusammen im Auto. Was du empfunden hast. Was du gesehen hast. Sehr schön.«

»Danke«, sagt Julia.

»Hast du geübt?«, fragt die Saxofonlehrerin erwartungsvoll. »Wie ich dich gebeten habe?«

»Bisschen«, antwortet Julia.

»Worauf hast du dich konzentriert?«

»Wohl auf das große Ganze«, sagt Julia. »Wie es kommt, dass ein Mädchen ein anderes verführt.«

»Dann also das große Ganze«, sagt die Saxofonlehrerin und gibt Julia mit ausgestreckter Hand das Signal, anzufangen.

»Ich habe mir dieses Standard-Flirtrepertoire angesehen«, sagt Julia, »zum Beispiel auf die Lippe beißen und genau eine Sekunde zu spät den Blick abwenden und ständig lachen und dauernd einen Vorwand für Berührungen finden, ganz zarte Fingerspitzen auf einem Unterarm oder Schenkel, um ein Gelächter zu untermalen oder zu betonen. Ich habe darüber nachgedacht, wie tröstlich das alles ist, diese Lehrbuchmethoden, eben weil es keine Entschlüsselung, keine Übersetzung braucht. Früher, vor Urzeiten, konnte man sich wahrscheinlich auf die Lippe beißen, und das hieß dann: Ich bin beinahe ohnmächtig vor Verlangen nach dir. Jetzt beißt man sich auf die Lippe, und es heißt: Du sollst *sehen*, dass ich beinahe ohnmächtig vor Verlangen nach dir bin, deshalb benutze ich das eindeutigste und weitest akzeptierte Signal, das mir einfällt, um dich darauf aufmerksam zu machen. Heute bedeutet es: Wenn ich mir auf die Lippe beiße, wissen wir beide den tieferen Sinn der Geste und was ich dir damit zu sagen versuche. Wir sprechen eine Sprache, du und ich gemeinsam, eine Sprache, die wir nicht erfunden haben, eine Sprache, die nicht uns allein vorbehalten ist. Wir sprechen einen Fremdtext. Das ist ein Trost.«

Julias Saxofon liegt seitlich im Schoß des cremefarbenen Lehnstuhls; das Mundstück ruht leicht, fast schwebend auf der Armlehne, und die Krümmung des Schalltrichters schmiegt sich in die Fuge, mit der das Sitzpolster und die steile gepolsterte Kurve der Flanke aufeinandertreffen. Die Haltung des Instruments lässt die Saxofonlehrerin an ein Mädchen denken, das auf dem Sofa eingerollt, mit angezogenen Knien und den Kopf auf dem Arm, allein im Dunkeln fernsieht.

»Ich weiß nicht, wie ich sie verführen soll«, sagt Julia. Auch ihre Augen sind jetzt auf das Saxofon gerichtet und wandern zwischen dem einen und dem anderen Ende hin und her. »Manchmal denke ich, wenn ich versuche, sie anzulächeln, und mir auf die Lippe beiße und den Blick senke, wenn ich versuche, verletzlich und scheu zu wirken, dann wäre das so, als versuchte ich, sie mit einem Zauberspruch zu verhexen, den sie selbst erfunden hat. Würde es überhaupt *wirken*? Allein bei dem Gedanken fühle ich mich entwaffnet und verschwitzt und zerstört. Aber was ist die Alternative? Soll ich mich wie ein Junge verhalten, die männliche Rolle spielen, Dinge tun, die sie vielleicht von einem Jungen erwartet?

Funktioniert das denn so?«, fragt Julia, jetzt rhetorisch und grüblerisch. Noch immer blickt sie auf das seitlich im Sessel liegende Saxofon. »Wie ein großes Tun-wir-so-als-ob? Wie Theaterspielen? Mir kommt das vor, als gäbe es diesen Dialog über ein Mädchen und einen Jungen, die sich ineinander verlieben. Vielleicht sind es auch zwei Mädchen, jedenfalls gibt es nur diese zwei Rollen im Stück, nur zwei, sodass sich die eine verkleiden muss: Eine von ihnen muss mit Schnurrbart und eingeschnürter Brust breitbeinig und breitschultrig den Mann spielen.

Wenn man nur die Kostüme und den Text und die Vorhänge und die Beleuchtung, die ganze Theatertechnik anschaut, dann hat man einen Jungen und ein Mädchen und ihre Liebesgeschichte. Aber wenn man sich die Schauspieler ansieht, die dahinterstehen, wenn man sich extra vornimmt, nicht enttäuscht zu sein, weil es nur Theater ist, dann sieht man, dass es in Wirklichkeit zwei Mädchen sind. Vielleicht muss das immer so laufen, wenn zwei Mädchen zusammenkommen: Die eine übernimmt immer die männliche Rolle, aber beide spielen Theater.«

»Gut, aber warum können die zwei Mädchen nicht einfach einen Dialog über sich aufführen?«, fragt die Saxofonlehrerin, die sich bestens unterhält. »Ein Stück für zwei Mädchen.«

»Es gibt ja keine«, sagt Julia. »Es gibt keine Stücke über

zwei Mädchen. Diese Rollen gibt es nicht. Deswegen muss man so tun, als ob.«

»Du irrst dich sicher, Julia«, sagt die Saxofonlehrerin. »Das stimmt doch sicher nicht?«

Julia zuckt die Achseln; sie wendet den Blick ab und der blanken Fläche des Flügels zu, die ihr undeutliches Spiegelbild zurückwirft. Sie sagt: »Eines allerdings spricht für mich, trotz allem. Gefahr. Darin liegt etwas Verführerisches. Das ist wohl die Karte, die ich ausspielen muss. *Wie* verboten es ist, wie improvisiert und beispiellos – das Gefährliche daran: Das muss ich noch steigern.

Es ist das Element der Gefahr, das jedes Glücksflattern in ihrer Brust in eine mächtige, pochende Furcht verwandeln wird. Das ist mein Trumpf: die Wucht ihres Gefühls, die gewaltige Freisetzung ihrer Beklemmungen, wenn sie endlich kapituliert und reagiert. Falls sie kapituliert. Aber was immer sie am Ende fühlt, wird wenigstens nicht ambivalent sein. Es wird entweder das von Entsetzen ergriffene verbotene Aufbäumen ihres Verlangens sein, massiv und explosiv wie ein Dammbruch, oder die ebenso massive Abwehrkraft ihres Abscheus, ihrer Ablehnung, ihrer Zurückweisung. Auf jeden Fall werde ich Gefühle bei ihr ausgelöst haben. Sie wird etwas fühlen müssen. Egal, was als Nächstes passiert.«

Freitag

Die Mädchen in Abbey Grange sind für immer und ewig damit beschäftigt, einander zu definieren, sie tun es zärtlich und wild und manchmal aus reiner Bosheit. Es ist eine Fähigkeit, die am Ende ihres letzten Schuljahres zu einer Klinge geschärft sein wird. Dass jedes Mädchen das Bild jeder beliebigen anderen entwerfen oder vernichten kann, ist die dunkelste und tödlichste ihrer Künste.

Sie sagen: Was meint ihr, welche von uns wohl als Erste heiraten wird?, und: Welche wird die meisten Männer haben?, und: Welche wird am wahrscheinlichsten fremdgehen?, und: Welche ist wohl am besten im Bett?, und dann, unvermeidlich: Welche von allen Mädchen in unserer Klasse ist am wahrscheinlichsten eine Lesbe?

Diese letzte Frage löst unweigerlich Gekreisch und Gekicher und rasches, frohes Luftholen aus. Im Geist wägen sie ab: die Mädchen mit den wenigsten Eroberungen, die Mädchen, die momentan nicht in ihrer Gunst stehen, die Mädchen, die eine Spur weniger attraktiv sind als der Rest. Unbeliebtheit, Schweigsamkeit, eine in sich gekehrte Bücherwurmexistenz, jede Weigerung, in den Fußstapfen der Herde mitzulaufen – das sind alles Symptome, da sind die Mädchen sich einig, wenn sie diagnostisch die Köpfe zusammenstecken. Sie rufen laut Namen und lachen, lachen wie eine Zusammenkunft überspannter Hexen, die schreckliches Geschick prophezeien.

Wenn indes Julias Name fällt, runzeln die Mädchen die Stirn und wedeln mit den Händen und sagen: »Ja, aber außer Julia?« Julia zu diagnostizieren macht keinen Spaß. Irgendwie existiert sie nicht in diesem atemlosen, kichernden Bereich sozialer und sexueller Investitur, in dem Mitschülerinnen ohne ihr Wissen genannt, überführt und verurteilt werden. Der Spruch »Ich schätze, Julia ist höchstwahrscheinlich vom anderen Ufer« kann Julias Schicksal nicht beeinflussen. Die Macht der Mädchen bedeutet ihr nichts. Julia ist wie eine geladene Pistole, die in ihre Spielzeugkiste geraten ist, halb versteckt zwischen Plastikgewehren, Plastikrevolvern, Spielzeugkanonen, Zündhütchen. Sie fürchten ihr Glitzern.

Zur Befriedigung der St.-Sylvester-Jungs haben ein paar von ihnen einander geküsst und sich als Gegenleistung vielleicht eine Fahrt um den Block in einem tiefergelegten Auto oder eine gestohlene Flasche oder einen Kasten Bier verdient. Ein paar von ihnen haben einander auf Partys im Wohnzimmer von Freundinneneltern geküsst, während die Freundinnen sich draußen in Blumentöpfe übergaben. Nicht leidenschaftlich – das ist ihre Verteidigung –, sondern gleichmütig und experimentell und ohne einen Blick für Zuneigung oder das Versprechen einer Fortsetzung oder einer Neigung. Das sind keine Romanzen, sondern selbstsüchtige Strichlisten, die sie später als Ausweis ihrer liberalen Gesinnung, ihres weltgewandten Freisinns vorzeigen werden. So ein Kuss ist eine Versicherung, das Fundament der späteren Bemerkung: »Na klar hab ich schon Frauen geküsst.«

Von Julia nicht zu sprechen bietet ihnen einen subtilen Vorteil: Es verkleinert die Bedrohung auf beinahe nichts. Wenn sie ihr im Flur begegnen, wenden sie den Kopf ab und gehen einfach weiter.

Freitag

Nach Julias Unterricht findet die Saxofonlehrerin eine Nachricht auf ihrem Anrufbeantworter. Die Anruferin gibt sich geschwind und gewandt als eine der geistlosen Mütter zu erkennen, als eine der unangenehmen, aufdringlichen Mütter, die ihre Töchter eher in der Tiefe ihres Busens ersticken, sie eher mit dem Gesicht an ihre Brust drücken und sie dort ab-

und erwürgen würden, als ihnen Leine zu geben und sie davongehen zu sehen.

Die Saxofonlehrerin stoppt die Maschine mit der Kante eines Fingernagels, dann steht sie einen Moment mit dem Finger auf der Taste da.

»Die Mütter bilden sich immer ein, dass ich mit ihnen solidarisch sei«, sagt sie laut, »dass unser beider Erwachsensein bedeute, sich gemeinsam gegen die Tochter, das Kind zu vereinen. Sie bilden sich ein, dass die Tochter einfach der Zweck sei, der uns zusammenbrächte, die Beschäftigung, der wir beide gerne nachgingen, wie der monatliche Buchklub, das Tennisspiel. Die Tochter wäre einfach ein Medium für unsere Freundschaft, eine Gelegenheit für uns, beisammen zu sein, ein geteiltes Interesse, das uns die Möglichkeit gäbe, unser erwachsenes Ich zu erkunden und darüber nachzudenken.

Die Mütter stellen sich vor, ich sei ihre Verbündete gegen die Tochter – und sie die meine: Sie bilden sich ein, ich müsste mich ebenso anstrengen wie sie, um eine Verbindung mit dem Mädchen aufzubauen, und wenn sie dann vor mir stehen, verdrehen sie die Augen, schütteln den Kopf, lachen – als wären wir uns einig, dass ihre Tochter unmöglich ist. Sie fordern mich auf, zart mit der Tochter umzugehen, enttäuscht von ihr zu sein, gar an ihr zu verzweifeln, vor allem aber sie als Objekt zu behandeln, als bloßen Anlass für unsere wechselseitige Beziehung, von Erwachsener zu Erwachsener, von Gleich zu Gleich.«

Jetzt verstummt sie und drückt wieder auf die Maschine, erweckt die Stimme wieder zum Leben, holt die Frau zurück in den Raum.

»Ich freue mich also, bald von Ihnen zu hören«, fährt die aufgezeichnete Stimme fort. »Stella ist vierzehn, lernt jetzt seit knapp drei Jahren Klarinette und hat davor fast sechs Jahre Klavier gelernt. Sie ist wirklich sehr daran interessiert, aufs Saxofon umzusteigen. Es ist etwas so Unelegantes und Unmodisches an der Klarinette, wie Sie ja wissen, und ich denke, sie möchte jetzt den Schritt hin zu etwas Aufregenderem machen. Etwas mit mehr Biss, das auch sie selber interessanter macht. Es ist uns ein willkommener Schritt, muss ich sagen. In der letzten Zeit waren wir schon besorgt, sie könnte sich für das alles nicht genug interessieren, es ist ihr womöglich einfach egal. Sie wissen schon – Jungs und schöne Kleider und so was. Eine Zeit lang waren wir wirklich besorgt, das kann ich Ihnen ja verraten. Nicht dass es ihr schwerfällt, Freundinnen zu finden – eigentlich fast im Gegenteil, ihre Freundschaften waren eigentlich zu eng. Man bekam sie ja gar nicht mehr auseinander. Wer immer die jeweilige Busenfreundin war. Immer zusammen, immer gab es eine Busenfreundin, die ganze Zeit. Ich kutschierte sie herum, ins Kino und wieder heim und alles, und dann saßen sie zusammen auf dem Rücksitz und hatten sich eine alte Wolldecke über die Köpfe gezogen, sodass sie ungestört miteinander tuscheln konnten und ich nichts mitbekam. Ich beobachtete sie im Rückspiegel, dieses schottengemusterte Etwas mit zwei zusammengesteckten Köpfen und dieses dauernde Tuscheln. Sah sogar aus, als küssten sie sich. Das ging mir auf die Nerven. Das kann ich Ihnen ja verraten.

Also, wenn Sie mich unter dieser Nummer zurückrufen würden«, sagt die Frau abschließend, und dann teilt ein kleines Piepsen mit, dass die Nachricht zu Ende ist.

Bridget hat noch fünfunddreißig Minuten zu leben, und sie sitzt auf ihrem hohen gepolsterten Hocker in der Videothek. Die Kasse ist schon abgerechnet und wartet in ihrer schmutzigen Leinenhülle unter der Ladentheke, der Parkplatz draußen ist leer und regennass, und sie sieht die Reihe der gelben Straßenlaternen in die Dunkelheit zurückweichen

Bridget denkt an zwei Mädchen aus ihrer Grundschule, die eine Zeit lang völlig besessen davon waren, Fakten über Sex zusammenzutragen. Vom Akt selbst sprachen sie immer als *Es*, und sie konnten stundenlang in ernsten, pflichtbewussten Konferenzen zusammensitzen, bei denen sie ihr vereintes Wissen überarbeiteten und erweiterten, gelegentlich mit leiderprobtem Abscheu die Augen schlossen und Obskures von sich gaben wie: »Zwei zu eins Es. Das ist *so* krass.« Sie taten geheimnisvoll, waren immer reserviert und nie bereit, andere an ihren Kenntnissen teilhaben zu lassen – wie stolze und ermattete Sphinxe, Wächterinnen vor dem Tor zu einer Welt, zu der den Uneingeweihten der Zutritt verwehrt ist.

Bridget erinnert sich an eine Sportstunde aus dieser Zeit: Die beiden Mädchen, lässig untergehakt, standen beieinander und beobachteten den Sportlehrer mit einer Miene erhabener Langmut, wie es ihren Es-Studien geziemte. Der Sportlehrer rief: »Heute üben wir Sprint aus dem Tiefstart!«, und die Kleinere der beiden flüsterte wie aus der Pistole geschossen: »Es im Tiefstart.« Sie wechselten einen ernsten, angewiderten Blick, als bereitete ihnen das heraufbeschworene Bild arge Pein. Mit leiser Eifersucht sah Bridget, wie einträchtig diese zwei Mädchen in ihrem gemeinsamen Abscheu waren. Der willentliche Ekel der Kleineren faszinierte sie. »Es im Tiefstart«, sagte sie. Für weitere Worte war das Thema einfach zu schmerzlich. Die Größere blickte mitempfindend zu der Kleineren hinab und schüttelte den Kopf, wie um die verabscheuungswürdige und zugleich unausweichliche Natur dieser ganzen Angelegenheit – sie waren ja umzingelt davon! – zu bestätigen.

Die achtjährige Bridget war außerstande gewesen, den schrecklichen Zusammenhang zwischen dieser speziellen Sportstunde und dem Akt des Es zu begreifen, und als sie jetzt über die Szene nachdenkt, wird ihr klar, dass sie noch immer keine Ahnung hat, wie Es im Tiefstart zu erkennen oder auszuführen wäre. Gibt es so was überhaupt, fragt sie sich zweifelnd, aber dann erinnert sie sich wieder an die Sicherheit und das Selbstvertrauen dieser Zehnjährigen, die inzwischen sechzehn ist und sicher vollständig bewandert in allerlei Künsten, von denen sich Bridget nichts träumen lässt. Sie bedenkt, wie wenig sie weiß. Die Regentropfen erreichen das Fensterbrett und verharren zitternd. Sie fühlt sich beschämt.

Dienstag

Die Saxofonlehrerin glättet die Zeitung und sieht sich abermals den Artikel an. Die Zeitung ist schon alt, und diese erste Meldung wurde in anderen, weiterführenden Artikeln wieder aufgegriffen, Berichten über Untersuchungen und Zeugenbefragungen und Schuldzuweisungen, aber diese Zeitung bleibt, in Achtel gefaltet und mit der schlaff-grauen Armesündermiene alter Nachrichten. Die Überschrift lautet: *Tod eines Mädchens – »ein schrecklicher Verlust«*, und der Artikel ist kurz. Bridget bleibt ungenannt, was passend ist, denkt die Saxofonlehrerin, wenn man bedenkt, wie leicht man Bridget vergessen konnte. Auf dem Heimweg von der Arbeit, liest die Saxofonlehrerin ein ums andere Mal, wurde die Ungenannte, die mit dem Fahrrad unterwegs war, genau in dem Moment, als sie aus dem Parkplatz der Videothek kommend nach rechts abbog, von einer roten Limousine erfasst. Der Wagen fuhr weiter.

Die Saxofonlehrerin denkt: Sie wäre an diesem Abend mit uns dreien im Konzert gewesen, wenn ich sie nur genügend gemocht hätte, um sie einzuladen. Der Gedanke nagt eine Weile an ihr, aber nur als Möglichkeit, wie eine Bluse im Laden, die sie anprobieren könnte oder auch nicht. Schließlich zuckt sie die Achseln und löscht ihn aus. Draußen im Hof hört sie gedämpft eine Gruppe Studenten von der Schauspielschule skandieren und stampfen. Sie legt die Zeitung aus der Hand und tritt ans Fenster.

Nahe dem Stamm des Ginkgobaums haben sechs Studenten auf einem dünnen Schaumstoffviereck eine Menschenpyramide gebildet, und vor ihnen marschiert eine größere Gruppe im Gleichschritt vor und zurück. Im Uniformschwarz des Instituts, mit ihren nackten, blutleeren Füßen auf den Pflastersteinen, sehen sie aus wie eine wallende Krähenschar. Aus der Position der Saxofonlehrerin sieht die Pyramide ein bisschen wie ein Kartenhaus aus, sie wankt leicht, steht aber fest, und sie wächst nach außen und oben, denn es lösen sich immer mehr Schauspieler aus dem Drama im Vordergrund und erweitern das Stufengebilde um ihren Körper.

Die Saxofonlehrerin betrachtet lange das schwarze Gewoge im Vordergrund. Als sie dann wieder zu der Pyramide aus Leibern am Fuß des Ginkgobaums blickt, erkennt sie erschrocken, dass sie beobachtet wird. Einer der Jungen in der ersten Reihe, der mit seitlich steif ausgestreckten Armen auf dem Asphalt kniet, schaut zu ihr herauf. Er hat den Kopf in den Nacken gelegt, und sein offener Hemdkragen zeigt seinen weißen Hals in ganzer Länge. Der erste Impuls der Saxofonlehrerin ist, vom Fenster zurückzutreten, doch sie bleibt, und sie meint den Jungen zu ihr herauflächeln zu sehen. Sie wendet den Blick ab.

Die Probe nähert sich dem Ende. Ein Mädchen aus der ersten Reihe bäumt sich jäh auf und ruft mit wohlklingender klarer Stimme, die durch den Innenhof schallt: »*Ich* stelle mir Sachen vor, wenn ich Leute beobachte.«

Und als sie das sagt, als das wunderbare Geläut ihrer Stimme abbricht und das Stampfen und Trommeln zu einem raschen und schrecklichen Stillstand kommt und die Stille wie ein plötzlicher Schwall Wasser den Hof erfüllt – in diesem Moment beginnt das Kartenhaus hinter ihr einzustürzen. In einer majestätisch choreografierten Kaskade fällt es in sich zusammen, dass es aussieht wie ein gebremstes Dahinschmelzen. Sie purzeln herunter, die Gestalten der Schauspieler, landen leichtfüßig und leichthändig auf der Schaumstoffmatte und huschen davon, bis die Pyramide sich vollständig aufgelöst hat, zu einer Pfütze zertaut ist, einem Nichts schwarzer Reglosigkeit, denn alle Schauspieler verharren stumm und still an ihrem Platz.

Das Mädchen aus der ersten Reihe ist jetzt die einzige stehende Gestalt. Sie breitet die Arme aus und sagt: »Ich stelle mir vor …«

Es tritt eine winzige Pause ein, in der sie, gestreckt und erfüllt vom verkürzten Atem, unter dem ihr Brustkorb fast zum Zerbersten anschwillt, nur dasteht, und gleich darauf ist es, als würde ein Bann gebrochen, als wäre ein unsichtbarer Vorhang gefallen und eine unsichtbare Verdunkelung hätte die Bühne ausgelöscht. Nun setzen sich alle gefallenen Gestalten in Bewegung. Sie springen auf die Füße, klopfen sich den Staub ab und beginnen draufloszuschnattern, und die Saxofonlehrerin hört: »Das war um Klassen besser als beim letzten Mal, ihr wart total im Rhythmus«, und »Wir kriegen das noch besser hin, Leute« und »Noch mal von vorn«.

ZEHN

Juni

»Wir sind uns also einig, dass Sex ein Thema ist, das uns so weit alle interessiert«, sagte Felix laut, als sich die Erstjährigen zum ersten Mal trafen, um über das Improtheaterprojekt und den Karokönig zu reden. Felix war herrisch und immer direkt und erkannte das Komische an seiner Aussage nicht und starrte zwei Jungen ihm gegenüber im Kreis, die leise kicherten, finster an.

»Mir gefällt die Idee, mit gefundenen Geschichten zu arbeiten«, sagte ein Mädchen. »In den Medien und unseren Cliquen und so weiter – diese Geschichten umzusetzen und auf die Bühne zu bringen. Die Idee ist gut.«

»Na gut«, sagte Felix gnädig und zeichnete mit dickem Filzstift eine stachelige Wolke rund um das Wort SEX. Die anderen sahen zu. Felix hatte sich zu Beginn des Jahres schwer abgemüht, um die Rolle des Gruppenleiters zu ergattern, und damit das Missfallen der Mehrzahl seiner Kommilitonen erregt, die das kleine Hervortreten seiner Zungenspitze beim Schreiben beobachteten und sich sagten, sie könnten es besser.

»Wie wär's denn dann mit der Geschichte, die Grace vorgeschlagen hat?«, fragte Felix, als er die Blase fertig hatte. »Diese Lehrer-Schülerin-Sache in der Abtei des Schreckens?«

Den Spitznamen benutzte er, um ihnen zu demonstrieren, dass er zwar der Leiter war, sie ihn aber nicht deswegen kritisieren oder als Lehrerfigur betrachten dürften.

»Meine Schwester ist in Abbey Grange«, sagte ein Junge. »In der Zwölften. Sie sagt, die wissen dort noch nicht mal die Hälfte. Soweit sie weiß, hat der Lehrer die Freundinnen des Mädchens, nachdem sie den beiden auf die Schliche gekommen waren, ein paar Monate lang bestochen, um sich ihr Schweigen zu sichern. Vor allem, indem er Alkohol für sie gekauft hat.«

»Aber war das Mädchen nicht in der Dreizehnten? Dann müssten doch die meisten ihrer Freundinnen sowieso schon achtzehn gewesen sein.«

»So hab ich's gehört«, sagte der Junge achselzuckend.

»Und wie sind sie schließlich aufgeflogen?«, fragte jemand.

»Angeblich war es eine Lehrerin«, sagte der Junge. »Er war nämlich parallel noch mit einer Kollegin zusammen, aber die hat er abgesägt, und sie war dann diejenige, die ihn mit der Schülerin ertappt hat. Sagt jedenfalls Polly.«

»Ich dachte eigentlich, es waren ihre Freundinnen«, sagte ein Mädchen. »Die sind dahintergekommen und haben sie beim Schulleiter verpetzt.«

»Soweit ich weiß, war es nicht nur ein Mädchen, das missbraucht wurde«, sagte jemand, »sondern ein ganzer Haufen – er war mit allen gleichzeitig zugange. Sie war nur diejenige, die erwischt wurde.«

»Weiß man eigentlich, ob überhaupt was passiert ist?«, warf ein Mädchen ein. »Ich meine, vielleicht war ja in Wirklichkeit gar nichts zwischen ihr und dem Lehrer?«

»Es gab Beweise. Klamotten von ihr bei ihm zu Hause. Und eine Zahnbürste.«

»Eine Zahnbürste bedeutet doch nicht *Vergewaltigung*«, sagte das Mädchen mit einem höhnischen kleinen Lachen. »Eine Zahnbürste bedeutet genau das Gegenteil von Vergewaltigung. Sie bedeutet nicht mal ein einmaliges Abenteuer. Eine Zahnbürste heißt: Vorausblick. Das ist, als hätten sie einen *Schlafanzug* bei ihm zu Hause gefunden, einen Kleinmädchen-Flanellpyjama, hellrosa mit Wolkenmuster. Das kann kein *Beweis* sein. Das ist eine Investition. Eine Zahnbürste ist eine Investition.«

Schweigen trat ein, während sie alle diese neue Perspektive bedachten.

Dann sagte ein Junge: »War er nicht so an die sechzig?«

»So alt war er nicht. Letzte Woche war ein Foto von ihm in der Zeitung. Er hat braune Haare.«

»Mit anderen Worten, wir wissen sehr wenig«, sagte Felix missmutig und wischte sich die Stirnfransen aus dem Gesicht. Er empfand den hilflosen brodelnden Ärger eines beflissenen Pädagogen, der sich abmüht, eine Gruppe zu leiten, die zu groß und zu originell für ihn ist. Er zog die Kappe seines Filzstiftes ab und schrieb THEMEN auf sein Rollenpapier.

»Und die Karte! Die müssen wir unbedingt einbauen«, sagte das Mädchen. »Das Kartenspiel muss ein wesentlicher Bestandteil der Aufführung sein, nicht irgendeine angeklebte Nebenszene.«

»Ich denke, das ist uns allen klar«, sagte Felix. »Gut, dann lasst uns über die Karte reden und wie wir sie einsetzen können.« Er unterstrich das Wort THEMEN, setzte seinem Filzstift mit Nachdruck die Kappe wieder auf und sah sie erwartungsvoll an.

»Nur die eine Karte oder das ganze Spiel?«

»Das ganze Spiel, glaub ich«, sagte jemand. »Das gibt eine tolle Ästhetik für die Kostümierung, und wir könnten es auch verwenden, um das Stück zu strukturieren, zum Beispiel könnten wir, wenn wir vier Akte haben, jeden nach einer Spielkartenfarbe benennen, oder wir haben dreizehn Szenen, und jede heißt nach einer Karte in einer bestimmten Farbe.«

»Gute Idee.«

»Ja! Wir verkleiden uns wie die Hofkarten, mit ihren Waffen und allem. Sind sie nicht alle bewaffnet?«

»Wie wär's, wenn wir ein *Spiel* erfinden? Ein Kartenspiel, von dem das ganze Stück ausgeht. Ziehst du eine rote Karte, stehst du auf Frauen. Ziehst du eine schwarze Karte, stehst du auf Männer.«

»Ja! Und jede einzelne Karte könnte für was Spezielles stehen – ich weiß nicht. Für irgendeine besondere Eigenschaft oder Angewohnheit oder was. Etwas, das mit Sex oder so zu tun hat.«

»Hast du einen Hacken, bist du nur ein One-Night-Stand?«, sagte ein Junge, und alles lachte.

»Was ist ein Hacken?«

»Ein Bube im Cribbage.«

»Moment«, sagte Felix, hektisch kritzelnd. »Das geht zu schnell.«

»Das geht genau richtig«, sagte ein Junge. »Du schreibst zu langsam.«

Felix, mit finsterer Miene, fühlte seine Autorität schwinden und wünschte, er hätte einen Schreiber ernannt.

»Wie wär's, wenn wir das ganze Stück als eine Art Märchen machen, angesiedelt in einer Fantasiewelt oder so, wo man, sobald man ein bestimmtes Alter erreicht, eine Karte ziehen muss?«

»Man wird zu einer Wahrsagerin geschickt oder so ...«

»Einer Tarot-Legerin.«

»Ja! Das ist wie so eine rituelle Sache an der Schwelle zum Erwachsenwerden. Ein Übergangsritus.«

»Die Karte wird sozusagen die Identitätskarte. Man muss sie immer bei sich tragen.«

»Und darf sie niemandem zeigen.«

»Also eine Königin könnte Frauenkleidung oder so bedeuten, und wenn man eine Königin zieht, muss man sich als Frau verkleiden.«

»Also – wie eine Transe?«

»Ja, genau.«

»Aber ist das wirklich so?«, fragte Stanley. »Glauben wir wirklich, dass es so ist – dass einem die Identität vorgesetzt wird, zugeteilt, sobald man erwachsen wird, und von da an wird sie ein – eine Art Leitmotiv oder so? Wie ein Abzeichen?«

»Ja«, sagte der erste Junge. »Glaubst du das nicht?«

Stanley öffnete den Mund und schloss ihn wieder. Er war nicht sicher.

»Aber heißt das nicht, dass man für den Rest seines Lebens eine einzige Karte hat?«, fragte jemand.

»Doch«, sagte der Entschiedene. »Es sei denn, du verspielst sie. Bei einem hochriskanten Glücksspiel. Bei einem tödlichen Glücksspiel in einem verbotenen Hinterzimmer, wo man riskiert, am Ende ohne alles dazustehen.«

»Das könnte wirklich funktionieren.«

»Das ließe sich sehr gut inszenieren.«

»Echt Steampunk.«

»Ja, wahrscheinlich.«

»Jedenfalls«, sagte ein Mädchen unwirsch, »ist es doch egal, was wir wirklich glauben. Es ist eine tolle Idee. Der Schauspielleiter wird ausflippen vor Begeisterung. Das ist doch genau so eine Crossover-Sache, auf die er so steht.«

»Wieso Crossover?«

»Na, diese Lehrer-Schülerin-Sache. Geschichten aus

den Medien verwenden. Hat jemand vor ein paar Jahren dieses Stück über die Hexenjagd gesehen, wo sie verkleidete Schauspieler im Publikum sitzen hatten, die so taten, als wären sie normale Zuschauer?«

»Ja, ich.«

»Solange man nicht wusste, wer im Parkett ein Schauspieler war und wer nicht, war das wirklich total unheimlich. Alle Vorstellungen waren ausverkauft. Sie mussten noch eine Woche dranhängen.«

Eine kurze ehrfurchtsvolle Stille trat ein, in der sich alle ausmalten, wie ihre Eröffnungssaison um eine Woche verlängert würde. Felix hatte zu schreiben aufgehört und sah sich, den Filzstift schlaff in der Hand, im Raum um.

»Ich finde diese Abbey-Grange-Idee gut«, sagte jemand.

»Ich auch.«

»Aber was haben wir als Ausgangsmaterial? Nur ein paar Artikel in der Lokalzeitung? Das reicht nicht.«

»Wir müssen recherchieren. Mehr rausfinden.«

»Denn am Ende bricht alles zusammen«, sagte ein Mädchen. »Für das Opfer, die Schülerin, die missbraucht wurde. Ringsum stürzt alles ein wie ein Kartenhaus.«

Juli

Die Jalousien zum Flur hin waren offen, als Stanley und das Mädchen, die mit ihren Kostümen auf dem Weg zu den Werkstätten waren, an der Halle vorbeikamen. Sie hörten den Lärm und drehten die Köpfe, und dann blieben sie stehen und traten näher an die Glasscheibe, um zu schauen.

Dahinter kauerte ein Junge, gekrümmt, fast zusammengeklappt, die Hände in der Leiste, und heulte. Die Stimmbildungsleiterin hatte sich über ihn gebeugt, geradezu an ihn geschmiegt, die Füße fest und breit in den Boden gestemmt und die Wange an der seinen, hatte ihre molligen Arme um ihn geschlungen und hielt ihn. Sie murmelte eindringlich und unhörbar in sein Ohr, während er schrie. Sein Geheul war undifferenziert, unregelmäßig und veränderte sich ständig – aus einem gutturalen Summen wurde ein Gurgeln aus tiefer Kehle, sogar ein Fledermauskreischen, das zu hoch und gewispert war, um noch vernehmlich zu sein. Anscheinend versuchte er, sich der Stimmbildungsleiterin zu entziehen, aber sie klemmte fest an seinem Rücken, und der Junge konnte sich nur winden und wehren. Seine Augen waren geschlossen.

»Was hat er?«, flüsterte Stanley.

»Heilstimme«, flüsterte das Mädchen zurück. »Er arbeitet eine Menge Zeug aus seiner Kindheit auf, glaub ich. Wirklich schlimme Sachen, die er alle verdrängt hat.«

Das Gesicht des Jungen war schlaff, sein Mund stand offen, und es war kein Schmerz in seinem Ausdruck, doch die Geräusche, die er hervorbrachte, waren roh und tierisch und voller Pein. Es war beängstigend, dieser schreckliche Lärm aus der friedlichen, unbeeinträchtigten Kehle des Jungen. Hätte sich nicht der Adamsapfel auf und nieder bewegt, hätte Stanley den Lärm für eine Aufzeichnung gehalten.

»Das ist ja furchtbar«, sagte Stanley.

Das Mädchen warf ihm einen verächtlichen Blick zu, als wäre er ein hoffnungsloser Fall. »Besser, als dass er's auf andere Weise rauslässt, nicht?«, sagte sie. »Zum Beispiel indem er Katzenkinder in die Mikrowelle steckt oder so.«

»Das macht er? Er lässt es raus?«

»Natürlich«, sagte das Mädchen und warf den Kopf in

den Nacken. »Das ist ihre Spezialität. Also von der Stimmbildungsleiterin. Die Leute engagieren sie, außerhalb des Instituts – sie geht zu ihnen nach Hause und so. Das ist wie eine besondere Therapie. Sie ist wirklich gut.«

Sie sahen noch eine Weile zu, wie der Junge schrie und unbeholfen versuchte, um sich zu schlagen, während die Stimmbildungsleiterin mit ganzem Gewicht an ihm hing. Sein Ausdruck veränderte sich. Er zog die Lippen zurück und fletschte die Zähne, und seine Nase war gerunzelt wie bei einem knurrenden Hund, und in seinem Mund hob sich der Buckel der Zunge angespannt und zitternd. Er riss den Kiefer auf und stieß kleine, kurze, keuchende Belllaute aus der Tiefe des Schlunds hervor, die wie ein tuberkulöses Husten klangen. Die Stimmbildungsleiterin hatte inzwischen begonnen, ihm gurrend ins Ohr zu singen, ein sanftes, privates Wiegenlied, das unter dem wilden Gebell emporstieg und das Geschrei versiegen ließ, bis nur ein Keuchen übrig blieb. Stanley schämte sich plötzlich.

»Komm, wir sollten gehen«, sagte er und riss seinen Blick los. Aber das Mädchen war schon fort.

September

Eines Samstagnachmittags kauerte Stanley in einer Arbeitsnische in den menschenleeren Werkstätten und versuchte, vorläufig erfolglos, die Spule an seiner Nähmaschine aus einem Fadenknäuel herauszulösen. Er hatte sein Pikdame-Kostüm beinahe fertig und musste nur noch einen breiten gewachsten Karton hinter die gemusterte Vorderseite des Oberteils nähen, um dem Kostüm etwas Quadratisches, Kantiges zu verleihen. Den ganzen Vormittag hatte er mit dem Heiligenschein aus Draht gekämpft, den er um die Stirn tragen wollte. Das Kopfstück war mit Drahtspeichen besetzt, die dazu dienten, den geometrischen Wimpel höher über den Kopf zu heben. Nach fast fünfstündigem angestrengtem Starren auf Nähte und Zerstechen der Fingerkuppen bei der Verarbeitung der scharfen Drahtenden war er endlich zufrieden und fand den Effekt ziemlich gut. Er trug den Wimpel jetzt, während er sich über die Nähmaschine beugte. Eine Ansammlung von Kolonialmöbeln, die für einen Neuanstrich in die Werkstätten gebracht worden waren und über das Wochenende trockneten, trennte ihn vom restlichen Raum. Der süßliche Geruch von Acrylfarbe umwaberte ihn, die, wie immer im Institut, mit Lösungsmittel versetzt war, damit sich die Farbe nach Absetzen der Produktion leicht wieder entfernen ließ.

Stanley beugte sich über sein Kostüm. Bei seinen Recherchen für die Inszenierung hatte er alles über seine Karte gelernt: Er wusste, dass die Pikdame im traditionellen französischen Kartenspiel Jeanne d'Arc darstellen soll und dass sie im Spiel Hearts als Unglücksbringerin gilt, die man auch die Schwarze Hexe nennt. Er wusste, dass sie als einzige Königin nicht nur eine Blume, sondern auch ein Zepter trägt und deshalb manchmal auch die Bettpfostenkönigin genannt wird. Zu Hause hatte er so lange über den Hofkarten in seinem Spiel gebrütet, dass ihm nachts, wenn er die Augen schloss, die rot-schwarzen Bilder erschienen. Inzwischen hatte er endlich die Spule aus dem Fadengewirr unter dem Nähfuß befreit und schnitt die vorstehenden Fäden ab. Er zwirbelte das Ende des Spulenfadens zwischen den Fingern, um ihn durch die Kerbe im Spulenbehälter zu ziehen, und hörte die Spule sich sauber drehen.

Die Tür öffnete sich, und an Stanleys Ohr drang ein gedämpfter Schwall Musik aus der Tanzhalle neben dem Foyer, wo eine Gruppe Schulkinder ihren samstäglichen Jazzunterricht erhielt.

»Dann hier rein«, hörte er jemanden sagen. »Hier wird uns wohl niemand stören. Scheiße ist das, dass sie den Dozentenraum belegt haben. Komm, wir setzen uns hierher, wenn du magst.«

Die Stimme gehörte dem Bewegungsleiter. Stanley, ein Stück Faden im Mund, war noch ganz von der Spule in Anspruch genommen, die er in ihre winzige scharnierte Höhle im Bauch der Nähmaschine zurückstecken musste, und hielt es nicht für notwendig, auf seine Anwesenheit aufmerksam zu machen. Er drehte das Rad seitlich an der Maschine und sah zu, wie die Nadel nach dem Spulenfaden tauchte und eine kleine scharlachrote Schlinge heraufholte, die er mit der Scherenspitze aufspießte und vorsichtig nach außen zog. Er war völlig in seine Arbeit versunken, und erst als er damit fertig war, fiel ihm auf, dass der Bewegungsleiter und sein Gast in ein Gespräch vertieft waren; und dass sie mühelos und mit großer Erleichterung sprachen, wie zwei Menschen, die sich schon länger danach gesehnt haben, einmal in Ruhe allein miteinander reden zu können.

»Jeder will es«, sagte der Bewegungsleiter. »Nicht nur die Erstjährigen, sondern alle – bis zu dem Tag, an dem sie gehen.«

»Und warum bietet die Schule dann nicht so was an? Eins-zu-eins-Übungen oder so. Wenn die Schüler es doch wollen.«

So langsam, wie er konnte, beugte sich Stanley seitlich um die Ecke seiner Nische und erblickte in dem schmalen Schlitz zwischen einem hochkant gestellten Ohrensessel und einer Kredenz die zentrale Gestalt aus der Übung im

Theater der Grausamkeit, den Maskierten aus dem zweiten Jahr, der sein Opfer auf der Bühne geschlagen, geschoren und fast ertränkt hatte. Stanley beobachtete ihn einen Moment, sein glattes, jetzt unmaskiertes Gesicht und die vor Eifer und Aufmerksamkeit gespannte Miene, mit der er dem Bewegungsleiter zuhörte.

»Dir«, sagte der Bewegungsleiter, »glaube ich, wird dieses Institut in mehrerlei Hinsicht nicht alles bieten können, was du brauchst. Das wollte ich dir gestern schon sagen – ich empfehle dir ein Aufbaustudium, von mir aus auch ein Praktikum. Die Pantomimenschule. Du wirst unfertig sein, wenn das nächste Jahr zu Ende geht. Unfertig und hungrig.«

Der Bewegungsleiter sprach ernst, aber ohne das Abgehackte und gleichsam Eingeübte, das sonst seine Redeweise kennzeichnete. Stanley beobachtete die beiden eifersüchtig durch seinen Schlitz. Der Junge hatte ein Bein untergeschlagen, seine Finger streichelten die zerschlissene Polsterung seines Sessels, er nickte aufmerksam, während der Bewegungsleiter sprach, und auf einmal begriff Stanley, was so merkwürdig an der Situation war: *Sie sind Freunde*, dachte er verwundert.

»Deine Meinung ist mir total wichtig«, sagte der Unmaskierte, sich vorbeugend, und in diesem Augenblick musste Stanley an den Goldjungen denken, der glänzend und glitzernd wie ein sprühlackiertes Kunstgericht, das für eine Kochzeitschrift fotografiert werden soll, vor ihnen gesessen hatte. Der Goldjunge hatte gestrahlt, und dieser Junge hier strahlte ebenfalls.

Stanley schluckte; er hatte den Geschmack bitteren Unrechts in der Kehle. Er dachte daran, wie er im Büro des Bewegungsleiters gesessen und gegen Tränen ankämpfend seine Beschwerde hinausgeschrien hatte, und selbst jetzt verspürte er noch das Aufflackern einer Befriedigung, dass er auf die Übung im Theater der Grausamkeit so ungestüm reagiert hatte. Warum war der Bewegungsleiter damals nicht beeindruckt gewesen? Warum hatte er sich nicht zu einer seltenen, unerwarteten Vertraulichkeit hinreißen lassen und Stanleys Dünnhäutigkeit zum Anlass genommen, eine eigene Schwäche einzugestehen? Warum mit diesem Jungen, dachte Stanley, diesem glattgesichtigen, unmaskierten Knaben, der auch nicht besser oder schlechter war als der Rest?

»Es ist komisch«, sagte der Bewegungsleiter jetzt, »in vielerlei Hinsicht hast du mich wirklich … tja. Aufgeweckt, könnte man sagen.«

»Mein Wachstum ist auf ihn gerichtet … Es *findet sich in ihm*«, zitierte der Unmaskierte, und Stanley, der durch seinen geheimen Schlitz spähte, sah sie beide lächeln.

»Geteilte oder doppelte Geburt«, sagte der Bewegungsleiter. »Nicht die Unterweisung eines Schülers, sondern absolute Öffnung gegenüber einem anderen Menschen.« Er schwieg einen Moment und fügte dann hinzu: »Gut erinnert.«

Sie saßen da und blickten auf ihre Schuhe und genossen die Stille im Raum. Hinter der kalten verfärbten Flanke der Nähmaschine saß Stanley und beobachtete sie verbittert. Zwei lange Stunden saß er mit Krämpfen in beiden Beinen und einem schrecklich nagenden Hunger und wartete, bis der Knabe und der Bewegungsleiter endlich ihr Gespräch beendeten und gingen.

»Lasst uns improvisieren«, sagte einer der Erstjährigen. »Fangen wir mit dem an, was wir letzte Woche hatten, und schauen, wo es hinführt. Ich fand es wirklich gut, wie das mit den beiden Figuren gemeinsam gelaufen ist, wie sie beide redeten, ohne vom anderen eigentlich wahrgenommen zu werden, so als wären sie beide nicht ganz für den anderen da.«

»Wir fangen einfach mal an«, sagte ein Mädchen. »Der Reihe nach: erst Mr Saladin, dann die Schülerin, in diesem Wechsel. Jeder kann jederzeit aufstehen. Jeder kann beide Figuren spielen, egal, welche. Wir probieren es einfach und halten die Szene in Bewegung und schauen, was passiert.«

»Wir machen einen richtigen Dialog daraus.«

»Genau.«

Es trat eine kurze Pause ein, in der alle die Vorgehensweise verinnerlichten und rasch damit begannen, sich Sätze zurechtzulegen, die sie später sagen würden. Dann stand ein Junge auf. Im Aufstehen verwandelte er sich in einen anderen, einen Mann, der wie ein Phönix aus der aschgrauen Figur aufstieg, die der Junge gewesen war. Als er stand, die Hände auf den Hüften und den Kopf zurückgelehnt, die nackten Füße breit und fest auf dem Boden, bestand kein Zweifel, in wen er sich verwandelt hatte.

Der Mann sagte: »Wenn die Mädchen davon sprachen, dann sagten sie *den ganzen Weg*, als wäre der Vorgang eine Überfahrt, eine Schiffsreise, eine Art rituelle Erstüberquerung eines nur grob vermessenen Meeres. Victoria sagte es zu mir – *den ganzen Weg*. Sie stellte eine Frage. Sie fragte: Möchtest du den ganzen Weg mit mir gehen?, als wäre ihre Abfahrt bereits geplant, die Leinen schon gelöst, und ich könnte einfach beschließen, zu ihr an Bord zu gehen, mit ihr loszusegeln und zu verschwinden. *Den ganzen Weg*, sagte sie. Jeden Zentimeter davon. Jeden Zentimeter von dieser windigen, meersalzigen, schlingernden Überfahrt. Jeden Zentimeter.«

Er setzte sich. Wieder trat eine ganz kurze Pause ein, dann stand Stanley auf. Er stand da wie ein Mädchen, das Gewicht ganz auf ein Standbein verlagert, den einen Arm schräg über den Körper auf die Hüfte gelegt, während der andere mit abgewinkeltem Ellenbogen und flacher Hand gestikulierte.

»Er brauchte ewig, um die Frage zu beantworten«, sagte Stanley. »Erst lachte er nur kurz und laut auf und zog mich an sich und küsste mich auf den Kopf. Manchmal, wenn er mich küsste, machte er tief in der Kehle so ein klagendes Geräusch, ein bisschen wie ein Welpe, es war wie eine Geisterstimme, eine Unterwasserstimme, die ein tiefinneres Gefühl äußert. Einmal vergrub er den Kopf in der filzigen blauen Wolle meiner Achselhöhle und stöhnte laut und sagte: Ich bin so selig, Victoria. Ich bin so unglaublich, unglaublich selig. Wir saßen auf dem cremefarbenen Ledersofa in seinem Wohnzimmer, und ich sagte: Willst du den ganzen Weg mit mir gehen?, und er sagte: Ach, du liebes, liebes kleines Mädchen. Noch nicht. Jetzt noch nicht. Lass uns einfach nur für einen Moment die Unschuld genießen, bevor sie dahin ist und wir sie nie zurückhaben können. Komm, gönnen wir uns einfach diesen Moment und genießen, was alles noch vor uns ist.«

Stanley setzte sich. Seine Kommilitonen ringsum blickten alle streng und glasig, sie hatten seinen Auftritt nur halb registriert, denn alle waren schon damit beschäftigt, sich zu überlegen, was sie sagen würden, wenn sie dann an der

Reihe wären, und wie sie es fertigbrächten, ihre Worte spontan und uneinstudiert und rein erscheinen zu lassen.

Eine Studentin stand auf. Wie immer, wenn ein Mädchen versucht, einen erwachsenen Mann zu spielen, war ihr Auftritt überdimensioniert und ein bisschen peinlich. Sie senkte die Stimme ab und stellte die Füße weit auseinander und legte sich eine allzu sachliche, schroffe Art zu. Sie hob den Kopf und sagte: »Hätte es auch eine der anderen sein können, wenn diese es nicht gewagt hätte? Hätte es genauso gut das Mädchen rechts oder links von ihr sein können, eine andere Saxofonistin aus der ersten Reihe der Jazzband, irgendeine mit kleineren Brüsten, schärferem Blick, quadratischeren Fingernägeln vielleicht … und weniger gestylt, mit ausgefranstem Pulloversaum? Mich angelächelt, mich angestarrt, mit mir gelacht haben sie ja alle. Als wir auf dem Jazzfestival gewannen, sind mir etliche sogar um den Hals gefallen. Wäre es mit einer anderen anders gelaufen?«

Als dieser Mr Saladin auf seinen Platz am Boden zurückkehrte, stand eine andere auf. Diese breitete die Hände aus und sagte: »Komisch – ich habe ihn nie aufwachen sehen. Nie habe ich mich zu ihm gedreht, um zu sehen, ob er noch schläft, nie habe ich seine Augenlider wächsern und still im frühen Morgenlicht gesehen, nie mich in den süßen heißen Atem des Bettes gewühlt und gespürt, wie er aufwacht und seine schweren schläfrigen Arme hebt, um mich hereinzulassen. Wir hatten keinen Morgen-danach. Wir hatten keine Nächte, keine langen, ununterbrochenen Nächte, in denen wir schlafen und schlafen und schlafen konnten. Wir hatten keine Stille. Wir haben nie miteinander gefrühstückt. Wir sind nie miteinander geschwommen, einkaufen gegangen, im Kino gewesen; nie habe ich ihn in der Arbeit angerufen, um zu fragen, wann er heimkommt; nie habe ich seine Wäsche aufgehängt. Nie habe ich seine Mutter oder seine Neffen oder sein Leben kennengelernt.

Das sind alles Erwachsenendinge, und die hatte ich nie mit ihm. Jetzt sagen die Leute, ich sei ein Kind gewesen, das unrechterweise in die Rolle einer Erwachsenen gedrängt wurde. Sie nennen es eine Erwachsenenbeziehung, unrechtmäßig und unpassend und verfrüht. Es war genau das Gegenteil. Es war Mr Saladin, der eine Teenagerbeziehung hatte, das Rücksitzgeflüster und Anfassen vor der Tür und das Vor-Mitternacht-zu-Hause-sein-Müssen, das Warten, bis die Eltern ins Bett oder aus dem Haus gehen, die chiffrierten oder heimlich geschickten Nachrichten. Ich habe nicht die Erwachsene gespielt. Sondern Mr Saladin das Kind.«

August

Die Premiere rückte näher und näher. Ohne ein zentrales Rollenheft schien sich das Improstück nie irgendeiner Art von Endfassung zu nähern, sondern es fand lediglich ein Blühen und Blähen an seltsamen Stellen statt, wie wenn ein zerknitterter, uralter Luftballon mit Gewalt aufgeblasen wird. In der Gruppe lagen die Nerven blank, und wenn irgendwo im Institut die Unzufriedenen zu flüsternden, meuternden Paaren zusammentrafen, begannen sich um die stärksten Persönlichkeiten Fraktionen zu bilden.

»Es macht mich *krank*, wie Andy in diesem Kostüm herumstolziert«, ging das Flüstern. »Denkt wohl, er ist ein Gottesgeschenk für die Bühne. Jedes Mal, wenn er an mir vorbeigeht, juckt es mich tierisch, ihm ein Bein zu stellen.«

»Weißt du, wie schwer es ist, mit Oliver auf der Bühne

zu stehen, wenn Esther in der Nähe ist? Heute hat sie sich ihm ja praktisch ans Bein gehängt wie ein Dackel.«

»Wenn sich Felix noch ein einziges Mal auf diese Art räuspert, dann hau ich ihm eine rein, ich schwör's.«

»Was soll diese Vorstellung, eine Zwei-Stunden-Hommage an einen einzigen Typen? Wieso kriegt Sam so viel Bühnenzeit? Als wär er allererste Sahne oder was!«

Die eigentliche Gefahr war, dass diese Unzufriedenen, die Flüsterer, die wegen der relativen Bedeutungslosigkeit ihrer Rollen sauer waren und die amtsanmaßende Antreiberei ihrer Kollegen satthatten, sich von der Aufführung so weit distanzieren könnten, dass sie bei der Premiere vorsätzlich schlecht spielten und mit ihrem Possentheater die Diskrepanz zwischen dem Schauspieler und seiner Figur herausstellten. Daraus wurde eine stillschweigende Drohung; sie war allgegenwärtig, und die Schauspieler wurden wachsam und argwöhnisch und drückten ihre Kostüme fester an die Brust, als versuchten sie, die zertrümmerte Hülle ihres Egos mit der Kraft ihrer Hände zusammenzuhalten.

Stanley, der nach einer Probe das Institut verließ, stopfte sich die Tüte mit den Requisiten, die er nach Hause mitnahm, unter den Arm und legte einen Moment lang den Kopf in den Nacken, um sich von der blassen Nachmittagssonne bescheinen zu lassen. Er hatte sich seinen finster dreinblickenden, missmutigen Kommilitonen, die selbst beim Stapeln der Stühle und Aufräumen des Probenraums für den nächsten Morgen noch stritten, entzogen und sich still und leise über die Hinterbühne und durch den in die Seitengasse mündenden Künstlereingang davongemacht.

Er bog um die Ecke in den nördlichen Innenhof, und zu seiner Überraschung stand er auf einmal vor dem Mädchen, das so unerwarteter- und merkwürdigerweise in den Kulissen der Theaterbühne aufgetaucht war, diesem staunenden Schulmädchen, das in der samtschwarzen Dunkelheit mit ihm kollidiert war. Er zögerte einen Moment, als er sie erkannte, und musste an den kurzen, keuchenden Zusammenstoß in der Dunkelheit denken, das erschrockene und zerknirschte Mädchen, das stumm um Verzeihung bittend zu ihm hinuntergeblickt hatte, als er fiel.

Nach seinem Auftritt war er in die Kulissen zurückgekehrt, um sie zu suchen, aber sie war verschwunden.

»Da war jemand und hat zugesehen«, sagte er später zu Felix, als sie sich in der Garderobe aus ihren Kostümen schälten und ihre Perücken wieder den gesichtslosen Styroporköpfen auf dem Toilettentisch aufsetzten. »Von der Seitenbühne aus. Sie muss durch den Künstlereingang hereingekommen sein. Wahrscheinlich war die Tür offen.«

»Hast du sie weggeschickt?«, fragte Felix eher uninteressiert. Er schnürte ungestüm sein Mieder auf, und Stanley hörte die zerschlissenen, schmutzigen Bänder reißen.

»Sie war schon weg«, sagte Stanley, während Felix seinen Fehler erkannte und leise fluchte. »Es ist wohl einfach komisch, wenn Leute von der Seite zuschauen und wir nichts davon wissen. Wie ein unfairer Vorteil. Wenn sich jemand durchs Foyer geschlichen und vom Parkett aus zugeschaut hätte, wär's mir egal gewesen.«

Isolde saß auf der Holzlattenbank unter dem Ginkgobaum. Sie trug ihre Abbey-Grange-Schuluniform und ließ die Beine baumeln, während sie die Seiten eines zerlesenen Romans umblätterte. Sie saß über ihr Buch gekrümmt und ließ sich die Haare offen über das Gesicht fallen, und erst jetzt, als er näher kam, sah er, wie hübsch sie eigentlich war mit ihren vollen Wangen und ihrem Schmollmund und der schmalen Stupsnase, über die sie geistesabwesend mit einem

Finger hin und her strich. Als Stanley vor ihr stand, blickte sie auf und fuhr gleich darauf, als sie ihn erkannte, verwirrt zusammen.

»Du bist das«, sagte Stanley. »Aus den Kulissen.«

»Ach ja«, sagte das Mädchen und biss sich auf die Unterlippe. Sie blickte unsicher zu ihm hinauf, wie ein junger Hund, der erwartet, ausgeschimpft zu werden.

»Deinetwegen hab ich mein Stichwort verpasst«, sagte Stanley, und beide erröteten wegen seiner Unverblümtheit.

»Entschuldigung«, sagte Isolde. »Ich habe das Trommeln gehört. Ich bin da einfach so reingeraten.«

Eine kleine Pause trat ein.

»Es war nur eine Probe«, sagte Stanley endlich. Sie nickte höflich und presste die Lippen zu einer Art entschuldigendem Lächeln zusammen. Um das Thema zu wechseln, deutete Stanley auf ihren Instrumentenkoffer. »Was spielst du?«

»Altsaxofon«, sagte Isolde. »Das Studio meiner Lehrerin ist da oben.«

»Dann muss sie aber reich sein, dass sie sich hier ein Studio leisten kann«, sagte Stanley. »Die Mieten sind irrsinnig. Das Institut sollte ursprünglich viel mehr von den Gebäuden hier einnehmen, als sie dann wirklich gekauft haben; es war zu teuer.« Jetzt wurde ihm heiß vor Verlegenheit, das Unbehagen breitete sich wie ein scharlachroter Tintenfleck über seine Brust bis hinauf in die stachelige Senke seiner Kehle aus. Es war ihm klar, dass die Röte über dem offenen Hemdkragen zu sehen sein musste, weil sie ihm bis zum Kinn reichte wie eine Halskrause. Er wünschte, er hätte dieses Mädchen nicht angesprochen, wäre wortlos vorbeigegangen, vielleicht sogar mit einem gleichmütigen, geheimnisvollen Nicken.

»Ich weiß nicht, ob sie reich ist«, sagte Isolde.

»Bist du gut?«, fragte Stanley.

Kaum waren die Worte gesagt, schämte er sich, dass er diesem rundgesichtigen, blinzelnden Mädchen eine so unbeantwortbare Frage gestellt hatte. Er hoffte, dass sie ihn nicht dasselbe fragte. Aber Isolde sagte: »Ich mache die Oberstufenprüfung«, achselzuckend, wie um zu zeigen, dass die Frage sie so oder so nicht interessierte.

»Ich höre euch manchmal«, sagte Stanley. »Also wahrscheinlich nicht dich, jedenfalls hört man die Musik bis zu uns.«

»Ja, ich höre euch auch manchmal«, sagte Isolde, und unerklärlicherweise errötete jetzt auch sie. »Vor allem das Trommeln und Rufen.«

»Und Schreien wahrscheinlich«, sagte Stanley, bemüht, einen Scherz daraus zu machen, aber Isolde lächelte nur und sagte: »Nein, Schreie habe ich noch nie gehört.«

»Okay«, sagte Stanley und schlenkerte mit den Armen. »Ich schätze, man sieht sich.« Es sollte lässig und distanziert klingen, kam aber erwartungsvoll heraus, so als hoffte er auf eine weitere Zufallsbegegnung. Um zu beweisen, dass ihm nichts daran gelegen war, wandte er sich ab und blickte über das Kopfsteinpflaster zu den Tauben und dem angehäuften Müllrand hinüber, der den Hof mit einer kleinen silber-weißen Kruste säumte.

»Okay«, sagte Isolde und warf ihm einen neugierigen Blick zu. Sie machte keine Anstalten, zu ihrer Lektüre zurückzukehren, sondern folgte ihm mit den Augen, als er quer über den Hof stolperte und dabei fast die Tüte verlor, die er unter dem Arm trug.

»Stanley«, sagte der Schauspielleiter, »ich möchte, dass Sie Ihr Vater werden.«

Stanley nickte zögernd. Er hatte die Hände auf dem Rücken und stand mit leicht gespreizten Beinen da. Alle anderen saßen, die Arme eng um die Knie geschlungen, auf dem Boden und blickten zu ihm hinauf.

»Das ist ein Frage-und-Antwort-Spiel«, sagte der Schauspielleiter und glättete gemächlich mit der flachen Hand das Papier vor ihm. Er saß seitlich an einem Schreibtisch, hatte die Beine übereinandergeschlagen und ließ zur Entspannung des Knöchels einen bloßen weißen Fuß langsam rotieren. »Wir werden Ihnen jetzt Fragen stellen und Sie dabei so ansprechen, als wären Sie wirklich Ihr Vater. Ich möchte, dass Sie die nächste halbe Stunde absolut in der Rolle bleiben. Wenn Sie auf irgendeine Frage, die Ihnen gestellt wird, keine richtige Antwort wissen, denken Sie sich eine aus. Sie können dabei ruhig auch lügen, mir kommt es nur darauf an, dass Sie nicht aus der Rolle fallen.«

Stanley nickte wieder. Er senkte kurz den Kopf, holte Luft, dann blickte er mit dem schiefen, zuckenden Lächeln seines Vaters wieder auf. Er breitete die Hände aus und sagte: »Schießen Sie los«, und auf der Stelle war er unangreifbar, großspurig und boshaft.

»Wie gut kennen Sie Ihren Sohn Stanley?«, fragte der Schauspielleiter.

Stanley hob die Brauen und lächelte. »Er ist ein guter Junge. Wir erzählen uns gegenseitig schmutzige Witze. Wir kommen gut klar.«

»Was für schmutzige Witze?«

»Ach, wir versuchen uns gegenseitig zu schockieren. Ist

so ein Spiel zwischen uns.« Stanley lächelte wieder und musterte den Schauspielleiter kühl, als hätte er ihn völlig durchschaut, als lägen sämtliche Wünsche und Ängste und Hoffnungen und Fehler des Schauspielleiters wie ein offenes Buch vor ihm. Der Schauspielleiter blickte ungerührt zurück.

»Erzählen Sie doch mal einen von den Witzen, die Sie Ihrem Sohn erzählen«, sagte er.

»Was ist das Beste an Sex mit Minderjährigen?«

»Ich weiß nicht«, sagte der Schauspielleiter höflich.

»Du kriegst acht Dollar die Stunde fürs Babysitten.«

Von einem der Studenten auf dem Boden kam ein unterdrücktes Kichern. Stanley drehte sich zu ihm und grinste ihn an. »Nicht schlecht, was?«, sagte er und schüttelte mit einer Drehung beider Handgelenke unsichtbare Manschetten aus, wie es sein Vater gerne tat. »Aber es wird immer schwerer, was Neues zu finden. Ich lasse mir die Witze von meiner Sekretärin raussuchen. Bester Job, den sie je hatte, sagt sie.«

Vom Boden kam wieder eine kleine Welle Gelächter. Stanley grinste und reckte sich ein wenig, dann legte er sich beide Hände auf den Magen und strich sich mehrmals hintereinander über den Hemdstoff. Er brachte es fertig, die Geste fast geistesabwesend aussehen zu lassen.

»Erzählen Sie mir einen Witz, den Sie von Stanley haben«, sagte der Schauspielleiter.

Stanley schwieg eine Weile nachdenklich. »Tut mir leid, mir fällt keiner ein«, sagte er schließlich.

»Würden Sie sagen, dass Sie ein gutes Verhältnis zu Stanley haben?«

»So oft sehen wir uns nicht«, antwortete Stanley, »aber er ist ein guter Junge. Hat Sinn für Humor. Bisschen sensibel vielleicht, aber das wird ihm nicht schaden. Wir kommen gut klar.«

»Worin ist Ihr Sohn gut?«

»Stanley?«, sagte Stanley, Zeit schindend, wie sein Vater an dieser Stelle Zeit geschunden hätte. »Er ist, glaube ich, überall recht beliebt. Dass sie ihn an der Schauspielschule genommen haben, ist gut. Ist er ein guter Schauspieler? Keine Ahnung. Das könnten Sie mir wohl sagen.«

»Worin ist er also Ihrer Meinung nach gut?«

»Im Künstlerischen«, sagte Stanley zweifelnd, scharf nachdenkend. »Er ist ein Romantiker. Das hat er von mir. Todsicher nicht von Roger.«

»Ist Roger sein Stiefvater?«

»Ja.«

»Wie ist er?«

»Mild«, sagte Stanley. »Lacht auch dann, wenn er was überhaupt nicht witzig findet. Manchmal fällt ihm nichts mehr ein, und dann schaut er ganz verschreckt und versucht die Flucht zu ergreifen. Aber sicher ist er ein netter Mann. Heiraten würde ich ihn nicht. Aber er ist nett.«

»Ist er Ihrem Sohn ein guter Vater?«

»Er ist meinem Sohn ein guter Stiefvater.«

»Na gut«, sagte der Schauspielleiter und wandte sich an die zu Stanleys Füßen zusammengedrängte Gruppe, um auch sie einzubeziehen. »Nehmen wir das Parkett hinzu. Jeder von Ihnen kann Stanleys Vater Fragen stellen. Was immer Ihnen einfällt.«

»Erkennen Sie sich in Stanley wieder?«, rief ein Mädchen aus der ersten Reihe.

»Er ist vielleicht ein bisschen vorsichtiger, als ich in seinem Alter war. Er ist ein unschuldiger Junge. Ich war nicht so harmlos wie er.«

»Glauben Sie, er ist noch Jungfrau?« Dies kam von einem der strubbeligen Jungen in den hinteren Reihen. Der Schauspielleiter sah sich scharf nach ihm um, aber Stanley zuckte mit keiner Wimper. Er hob die Schultern und lächelte.

»Er hat schon so was an sich«, sagte er. »Etwas Unberührtes. Aber keine Ahnung. Ich will's gar nicht wissen.«

»Was ist das Schlimmste an ihm? Sein schlimmster Fehler?«

Stanley blickte zu Boden und zog beide Lippen zwischen die Zähne, während er überlegte. »Er ist zu vertrauensselig«, sagte er schließlich. »Er traut Leuten, die das Vertrauen nicht wert sind.«

»Haben Sie ihm gesagt, dass Sie so über ihn denken?«

»Nein«, antwortete Stanley. Er fuchtelte gereizt mit der Hand. »Wozu denn? Er muss doch selber Fehler machen, sonst kommt er nicht weiter. Außerdem bin ich nicht so ein Vater.« Er warf ungeduldig den Kopf in den Nacken und zupfte wieder seine Manschetten aus den Jackettärmeln.

»Und was, glauben Sie, hält Stanley von Ihnen?«

»Ich glaube, im Grunde ist er von mir enttäuscht«, sagte Stanley. »Er ist enttäuscht, und er ist wütend, denn eigentlich will er gegen mich rebellieren. Er will alles niederreißen, wofür ich stehe, will mir mein wahres Gesicht vorhalten, aber das kann er nicht. Dieser Mensch in seinem Leben bin ich nicht. Er muss nicht gegen mich rebellieren, denn ich bin nicht derjenige, der die Regeln aufstellt. Ich bin bloß der Außenseiter, der Mann, der ab und zu aufkreuzt. Wenn er wirklich versuchte, sich gegen mich aufzulehnen, würde ich ihn bloß auslachen. Das, glaube ich, nimmt er mir übel. Es enttäuscht ihn.«

»Und das haben Sie alles durchschaut, ja?«, fragte ein

Junge im Publikum betont skeptisch, wie um anzudeuten, dass Stanley anscheinend die Regeln der Übung vergessen hatte. Der Schauspielleiter lehnte sich mit verschränkten Armen zurück und beobachtete Stanley aufmerksam mit zusammengekniffenen Augen.

»Ja«, sagte Stanley schlicht. Wieder breitete er die Hände aus. »Ich bin Psychologe. Es ist mein Beruf, Leute zu durchschauen.«

August

»Wir haben Fakten!«, rief Marcus, als Stanley in den Probenraum huschte und seinen Platz auf dem Boden einnahm. »Polly hat eine Freundin, deren Freundin die beste Freundin des missbrauchten Mädchens ist, und sie wusste praktisch alles. Wir haben sie interviewt und alles aufgeschrieben!« Gerötet vor Stolz auf seinen Erfolg, wedelte er mit einem kleinen Notizbuch.

»Und was zum Beispiel?«, rief jemand.

»Zum Beispiel, dass er ihr Musiklehrer war«, sagte Marcus und schlug aufgeregt sein Notizbuch auf, »und dass sie bei ihm privaten Holzbläserunterricht hatte, für Altsaxofon. Und wenn sie irgendwohin fuhren, lag sie unter einer Wolldecke auf dem Boden vor dem Rücksitz. Und er malte in seiner Freizeit Ölbilder, einfach als Hobby, aber sie malte er nie, denn das wäre ein Beweis gewesen, und so blöd war er ja nicht. Aber er hätte es gerne getan, sagte er, Gott, hätte er es gerne getan, denn wenn sie kam, wurde das ganze blaue Geäder an ihrem Brustbein und ihrer Kehle sichtbar, es stieg für einen ganz kurzen Moment an die Hautoberfläche, und er sagte immer, wenn er sie in diesem Augenblick einfangen könnte, wäre es das Allerbeste, was er je getan hätte. Das wusste er instinktiv. Sie machten immer Witze, dass er ja eine Bilderserie machen könnte, für eine Ausstellung. Er hatte so was noch nie gesehen, sagte er, dass sich jemand in diesem Sekundenbruchteil, beim Kommen, derart verändert. Das war ihm das Liebste an ihr.«

Marcus blätterte wild in seinem Notizbuch.

»Ah, da ist so viel«, sagte er und hüpfte. »Wir können alles verwenden. Es ist so gut, und es ist so viel! Wir sollten diesem Mädchen zum Dank ein Geschenk kaufen. Polly kennt sie aus dem Orchester.«

»Auf jeden Fall kriegt sie Ehrenkarten für die Premiere«, sagte Felix und machte sich eine Randnotiz in sein Schmierheft. »Und einen Gutschein für Häppchen.«

»Lies den Rest vor«, rief jemand. »Lies alles vor.«

August

Gegen Ende des ersten Jahres war ein Ereignis im Kalender eingetragen und unterstrichen, das einfach als »Ausflug« bezeichnet wurde und mit Bedacht so gelegt war, dass alle Schauspielschüler im ersten, zweiten und dritten Jahr gemeinsam daran teilnehmen konnten. Sämtliche Schauspieler – die Zweit- und Drittjährigen mit süffisanter und selbstgefälliger Souveränität, denn sie kannten die Übung ja schon – versammelten sich in der Turnhalle.

Jeder der über sechzig Studenten bekam nun vom Schauspielleiter eine Rolle aus einem Stück zugewiesen. Er hatte sich die Besetzung sorgfältig überlegt und für jede Rolle eine Studentin, einen Studenten ausgesucht, die oder der von der äußeren Erscheinung oder vom Temperament her Ähnlichkeiten mit der ihm so vertrauten Figur aufwies, und er lächelte, während er aus seinem Notizbuch die lange Namensliste vorlas. »Henry, von Ihnen sähe ich gerne den Torvald«, sagte er. »Ich freue mich auf Ihren Torvald. Ich bin sicher, es wird eine sehr interessante Mischung« – als wären Henry und Torvald transparente Einblendungen, die übereinandergelegt und zu einem Amalgam verschmolzen werden könnten, einem neueren, strahlenderen Bild, das besser und lebendiger wäre als die beiden jeweils für sich.

»Claire«, sagte er dann und wandte sich an eine Studentin im dritten Jahr, die am Rand der Menge saß. »Für Sie habe ich die Susan aus *Ein Bett in den Linsen* ausgesucht. Das entspricht nicht ganz Ihrem Alter, aber ich denke, Sie werden es sehr schön machen.«

Die Regeln der Übung waren relativ einfach. Die Studenten wurden aufgefordert, das Gelände zu verlassen und sich auf die vier Häuserblocks rings um die Institutsgebäude zu verteilen. Zwei Stunden lang mussten sie ihre Rolle spielen. Über einen Zeitraum von drei Tagen wurden sie gestaffelt in kleinen Gruppen hinausgelassen, und sobald eine Gruppe zurückkam, zog die nächste los. Die Dozenten und die jeweils dienstfreien Studenten patrouillierten um die Häuser, und während sie sich den Anschein von Alltagsbeschäftigungen wie Einkaufen, Cafébesuchen, Joggen oder kurzen Plaudereien auf der Straße gaben, beobachteten sie die Schauspieler in ihren Rollen.

Dora. Septimus. Martha. Bo. So ging es weiter. Stanley schaute aus dem Fenster und ließ seine Gedanken schweifen, und bald stellte er fest, dass er die Rollennamen von den Namen der Kommilitonen, die sie verkörpern sollten, nicht unterscheiden konnte.

»Stanley«, rief der Schauspielleiter, und es riss ihn aus seiner Träumerei. Er blickte auf, war aber nicht gemeint: »Stanley aus *Endstation Sehnsucht*«, sagte der Schauspielleiter, und ein auf dem Boden sitzender Student nickte energisch und kritzelte den Namen der Rolle an den Rand seines Übungshefts. Stanley seufzte und betrachtete seine Hände.

»Mir ist klar, dass manche dieser Rollen leichter als andere sind«, sagte der Schauspielleiter, »und bei manchen Figuren ist es schwer, sie sich außerhalb des Stücks vorzustellen. Aber denken Sie daran, dass jede Darbietung eine Interpretation ist. Sie können Ihrer Fantasie freien Lauf lassen. Es ist allein Ihre Sache, wie Sie sich kleiden, ob Sie einen Akzent ausprobieren wollen oder Ihr Erscheinungsbild so verändern, dass es besser zu Ihrer Rolle passt.«

Stanleys Blick glitt seitwärts zum Bewegungsleiter, der, die Knöchel dicht nebeneinander und die Fersen an der Wand, wie ein geduldiger Schatten hinter dem Schauspielleiter stand. Er lächelte leicht und nickte, aber die Bewegung wirkte mechanisch, wie ein Perpendikel, das hinter einer Glasscheibe langmütig die Zeit misst. Stanley sah den Bewegungsleiter jemandem auf dem Boden zuzwinkern und wandte rasch den Kopf, um dem Blick zu folgen und den Empfänger des Zwinkerns auszumachen, aber er war zu langsam. Er blickte wieder nach vorn zum Bewegungsleiter und sah ihn lächeln und angelegentlich zu Boden schauen.

Der Schauspielleiter war unterdessen bei den Erstjährigen angelangt, und einer nach dem anderen wurden Stanleys Klassenkameraden markiert. Harry Bagley. George. Moss. Irene.

Stanley erhielt die Rolle des Joe Pitt. »Lesen Sie erst das

Stück«, riet der Schauspielleiter und lächelte knapp, ehe er sich wieder seiner Liste zuwandte. Aus der Menge kam ein schwaches Kichern, und Stanley errötete und fragte sich, was für ein Typ dieser Joe Pitt wohl war. Er schrieb den Namen auf eine neue Seite in seinem Terminkalender und ließ das Heft in der Tasche verschwinden.

August

»Wie lange bist du denn in der Stadt?«, fragte Stanley, nachdem sie bestellt hatten. Sein Vater kritzelte auf das Display seines elektronischen Notizbuches und gab nicht gleich Antwort. Er stach ein letztes Mal gegen das Display, dann steckte er den PDA ein und schüttelte seine Manschetten aus.

»'tschuldige, Kumpel«, sagte er. »Was hast du gesagt?«

»Wie lange bleibst du?«

»Nur das Wochenende. Morgen halte ich auf der Konferenz meinen Vortrag, dann geht es wieder heimwärts. Pass auf, ich habe einen Witz für dich. Was ist der Unterschied zwischen Akne und einem katholischen Priester?«

»Weiß ich nicht«, sagte Stanley.

»Akne kommt erst *nach* der Pubertät in dein Gesicht.«

»Dad, das ist widerlich«, sagte Stanley. Er dachte: Ein Tabu ist etwas, das verboten ist, weil es heilig ist.

Sein Vater hob kapitulierend beide Hände. »Zu schlimm?«

»Ja«, sagte Stanley. Oder weil es ekelhaft ist. Unwillkürlich schnitt er eine Grimasse und nahm einen Schluck Wasser.

»Dann erzähl mir von dir«, sagte sein Vater. »Erzähl mir

von der Schauspielschule. Ah! Beinahe hätt ich's vergessen – ich hab was für dich. Heute früh gefunden.« Er kramte in seiner Brieftasche und zog schließlich ein dreifach gefaltetes Stück Zeitung hervor, das er Stanley über den Tisch zuschob. Er summte vergnügt, während er wartete, bis Stanley gelesen hatte.

Die Überschrift lautete: *Tod eines Mädchens – »ein schrecklicher Verlust«*. Der Artikel war kurz.

»Kennst du sie?«, fragte sein Vater, als Stanley fertig war. Er sah ihn erwartungsvoll an, seine Augen ähnelten den lustigen Halbmonden der lachenden Maske der Komödie im Foyer des Instituts.

Stanley warf wieder einen Blick auf den Artikel und schluckte. »Du meinst, das war das Millionen-Dollar-Mädchen.«

Sein Vater lachte. »Stanley«, sagte er, »das war das Millionen-Dollar-Mädchen. Hast du sie gekannt?«

»Und wenn ja?«, sagte Stanley. »Was, wenn ich sie wirklich gekannt habe und es jetzt auf diese Weise erfahren musste und du total unsensibel uns beiden gegenüber warst?«

Stanleys Vater langte über den Tisch, um ihm den Artikel aus der Hand zu zupfen. »War nur Spaß«, sagte er und stopfte das gefaltete Päckchen in seine Brieftasche zurück. »Ich dachte, du lachst. Schau mich nicht so an.«

Er drohte ihm im Scherz mit dem Finger, dann griff er nach seinem Glas. »Jedenfalls«, sagte er, »wenn du sie wirklich gekannt hättest, würde ich dir gratulieren, denn dann hättest du sie auf Anhieb identifiziert und eine Versicherung abschließen können.«

»Dieses Mädchen ist ein echter Mensch irgendwo.«

»Dieses Mädchen ist eine Leiche irgendwo«, berichtigte

sein Vater. Er musterte Stanley mit strengem, kritischem Blick, als sähe er ihn zum ersten Mal wirklich und wäre schwer enttäuscht. Er sagte: »Ich dachte ehrlich, du lachst.«

ELF

Montag

Der Einzugsbereich von Abbey Grange ist groß und in Bezug auf die wirtschaftlichen Verhältnisse seiner Bewohner recht vielfältig. Er ist nahe genug am Stadtzentrum, um an wohlhabendere Viertel zu grenzen, deckt aber auch etliche bürgerliche Vorstädte ab und umfasst an seinem unteren Ende auch ein heruntergekommenes Gebiet – breite, dahinkriechende Straßen mit mächtigen Rinnsteinen und ungemähtem Gras.

Die ärmeren Mädchen, die als Teilzeitkräfte in Fast-Food-Läden und Filialen von Bekleidungsketten arbeiten, fühlen sich den Mädchen, die von ihren Eltern Taschengeld erhalten und für ihre Barschaft nicht arbeiten müssen, moralisch überlegen. Wenn die weniger begüterten Mädchen in den weißen, strahlenden Häusern der Reichen zu Besuch sind, kommen sie stets bewaffnet mit einem ausgeprägten Gerechtigkeitsgefühl, sie stöbern im Kühlschrank, bemächtigen sich der Fernbedienung, gönnen sich morgens köstlich lange Duschen, alles in dem schuldfreien, ja gläubigen Bewusstsein, damit eine schreckliche Ungleichheit in der Welt wettzumachen. Einem Mädchen, dessen häusliche Speisekammer von verstellbaren Halogenlampen an einer Chromstange beleuchtet wird, eine halbe Chipstüte abzuschmeicheln und zu erschleichen ist eine beinahe edle Sache: nicht Diebstahl, sondern eine Form von gerechter Umverteilung, die Wiederherstellung eines gewissen Gleichgewichts. Das sagen sich die ärmeren Mädchen, wenn sie die salzige Faust um den nächsten Mundvoll Chips schließen und dazu laut bemerken, dass sie heute Abend im Bonbonladen für die Spätschicht eingeteilt sind.

Mit diesen subtilen, hinterhältigen Methoden werden die reicheren Mädchen genötigt, sich wegen des elterlichen Vermögens zu schämen, und deshalb setzt eine Überkompensation ein: Sie beginnen, den unverdienten Luxus ihres Lebens zu rechtfertigen, indem sie jeden Genuss als reine Notwendigkeit darstellen. »Wegen Mamas Diätplan müssen wir frisches Steinobst zu Hause haben«, sagen sie, oder: »Ich muss ein eigenes Auto haben, weil Dad so oft geschäftlich unterwegs ist.« Die wiederholten Bestätigungen werden zum Mantra, und früher oder später beginnen die reicheren Mädchen selbst zu glauben, was sie ursprünglich nur aus Scham vorschützen mussten. Irgendwann sind sie überzeugt, dass ihre Bedürfnisse einfach ausgeprägter, spezieller, unabdingbarer sind als die der Mädchen, die an der Frittenbude anstehen und sich dann auf dem Heimweg das fettige Paket in die Blusentasche stecken. Sie halten sich nicht für privilegiert und vom Glück begünstigt. Sie halten sich für Leute, deren Bedürfnisse auf angemessene und verdiente Weise befriedigt werden, und sollte jemand sie wohlhabend nennen, heben sie die Brauen und klimpern mit den Lidern und sagen: »Schon klar, am Verhungern sind wir nicht, aber ganz bestimmt sind wir nicht *reich.*«

Dieser trotzige Anspruchstanz, ein Pas de deux aus Angriff und Verteidigung, entspricht wirklich einer ganz realen Furcht im kollektiven Verständnis der Abbey-Grange-Mädchen, die als gleichbleibendes, einheitliches Rudel durch die Jahre der Highschool gezogen sind. Immer fürchten sie, es könnte eine von ihnen aus heiterem Himmel ausbrechen und die anderen ausblenden, sodass die Gruppe jäh und unwiederbringlich in ihrem Schatten stünde und das von ihnen allen praktizierte stillschweigende Festhalten an Gerechtigkeit und mittelmäßiger Gleichheit letztlich ins Leere liefe. In der Gruppe ebnen sich ökonomische Unterschiede zu einem ganz normalen Durchschnitt ein, und ihre vereinte Mittelmäßigkeit wird so etwas wie eine Kleinmacht, in der jede von ihnen eine spezielle Funktion erfüllt, die ihr jeweiliges Territorium innerhalb des Ganzen definiert. Wenn nun eine von ihnen ausbräche und zu leuchten begänne, müssten die Übrigen verdorren. Dieser Gefahr sind sie sich bewusst; sie klammern sich an die Ellenbogen der anderen, ballen sich im Korridor zusammen und nehmen jede an die Kandare, die mit Unabhängigkeit droht – jede, die aussieht, als könnte sie eines Tages ausbrechen und die anderen nicht mehr brauchen.

Genau so eine Gruppe ist es, die Victoria entzweigerissen und zerstört hat, als sie sich davonmachte, um auf derart selbstsüchtige, heimliche Weise einer Liebesaffäre nachzugehen. Die Gepflogenheit verlangt, dass Jungs zwar privat getroffen und gehandhabt werden, aber stets kollektiver Besitz der Gruppe bleiben: Kann sein, dass ein Mädchen danach nur ihrer besten Freundin oder, je nach ihrem Netzwerk aus Loyalitäten und Fehden, ein paar Nahestehenden davon erzählt, aber es gilt jedenfalls als vereinbart, dass sie es *irgendjemandem* erzählt, dass der Junge ein Objekt außerhalb der ungezählten Vertraulichkeiten in der Gruppe bleiben wird, ein Gegenstand, über den man diskutiert, dem man sich jedoch niemals anvertraut, dem man niemals vertraut. Victorias Verstoß gegen diese Regeln ist total und lähmend. Dass sie eine komplette Beziehung vollkommen im Geheimen geführt, dass sie Verpflichtungen und Verabredungen erfunden und, vor allem, dass sie Mr Saladin mehr vertraut hat als dieser gedemütigten Fraktion von Mädchen, die so vollständig auf Zusammengehörigkeit angewiesen sind – dieser Verrat schwächt die kaleidoskopartige Festung der Gruppe, saugt allem die Freude und den Sinn aus, lässt jede Illusion von Einheit und Macht zerplatzen. Die Mädchen beginnen, voreinander zurückzuweichen. Sogar die St.-Sylvester-Jungs scheinen zahm und dumm, wie verkleidete Soldaten, die mit Pappschwertern fuchteln.

»Es ist unfair«, sagen sich die Mädchen, all die zurückgelassenen, ausgeblendeten Mädchen, die in Victorias schwarzem Schatten hocken und schmoren. »Was sie uns gestohlen hat. Es ist unfair.«

Montag

Isolde fragt sich, ob das, was sie empfindet, nur eine Form von Verehrung ist, eine faszinierte Bewunderung für eine Ältere, von derselben Art, die sie einst Victoria und ihrem Schweif verächtlicher Freundinnen entgegengebracht hat: ewig verzweifelt bemüht, ihnen zu gefallen, sich an ihre Fersen heftend wie ein verkürzter Nachmittagsschatten und atemlos vor unmöglicher Hoffnung, sie könnten eines Tages auch *sie* zu ihrem Kreis zählen. Ist Julia wirklich nur ein Spiegelbild der Person, die Isolde liebend gerne wäre – weltgewandt, erfahren, grüblerisch, lässig? Ist es das, was sie so attraktiv macht – eine narzisstische Selbstgefälligkeit? Ist sie ein Mädchen, das vom Bild eines Mädchens bezaubert ist? Verliebt sich Isolde, falls sie sich in Julia verliebt, bis zu einem gewissen Grad in sich selbst?

Alles, was sie hat, ist ein ungewisser Abend der Ausflüchte und Andeutungen und Umwege, ein einmaliges Aufflackern einer Helligkeit, das ihr Herz heftig klopfen ließ und einen Blutandrang in der dünnen Haut über den Knochen ihrer Brust verursachte, und dann Tage und Wochen einsamen Beschwörens, ein lähmender Schwebezustand des Selbstzweifels, der Julia zu einer Unmöglichkeit verkleinert, zu einer Grille, einem Tagesausflug, der im Rückspiegel ihrer unsicheren Seele immer weiter zurückweicht.

Vage stellt sie sich vor, wie nett es wäre, drangsaliert zu werden. Sie stellt sich vor, wie sie beide trotzig vor ihren Eltern aufmarschieren, vielleicht Hand in Hand. Sie stellt sich vor, wie sich ihr Vater mit einem Finger seinen roten Hals entlangfährt und den Kopf schüttelt und sagt: »Issie, mach dir nicht deine Möglichkeiten kaputt, Schatz. Leg dich nicht jetzt schon fest, es kann ja auch nur eine Phase sein.« Sie denkt an ihre Mutter – ihr Achselzucken, ihr vorsichtiges Lächeln. Sie denkt an ihre Schwester, die verstummen und zu ihnen herüberblicken und Julia sehr verhalten beobachten würde, Julia, die wahrhaftig ihresgleichen ist, ihre Mitschülerin, dieselbe, der sie bei den Korbballwettkämpfen Hohn und Spott entgegengebracht hat, dieselbe, über die sie mal geflüstert hat: »Weiß sie denn nicht, was wir alle über sie denken? Bestimmt weiß sie es.«

Es wäre nett, denkt Isolde, zu wissen, dass du zu dem Bild geworden bist, das du dir zurechtgelegt hast. Es wäre nett, wenn man einen Grund hätte, sich düster und verleumdet zu fühlen.

Jede einzelne Entscheidung Isoldes ist in Wahrheit nur eine umformulierte, maskierte Version der Frage: Was bin ich?

So wird es jahrelang sein.

Manchmal ist Julia angesichts der Tatsache ihres Körpers, der fruchtbaren Ausbuchtung ihrer Hüften, ihrer kalten sommersprossigen Brüste, der zweifach gefalteten inneren Tasche ihrer Gebärmutter von einer obskuren Wut erfüllt. Sie will gar nicht anders sein, sie sehnt sich nicht nach einem Phallus oder Schnurrbart oder einem Paar mächtiger, geäderter Hände mit Schwielen und abgebrochenen Nägeln – sie ist einfach frustriert, dass ihr anatomischer Apparat einen derart unangebrachten und nutzlosen Vorteil darstellt. Falls die errötenden und stockenden Neigungen des anderen Mädchens anderswohin weisen, falls Isolde keine gespiegelte Liebhaberin, sondern einen umgekehrten Liebhaber sucht, eine auf den Kopf gestellte Ergänzung von Liebhaber, dann hat Julia verloren.

Julia denkt: Isolde zu verführen ist nicht nur eine Frage von möglichst attraktivem, möglichst verlockendem Verhalten und Vertrauen darauf, dass Isolde schon anbeißen wird. Ginge es darum, einen Jungen zu verführen, dann wäre eine derart simple Formel wahrscheinlich erfolgreich. Die bloße Tatsache von Julias Anatomie wäre ausreichend. Sie wäre selbst die Verlockung – ihr Körper, sie als Ganzes. Aber um Isolde zu verführen, muss sie das jüngere Mädchen zwingen, sich mit neuen Augen zu betrachten: Erst wenn es Isolde gelingt, sich selbst zu lieben, das konkave Yin ihrer weiblichen Haut, erst dann kann Julia hoffen. Zuallererst muss Isolde sich selbst lieben. Die Verführung muss in Form einer Überredung stattfinden, einer allmählichen Eroberung ihres Denkens und Fühlens.

Julia denkt an die üblichen Geschenke des Liebeswerbens, zum Beispiel Blumen während der Klassenversammlung oder mitternächtliches Kieselsteinwerfen ans Zimmerfenster oder geduldiges Wachen und Warten mit dem Fahrrad am Schultor, um Isolde langsam nach Haus zu begleiten. Alles absurd. Sie stellt sich vor, wie sie Isolde Blumen in die Klassenversammlung schickt, und kann dann nichts anderes denken als an Isoldes entsetzte Miene, mit der sie in das rote Seidenpapiergewölk blickt, nachdem sie die Karte schon verlegen herausgerissen und zu einer kleinen Kugel zerknüllt hat. Sie stellt sich einen Blumenstrauß vor, der zu groß und zu fragil ist, um in Isoldes Schultasche verstaut zu werden, während die Schönen alle lachen und rufen: Na, wie heißt er?

Eine Anwandlung von Trübsinn überfällt Julia, und sie fährt so wild mit dem Stift über den Rand ihres Hausaufgabenblattes, dass das Papier zerreißt. Sie denkt: Wie groß ist die Wahrscheinlichkeit? Dass das eine Mädchen, das mir Herzrasen macht, umgekehrt auch das eine Mädchen ist, das mich will? Dass der Zufall, der mich zu ihr hinzieht, auch sie zu mir zieht? Sie denkt: Kann ich auf etwas Chemisches vertrauen, irgendeinen Geruch, ein Pheromon, das sie küsst, wenn ich an ihr vorbeigehe?

Julia misstraut dieser Chemikalie. Auf die Chemie, denkt sie, kann ich mich nicht verlassen. Auf den Zufall der Anziehung kann ich mich nicht verlassen. Ich muss sie verführen, muss ihr aktiv nachstellen und sie für mich einnehmen. Ich muss auf die fragwürdige Autonomie einer Jugendlichen einwirken, deren Denken noch nicht rechtmäßig ihr Eigen ist.

»Hey Isolde, willst du mitspielen?«, ruft jemand, und Isolde blickt auf. Sie ist auf dem Rückweg von der Imbissbude und hält in jeder Hand eine braune Tüte, durch deren Papier langsam der Zuckerguss sickert und das Helle mit fettigen Flecken Grau eindunkelt.

»Nein, danke«, sagt Isolde und hält zur Begründung die Papiertüten hoch.

Das Mädchen lächelt und kehrt zum Spiel zurück. Isolde sieht ihnen zu, während sie vorbeigeht: Zu viert oder fünft versuchen sie mit ihren dick besohlten Schulschuhen und heruntergerollten grauen Socken, die Schulröcke mit beiden Händen über das Winterweiß ihrer Grübchenknie gerafft, Footbag zu spielen. Sie biegt bei der Schulbücherei um die Ecke und geht weiter.

Isolde schlängelt sich zwischen Gruppen von Mädchen hindurch, die in ihren geschlossenen Kreisen im Innenhof herumsitzen, und erblickt dann zu ihrer Überraschung Julia, die in einem vereinzelten Sonnenfleck im Gras jenseits des Pflasters sitzt. Sie hat ihre Ohrhörer in den Ohren und starrt irgendwie verdrossen in ein Taschenbuch. Zaghaft geht Isolde auf sie zu. Ihr Herz beginnt zu hämmern.

Julia blickt auf, sieht sie näher kommen und zieht sich die Ohrhörer heraus.

»Ja, halloo!«, sagt sie, und Isolde wedelt mit ihren Papiertüten und sagt: »Hey.«

»Was hast du?«, fragt Julia.

»Nur einen Donut und eine Semmel.«

»Setz dich doch, wenn du magst.«

Isolde kreuzt die Beine auf Knöchelhöhe und lässt sich mit der fließenden Scherenbewegung von schneidersitzgeübten Mädchen ins Gras sinken, und mit der freien Hand zieht sie an der Doppelfalte unter der silbernen Kiltnadel, um die nackte Haut ihres Knies zu bedecken. Julia macht ihr Platz. Der horizontale Einschnitt rund um die Mitte von Isoldes belegter Semmel ist von Roter Rübe rosa eingefärbt. Isolde wischt mit einem Finger die Kante entlang, um die ausgetretene Mayonnaise einzusammeln, und leckt den Finger sorgfältig ab.

»Weißt du, was ich scheiße finde?«, sagt Julia unvermittelt, krümmt den Rücken und beugt sich vor, um ein Grasbüschel zum Zerrupfen aus dem Boden zu reißen. »Dass sie uns zu diesen Psychositzungen über Selbstverteidigung und Lehrermissbrauch und dieses ganze Zeug schicken.«

»Aber ich habe so viel gelernt«, sagt Isolde augenzwinkernd. »Zum Beispiel, dass mein Körper ein Tempel ist. Und dass wir als Kinder wahrscheinlich alle missbraucht wurden; dass wir uns nur ein bisschen anstrengen müssen, um uns zu erinnern.«

Julia lacht und zerrupft ihr Gras zu noch kleineren Fetzen.

»Aber du warst klasse«, sagt Isolde. »Ihm so Paroli zu bieten. Wie du's getan hast.«

»Jetzt fürchtet er sich vor mir.«

»Nach dem, was du gesagt hast, tun das die anderen auch«, sagt Isolde und meint es scherzhaft, aber Julia runzelt die Stirn und schüttelt den Kopf.

»Das stammt ja gar nicht von mir«, sagt sie. »Ich hab mir das nicht ausgedacht. Dämliche Ärsche. Nicht du.«

»O nein«, sagt Isolde rasch. Ihre Nervosität ist einer Art Schwindel gewichen, einem verwegenen, prallen Gefühl, das ihr das Herz bis zum Hals schlagen lässt und ihr Bewusstsein für Julias totale Nähe schärft, für die Art und Weise, wie ihr Haar ihr Gesicht einrahmt, und für die Bewegung ihrer Hände, die an dem gelben, immer kahleren Rasenfleck zupfen. Julias Hände sind dünn und rötlich, mit abgeknabberten Flecken dunklen Nagellacks in der Mitte der breitkantigen Fingernägel. Sie hat eine schmutzige Schnur mehrfach um ihr knochiges Handgelenk geschlungen, und auf ihrem Handrücken stehen ein paar private Notizen, die schon etliche Tage alt sein müssen, denn die Tinte ist in das Geflecht winziger Furchen in ihrer Haut hineingewachsen. Allein der Anblick von Julias Händen erscheint Isolde unerträglich sinnlich, und sie reißt rasch den Blick los und richtet ihn auf den Hof, wo mehrere Mädchen einen Rhythmus klatschen und eine Schrittfolge für den Schultanzwettbewerb üben.

»Wir sind diejenigen mit der Macht«, sagt Julia. »Das ist die eigentliche Lektion aus der ganzen Geschichte mit Mr Saladin. Die Lektion, die wir nicht lernen sollen.«

»Ach ja?«, sagt Isolde und blickt wieder auf Julias Hände.

»Das hat mit unserem Platz innerhalb der Machtkette zu tun. Wir können beschädigt werden, können aber andere nicht beschädigen. Also, wir können uns zwar wohl gegenseitig beschädigen, nicht aber unsere Lehrer oder unsere Eltern oder was weiß ich. *Sie* können nur *uns* beschädigen. Und das heißt, den Stab führen wir.«

»Was heißt das eigentlich, den Stab führen?«, fragt Isolde.

Julia legt missmutig den Kopf in den Nacken. »Jeder verehrt das Opfer«, sagt sie. »Das ist alles, was ich hier gelernt habe, Verehrung der Opfer. In der zehnten Klasse bin ich im Vierer mit Steuermann bei den Landesschulmeisterschaften gerudert. Als wir antraten, waren wir eindeutig das schlechteste Team im ganzen Turnier. Wir waren nicht nur schlecht ausgerüstet, mit einem total veralteten, schweren Boot, sondern wir hatten auch nicht genug trainiert. Aber weil wir so völlig chancenlos waren, dachten wir im Ernst, wir würden gewinnen. Denn so ist es doch. In den letzten zehn Sekunden zieht der Außenseiter durch und gewinnt mit einer Nasenlänge, das Gute siegt über das Böse, und Geld spielt am Ende überhaupt keine Rolle. Ich weiß noch, wie ich da vor dem Rennen mit den Riemen in der Hand startklar im Boot saß und auf das Signal wartete und dachte: Wir gewinnen, und dann zeigen wir's ihnen aber.«

»Aber ihr habt nicht gewonnen.«

»Natürlich nicht«, sagt Julia. »Irgendeine reiche Schule mit einem Glasfaser-Angeberboot hatte circa eine Meile Vorsprung. Wir kamen als letztes Team mit fünfundvierzig Sekunden Rückstand ins Ziel. Aber ich erzähl das nur als Beispiel für diese Opfersache. Wenn du das Opfer bist, glaubst du wirklich, du kommst jetzt groß raus. Das lernen wir hier. Verehret das Opfer. Der Verlierer wird siegen.«

Isolde sieht verwirrt aus. Die Art, wie Julia mit ihren Ansichten aufwartet, kleinen eingeübten Stücken, die sie mit blitzenden Augen und erhobenem Kopf präsentiert, schüchtert sie ein bisschen ein. Ihre Meinungen sind mehr Provokation als Standpunkt.

»Weißt du«, sagt Julia, »früher gab es an den Schulen ein spezielles Pult für das gescheiteste Kind in der Klasse. Aber das gescheiteste Kind wird heute nicht mehr herausgehoben. Stattdessen haben wir den Förderzug und den Zug für Kinder mit sonderpädagogischen Bedürfnissen und den Karriereplanungs- und den Beratungstrakt. Die Opfer sind diejenigen, die von den anderen abgesondert und herausgehoben werden.«

Isolde sagt: »Du meinst, die Leute verehren meine Schwester.«

»Ja, allerdings«, sagt Julia.

Isolde blickt von der Seite auf die Ältere und stellt fest, dass sie nichts zu sagen hat. Sie zupft mit den Fingern ein bleiches Stück Speck aus ihrer Semmel und zerknabbert es gewissenhaft.

»Also, wie war es denn wirklich«, sagt Julia, »mit Victoria?« Sie hat einen Müsliriegel ausgepackt, isst ihn aber extrem langsam, indem sie mit Daumen und Zeigefinger klebrige Körner abzwickt und eines nach dem anderen zu einer fettigen Kugel rollt. Die Mädchen essen oft auf diese gezierte Zerkleinerungsart, wenn sie in heikler Gesellschaft sind.

»Was meinst du?«, fragt Isolde.

»Na, sie ist deine Schwester. Hat sie nachher mit dir drüber geredet oder so? Hast du währenddessen geahnt, was los ist? Wird sie wieder?«

Julias Herz schlägt schnell. Ihr Instinkt sagt ihr, sich härter zu geben, als sie sich fühlt, keine Zugeständnisse zu machen, Isolde mit einer gewagten Kargheit, einem dreisten und unverfrorenen Besitzanspruch auf knallharte Meinungen zu umwerben, die das jüngere Mädchen ehrfürchtig zu ihr aufblicken lassen. Gleichzeitig verbirgt sie ein dumpfes Gefühl einsamer Verletzlichkeit, eine schlichte, kindliche Sehnsucht, berührt, in die Arme genommen und geküsst und gewiegt zu werden. Selbst während sie aggressiv redet, ihre Meinungen auf den Tisch knallt und die Achseln zuckt und eine finstere Miene aufsetzt, als wäre ihr alles egal, versucht ein Teil von ihr, der anderen zu zeigen, dass unter der Schale ein zartes Herz ist; dass sie auch lieb und feinfühlig und sehnsüchtig sein könnte, dass die animalischen Gebote ihrer weiblichen Natur nicht ganz ungehört verhallen. Die Balance zwischen den beiden Polen, dem Bild von Härte und dem Bild von Weiche, ist etwas Eigenartiges. Julia fühlt sich zerrüttet vor Anstrengung, und es ist ihr zumute, als könnte sie ohne Weiteres in Tränen ausbrechen, jetzt in diesem Augenblick, hier im Gras.

Isolde ergreift mit zwei Fingern einen Gurkenhalbmond und leckt den feuchten Rand, während sie über die Frage nachdenkt. Sie ist im Begriff zu antworten, als ein Schatten über sie beide fällt, und sie blicken auf.

Es sind die Schönen, und alle lächeln ein dünnes, gekrümmtes Lächeln, das ihre Lippen zu einer grausamen Umkehrung ihres üblichen schlaffen Schmollmunds zusammenpresst.

»Hast du jetzt endlich eine Freundin gefunden, Julia?«, sagt die Schönste. »Wirst du sie mit nach Hause nehmen, um sie deiner Ma zu zeigen?«

Julia schaut zu ihr hinauf und sagt nichts. Isolde blickt von einem Gesicht zum nächsten und versucht sich klar zu werden, ob sie, wenigstens ansatzweise, lächeln soll.

»Wird sie dir ein paar Spinnweben abbürsten?«, fragt die Schöne weiter. »Dich ein bisschen ausfegen? Ist das so gedacht?«

Sie kichern. Isoldes Beinahelächeln beginnt zu schwinden.

»Hast du sie eingeweiht? Ihr Kohle gegeben?«

»Ach, Scheiße, seid ihr zwölf oder was?«, fährt Julia sie an. Sie greift nach ihren Ohrhörern und ihrem Buch und beginnt einzupacken.

»Nein«, sagt die Handlangerin der Schönen und tritt nach vorn, ein Augenblick seltener Glorie, »aber *sie*, oder?«

Sie deutet auf Isolde, und Isolde spürt, wie sie scharlachrot wird. Sie fragt sich, ob sie darauf hinweisen soll, dass sie in Wirklichkeit fünfzehn ist, oder ob ihnen das nur Munition für den nächsten Witz gäbe. Die Schönen lachen. Julia wirkt gründlich genervt wegen ihres Fehlers und schaufelt stumm die Reste ihres Mittagessens in ihre Tasche.

»Eine Gleichaltrige, die scharf drauf ist, war wohl nicht zu haben, wie?«, sagt die Handlangerin.

Julia sagt: »Verpiss dich einfach, Tiffany. Keine Ahnung, was du willst, aber du kannst es vergessen. Verpiss dich.«

»Wenn sie also die Harte ist«, sagt die Schöne, jetzt an Isolde gewandt, »was bist dann du? Die Feminine? Gehört sich das nicht so – braucht es nicht auf jeden Fall immer einen Mann und eine Frau? Wie das gute alte Wir-tun-so-als-ob?«

Isolde, nervös und gefangen zwischen Verleugnung und Verteidigung von etwas, das sie noch nicht versteht, versucht einfach zu lächeln, ein nervöses schmallippiges Lächeln, das die Schönen offensichtlich als Bestätigung ihrer höhnischen Bemerkung deuten. Die Anführerin zerbricht sich den Kopf, ob sich noch eins draufsetzen ließe, findet aber nichts und wirft ihnen schließlich nur, wie zur Krönung, ein »Tunten!« an den Kopf, dann stolziert sie davon, ihre Dienerinnen im Schlepptau. Die Gruppe durchpflügt den Schulhof wie ein kleiner blauer Komet, dessen Kopf hell und schön leuchtet, während der Schweif zerfasert.

»Fotzen«, sagt Julia halblaut und zerrt wild am Reißverschluss ihrer Schultasche.

»Tut mir leid«, sagt Isolde.

»Tut mir leid«, sagt Julia.

Die erste Glocke ertönt, doch Julia und Isolde machen keine Anstalten aufzustehen. Seite an Seite sitzen sie auf dem Grasstreifen und zerpflücken Halme.

»Angeblich hat sie sich die Nase machen lassen«, sagt Isolde. »Die Anführerin. Letztes Jahr.«

»Kann ich bisschen was von deinem Donut haben?«, fragt Julia, denn letzten Endes gelten die gewöhnlichen Regeln des Erschleichens nach wie vor.

Dienstag

Die Rolle von Mrs Bly erfordert einen Fettanzug sowie spezielle Latexbeutel, die in die Wangen eingelegt werden, um das Gesicht aufzupolstern. Der Fettanzug ist tadellos. Er besteht vorwiegend aus Silikon, ist speziell für den weiblichen Körper entworfen und schwer genug, um ihren Gang schwankend zu machen. Sie trägt einen schlauchförmigen, vorn geknöpften Jeansrock und um den Hals eine Goldkette mit einem kleinen goldenen Amulett, sie hat ihre gefüllten Wangen mit Rouge geschminkt und ihr Haar mit einem Duftnebel eingesprüht. Würdevoll watschelt sie ins Zimmer und lässt sich seufzend und nach ihrer künstlich geblähten Wade greifend auf einem Sessel nieder. Man sieht ihr nicht an, dass sie einen Fettanzug trägt. Die Saxofonlehrerin vergisst vor staunender Bewunderung ob der Wirkung beinahe ihren Text.

»Sie wurden mir von einer der Tupperware-Mütter empfohlen«, sagt Mrs Bly. »Deren Tochter ist nach dem ganzen Skandal zu Ihnen gewechselt und sehr zufrieden.«

»Das freut mich«, sagt die Saxofonlehrerin. »Ja, ich hatte dieses Jahr einen bemerkenswerten Zustrom von Abbey-Grange-Schülerinnen.«

»War das nicht eine schreckliche Sache?«, sagt Mrs Bly und schürzt die Lippen, kneift die Augen zusammen und lässt ein fröhlich glucksendes Lachen hören.

»Katalytisch«, sagt die Saxofonlehrerin mit gespielter

Zustimmung und vermutet, dass Mrs Bly nicht lange genug innehalten wird, um über das Wort nachzudenken. Sie vermutet richtig.

»Es war einfach schrecklich«, wiederholt sie. »Das Mädchen ist erledigt. Beschädigte Ware, muss man sagen. Und alle anderen Mädchen halten sich natürlich von ihr fern.«

»Wie es sich gehört«, sagt die Saxofonlehrerin.

»Denn das breitet sich ja aus wie ein Virus, habe ich zu meinen Mädchen gesagt«, fährt Mrs Bly fort, zieht eine breite Jeansstoffbahn über ihr Knie und schürzt die Lippen zu einem kleinen süßlichen Lächeln, das alle Runzeln um ihren Mund zu einer einzigen zentralen Noppe zusammenzieht. »Diese Sorte Fleck geht beim Waschen nicht raus.«

Die Saxofonlehrerin wird von plötzlichem Überdruss ergriffen. Sie setzt sich. »Mrs Bly«, sagt sie, »bedenken Sie bitte, dass diese Jahre im Leben Ihrer Tochter nur die Probe für das Eigentliche sind, das danach kommt. Bedenken Sie, dass es nur in ihrem ureigenen Interesse sein kann, wenn alles schiefgeht. Es ist in ihrem ureigenen Interesse, wenn sie sich *jetzt* vertut, wo sie noch wohlbehütet im Grünen Zimmer sitzt, zwischen den verhüllten Möbeln und den Reihen gesichtsloser Styroporköpfe, den gesprungenen, trüben Spiegeln und alten Zeitungen auf dem Boden. Warten Sie nicht, bis sie draußen im grellen Flutlicht steht, wo jeder sie sehen kann. Lassen Sie sie alles in einer ungefährlichen Umgebung einüben, mit Helm und Knieschützern und Lunchpaketen und Ihnen am Ende des Korridors, wo Sie die Tür einen dunklen Spalt weit geöffnet haben, falls in den langen Nachtstunden jemand aufschreien sollte.«

Das Spinnennetzlasso aus Runzeln um den Mund der dicken Mrs Bly lockert sich ein wenig.

»Die gute Nachricht«, sagt die Saxofonlehrerin jetzt

energisch mit Blick in ihren Terminkalender, »ist, dass ich eine Lücke am Mittwochnachmittag habe, falls das in den Stundenplan Ihrer Tochter passt. Eine meiner Schülerinnen wurde überfahren.«

»Oh, die Welt steckt voller Gefahren«, sagt Mrs Bly. »Ich lasse Rebecca nicht Rad fahren. Ich weigere mich strikt, sie irgendwohin mit dem Rad fahren zu lassen. Mittwochnachmittag ist perfekt.«

»Um vier.«

»Um vier.« Wieder lacht Mrs Bly glucksend. »Sie wird sich sehr freuen«, sagt sie. »Sie hat so viel geübt, um die Klarinette wirklich zu beherrschen, und sie hat sich das hier so sehr gewünscht. Mir kommt es fast vor, als hätte jetzt zum ersten Mal in ihrem Leben etwas zu blühen begonnen.«

Freitag

»Bridget hast du vermutlich nicht gekannt«, sagt die Saxofonlehrerin eines Nachmittags zu Isolde.

»Das Mädchen, das gestorben ist? Sie war ein Jahr über mir, in der Zwölften.«

»Sie war meine Schülerin.«

»Oh«, sagt Isolde. »Nein, ich kannte sie nicht.« Sie zögert einen Moment, wiegt sich auf den Fersen vor und zurück, wirkt hölzern. »Wie geht's Ihnen ...?«, fragt sie schließlich sich windend, um immerhin einen Anflug von Anteilnahme zu zeigen.

»Es war ein großer Schock«, sagt die Saxofonlehrerin.

»Ja«, sagt Isolde.

»Sicher waren alle völlig außer sich. An deiner Schule und so weiter.«

»Oh«, sagt Isolde. »Ja, es fand eine Versammlung statt.«

»Nur eine Versammlung?«

»Und die Fahne wurde auf halbmast gehisst.«

»Vermutlich sind alle immer noch völlig außer sich«, sagt die Saxofonlehrerin, »lassen den Unterricht ausfallen, weinen, sprechen davon, dass Bridget unersetzlich ist.«

»Ja, ich glaube schon. Sie war ein Jahr über mir. Ich kenne niemanden, der sie kannte.« Isoldes Gesichtsausdruck ist die halb bestürzte Miene derjenigen, die wegen eines Todesfalls Beileid bekunden oder Rat anbieten sollte, aber schlecht gerüstet und eigentlich selbst ratlos ist. Sie scharrt unbehaglich mit den Füßen und blickt zu Boden.

Die Saxofonlehrerin vollführt einen abrupten Kurswechsel. »Bridget«, sagt sie, »habe ich von allen meinen Schülern am wenigsten gemocht. Bridget hatte so eine Art an sich, sich in der Hüfte zu wiegen, wenn sie spielte, was ich persönlich ein bisschen abstoßend fand. Da ging sie in die Knie und lehnte sich zurück, mit geschlossenen Augen, spannte sich und schickte sich an, ihr Gewicht auf den Fußballen nach vorn zu katapultieren, und das Saxofon richtete sich auf wie ein Wellenkamm, der im nächsten Moment brechen und zu goldener Gischt zerfallen wird. Ihre Kiefermuskeln waren verkrampft. Um sie nicht anschauen zu müssen, schaute ich immer in ihr Notenheft und kritzelte ihr kurze Stichpunkte an den Rand, an die sie beim Üben denken sollte. Klang, schrieb ich und darunter: Klarheit.«

Verstohlen, fast respektvoll, schlüpft Isolde aus sich heraus und wird Bridget – nicht die reale Bridget, nur eine Platzhalterin, ein Ziel, das die Saxofonlehrerin aufs Korn nehmen kann, eine Ansprechfigur. Mit Hundeblick steht sie mitten im Raum, das Sax an die Hüfte gedrückt und die Haare im Gesicht. Sie spricht nicht.

»Das war das letzte Mal, dass ich Bridget gesehen habe«, sagt die Saxofonlehrerin. »Sie kam zum Ende des ›Alten Schlosses‹, und nachdem sie das Saxofon aus dem Mund genommen hatte, schob sie den Unterkiefer mehrmals vor und zurück, als müsste sie ein künstliches Gebiss wieder in Position bringen. Sie hatte geübt. Sie hat immer geübt. Das war eine der Seiten, die ich an Bridget nicht so gerne mochte. Ich fragte sie: Was habt ihr heute beim Schulpsychologen gelernt? Und Bridget sagte: Diese Woche reden wir über Schuld. Inwiefern Schuld aufschlussreich sein kann. Wir machen Rollenspiele über Vorstellungen von Schuld.

Aha, sagte ich. Und Bridget sagte, übersprudelnd vor seltener, plötzlicher Freude darüber, dass sie mal im Scheinwerferlicht stand, dass die Stimme, mit der sie sprach, ausnahmsweise ihre eigene war und wert, gehört zu werden, Bridget sagte: Schuldgefühle sind wirklich wichtig. Sie sind der erste Schritt zu einer Besserung.«

Isoldes Zehen sind ganz leicht gekrümmt, ihre Knie neigen sich ebenfalls zueinander, und ihre Hüfte hat sie linkisch vorgeschoben. Sie reibt mit einem Finger über den Schalltrichter ihres Instruments und blickt auf die Schuhe der Saxofonlehrerin.

»Ich sage also«, sagt die Saxofonlehrerin, »Bridget, sage ich, ich glaube, du irrst. Schuldgefühle sind vor allem eine Ablenkung. Sie lenken uns von tieferen, wahreren Gefühlen ab. Ich will dir ein Beispiel geben. Nehmen wir an, du fühlst dich zu jemandem hingezogen, mit dem du nicht zusammen sein darfst. Es zieht dich zu diesem Menschen hin, dann fällt dir ein, dass dir das nicht erlaubt ist, und es packt dich ein Schuldgefühl. Was, glaubst du, ist die ursprünglichere der beiden Empfindungen, die Anziehung oder das Schuldgefühl?

Ich schätze, die Anziehung, sagte Bridget. Weil sie zuerst da war.

Und ich sagte: Gut. Schuld ist zweitrangig. Schuld ist ein oberflächliches Gefühl.«

Isolde nickt kaum merklich, um zu beweisen, dass sie zuhört. Wie eine Linsentrübung in beiden Augen füllt jetzt die Erinnerung das Gesichtsfeld der Saxofonlehrerin aus, die glasig vor sich hin starrt.

»Das sagte ich«, sagt die Saxofonlehrerin, »weil Bridget die Schülerin war, die ich am wenigsten mochte. Weil mir Bridget weitgehend egal war.«

Die Erinnerung erlischt, und ihr Blick stellt sich wieder scharf.

»Was hast *du* denn beim Schulpsychologen gelernt?«, fällt sie angriffslustig über Isolde her, und die blinzelt und richtet sich auf und kehrt unbemerkt in sich selbst zurück.

Sie weiß nicht recht, was sie darauf antworten soll. Während sie noch zögert und nervös das um ihren Hals hängende Saxofon befummelt, denkt sie an das Mädchen, an die eine Versammlung und die eine Fahne auf halbmast, die Psychologenstunde, die nach ihrem Tod *nicht* angesetzt wurde, und die von Zeitungsartikeln genährte Komforttrauer, die einige ältere Schülerinnen gut eine Woche vor sich hertrugen, nur um eine halbe Stunde Freiheit und einen Besuch bei der Krankenschwester zu erwirken.

Die Saxofonlehrerin starrt Isolde immer noch scharf an und harrt einer Antwort.

Isolde sagt leise und schamerfüllt: »In der Psychostunde trauern wir um alles, was an meiner Schwester unersetzlich war. Wir beweinen alles an Victoria, was jetzt verloren ist.«

Julia kommt direkt im Anschluss an ihr nachmittägliches Nachsitzen in den Unterricht. Sie ist fast zu spät, und als sie, den Fahrradhelm am Handgelenk, vor der Tür der Saxofonlehrerin steht, ist ihr Gesicht noch gerötet, und sie schwitzt ein bisschen.

»Meine Lehrerin ist ein Arschloch«, sagt sie zusammenfassend, kaum ist sie eingetreten. »Mrs Paul ist ein Arschloch. Sie müssen es begründen, wenn sie nachsitzen lassen, und ich sagte: Wieso schreiben Sie nicht: ›Weil sie ausgesprochen hat, was sowieso jeder denkt‹? Daraufhin hat sie die Strafe verdoppelt. Ich hasse diese verdammte Highschool. Ich hasse alles an ihr.«

»Wieso musstest du überhaupt nachsitzen?«, fragt die Saxofonlehrerin bewundernd, doch Julia schüttelt nur finster den Kopf. Sie packt umständlich aus und fischt nach ihren Noten, und die Saxofonlehrerin rührt in ihrem Tee und wartet mit schräg gelegtem Kopf.

»Wenn das alles vorbei ist und du gehst«, sagt die Saxofonlehrerin, »wird es unter allen Lehrern immer einen oder eine geben, an die du dich für den Rest deines Lebens erinnerst, jemanden, der dein *Leben* verändert hat.«

»Nie«, sagt Julia. »So einen Lehrer hatte ich nie.«

»Ganz bestimmt«, sagt die Saxofonlehrerin. »Warte ab. Aus dem Abstand von ein paar Jahren kannst du mit unverstellterem Blick zurückschauen. Dann wird es eine Miss geben – Miss Hammond, Miss Gillespie –, es wird eine Lehrerin geben, die dir deutlicher in Erinnerung ist als die anderen, einen oder eine, die sie alle um Haupteslänge überragt.«

Julia blickt immer noch skeptisch. Die Saxofonlehrerin fährt gestikulierend fort.

»Aber wie viele Lehrer haben das Glück, einem *Schüler* zu begegnen, der ihr Leben verändert hat?«, fragt sie. »Einem einzigen Schüler, der sie wirklich *verändert* hat? Ich sag dir was: Das gibt es nicht. Es ist eine Einbahnstraße. Wir erwarten von unseren Lehrern, dass sie uns aus Liebe zum Beruf unterrichten, dass sie uns inspirieren und aufrütteln und Feuer fangen lassen, ohne dafür ihrerseits eine Inspiration oder Aufrüttelung zu erhoffen; wir erwarten, dass es ihre größte und einzig ersehnte Freude ist, wenn ein Schüler eines schönen Tages, vielleicht zehn, zwanzig Jahre später, hereinschneit und sagt, was für ein großer Einfluss man doch gewesen ist, um gleich darauf wieder in sein erfolgreiches Leben zurückzutauchen. Das ist alles. Wir erwarten von unseren Lehrern, dass sie jedes Jahr von vorn anfangen, dass sie alle Fortschritte und geknüpften Beziehungen eines ganzen Jahres abtrennen, dass sie alles, was in der Zeit entstanden ist, einfach über Bord werfen und *zurück*gehen, um sich dem nächsten Kind zu widmen. Jahr für Jahr besäen und bestellen unsere Lehrer ein neues undankbares Feld, das nie, nie zur Ernte reifen wird.«

»Ich bin kein Kind«, sagt Julia.

»Junge Erwachsene«, sagt die Saxofonlehrerin. »Wenn dir das lieber ist.«

»Ich wurde nie inspiriert oder aufgerüttelt«, sagt Julia.

»Aber du verstehst, worum es mir geht?«, sagt die Saxofonlehrerin.

»Nein«, sagt Julia mürrisch. »Sie werden bezahlt. Das ist ein Job wie jeder andere.«

Die Saxofonlehrerin schlägt die Beine übereinander und beugt sich vor.

»Deine Mutter«, sagt sie, »will einen Bericht über deine Fortschritte. Sie fordert mich auf, ihr zu schildern, wie ich dich inspiriert, wie ich dich aufgerüttelt, wie ich dich mit Engelszungen auf einen ruhmreichen Weg zu Erstklassigkeit und Fleiß und Wert gebracht habe. Insgeheim will sie von mir auch hören, wie sehr du *mich* inspiriert hast – nicht direkt, aber auf subtilen Umwegen, als wäre ich ein bisschen kleinlaut, ein bisschen angreifbar geworden, als hätten wir es hier mit einem großen Tabu zu tun. Sie will, dass ich lüge, ein bisschen.«

»Dann lügen Sie halt.«

»Sie will«, fährt die Saxofonlehrerin fort, »was alle Mütter wollen. Sie will von mir hören, dass du und ich eine besondere Beziehung haben, dass du mir Dinge erzählst, die du sonst niemandem erzählen würdest. Sie will von mir hören, dass ich an *dir*, Julia, etwas sehe, das ich jahrelang bei niemandem gesehen habe. Sie will hören, dass unsere Beziehung für uns beide wie eine geteilte oder doppelte Geburt funktioniert – nicht bloß Unterweisung einer Schülerin, sondern absolute Öffnung gegenüber einem anderen Menschen.«

»Ja, dann tun Sie ihr halt den Gefallen«, sagt Julia. Sie ist heute störrisch und anstrengend und trägt die Empörung über ihr zweifaches Nachsitzen noch immer wie einen Schleier des Missmuts vor dem Gesicht. Ungeduldig steht sie da, das Saxofon startbereit um den Hals.

»Also gut, fangen wir an«, sagt die Saxofonlehrerin nicht ohne Ärger. »Spiel was Lautes.«

»Ich glaube, zwei meiner Schülerinnen haben eine Beziehung«, hätte die Saxofonlehrerin zu Patsy gesagt, wenn Patsy hier wäre. Es wäre ein Brunch, wie immer mit Patsy, und es wäre ein Donnerstag, und die Sonne fiele schräg durch die hohen Fenster und erfüllte die Wohnung mit trägem, staubflirrendem Licht.

»Miteinander?«, würde Patsy fragen und die Ellenbogen auf den Tisch und das Kinn auf die Hände stützen.

»Ja«, sagt die Saxofonlehrerin. »Ich habe sie bei dem Konzert miteinander bekannt gemacht. Sie sind Schulkameradinnen – das heißt, das eine Mädchen ist zwei Jahre älter, aber sie sind an derselben Schule.«

»Ach ja«, sagt Patsy, »am Anfang muss es immer einen Altersunterschied geben. Bei gleichgeschlechtlichen Beziehungen. Das ist ein Initiationsritus. Es braucht ein Ungleichgewicht an Erfahrung, sonst führt es zu nichts.«

»Wirklich?«, sagt die Saxofonlehrerin.

»Unbedingt«, sagt Patsy. »Wenn du keine Geschlechterrollen hast, auf die du zurückgreifen kannst, brauchst du die Macht, irgendwie organisiert zu sein. Du brauchst eine Struktur. Lehrer und Schüler. Räuber und Beute. So was in der Art.« Sie wirft den Kopf zurück und lacht unvermittelt, ein klares, entzücktes Lachen, das wie Glockengeläut durch die winzige Wohnung schallt.

»Das war mir klar, dass du lachen würdest«, sagt die Saxofonlehrerin. Sie ist heute launisch, und es passt ihr nicht, wie Patsy vorhin das Haar über die Schulter geworfen und sich einen Klecks Butter vom Zeigefinger geleckt hat und sich überhaupt die meiste Zeit benimmt wie jemand, der es über die Maßen genießt, begehrt zu werden.

»Haben sie was zu dir gesagt?«, fragt Patsy.

»Nicht direkt, aber – na ja, du weißt schon.«

»Sie zeigen alle Symptome.«

»Ja, genau.«

Patsy sinnt darüber eine Zeit lang zufrieden nach und fragt schließlich: »Ist es das Mädchen, dessen Schwester in der Zeitung war?«

»Ja – die Jüngere, Isolde. Die ältere Schwester wurde missbraucht.«

»Das macht es dann umso wahrscheinlicher«, sagt Patsy.

»Findest du?«

»Unbedingt. Aus allen möglichen Gründen.«

Eine Weile sitzen sie stumm beieinander. Die Zeitung ist über den Frühstückstisch gebreitet und gipfelt zerknittert und fettfleckig über dem Marmeladenglas und der Sirupflasche. Auf dem Grund der dünnen Plastikschale liegt, abgeflacht wie die keilförmige Schneide eines Meißels und vor Unreife wie weiß überstäubt, eine letzte einsame Erdbeere.

»Ich möchte einfach zu der Wahrheit vordringen, die dahintersteht. Das ist alles. Ich will den Kern der Wahrheit, die allem zugrunde liegt«, sagt die Saxofonlehrerin ins Nichts hinein.

Freitag

»Dad versucht sich einzufühlen«, sagt Isolde in dem besonders angeödeten Ton, den sie elterlichen Verständnisbemühungen vorbehält. »Das gehört zu seinem Wiederaufbauprogramm. Er will mehr von uns wissen. Von uns beiden.«

»Ist das gut?«, fragt die Saxofonlehrerin.

»Gestern Abend kommt er rein, als ich gerade fernsehe, und sagt: Hey Isolde. Hast du eigentlich einen Freund?« Isolde kichert unfreundlich. »Ich lachte bloß, weil er Hey sagte. So munter und lässig, als hätte er vor dem Spiegel geübt oder was. Ich sagte Ja, und er klatschte in die Hände und sagte: Na, das ist ja toll, dann lass uns den Mann doch zum Essen einladen!«

»Du hast Ja gesagt?«, fragt die Saxofonlehrerin und sieht auf einmal aus wie die Karikatur eines erschrockenen Haustiers: erstarrt, den Kopf gereckt, eine Hand schlaff vom Gelenk baumelnd.

»Ja«, sagt Isolde misstrauisch und streicht sich das Haar hinters Ohr. »Es sind zwar erst ein paar Wochen, aber ja.«

Die Saxofonlehrerin macht eine kleine zuckende Bewegung mit der Hand, die Isolde auffordert weiterzusprechen. Isolde fährt sich mit der Zunge über die Unterlippe und sieht die Saxofonlehrerin noch einen Moment lang an, ehe sie weiterspricht.

»Zurzeit sind gemeinsame Mahlzeiten *die Sache*«, sagt sie. »Gemeinsame Mahlzeiten in der Familie lösen alle Probleme. Wir machen das wie ein Ritual – niemand darf sein Essen anrühren, bevor alle sitzen, dann danken wir Mama fürs Kochen und reichen die Soße herum oder was es halt gibt. Dad sagt, gemeinsam essen ist die Antwort. Hätten wir von Anfang an gemeinsam gegessen, dann wäre Victoria niemals zufällig-absichtlich in der Halle mit Mr Saladin zusammengerumpelt und hätte niemals die kürzeste Halbsekunde lang ihre Brüste seine Brust streifen lassen, bevor sie zurückwich und sagte: Oh, 'tschuldigung, ich bin so ein Tollpatsch. Hätten wir von Anfang an gemeinsam gegessen, hätte Mr Saladin sich nie auf die Unterlippe gebissen und den Kopf eingezogen, sobald Victoria ihn ansah –

dieser Schüchterner-Schuljunge-Flirttrick, den er seit den Achtzigern im Programm hat, der aber immer noch bestens funktioniert. Hätten wir gemeinsam gegessen, hätte Victoria niemals an seinen Fingerspitzen gelutscht und ihre Zunge in den Spalt zwischen seinem Zeige- und Mittelfinger gesteckt, sodass es ihm den Atem verschlug. Das alles wäre nicht passiert.«

»Ich wusste nicht, dass du einen Freund hast«, sagt die Saxofonlehrerin.

»Und niemand von uns weiß, was er bei Tisch erzählen soll«, sagt Isolde. »Nicht mal Dad. Am Ende lässt er sich dann nur über seine Arbeit aus, und alles schaltet innerlich ab und versucht, so schnell wie möglich fertig zu werden.«

»Wie hast du ihn kennengelernt?«, fragt die Saxofonlehrerin.

»Zufällig«, sagt Isolde. »Hier so in der Gegend.«

»Er sollte nächsten Monat zum Konzert kommen«, sagt die Saxofonlehrerin, die Isolde immer noch mit einem neuen, harten Gesichtsausdruck anstarrt. »Dich spielen hören.«

»Jaaa«, sagt Isolde. Sie zieht das Wort auseinander wie einen angesaugten Mundharmonikaton, sodass es ihr gelingt, gleichgültig und distanziert zu klingen.

»Ist er an deiner Schule, in deinem Jahrgang?«, fragt die Saxofonlehrerin.

»O nein«, sagt Isolde selbstgefällig, »er ist nicht mehr in der Schule. Er lernt Schauspieler. Am Drama-Institut«, und sie wedelt mit einer graziösen Handbewegung über Vorhang und Fenster hinweg zu den Gebäuden auf der anderen Seite des Innenhofs.

Plötzlich verändert sich das Licht, und die Saxofonlehrerin kann es sehen: Es läuft vor ihr ab wie ein Amateurvideo, pelzig und mit körnigem Schwarz gestreift.

»Er ist Schauspieler«, sagt Isoldes Vater.

»Hab ich doch gesagt«, sagt Isolde.

»Er ist am Drama-Institut«, sagt Isoldes Vater.

»Hab ich doch gesagt.«

»Wie alt ist er?«

»Im ersten Jahr erst, Dad«, sagt Isolde, bemüht liebevoll.

»Ich hoffe jedenfalls, er will nicht mit dir ins Bett.«

»Dad.«

»Du bist schließlich erst fünfzehn«, sagt Isoldes Vater laut und klar, als wäre Isolde schwerhörig. »Wenn du mit ihm schläfst, wäre das eine Straftat.«

»Dad!«

»Ich frage dich jetzt«, sagt Isoldes Vater mit aufgerissenen Augen, »ich frage dich jetzt, und ich will eine ehrliche Antwort von dir. Hast du mit ihm geschlafen?«

»Dad, hör auf, das ist krass.« Isolde, von einem seltenen Geistesblitz getroffen, sagt: »Das ist, als wolltest du alles über einen Kamm scheren, sei bitte fair, behandle mich genauso, wie du Victoria behandelt hast. Hör auf.«

»Warum weichst du meiner Frage aus?«

»Warum redest du so mit mir? Kann ich nicht mit Mama reden?«

»Du hast mit ihm geschlafen.«

»Na toll. Das hast du jetzt beschlossen. Jetzt wirst du mir sowieso nichts glauben, egal, was ich sage.«

»Du bist erst fünfzehn.«

»Kann ich mit Mama reden?«

»Isolde«, sagt Isoldes Vater traurig, »ich hatte nie eine Schwester. Bitte hilf mir.«

Das Licht wird wieder normal, ein gelbliches Nachmittageslicht im Studio, und die Saxofonlehrerin blinzelt, als wäre sie eben erwacht.

»Das Institut«, sagt sie. »Es ist nicht ganz einfach, da reinzukommen, oder? Er muss ziemlich gut sein.«

ZWÖLF

September

Wurde von ihm erwartet, dass er sie zuerst auszog, oder sollte er warten, bis er ausgezogen wurde? Die Vorstellung, sie zuerst auszuziehen, behagte ihm nicht – es schien ihm gierig, und der Gedanke, angezogen zu bleiben, während sie nackt war, machte ihn nervös – er stellte sich vor, wie jemand hereinkam, und was würde der dann denken. Oder würde es im Wechselspiel ablaufen, wie ein höflicher Schlagabtausch – ihre Bluse, dann sein Hemd, ihr BH, dann sein Unterhemd, bis alles herunter wäre? Oder sollten sie sich lieber separat ausziehen und erst dann zusammenkommen, wenn sie beide verwandelt wären? Stanleys Herz klopfte heftig, als er sie zum Bett führte und sie sich auf die Kante setzten, im Tandem die Schuhe von sich warfen und sich dann seitwärts einander zuwandten und umarmten und niederlegten.

Er hatte sich diesen Augenblick viele Male vorgestellt, aber jetzt wurde ihm klar, dass er die Szene vor allem als Nahaufnahme gesehen hatte, als Krümmen und Emporstemmen und Schweratmen und Haut. Wie sollte es jetzt weitergehen? Er versuchte sich auf sie zu legen, ohne ihr das Knie in den Bauch zu rammen. Er war hölzern, wie jemand, der einer Regieanweisung folgt oder auf ein Stichwort reagiert. Er quälte sich ab, verlagerte sein Gewicht zur Seite und wieder zurück und hatte plötzlich eine unschmeichelhafte Vision: er von oben, kniend, mit einem Arm rückwärts nach der rutschenden Decke tastend und sie sich gegen die Kälte wieder über die Schultern ziehend. Eine jähe Wut auf seine

Ungeschicklichkeit ergriff ihn, und fast boshaft fuhr er ihr mit der Hand unter die Bluse, nur um zu beweisen, dass er der Aufgabe gewachsen war. Bei seiner Berührung bäumte sie sich auf.

Stanley wünschte, er wäre viel älter. Er wünschte, er wäre ein Mann, kein Junge, ein Mann, der ein entspanntes Verhältnis zu sich hat und ein Mädchen ausziehen und dabei lachen kann und weiß, dass es richtig ist, was er tut. Er wünschte, er wäre ein Mann, der diesem Mädchen einen Finger auf die Lippen legen und sagen kann: Ich werde dich jetzt befriedigen. Er wünschte, er wäre ein Mann, der das Wort »Möse« verwenden, es mühelos laut aussprechen kann, und dies auf eine Art, die ihm die Bewunderung und Verehrung des Mädchens einträgt. Er wünschte, er wäre ein Mann, der mit seinem Körper vertraut ist, ein Mann, der sagen kann: Du bist schön, und weiß, dass die Worte eine Bedeutung haben, weil er sie als Mann sagt, nicht als Junge.

Stanley ließ die Hand über ihren Bauch gleiten, vorbei an der kleinen lang gezogenen Senke ihres Nabels unter dem Gesims einer Hautfalte, das jetzt, als sie die Arme über den Kopf hob, zu einem festen kleinen Knoten schrumpfte. Sie zog seinen Kopf zu sich herab und reckte den Hals, um ihn auf den Mund zu küssen. Seine Hand fummelte an ihrem Hosenknopf herum. Er schämte sich, dass er sich so schnell bewegte, und fühlte sich dennoch von einem hilflosen Wunsch nach Selbstvernichtung getrieben, einem dringenden Verlangen, dass die Szene ohne ihn weiterginge, sodass er sich zurückziehen könnte. Der Jeansstoff spannte sich straff und flach über ihre Beckenknochen, und er musste sich grausam zur Seite beugen, um den Knopf durch das Knopfloch zu quetschen. Es ging. Er zog den Reißverschluss auf und fühlte mit den Fingern die dünne Baumwolle ihres Slips, leicht geschwellt von dem plüschigen Büschel ihrer Schamhaare. Er war überrascht. Hatte er sie sich haarlos vorgestellt, wie eine Puppe?

Das Mädchen atmete schneller. Er schob die Hand in ihren Slip, umschloss den behaarten Hügel ihres Schambeins mit der Handfläche und krümmte zugleich das Handgelenk, um den Jeansbund zu lockern. Vorsichtig bewegte er sich, um ihre Spalte zu teilen, die unter der Kühle seiner Finger heiß war. Er wollte sprechen. Er wollte etwas flüstern, um diese schreckliche, linkische, rasch atmende Stille im Zimmer, dieses verhuschte Geraschel seiner Hand zu durchbrechen.

Stanley stellte fest, dass er die Szene aus der Position einer Kamera beobachtete, und begann, zu viele Gedanken daran zu verschwenden, wie er wohl von oben aussah, oder von der Seite – er versuchte, geschmeidiger vorzugehen, weniger herumzuzappeln, dem Mädchen sanft das Haar aus dem Gesicht zu streichen und mit den Fingerspitzen die Linie ihres Kiefers nachzufahren, auf ihrem weichen flaumigen Ohrläppchen zu verweilen, wie er es so oft im Kino gesehen hatte. Offensichtlich funktionierte es nicht.

»Entschuldige, mein Arm ist eingeschlafen«, flüsterte das Mädchen zerknirscht und wand den Arm unter ihm hervor.

»*Scheiße*«, sagte Stanley.

»Was ist?«, fragte sie überrascht, zog die Decke um sich und steckte sie sorgfältig unter ihren Armen fest, während sie zurückwich.

»Ich …«

»Weißt du nicht, was du machen sollst?«

»Doch«, sagte Stanley, ein bisschen zu heftig. »Doch, ich weiß schon, was ich machen soll.«

»Macht nichts«, sagte das Mädchen und strich ihm mit einem rauen Handballen das Haar aus dem Gesicht. Die Geste war grob und zärtlich zugleich, und Stanley ahnte gedemütigt, dass sie mühelos erkannte, was passiert war, während es ihm so schwergefallen war. »Nimm mich einfach mal in den Arm. Komm her.«

Er kroch auf sie zu, und sie hob die Decke, um ihn einzulassen. Dann lagen sie eine Weile da, Stanleys Herz klopfte heftig, und die Hand des Mädchens bewegte sich über sein Schulterblatt hin und her und bis hinauf in den Flaum seines Nackens.

»Ich dachte nicht, dass es so sein würde«, sagte Stanley gedankenlos.

Das Mädchen richtete sich auf einem Ellenbogen auf und sagte: »Was?«

Stanley begriff, dass er sich sehr unfreundlich anhörte, und sagte hastig: »Ich meine mich. Ich dachte nicht, dass ich so sein würde.«

Das klang noch schlimmer, und einen Moment lang schmorte er in Frustration und Selbstverachtung. Was er hatte sagen wollen, war etwas anderes: dass ihn all die Kino- und Fernsehfilme seines Lebens, die ihn auf diesen Moment hätten vorbereiten können, ihn in Wahrheit in die Lage des Außenstehenden, des unangefochtenen, selbstsicheren Voyeurs gebracht hatten, der sich an die Stelle des Helden *denken* kann, aber niemals selbst physisch zur Tat schreiten muss. Jetzt fühlte er sich vollkommen sprach- und weisungslos, ausgesetzt, verzweifelt darauf wartend, dass das Mädchen die Initiative ergriff, damit er nur zu folgen brauchte und die Last der Entscheidung nicht auf ihn fiele.

»Es ist dein erstes Mal«, sagte das Mädchen, und ihr Tonfall änderte sich ein wenig, wurde weicher, mütterlicher. Sie zog ihn enger an sich, und er verkroch sich an ihr. »Dummer alter Trottel«, sagte sie und rieb ihm mit den Knöcheln über den Kopf. »Das wird schon.«

Eine Zeit lang lagen sie still da und horchten auf den Eiswagen, der in die Straße einbog und seine Erkennungsmelodie für die Kinder spielte, dann winselnd weiterzog, die Straße hinab. Schließlich war alles wieder still.

»Das war sie«, sagte Stanley und blickte zum ersten Mal auf, ins Licht.

»Wer, Stanley?«, sagte das Mädchen, drehte sich auf die Seite und berührte leicht mit den Fingerspitzen sein Kreuz. »Wer war was?«

»Das war die intimste Szene meines Lebens«, sagte Stanley. »Genau das. Das war sie.«

August

»Stichwort Mr Saladin!«, rief ein Student. »Pikkönig! Connor, wo bist du, verdammt?«

Auf der Seitenbühne rumorte es, und es erschien der Pikkönig, rotgesichtig und im Laufschritt und so plötzlich aus dem geteilten Vorhang hervorbrechend, dass es aussah, als wäre er regelrecht hinausgeworfen worden.

»'tschuldigung«, rief er wild in Richtung Parkett. Er rannte herum, um seine Markierung auf dem Boden zu finden, zwei Stück Klebstreifen, die zu einem blassen X gekreuzt waren wie ein Heftpflaster im Comic.

»Jetzt fang schon an«, rief jemand.

Mit Verachtung und Befriedigung sahen sie zu, wie der Pikkönig seine Markierung fand, sich aufrichtete und Luft holte. Die steifwächserne Brustplatte seines Kostüms hatte sich an einer Schulter gelöst und hing ihm deshalb leicht schräg vor dem Körper. Er hatte seine Handschuhe und sein Schwert vergessen, aber dafür war es jetzt zu spät.

Die Studenten auf der Bühne seufzten und kehrten an ihren letzten Ausgangspunkt zurück, um dem Jungen noch einmal sein Stichwort zu geben. Sie sagten: »Sehen Sie es doch von der anderen Seite. Sie hat ihre Jungfräulichkeit verloren, und das beizeiten, bevor sie anfing uncool an ihr zu kleben wie ein für alle sichtbares Nachthemd. Sie hat sich einen älteren Mann geangelt. Sie ist eine Berühmtheit geworden. Und jetzt hat sie ein Geheimnis, nach dem sich alle verzehren: ein sexuelles Geheimnis, die beste Sorte, die es gibt, einen Strudel von einem Geheimnis, der von allen Seiten an ihr zerrt, sodass sie nie ganz *da ist.* Ach, bemitleiden Sie nicht Victoria. Bemitleiden Sie den armen, einsamen Mr Saladin, der die bunte reife Frucht der Jugend und Reinheit gekostet hat und jetzt nichts anderes mehr will.«

Aus dem Orchestergraben tönte ein Paukenwirbel. Ihre Wirkung auf den Pikkönig war dramatisch: Er sackte in sich zusammen, als hätte er einen Schlag zwischen die Schulterblätter erhalten und wäre im Handumdrehen zum Krüppel geworden. Als er zu sprechen begann und die Nebenfiguren sich wie Kinder um seine Knie scharten, beugte sich einer der Jungen im Parkett zu den anderen hinüber und sagte: »Er setzt immer noch auf den Lacheffekt. So funktioniert das nicht.«

Der Pikkönig sagte: »Es hatte so etwas ungemein Gewinnendes, schon ganz zu Anfang. Die Art, wie sie es spielte – wie aus dem Lehrbuch, große runde Augen und offener Kragen und den Rock bis übers Knie gerafft. Es war so rührend dilettantisch. Wie eine Kinderzeichnung, es war unvollkommen und dissonant und linkisch ausgeführt, und es schrie laut nach Lob, wollte an die Wand oder an den Kühlschrank gehängt werden und Komplimente und Schmeicheleien und Anbetung hören.«

Er zog seinen Fuß nach, blickte zu Boden und lächelte verstohlen vor sich hin, als erinnerte er sich an etwas unendlich Privates. Die Band im Orchestergraben war in einen jazzigen Rhythmus verfallen, Schlagzeug und Kontrabass und das kehlige Murmeln eines Tenorsaxofons.

Er sagte: »In zehn Jahren wird sie imstande sein, kaltblütig einen Mann zu betrachten und sich zu sagen: Wir sind kompatibel. Sie wird sich sagen: Aus deiner geistigen Großzügigkeit, aus deiner Fähigkeit, mir die emotionale Geborgenheit zu geben, die ich brauche, aus deinem sarkastischen, selbstironischen Humor, deinem Interesse am Stummfilm, den Gerichten, die du gerne kochst, und deiner Neigung zur Pedanterie und deinen Freizeitbeschäftigungen – aus alldem kann ich schließen, dass wir kompatibel sind. Im Lauf ihres Lebens wird sie Stück für Stück diese trostlose Liste von Ansprüchen zusammenstellen. Jahr für Jahr wird sie den klaffenden Abgrund ihres Verlangens auf ein Stellenangebot reduzieren: Hausmeister, Beschützer, Ernährer. In der Anzeige heißt es dann: Gesucht. Weiter nichts.«

Der Pikkönig zuckte die Achseln.

»Bei mir aber hatte sie keine Formel«, sagte er. »Sie wusste nichts von ihren Begierden, erkannte nicht den springenden Puls, der in der scharlachroten Tiefe ihrer Kehle hüpfte. Jedes Mal, wenn wir einander berührten, entdeckte sie etwas Neues – nicht an mir, sondern an sich, ihren Gezeiten und Gelüsten, ihren Reaktionen, dem umgedrehten Gefäß der Leere, das sie inwendig immer mit sich trug, wie etwas Unfertiges oder Ungemachtes.«

In seinem Rücken sah man hinter leinwandbespannten

Rahmen sich krümmende, krallende Schattenfiguren. Es waren von hinten beleuchtete Silhouetten, die sich dunkel gegen das weiße Tuch abhoben, und sie waren die Wohlgestalten unter den Erstjährigen, die Bestgeformten, die wegen ihrer Linienschönheit, ihres Profils ausgesucht worden waren. Sie waren handverlesen von den anderen, die sie mit zusammengekniffenen Augen gemustert hatten, bis sie nur noch die Konturen sahen und die umrissene Fläche als solche beurteilen konnten.

Die Jazzband war unterdessen ins Hauptthema hineingeglitten, das Leitmotiv der Aufführung, und das wallende Gewühl auf der Bühne formierte sich zu einem anderen Gebilde, einer anderen Szene. Das Licht veränderte sich, und die Musik veränderte sich, und der Pikkönig wurde von der Menge verschluckt.

»Du hast was ausgelassen«, sagte einer der Inspizienten, als der Pikkönig endlich sein Stichwort zum Abgang mitbekommen und sich unter Verbeugungen nach rechts entfernt hatte. Der Inspizient hielt einen Stapel zusammengeklammerter Papiere in der Hand und schüttelte ihn vor dem verschatteten Gesicht des Pikkönigs. Er sagte: »Diesen ganzen Abschnitt hier hast du ausgelassen, in dem es heißt: Wie kann ich diese Mädchen schützen und sie zugleich erregen?«

September

»Ist eigentlich schon mal was schiefgegangen?«, fragte Stanley. »Beim Improtheater? Zum Beispiel, dass die Pistole geladen war und keiner auch nur ahnte, dass sie echt war? Oder das Flugwerk war nicht eingehängt, und jemand ist vom Schnürboden mitten hinein ins Geschehen auf der Bühne gekracht. Irgendeine tragische Geschichte, die so lange her ist, dass sich kaum noch jemand daran erinnert.«

»Du bist aufgeregt«, sagte Oliver und setzte sich ihm gegenüber. Er zog einen Apfel aus seinem Rucksack und warf ihn hin und her, von einer Hand in die andere.

»Es ist einfach unheimlich, wenn man völlig freie Hand hat«, sagte Stanley. »Ohne dass ein Dozent aufpasst oder so, nur wir ganz auf uns gestellt, über Monate. Und ich frage mich eben, ob irgendwann mal was ganz fürchterlich schiefgegangen ist. Bisschen so wie im *Herrn der Fliegen.*«

»Du machst dir Sorgen, dass du dich womöglich mit deinem Wimpel pfählst«, sagte Oliver, biss herzhaft in seinen Apfel und grinste kauend zu Stanley hinüber. »Oder von diesem riesigen schwarzen Kostüm erstickt wirst. Tod durch Tracht.«

»Also ist nie was schiefgegangen?«

»Wenn bis jetzt noch nicht, dann vielleicht dieses Jahr.« Oliver genoss Stanleys aufgeregte Sorgenmiene noch eine Weile, dann streckte er die Hand aus und tätschelte ihm den Arm. »Hey, Mann, du bist klasse in deiner Rolle. Das sagen alle, kaum bist du aus dem Raum.«

»Das hab ich nicht gemeint«, sagte Stanley. Er trommelte mit den Fingern auf der Tischplatte und seufzte.

August

Stanley, in langem wollenem Wintermantel, den er fest um sich zog, verließ mit forschem Schritt die Institutsgebäude. Unter dem Mantel trug er Anzug und Krawatte, und seine schwarzen Schuhe waren blitzblank poliert. Er nahm immer zwei Stufen auf einmal, hatte sich schnell von der übrigen

Gruppe gelöst und durchquerte mit gesenktem Kopf und leicht gebeugten Schultern, die Hände in den Taschen zu Fäusten geballt, den Innenhof. Er ging rasch, und bald hatte er die anderen abgehängt und marschierte allein den Boulevard entlang.

Hinter ihm lief ein bunter Trupp von Tennessee-Williams-, Steven-Berkoff-, Ionesco- und David-Hare-Darstellern noch einen Moment unschlüssig durcheinander, bis sich alle auf ein Ziel festgelegt hatten und sich ebenfalls zerstreuten. Eine Studentin trug als Kostüm ein bis knapp übers Knie reichendes Taftkleid, und in der Nachmittagskälte wirkte sie sehr unzulänglich gekleidet und unwohl in ihrer Haut. Ihre nackten Beine waren bläulich marmoriert, und auf ihren Armen standen die Flaumhärchen ab.

Stanley hatte beschlossen, den Park zu umrunden, dabei einen Umweg zu machen, um den Kinderspielplatz zu vermeiden, dann eine gewissenhafte Schleife um den See zu drehen und von der entgegengesetzten Seite her ins Institut zurückzukehren. Er duckte sich tiefer in seinen Kragen und vergrößerte seine Schritte. Es war anzunehmen, dass ihm jemand folgte: Der Schauspiel- und der Bewegungsleiter, die Improvisations- und die Stimmbildungsleiterin hatten alle schon am Morgen das Gelände verlassen und irgendwo im Viertel Position bezogen.

»Sie dürfen das eingegrenzte Gebiet auf keinen Fall verlassen«, hatte ihnen der Schauspielleiter mehrfach eingeschärft, hatte mit dem Zeigefinger auf das ausgeleuchtete Areal gedeutet und am stählernen Arm des Projektors vorbei auf die gespannte Studentenschar geblickt, die ungeduldig auf den Sitzen hin und her rutschte. Er trug eine Leinenhose und ein Hemd mit offenem Kragen und sah darin zwar nur wenig flotter aus als sonst, war aber vom selben euphorisierenden Kitzel des Verkleidens angesteckt wie seine Studenten, von denen manche mit ihren nadelgespickten Kostümen und historischen Frisuren beinahe unkenntlich waren.

Stanley bog vom Boulevard ab und betrat die botanischen Gärten durch das schmiedeeiserne Tor mit den stumpfen Spitzen. Auf dem Kiesweg kam ihm ein Mann im Anzug entgegen und musterte ihn lange. Stanley war geneigt, den Blick abzuwenden, bis ihm wieder einfiel, dass er ja Joe Pitt war, und er starrte den Mann so lang wie möglich scharf an und ließ ihn erst aus dem Blick, bis sie aneinander vorbei waren. Ein unangenehmes Schuldgefühl wegen der Täuschung flackerte in ihm auf und blieb, auch als der Mann schon um die Ecke des Treibhauses gebogen und verschwunden war. Stanley meinte aus dem Augenwinkel die Improvisationsleiterin mit einer Zeitung auf dem Schoß in einem Sonnenfleck auf einer Parkbank sitzen zu sehen. Er zog den Mantel fester um sich und ging weiter.

Sich als ein anderer auszugeben erzeugte in ihm ein merkwürdiges Gefühl von Privatheit, Abschottung gegen die Welt. Die inneren Vorgänge und Gedanken seiner Rolle, die nur zu sehen waren, wenn er beschloss, sie durch Mienenspiel, Gestik und Haltung sichtbar zu machen, umschlossen seine eigenen Gedanken wie die Atmosphäre den Planeten, verpackten den echten Stanley unter einem Doppelschichtfilm, dem inneren und dem äußeren Joe Pitt. Er fühlte sich ganz behaglich, wie in einer Nussschale, und sicher in dem Wissen, dass ihn unter dem doppelten Verkleidungsnebel niemand wirklich sehen konnte.

»Hallo«, sagte eine dünne Stimme, und auf einmal war das Mädchen aus den Kulissen aufgetaucht, das Musikunterrichtmädchen, und kam, den Saxofonkoffer wie einen Köcher über der Schulter, auf ihn zu. Sie grinste, das erste wirklich unzensierte Grinsen, das er an ihr gesehen hatte, und sagte: »Folgst du mir?«

»Wenn dem so wäre, müsste ich hinter dir gehen, oder?«, sagte Stanley.

»Ich meine verfolgen. Beschatten. Nachstellen.« Das Mädchen grinste noch immer und nahm jetzt Stanleys Wollmantel in Augenschein, der ihm ein bisschen zu groß war – die Ärmel reichten ihm zu den Fingerspitzen, und er sah er darin aus wie ein Kind, das sich mit den Sachen seines Vaters verkleidet.

»Ah. Das ist eine Theaterübung, von der Schauspielschule«, sagte Stanley, ohne nachzudenken, und kaum waren die Worte heraus, rechnete er damit, dass ihm bang ums Herz würde: Er hatte versagt, hatte die Aufgabe nicht erfüllt; sicher hatte ihn jemand dabei beobachtet. »Wenn Sie *irgendjemandem* sagen, dass Sie eine Übung machen, oder wenn Sie das Institut erwähnen oder auf irgendeine Weise Ihre Ausbildung beschreiben«, hatte der Schauspielleiter gesagt, »sind Sie selbstredend durchgefallen.«

»Ich muss den ganzen Vormittag in meiner Rolle bleiben«, sagte Stanley. »Das sind die Regeln.« Das bange Gefühl stellte sich nicht ein. Merkwürdigerweise war ihm, wie er hier im Park mit diesem vergnügten hübschen Mädchen zusammenstand, sehr leicht ums Herz, und er schlug seinen zu großen Mantel um sich zusammen und lachte.

»Willst du später auf einen Kaffee gehen?«, fragte er. »Wenn ich mit Joe Pitt durch bin.«

»Okay«, sagte Isolde schüchtern. »Wer ist Joe Pitt?«

»Tja, das ist einer, der zum Beispiel so rumläuft«, sagte Stanley. »Aber davon abgesehen, weiß ich's eigentlich nicht so genau.«

»Mit anderen Worten, du spielst deine Rolle nicht besonders gut«, sagte Isolde.

»Wohl nicht.«

Stanley identifizierte die Leichtigkeit, die er empfand: Er fühlte sich *real*, realer, als er sich seit Monaten gefühlt hatte.

»Woher soll ich wissen, dass du nicht in diesem Moment Theater spielst?«, fragte Isolde, was beinahe ein Klischee war, doch er verzieh ihr wegen dieses Gefühls von Leichtigkeit und weil sie so hübsch aussah mit ihren rosaroten Ohren und dem wollenen Mantel und ihren Fäustlingshänden, die sie gegen die Kälte aneinanderschlug.

»Woher weiß ich, dass *du* mir nichts vorspielst?«, fragte Stanley zurück.

Isolde lächelte und machte eine komische Geste – sie drehte die Hände nach außen und hob sich auf die Zehenspitzen, um zu zeigen, dass ihr ganzer Körper es nicht wusste. Stanley wurde von einer Welle des Glücks überschwemmt.

»Das ist dann wohl ein Risiko, das wir eingehen müssen«, sagte er.

Aus dem Augenwinkel sah er die Improvisationsleiterin herankommen.

»Ich muss jetzt gehen und meine Runde zu Ende bringen«, sagte er. »Aber ich warte unter dem Ginkgobaum auf dich.«

»Um fünf bin ich fertig«, sagte Isolde.

»Weiß ich«, sagte Stanley. »Ich hab dich beobachtet.«

Juli

»Ihr müsst das bis zum Schluss durchziehen«, rief der Bewegungsleiter ärgerlich. Seine müde Hand glättete beharrlich das Haar an seinem Hinterkopf. »Im Moment sieht man euch an, dass ihr wisst, dass die Szene bald zu Ende geht, denn eure Spannung lässt schon nach, bevor die Lichter ausgehen. Es ist nur eine Sache von Sekundenbruchteilen, aber man merkt es. Ihr müsst die Illusion vermitteln, dass die Szene hinter dem Vorhang weitergehen wird. Ihr müsst es bis zum Schluss durchziehen. Noch mal.«

Stanley und das Mädchen nahmen ihre Position wieder ein, er stehend, die Handfläche an ihrer Wange und den Zeigefinger hinter der kleinen Knospe an ihrer Ohrmuschel. Sie sprachen abermals ihren Text und bemühten sich, auch dann noch die Spannung im Körper zu halten, als die Szene zu ihrem einstweilen noch unsichtbaren Ende kam.

»Es ist das, was ich will. Genau das will ich« war Stanleys letzte Zeile, und der Nachdrücklichkeit halber rüttelte er mit der Hand an ihrer Wange ganz leicht ihren Kopf. Das Mädchen blickte zu ihm auf. Die Szene war zu Ende.

Stanleys Gesicht war dem ihren ganz nahe, und ihre Wange war in seiner Hand. Also zog er es bis zum Schluss durch: Er beugte sich nieder und küsste sie, als wäre es ihm ernst.

»Oh, um Himmels willen!«, explodierte der Bewegungsleiter, und die beiden fuhren hastig auseinander. »Habe ich gesagt, du sollst sie küssen? Ich sagte: bis zum Schluss durchziehen.«

»Ich dachte, genau das meinen Sie damit«, sagte Stanley, an den Lichtern vorbeispähend, mit heißer Verlegenheit. Das Mädchen wischte sich den Mund ab und blickte zu Boden.

»Ganz sicher wird der Vorhang nicht vor diesem Teenagergeknutsche heruntergehen!«, schrie der Bewegungsleiter. »Denk an die Szene, Mann!«

Der Bewegungsleiter neigte sonst nicht zum Schreien.

Im Allgemeinen war er weniger reizbar als der Schauspielleiter, weniger schnell bei der Hand, seine Schüler zu beschämen oder zu erniedrigen, tendierte weniger zu Wutausbrüchen oder kalter Verachtung. An diesem Tag aber war er reizbar, missmutig und kurzatmig, als bekäme er keine Luft, und er blickte von seinem Sitz im Parkett zu den beiden hinauf wie halb erstickt von einem mächtigen Handschuh aus Ärger und Scham.

»Was soll das?«, rief er. »Einfach die Gunst der Stunde genutzt, wie? Was?«

Der Junge sah ihn verletzt an. Er hatte wahrscheinlich Lob erwartet, ein Kompliment für seinen körperlichen Einsatz, seine Bereitschaft, persönliche Erwägungen im Namen der Kunst hintanzustellen; noch dazu war er beschämt worden, beschämt vor einem Mädchen. Womöglich hatte der Bewegungsleiter mit seiner öffentlichen Beschämung, deretwegen sie beide erröteten und auseinanderfuhren, jede Möglichkeit einer Beziehung zwischen ihnen vereitelt. Der Dozent wusste es, und es war ihm egal. Er war auf einmal ungeheuer wütend auf die beiden, den Jungen mit seinen hellen Wimpern und seinem verletzlichen Schmollmund, das Mädchen mit dieser eingeübten Miene nervöser Naivität, die sich allmählich abnutzte.

»Ich dachte einfach, das ist es, was Sie meinten«, sagte Stanley noch einmal. »Entschuldigung.«

Der Bewegungsleiter schwieg einen Moment. Jetzt, schien ihm, sahen sie ihn mit leisem Mitleid an, wie Teenager einen Erwachsenen ansehen, den sie für lustfeindlich halten. Sie sahen ihn an, als glaubten sie, ihr unbeholfenes trockenes Geknutsche vor einer Vorhangfalte habe ihn irgendwie eifersüchtig gemacht; als glaubten sie, die Kollision der beiden habe eine Sehnsucht nach einer verlorenen jugendlichen

Berührungsspontaneität in ihm geweckt und sein Ausbruch sei nur Ausdruck seiner Unzufriedenheit, eine Anerkennung seines unermesslichen Verlustes. Der Bewegungsleiter empfand Ekel. Er hatte Lust, den Kopf abzuwenden und auf den Boden zu spucken. Er hatte Lust, die sieben Stufen zur Bühne hinaufzuspringen und ihren Kokon aus Selbstgerechtigkeit und Dünkel zu zerfetzen. Er hatte Lust, zu schreien und ihnen zu demonstrieren, dass er nicht eifersüchtig war, es gar nicht sein konnte, nicht auf einen armseligen Scheinwerferkuss zweier missratener Bälger, und wenn er eines empfand, dann war es tiefer Abscheu über das, was er hatte mit ansehen müssen.

»Noch mal«, sagte der Bewegungsleiter unwirsch und warf sich im Sitz zurück.

September

Stanley wartete unter dem Ginkgobaum auf Isolde, bis sie aus ihrem Unterricht kam, die ausgetretenen Steinstufen hinab- und durch den Hof trabte, um ihn zu umarmen und kurz auf den Mund zu küssen.

»Wie du aussiehst, du kleine Zigeunerin«, sagte Stanley zurücktretend. »Lauter Taschen und Zeugs.«

»Freitag ist schrecklich«, sagte Isolde. »Sax und Turnen und Kunst, alles an einem Nachmittag.«

»Zigeunermädchen.«

Isolde atmete tief aus und schlenkerte mit den Armen, dann sah sie Stanley mit einem breiten, unverblümten Grinsen an, das ihr ganzes Wesen aufleuchten ließ. Es war dieselbe ungenierte Offenheit, die Mr Saladin zu Victoria hingezogen hatte, nur war sie hier auf ihre Schwester verpflanzt – dasselbe Lächeln in einem anderen Gesicht. Stanley beugte sich vor und küsste sie auf die Nase.

»Also wann hör ich dich spielen?«, fragte er.

»Ich dachte, du kannst es von hier unten im Hof hören.«

»Aber ich bin nie sicher, welches Sax du bist und welches deine Lehrerin«, sagte Stanley grinsend. »Vielleicht stelle ich mir ja vor, dass du viel besser bist, als du eigentlich bist.«

»Unsere Saxofone haben eigentlich verschiedene Stimmen«, sagte Isolde. »Dafür muss man allerdings ein Ohr haben. Mein Mundstück ist aus vulkanisiertem Kautschuk und das ihre aus Metall. Das Metallmundstück klingt ganz anders.«

»Wie sich ja auch Sprechstimmen voneinander unterscheiden.«

»Ja«, sagte Isolde. »Stimmt. Wie der Unterschied zwischen Frau und Mädchen.«

Das steinerne Gebäude hinter ihnen war jetzt dunkel, alle Vorhänge waren zugezogen, die Lichter gelöscht. Drinnen waren die Räume für die Nacht abgeschlossen, und die Wärme des Tages entwich in die heraufziehende Dämmerung. Auch das Fenster der Saxofonlehrerin, oben unter dem Dach, war dunkel, als hätte sie ihr Studio nach Isoldes Stunde abgesperrt und sich für den restlichen Tag verabschiedet, aber wer den Kopf gehoben hätte, der hätte durch die Äste des Ginkgos eine tintenschwarze Gestalt erblickt, die am Vorhang stand und das Paar unten im Hof neben dem Baum betrachtete. Stanley und Isolde hoben den Kopf nicht. Stanley quetschte Isolde mit einer halben Umarmung an sich, und sie gingen miteinander fort, die Köpfe zusammengesteckt und unhörbar redend, bis sie von Kreuzgang und Zweigen verschluckt wurden und verschwunden waren.

»Weißt du, warum du hier bist?«, fragte der Bewegungsleiter, als Stanley sich setzte.

»Ich nehme an, es geht um den Ausflug«, wagte Stanley zu vermuten.

Der Bewegungsleiter hob die Brauen und riss scharf das Kinn nach oben. »Den Ausflug?«, fragte er.

»Wahrscheinlich bin ich durchgefallen«, sagte Stanley in der plötzlichen Erkenntnis, dass er vielleicht auf der Hut sein sollte, und bemühte sich, unschuldiger und ahnungsloser auszusehen.

»Das ist es nicht«, sagte der Bewegungsleiter. »Mir liegt der Bericht der Improvisationsleiterin vor, die sagt, sie sei sehr beeindruckt gewesen. Du warst Joe Pitt.«

»Ja«, sagte Stanley.

»Wie es aussieht, ist sie voll des Lobes.«

»Oh.«

Stanley versuchte, zu lächeln und die Achseln zu zucken, doch er brachte nur ein Schaudern und eine Grimasse zustande.

»Hast du damit gerechnet durchzufallen?«, fragte der Bewegungsleiter und sah ihn scharf an.

»Nein«, antwortete Stanley rasch. »Ich habe keine Ahnung, warum ich hier bin.«

Der Bewegungsleiter lehnte sich zurück und legte die Hände flach vor sich auf den Schreibtisch. Er trug einen vielfach bewährten Ausdruck tiefer Enttäuschung zur Schau, und Stanleys Herz begann zu hämmern. Der Bewegungsleiter sagte: »Jemand hat sich über dich beschwert. Jemand hat eine sehr ernst zu nehmende Klage über dich vorgetragen. Weißt du, wer das sein könnte?«

Stanley war verwirrt. »Nein«, sagte er. »Wer? Worum geht es?«

Der Bewegungsleiter antwortete nicht sofort. Er sah Stanley mit einer Mischung aus Mitleid und Abscheu an, und Stanley fühlte sich schrumpfen.

»Eine Musiklehrerin, die in einem Studio auf der Nordseite des Innenhofs unterrichtet«, sagte er, »hat sich bei uns beschwert, dass du ihren Schülerinnen nachstellst.«

»Wie bitte?« Stanley spürte, wie er unwillkürlich rot zu werden begann.

»Dass du ihren Schülerinnen nachstellst«, wiederholte der Bewegungsleiter. »Insbesondere einem jungen Mädchen aus der elften Klasse. Sagt dir das was?«

Stanley saß stumm da.

»Nein?«, fragte der Bewegungsleiter.

Er zog das Schweigen zwischen ihnen mit Bedacht in die Länge wie einen bemessenen Atemzug. Stanley wurde entsetzlich flau. Er saß da und starrte auf den polierten Glanz der Tischplatte unter den Händen des Bewegungsleiters und sagte nichts.

»Normalerweise«, sagte der Bewegungsleiter, »würden wir in solchen Fällen natürlich nicht eingreifen. Normalerweise würden wir dich als Erwachsenen behandeln und erwarten, dass du die Angelegenheit selbst in Ordnung bringst. Aber nachdem sich diese Musiklehrerin direkt an uns gewandt hat … Du siehst ein, dass wir gezwungen sind, dich darauf anzusprechen. Das verstehst du.«

»Ja«, sagte Stanley automatisch und nickte.

»Angesichts der räumlichen Nähe ihres Studios und unseres Institutes ist die Musiklehrerin äußerst besorgt um die Sicherheit ihrer Schülerinnen«, sagte der Bewegungsleiter.

Stanley nickte abermals.

»Was ist passiert, Stanley?«, fragte der Bewegungsleiter. »Worum geht es hier?«

Stanley sah rasch auf, um dem Blick des Bewegungsleiters zu begegnen, wandte die Augen aber gleich wieder ab und den über dem Aktenschrank hängenden gerahmten Plakaten und Theaterprogrammen zu. Sie hingen in chronologischer Reihenfolge, wie ein schlichtes Rezept für das Leben des Bewegungsleiters, der dokumentierte Weg bis zu dem Platz, an dem er jetzt saß: ein leerer Schreibtisch, darunter die bloßen Füße parallel nebeneinandergestellt, eine finster gerunzelte Stirn.

»Ich weiß es nicht«, sagte Stanley endlich. »Ich weiß nichts von einer Saxofonlehrerin.«

»Ich sagte Musiklehrerin.«

Stanley holte scharf Luft und blickte wieder zum Bewegungsleiter, diesmal noch flüchtiger, als wäre das hagere Gesicht des Dozenten entweder sehr heiß oder sehr grell und jedenfalls kein über längere Zeit zu ertragender Anblick.

»Ich weiß, dass sie Sax spielt«, sagte er leise, und die Worte waren wie ein schreckliches Eingeständnis, ein Schuldbekenntnis. Ein kleiner Husten in der Tiefe der Kehle brach das letzte Wort entzwei.

»Du schweigst, nehme ich an, um dich nicht zu belasten«, sagte der Bewegungsleiter kalt nach einer weiteren elenden Pause.

»Ich …«

In Wahrheit hatte Stanley einfach nichts zu sagen. Weniger aus Frechheit denn als Ausdruck seiner Hilflosigkeit zuckte er die Schultern, doch in den Augen des Bewegungsleiters blitzte es grimmig, und Stanley sah ein, dass die Geste den Dozenten erboste, dessen Kälte jetzt zunahm; er presste die Hände noch flacher auf die Tischplatte.

»Da die fragliche junge Dame in der elften Klasse ist«, sagte der Bewegungsleiter, »dürfte dir klar sein, dass sie noch nicht sechzehn ist.«

Stanley nickte noch immer.

»Und da sie noch nicht sechzehn ist«, fuhr der Bewegungsleiter fort, »dürfte dir klar sein, dass jede Art sexueller Beziehung, die ein Erwachsener mit diesem Mädchen womöglich hat oder hatte, eine Straftat wäre. Ich spreche hier in meiner Eigenschaft als dein Lehrer.«

Stanley nickte wieder. Er war sich undeutlich bewusst, dass er erbleicht war und sein Mund sich in diesem widerlichen zungenzusammenziehenden Vorspiel eines Erbrechens mit Speichel füllte. Ihm war übel, und er stellte plötzlich fest, dass sein Geruchssinn sich akut verschärft hatte: Auf einmal konnte er die feuchte Wolle der hinter der Tür hängenden Jacke seines Dozenten, die Papiertüte Nüsse auf der Kommode, den Rest kalten Kaffee in einem Becher riechen. Ihm schwindelte.

Der Bewegungsleiter beäugte ihn. Sein Ausdruck hatte etwas Angestrengtes, Starrendes, als stünde das Schlimmste noch bevor. Er beugte sich vor und spitzte ein wenig die Lippen wie zu einem Luftkuss, während er sorgfältig seine Worte wählte.

»Stanley«, sagte er. »Ich stelle dir jetzt eine Frage und möchte, dass du gründlich darüber nachdenkst. Du musst mir nicht antworten, du sollst lediglich darüber nachdenken: Würde es etwas ändern, wenn die Eltern des jungen Mädchens Ende dieser Woche, wenn du in eurer Erstjährigenaufführung auf der Bühne stehst, *im Publikum säßen*? Wenn sie da wären?«

Es war eine merkwürdige Frage, und Stanley verstand sie nicht. Er starrte den Bewegungsleiter ratlos an und sagte: »Was meinen Sie damit?«

»Dieses Mädchen, mit dem du …«

»Isolde.«

»Ja. Sie hat eine Schwester, richtig?«

»Ich weiß nicht«, sagte Stanley. »Warum?«

Der Bewegungsleiter musterte ihn jetzt mit unverhohlener Abneigung. »Stanley, bitte! Reden wir nicht um den heißen Brei herum, das ist lächerlich.«

Stanley schluckte und wischte sich einen Schweißfilm von der Oberlippe. »Tut mir leid«, sagte er. »Ich versteh's wirklich nicht.«

»Isoldes Schwester heißt Victoria«, knurrte der Bewegungsleiter. »Fällt jetzt vielleicht der Groschen?«

Stanley starrte ihn eine kurze halbe Sekunde lang an, dann traf ihn der Blitzschlag der Erkenntnis – und sauste mit dem grässlichen Pfeifen eines Fallbeils auf ihn herab. *Victoria*, schrie es in ihm. *Victoria*, die im Mittelpunkt ihrer Aufführung stand, herausgeschnitten aus einem Zeitungsbericht, aufgeklaubt und unerlaubt mitgenommen und überall in Schwarz und in Rot plakatiert: *Die Bettpfostenkönigin*. Würde es etwas ändern, wenn *Victorias* Eltern da wären – das war die Frage des Bewegungsleiters.

Und gleich darauf fiel das zweite Beil der Erkenntnis, noch entsetzlicher als das erste. Sie glauben, Isolde sei eine Schachfigur, durchfuhr es ihn, die ich manipuliert habe, um Informationen für das Stück zu bekommen. Meine Schachfigur.

»Natürlich darf ich offiziell gar nicht wissen, worum es beim Improtheater der Erstjährigen geht«, sagte der Bewegungsleiter, »und tatsächlich weiß ich wenig. Aber es lässt sich nicht vermeiden, dass ich hin und wieder an offenen Türen vorbeikomme oder im Flur einen Gesprächsfetzen aufschnappe. Du verstehst.«

Stanley saß schrumpfend in seinem klammen Sitz und versuchte mühsam, die Übelkeit hinunterzuschlucken, die wie ein harter Klumpen in seiner Kehle nach oben drängte.

»Weiß Isolde davon?«, fragte er einfältig.

»Wovon?«, fragte der Bewegungsleiter.

»Von der Aufführung. Worum es geht und was wir tun.«

»Woher soll ich das wissen«, sagte der Bewegungsleiter. »Ich habe nur mit der Saxofonlehrerin gesprochen. Wir haben die Situation erörtert, und sie erklärte, dass die Familie nach dem Skandal um die Vergewaltigung der älteren Tochter ein schwieriges Jahr hinter sich hat. Ich habe den Namen erkannt und zwei und zwei zusammengezählt.«

Stanley versuchte, sich hektisch sämtliche Gespräche zwischen Isolde und ihm in Erinnerung zu rufen – hatte er je die Aufführung erwähnt? Hatte er je Victorias Namen genannt?

»Werden Sie es ihnen sagen?«, fragte er. »Werden Sie die Eltern anrufen?«

»Ich denke, es ist an dir, dieses Problem zu lösen, Stanley. Wie gesagt, du bist erwachsen und in der Lage, die Sache selber ins Reine zu bringen.«

»Was ist mit der Musiklehrerin? Was, wenn sie die Eltern schon angerufen hat?«, fragte er. Er hatte Isoldes Saxofonlehrerin nie gesehen, aber er stellte sie sich als bösartigen öligen Schatten vor, der neben dem Vorhang stand und durch das Ginkgogeäst in den Hof hinabspähte.

»Ich weiß es nicht«, sagte der Bewegungsleiter. Er sah Stanley jetzt merkwürdig an. »Heißt das, du wusstest gar nichts?«, fragte er. »Von der Schwester?«

»Nein«, sagte Stanley. Er fühlte sich immer weiter schrumpfen. Wie dumm war er eigentlich? Er hatte Isolde tatsächlich nie nach ihrem Familiennamen gefragt. Er hatte sie überhaupt nie irgendetwas gefragt – nach ihren Angehörigen, ihrem Familienleben, nach dem Haus, in dem sie aufwachte und duschte und frühstückte und zwischen ringsum verstreuten abgegriffenen Notenblättern Saxofon übte: Das waren Szenen, die er sich nie vorgestellt hatte. Nie hatte er sie sich jenseits der Zeit vorgestellt, die er mit ihr verbrachte: Sie war einfach … Was war sie für ihn gewesen? Eine Erweiterung seiner selbst vielleicht. Einfach eine Rolle, die er ausfüllen konnte.

Der Bewegungsleiter sagte: »Aber du hattest eine Beziehung mit diesem jungen Mädchen.« Er artikulierte sorgfältig, mit leichter Betonung des *jungen*, als hinterließe er einen Fingerabdruck auf dem Wort.

»Nicht … ich meine … es war nicht … sie war einverstanden«, sagte Stanley. »Ja, wir hatten eine Beziehung.«

»Solange sie unter sechzehn ist, Stanley, ist ihr Einverständnis nicht viel wert«, sagte der Bewegungsleiter. Er lehnte sich zurück und betrachtete Stanley mit zurückgelegtem Kopf, wie um auszudrücken, dass er seine Hände in Unschuld wusch.

»Sie können nicht kommen«, sagte Stanley. »Die Eltern. Sie können nicht da sein. Sie können nichts davon wissen.«

»Nein«, sagte der Bewegungsleiter. »Können sie nicht.«

»Was sollen wir tun?«, fragte Stanley. »Absagen?«

»Das Stück ist nicht meine Verantwortung«, sagte der Bewegungsleiter. »Der Kartenverkauf ist nicht meine Verantwortung. Das Mädchen ist nicht meine Verantwortung. Meine Aufgabe ist es lediglich, dir mitzuteilen, was du wissen musst. Es fällt mir im Traum nicht ein, mir den Kopf anderer Leute zu zerbrechen. Ich will nicht wissen, was du mit dem Mädchen angestellt hast. Aber sollte es sich in irgendeiner Weise als nachteilig für das Institut erweisen – dann bin ich gezwungen zu handeln.«

Stanley nickte benommen.

»Wirklich, Stanley«, sagte der Bewegungsleiter endlich und bekundete zum ersten Mal echte Erbitterung über dieses bleiche und jämmerliche Opfer, das vor ihm in dem kleinen Raum saß. »Wieso hast du nicht mitgekriegt, dass euch jemand beobachtet hat? Wie kann das sein, um Himmels willen! Du musst verdammt leichtsinnig gewesen sein, wenn die ganze Zeit jemand zugesehen hat.«

September

»Stanley«, sagte Isolde, »möchtest du den ganzen Weg mit mir gehen? Irgendwann?«

Stanley strich ihr mit dem Finger über die Wange. Im Grunde seines Herzens war er irritiert und ärgerlich, dass sie es überhaupt zur Sprache brachte, dass sie der Aussicht darauf eine Gestalt, eine Stimme gab. Es schien ihm unanständig. Er hätte es vorgezogen, den Akt unerwähnt zu lassen, bis er vorüber wäre. Er hätte es vorgezogen, gar nicht zu reden, ihr den Mund mit dem seinen zu verschließen und sie, an ihren Ärmeln und ihrem Hosenbund zerrend, rasch zu entblättern wie eine reife Frucht. Ihre Frage war logistisch, organisatorisch, verkürzend. Er hätte sie nicht gestellt. Er war romantisch.

»Denkst du denn, wir sind so weit?«, antwortete Stanley listig mit einer Gegenfrage, sah sie dabei aber mit einer so ernsten und zerknirschten Miene an, dass sie sich einbilden konnte, er zerbräche sich tatsächlich den Kopf über die Frage.

»Schon«, sagte Isolde. Sie begann zu lächeln, bevor das Wort ganz gesagt war, und dann lächelte er ebenfalls und näherte sich ihr, um sie zu küssen und mit ihr zu lachen, an ihr zu lachen, seine Zähne an den ihren.

»Ich auch«, sagte Stanley. »Ich denke, wir sind so weit.«

»Willst du?«, fragte Isolde scheu.

»Natürlich will ich«, sagte Stanley. »Ich habe nur gewartet, bis du sicher bist. Ich wollte dich ja nicht unter Druck setzen. Ich wollte, dass du diejenige bist, die fragt.«

Das stimmte nicht ganz, aber es klang gut.

Oktober

Die Tür zum Zimmer des Bewegungsleiters stand offen, und Stanley klopfte nicht an. Er trottete bis zum Türrahmen und stand dort eine Weile herum, bevor er zu reden anfing.

»Ich hätte durchfallen müssen«, sagte er. »Das wollte ich nur sagen. Ich hätte bei dem Ausflug durchfallen müssen. Ich habe jemandem direkt gesagt, dass ich eine Schauspielübung mache. Ich habe ihr sogar gesagt, dass ich Joe Pitt mache.«

Der Bewegungsleiter blickte auf; das Licht seiner Schreibtischlampe zog die Schatten um seine Augen und seinen Mund abwärts. »Warum?«, fragte er, ohne ihn zum Eintreten aufzufordern, sodass Stanley, die Daumen in die Rucksackriemen gehakt, im Türrahmen stehen blieb und sein Gewicht von einem Fuß auf den anderen verlagerte.

»Weil sie sonst gedacht hätte, Joe Pitt, das bin wirklich ich«, sagte Stanley. »Ich wollte nicht, dass sie das denkt.«

Der Bewegungsleiter seufzte und fuhr sich mit beiden Händen übers Gesicht.

»Stanley«, sagte er, »warum erzählst du mir das? Du willst doch kein ›Nichtbestanden‹ in deinem Zeugnis stehen haben? Das schadet dir. Warum nimmst du dir nicht vor, es das nächste Mal besser zu machen, wenn es dein Gewissen belastet? Warum sabotierst du dich, absichtlich?«

»Um mir Ihren Respekt zu verdienen«, sagte Stanley.

»Um dir meinen Respekt zu verdienen«, wiederholte der Bewegungsleiter.

Stanleys Atem ging schnell. »Damit Sie mich wahrnehmen«, sagte er. »Damit Sie mich wahrnehmen, wenn Sie mich ansehen.«

Der Bewegungsleiter sah den Jungen an und fragte, ob er sich erweichen lassen sollte. Stanleys Kehle war zugeschnürt, und seine Stimme zitterte leicht, doch unter seiner Nervosität lauerte, sogar jetzt, dieser Hang zur Selbstgefälligkeit. Der Bewegungsleiter spürte einen Anflug von Zorn. Sogar jetzt, dachte er. Sogar jetzt spielt der Junge Theater und ist entzückt von seinem Auftritt, ist entzückt von sich.

»Wir haben jedes Jahr jemanden wie dich, Stanley«, sagte er. »Und nach deinem Abgang wird jemand wie du daherkommen und die Lücke füllen, die du hinterlässt. Jedes Wort, das aus deinem Mund kommt – ist nur *Text*. Es ist Text, den du gründlich gelernt hast, so gründlich, dass du überzeugt bist, es seien deine Worte, aber das sind sie nicht. Es ist ein Text, den ich schon ganz oft gehört habe.« Der Bewegungsleiter warf unvermittelt den Kopf zurück und fuhr ihn an: »Warum nimmst denn nicht *du mich* wahr, wenn du mich ansiehst? Das könnte ich alle meine Studenten fragen. Alle meine egoistischen Nullachtfünfzehn-Studenten, die jedes Jahr hier angerauscht kommen und wieder abziehen wie eine Totwasserströmung.«

»Was ist mit dem Jungen, mit dem Sie in den Werkstätten waren? Ist er auch ein Nullachtfünfzehn-Student?«, fragte Stanley vorwurfsvoll.

Eine Pause trat ein. Der Bewegungsleiter hob die Brauen.

»Der Junge, mit dem ich in den Werkstätten war?«, fragte er.

»Der Maskierte aus dem Theater der Grausamkeit«, murmelte Stanley. »Nick.«

»Was willst du über Nick wissen?«

»Ist er auch ein Nullachtfünfzehn-Student?« Stanley genierte sich jetzt in Grund und Boden.

Der Dozent musterte ihn von oben bis unten und musste beinahe lachen. »Kann sein«, sagte er. »Aber er ist wie ich. Er ist so, wie ich mal war. Ich höre ihn reden und sehe ihn sich bewegen, und es ist eine Art Wiedergeburt. Durch ihn erlebe ich mich noch einmal. Einfach indem ich ihm zuschaue, bin ich noch mal jung.«

Stanley blickte zu Boden und sagte nichts.

»Danke für deine Information«, sagte der Bewegungsleiter nach einem Moment. Sein Tonfall war wieder kalt, und sein Gesicht hatte sich verschlossen. »Wir werden dein Zeugnis also um ein Ungenügend korrigieren.«

DREIZEHN

Freitag

»Bist du mit deiner Schwester befreundet, Isolde?«, fragt die Saxofonlehrerin eines Nachmittags sanft, als Isoldes Unterricht vorbei ist und das Mädchen sein Instrument wieder einpackt.

»Eigentlich nicht«, sagt Isolde.

»Wie ist es in der Schule, seid ihr da öfter zusammen?«

»Nein. Das wäre komisch, wenn Mittel- und Oberstufe was miteinander machen. Außerdem hat sie Freundinnen aus ihrem eigenen Jahrgang. Die wollen mich nicht dabeihaben.«

»Wäre sie eine, die infrage käme, wenn du jemanden zum Reden bräuchtest?«

Isolde wird sofort scharlachrot. Abgewandt und gebückt fummelt sie an der Schließe ihrer Schultasche herum. »Wahrscheinlich nicht«, sagt sie.

»Okay«, sagt die Saxofonlehrerin freundlich, ohne sie aus den Augen zu lassen.

»Ich wüsste nicht, mit wem ich reden sollte«, murmelt Isolde.

»Nicht mit deinen Freundinnen?«

»Nein.«

Die Saxofonlehrerin wartet, während Isolde ihre Noten einsammelt und in ihren Rucksack stopft.

»Eigentlich ist es irgendwie komisch, dass Victoria so beliebt ist«, sagt Isolde, die ihre Fassung wiedergefunden hat, »schließlich war sie komplett unten durch. Vor drei Jahren, in der Zehnten. Ihre Freundinnen kamen darauf, dass sie Victoria nicht wirklich mögen, und hatten deswegen eine Konferenz, um zu besprechen, was sie mit ihr machen sollten. Am Ende war es so, dass sie einfach alle mal in einer Mittagspause zusammenkamen und ihr sagten, dass sie nicht mehr bei ihnen sitzen und nicht mehr mit ihnen reden durfte. Und dann rannten sie alle weg.«

»Ich nehme an, sie hat sich daraufhin einfach ein paar neue Freundinnen gesucht«, sagt die Saxofonlehrerin.

»Das geht nicht, echt«, sagt Isolde. »Wenn man mal aus einer Clique ausgeschlossen wurde. Die anderen werden misstrauisch. Man kann gar nichts tun außer in der Bibliothek rumsitzen und immer in letzter Sekunde ins Klassenzimmer kommen, damit es nicht den Eindruck macht, dass man allein herumsitzt und womöglich wartet.

Die meisten Mädchen behalten eine beste Freundin zur Sicherheit«, fügt sie hinzu. »Auf die Weise hat man immer eine Verbündete, und das Risiko, dass man ausgeschlossen wird, ist kleiner.«

»Wie hat es deine Schwester dann geschafft, wieder reinzukommen?«, fragt die Saxofonlehrerin. »Wenn sie wirklich unten durch war, wie du sagst.«

»Sie hat sich mit ein paar Jungs zusammengetan«, sagt Isolde. »Irgendwann kam sie auf die Idee, in der Mittagspause die Straßenseite zu wechseln und mit den St.-Sylvester-Jungs unten am Fluss abzuhängen. Nur sie und die Jungs. Das war ihre Waffe. Von da an haben die Mädchen allmählich wieder mit ihr geredet.«

»Bist du je ausgeschlossen worden?«, fragt die Saxofonlehrerin. »Ich meine, von einer Gruppe.«

»Nö«, sagt Isolde. Inzwischen ist sie in Mantel und Schal gewickelt und hebt auf eine mechanische, ratlose Art die Schultern, um zu zeigen, dass das Gespräch beendet ist.

»Bis nächste Woche dann«, sagt sie, und für einen kurzen Moment empfindet die Saxofonlehrerin einen Anflug von Traurigkeit und möchte Isolde sehr gerne bitten, noch zu bleiben. Diese halbstündigen Einblicke in Isoldes Leben einmal in der Woche sind der Saxofonlehrerin wie erleuchtete Küchenfenster in einer dunklen Straße, die einen flüchtigen, gelb gefärbten Einblick in einen kleinen Teil des Hauses bieten, mehr aber auch nicht.

Isolde ist jetzt, da der Unterricht beendet ist, die Höflichkeit in Person; den Saxofonkoffer schon in der Hand, steht sie an der Tür. Die kostbare, beschleunigte Intimität des Unterrichts ist vorüber, und der Saxofonlehrerin bleibt nichts anderes übrig, als zu lächeln und zum Abschied die Hand zu heben und zu sagen: »Wir sehen uns nächste Woche, Isolde. Pass auf dich auf.«

Donnerstag

Patsy hat Hörnchen und Schinken mitgebracht und einen weichen gelben Käse, der unter der stumpfen Kante des Buttermessers nachgibt. Sie haben schon fast eine Stunde miteinander geredet, und die Saxofonlehrerin hat Patsy mit einem berstenden, verzweifelten Blick beobachtet, wund wie ein angestochenes Reh. Sie sieht aus, als könnte sie jeden Moment in Tränen ausbrechen. Patsy scheint es nicht zu bemerken.

»Patsy«, sagt die Saxofonlehrerin endlich. »Weißt du was? Immer wenn ich allein bin und intim mit jemandem, immer wenn ich gut drauf bin oder jemanden zum Lachen bringe oder jemanden küsse oder wenn es mir gelingt, dass jemand sich wirklich gut fühlt – immer wenn ich das Gefühl habe, dass ich als Liebhaberin wirklich *erfolgreich* bin, dass ich es *richtig* mache –, immer dann wünscht sich ein Teil von mir, du könntest mich dabei sehen.«

»Das ist aber eigenartig«, sagt Patsy mit einem halb zweifelnden, halb missbilligenden Blick auf die Saxofonlehrerin. Sie entzieht sich bereits, lehnt sich zurück und hebt die Hand, um sich eine Haarsträhne aus dem Gesicht zu streichen, und wird rasch abweisend, als wäre sie entschlossen, alles misszuverstehen, was die Saxofonlehrerin als Nächstes sagen wird. Im Handumdrehen ist sie steinern und unnahbar geworden.

»Ich meine nicht, dass ich mir wünsche, du wärst da«, sagt die Saxofonlehrerin. »Vielmehr ist es so, dass alles, was ich mit anderen tue, zu einer Art Prüfung wird. Als müsste ich dir im Geheimen was beweisen. Als sagte ich währenddessen zu dir: Schau her, das alles hast du nicht in mir gesehen. Das hättest du haben können. Das hast du verpasst.«

»Du möchtest, dass ich eifersüchtig bin«, sagt Patsy.

»Nein«, sagt die Saxofonlehrerin. »Ich will nicht, dass du eifersüchtig bist. Ich will, dass du mich erlebst, wenn ich in Hochform bin. Manchmal, nur um mir selber was zu beweisen, verhalte ich mich so, als sähst du mir wirklich zu. Manchmal, in den intimsten Augenblicken, sage ich sogar Sachen, die nicht mal die Person versteht, mit der ich zusammen bin. Nur du würdest sie verstehen. Wenn du mich sehen könntest.«

»Du Liebe«, sagt Patsy leise.

Sie schweigen.

»Natürlich werd ich das alles vor dem Spiegel üben«,

sagt die Saxofonlehrerin endlich. »Bevor ich es zu dir sage. Ich werde es immer wieder üben. Bis ich mich sicher genug fühle, um dir das zu sagen, laut.«

Montag

»Erzähl mir von Isolde«, sagt die Saxofonlehrerin ohne Umschweife, als Julia am Montagnachmittag zum Unterricht kommt.

Julia hebt die Brauen, während sie sich aus ihrem Anorak windet und ihn über die Sessellehne hängt. Sie strahlt noch die Winterkälte aus, die sie ins Zimmer mitgebracht hat, und die Saxofonlehrerin, von einem kurzen Hauch gestreift, atmet sie ein wie einen fremden Geruch.

»Erzählen Sie mir von Patsy«, sagt Julia.

»Von wem?«, fragt die Saxofonlehrerin einfältig, und die Arme fallen ihr herab; gleich darauf zerrt sie verärgert an ihrem Ärmel und sagt: »Ich meine, ich weiß natürlich, wen du meinst. Aber warum?«

Julia zuckt die Achseln. »In unserem Versammlungsraum hängt ein Schild«, sagt sie, »darauf steht: Wer stellt in diesem Klassenzimmer die Fragen?«

Die Saxofonlehrerin sieht sie aus schmalen Augen an. »Woher weißt du überhaupt, wer Patsy ist?«

»Na, Ihre Postadresse läuft doch unter Patsys Namen«, sagt Julia und deutet auf einen Stapel Briefe. »Ist sie Ihre Geliebte?«

Die Saxofonlehrerin läuft scharlachrot an. »Das ist Patsys Studio«, sagt sie würdevoll und ruckt mit dem Kopf. »Patsy hat mir das Studio vermacht.«

»Testamentarisch, oder wie?«

»Nein, sie ist nicht tot. Zur Nutzung überlassen. Rechtlich gehört es nach wie vor ihr. Deshalb ist meine Post an ihr Postfach adressiert.«

»Sie ist also nicht Ihre Geliebte.«

Die Saxofonlehrerin trommelt mit den Fingern auf den Schreibtisch. »Erzähl mir von Isolde«, sagt sie.

Julia fährt sich mit der Zungenspitze über die Unterlippe und sagt dann: »Wir treffen uns in der Requisitenkammer der Schule. Da kommt nie jemand hin, trotzdem verbarrikadieren wir vorsichtshalber die Tür. Wir machen uns ein Nest aus Ordenskleidern und Naziuniformen und Reifröcken, und wenn die Glocke läutet, verlassen wir den Raum einzeln, mit deutlichem Abstand, damit niemand dahinterkommt.«

»Und?«

»Was, und?«, fragt Julia.

»Das reicht nicht«, sagt die Saxofonlehrerin. »Nur zu wissen, dass ihr da drin seid, reicht nicht. Wie seid ihr dort hingekommen? Wie hat es angefangen?«

»Was wollen Sie wissen?«, fragt Julia. »Sie stehen doch trotzdem draußen und schauen herein. Selbst wenn Sie alles wissen, selbst wenn Sie alles erfahren, was Sie nichts angeht, selbst dann stehen Sie immer noch draußen. Warum hat sie Ihnen dieses Studio vermacht?«

Sie sind beide angespannt und geladen, wie zwei angekettete Hunde.

»Als Vertrauensbekenntnis zu meiner Musik«, sagt die Saxofonlehrerin. »Sie hat mir Saxofonunterricht gegeben, lang ist's her, aber sie bekam früh Arthritis. Es fing in den Daumen an und breitete sich aus wie ein langsam fließender, schmerzhafter Tintenklecks, von den Daumen über die ganze Hand. Sie musste das Unterrichten aufgeben. Sie ging an die Uni zurück, und ich übernahm ihr Studio. Ich habe sie sozusagen ersetzt. Heute zahle ich ihr Miete.«

»Sie war Ihre Lehrerin?«

»Ja, vor langer Zeit.« Die Saxofonlehrerin zögert, umklammert ihre Ellenbogen, aber dann holt sie tief Luft und sagt rasch: »Was macht ihr in der Requisite?«

»Vor allem reden«, sagt Julia. »Zwischen Requisite und Übungsräumen ist nur eine Gipswand, und wir müssen leise sein. Isolde sagt, dass Mr Saladin und Victoria auf diese Weise aufgeflogen sind: Jemand war in der Requisite und hörte sie durch die Wand. Dort drin ist es immer stockfinster – wir trauen uns nicht, Licht anzumachen, denn das könnte man im Spalt unter der Tür sehen. Von all dem, was sie dort im Dunkeln tut, ist mir das Liebste, wenn sie aus beiden Zeigefingern einen kleinen Zirkel macht und damit prüft, ob ich lächle – sie befühlt im Dunkeln mein Gesicht und liegt da, mit den Fingern ganz zart auf meinen Mundwinkeln. Das ist mir das Liebste.«

»Was sagt ihr? Wenn ihr redet. Was sagt ihr zueinander?«

»Wir reden darüber, wie kostbar das alles ist«, sagt Julia. »Was wir für ein Glück haben. Was es für ein Glück ist, dass der Zufall, der mich zu ihr hinzieht, gleichzeitig auch sie zu mir herzieht. Wir liegen einfach da und staunen und spüren die Haut der anderen, und innerlich fühle ich mich um viele Jahre älter, als ich bin – nicht dass ich lebenssatt oder weise oder so was wäre; sondern eher ist das, was ich fühle, so riesig, dass es mich mit etwas noch Riesigerem verbindet, etwas Unendlichem, einem mächtigen Bogen aus schönem *Nichtwissen*, gewaltiger als jede kleine Falle aus Zeit oder Raum, die mich sonst einfangen könnte. Ich habe das Gefühl, dass dieser eine Moment, diese winzige Scherbe *Jetzt*, dieser kurze und vollkommene Augenblick, in dem ich ihre Haut berühre und ihre Zunge schmecke und total hingerissen, gebannt von ihr bin, dass dieser Augenblick alles ist, was ich brauche, um für den Rest meines Lebens davon zu zehren.«

Die Saxofonlehrerin hat mit einer Hand nach der Schreibtischkante getastet und lässt sich jetzt matt darauf niedersinken.

»Aber gleichzeitig ist dieses Gefühl mit einer Art Traurigkeit durchsetzt«, sagt Julia, »mit einer bittersüßen, rauen Traurigkeit, die in meiner Speiseröhre festsitzt und sich nicht hinunterschlucken lässt. Es ist, als wüsste ich, dass ich was *verliere*; dass etwas einfach versickert, wie Wasser in Staub. Und es ist ein komischer Gedanke, der Gedanke nämlich, dass der Verlust – der gewaltige, schnappende, reißende Hunger des Verlustes – nicht etwas ist, das mit dem Ende einer Beziehung beginnt, wenn sie wegschmilzt und dahin ist und ich weiß, dass ich sie nie zurückbekomme. Sondern es ist ein Gefühl, das schon ganz zu Beginn da ist, von dem Augenblick an, in dem wir im Dunklen zusammenprallen und einander zum allerersten Mal berühren. Die Unschuld dieses ersten Mals – die Süße und Reinheit, die schüchterne, zögernde Zärtlichkeit –, das ist etwas, das ich immer nur *verlieren* kann.«

Julia macht einen Schritt auf die Saxofonlehrerin zu. »Haben Sie das auch so empfunden?«, fragt sie. »Bei Patsy?«

»Julia«, sagt die Saxofonlehrerin, und dann sagt sie eine Weile gar nichts. Sie legt sich eine Hand über die Augen. »Patsy«, sagt sie; dann hält sie inne und besinnt sich.

»Ich will dir was sagen, Julia«, sagt sie endlich. »Dieser Augenblick, von dem du sprichst. Dieser eine vollkommene Kuss. Das ist es, mehr ist nicht. Von dem Punkt an, Liebes, ist alles nur noch eine Kopie. Du wirst mit allen deinen Geliebten versuchen, diesen einen Kuss wiederzuerleben, wirst wieder und wieder versuchen, ihn zurückzubekommen; er läuft wie eine alte Videoschleife immer wieder vor deinen Augen ab, und du beugst dich vor, um das kühle gewölbte Glas des Fernsehers mit der Stirn zu berühren, und spürst mit den Fingern und der Wange das Knisterfell der Statik und wirst erleuchtet vom blau-schwarzen Widerschein, vom Lichtflackern, aber am Ende bist du doch nie imstande, sie wirklich zu *berühren*, diese perfekte Erinnerung, diesen einen einsamen Moment des Nichtwissens, in dem du einfach *ahnungslos* warst, wer du bist, wer du werden könntest. An dieses Gefühl reichst du nie wieder heran, Julia. Nie wieder.«

»Ist es für Sie so?«, fragt Julia. »Mit Patsy?«

Die Saxofonlehrerin stößt den Atem aus und sagt nichts.

»Wo ist denn Patsy jetzt?«, fragt Julia.

»Ach, sie lebt immer noch in der Stadt«, sagt die Saxofonlehrerin jetzt mit einer unbestimmten Handbewegung Richtung Nordnordwest. »Wir sind einfach sehr alte Freundinnen, Julia. Patsy ist verheiratet. Wir sind einfach alte Freundinnen.«

»Mit einem Mann verheiratet?«

»Ja, mit einem Mann.«

»Aber Sie beide waren mal ein Liebespaar«, sagt Julia.

»Nein.«

»Kein einziges Mal?«

»Nein.«

»Sie lügen.«

»Es spielt doch sowieso keine Rolle, wie es war«, fährt die Saxofonlehrerin sie an. »Ich könnte dir sowieso nur sagen, wie ich es im Gedächtnis habe, und nie, wie es war. Mein knittriges Seihtuch von einem Gedächtnis, zerknüllt und zerlöchert und lichtdurchlässig. Und du hast gelogen, was dein Liebstes betrifft. Das hast du von jemand anderem gestohlen und als dein Eigenes ausgegeben.«

Julia zieht ein finsteres Gesicht und sagt nichts. Nach einem Moment wirft sie den Kopf zurück und sagt: »Sie wissen wahrscheinlich sowieso alles, von jemand anderem.«

Freitag

Stanley wartet, dass Isolde aus ihrem Unterricht kommt. In den Hof dringen Fetzen einer Melodie, die von zwei Saxofonen gemeinsam gespielt wird, das eine selbstsicher führend, das andere dumpfer und scheuer und gewöhnlicher. Er ist nervös. Er wünscht, er hätte sich einen Text zurechtgelegt.

Endlich verstummen die Saxofone, und er meint durch das offene Fenster schwach das Poltern der Stimme von Isoldes Lehrerin und Isoldes Lachen zu hören. Er scharrt mit den Füßen.

Ein paar Minuten später kommt Isolde, den Saxofonkoffer in der Hand, aus dem Gebäude und trottet den kurzen Treppenlauf in den Innenhof hinab. Sie sieht sonderbar aus: Sie lächelt zu bereitwillig und zu strahlend, und dabei sind ihre Augen traurig. Stanley bemerkt es nicht. Er zupft fahrig an seinem Kragen und seinen Haaren, und als er sie ansieht, hält er ihrem Blick nicht lange stand.

»Hey«, sagt sie. »Hast du mich diesmal gehört?«

»Ja«, sagt Stanley. »Du spielst ziemlich gut.«

»Möchtest du zu meinem Konzert kommen? Du musst nicht. Könnte langweilig werden.«

»Doch, klar«, sagt Stanley schwerfällig. Er passt sich ihrem Schritttempo an, und im Davongehen blickt er über die

Schulter zurück auf das Fenster der Saxofonlehrerin. Ist da jemand, steht da jemand neben dem Vorhang und schaut zu ihnen herunter? Wartet die nächste Schülerin geduldig im Flur, bis die Saxofonlehrerin genug gesehen hat, sich durchs Haar fährt, zur Tür geht und sie hereinlässt? Er könnte es nicht sagen aus dieser Entfernung, und bald ist das Fenster hinter den Ästen des Ginkgobaums verschwunden.

»Meine Eltern kommen«, sagt Isolde. »Sie sind total gespannt, dich kennenzulernen. Vor allem Dad. Weißt du, meine Schwester hatte dieses Jahr diese wilde Geschichte, wo sie mit einem Lehrer geschlafen hat, und Dad kann's gar nicht erwarten, dass wieder alles normal wird oder so. Er ist einfach schon deswegen begeistert, dass du nicht über dreißig und schon halb kahl und mein Lehrer bist.«

Stanley stößt scharf den Atem aus und weicht beinahe von ihr zurück. Da ist es: die gesamte Information, die er gebraucht hätte, die entscheidende Information, die in einem unbekümmerten kleinen Ausbruch aus ihrem Mund purzelt. Zu spät.

»Warum hast du mir das nicht früher gesagt?«, fragt er.

»Och«, sagt Isolde lässig. »Weiß nicht. Ich glaube, ich hab's einfach satt. Alle reden nur noch davon – immer nur Victoria und die Vergewaltigung oder was es war, und wie schlimm das alles war. Ich wollte einfach nicht auch noch mit dir drüber reden.«

Sie greift im Gehen nach seiner Hand und zieht ihn näher zu sich, liebevoller, als sie es je war.

»Vergiss es«, sagt sie.

»Was heißt, sie hat mit ihrem Lehrer geschlafen?«, fragt Stanley.

»Na ja, inzwischen ist es anscheinend so, dass sie nicht mal mit ihm im Bett war«, sagt Isolde. »Ich weiß es nicht.

Die Geschichte verändert sich dauernd. Sie ist jetzt sehr zugeknöpft.«

»Aber du musst es doch wissen«, sagt Stanley. »Sie ist deine Schwester.«

Isolde wirft ihm einen befremdeten Blick zu. »Sicher nicht«, sagt sie. »Ich weiß gar nichts.«

Eine Zeit lang gehen sie schweigend dahin.

»Sprichst du mit deiner Saxofonlehrerin über mich?«, fragt Stanley. Seine Stimme ist hoch und angestrengt.

»Na ja, schon«, sagt sie. »Also, ich hab dich erwähnt. Musiklehrer sind wie Therapeuten, irgendwie. Man trifft sie einmal die Woche und erzählt ihnen alles, was man loswerden will, und dann geht man wieder. Wie Therapie.« Auch ihre Stimme ist hoch, als glaubte sie selbst nicht, was sie sagt.

»Und was sagst du über mich?«, fragt Stanley.

»Ach, du weißt schon«, sagt Isolde. Jetzt sieht sie verlegen aus.

Stanley fasst den spontanen Entschluss, ihr die halbe Wahrheit zu sagen. Er bleibt stehen und dreht sich zu ihr.

»Sie hat sich über mich beschwert«, sagt er. »Deine Lehrerin. Anscheinend hat sie uns durchs Fenster beobachtet. Sie hat behauptet, ich stelle dir nach – weil du so jung bist, nehme ich an, und ich nicht. Jung. Ich glaube, das war der Grund.« Er atmet schwer und sieht sie an.

Isolde öffnet ein wenig den Mund, sagt aber nichts. Sie wendet die Augen von Stanleys Gesicht ab und betrachtet stattdessen ein Werbeplakat an der Mauer über seiner Schulter.

»Also, was hast du über mich gesagt?«, fragt Stanley jetzt ungeduldig. »In deinem Unterricht.«

»Nichts«, sagt Isolde rasch.

»Du hast gesagt, du hast mich erwähnt.«

»Nur kurz.«

»Warum beschwert sie sich dann? Was hat sie denn gegen mich?«

Isolde wirft ihm einen berechnenden Blick zu. »Steckst du in Schwierigkeiten?«, fragt sie.

»Ich will einfach wissen, was du über mich sagst«, antwortet Stanley laut. In seiner Frustration vergisst er, dass er Isolde ja nur die halbe Wahrheit sagt, und beginnt, ihr die Schuld zuzuschieben. Jetzt irritiert ihn ihr Starren mit offenem Mund, die dralle Kurve ihrer vorgeschobenen Lippe, ihr auf einmal kindliches Aussehen.

»Es ist diese Sache mit meiner Schwester«, sagt Isolde endlich. »Ich glaube, sie weiß, wie mir das an die Nieren gegangen ist. Sie weiß, wie empfindlich ich bin, wie leicht zu beeindrucken, wie wahrscheinlich es ist, dass ich ausraste oder was Dummes mache oder irgendwann anfange herumzuhuren, nur um mich abzuhärten. So was passiert, wenn es ein Trauma in der Familie gibt. Ich glaube, sie will mich schützen.«

»Vor mir?«

»Tja. Ja. Ich meine: wahrscheinlich.«

»Und du hast das gewusst.« Er ist jetzt wirklich wütend auf sie.

»Nein«, sagt Isolde. »Ich wusste es nicht. Sie hat es hinter meinem Rücken getan, wie eine Gluckenmutter, die das Leben ihrer Tochter durchorganisiert.«

»Das ist doch scheiße«, sagt Stanley. »Dass du mit deiner Lehrerin über mich redest, ihr zwei miteinander. Das ist scheiße.«

»Wovon redest du eigentlich?«

»Du musst mich ja hingestellt haben wie einen Vergewaltiger.«

»Ganz bestimmt hab ich dich nicht wie einen *Vergewaltiger* hingestellt!«

»Es geht um meinen Ruf«, sagt Stanley. »Mein Ruf an der Schule steht auf dem Spiel. Egal, was du wirklich gesagt hast – sie hat jedenfalls so darauf reagiert. Deinetwegen hat sie sich über mich beschwert.«

»Das *stimmt* doch nicht!«

»Es kann nur so sein!«, schreit Stanley. »Du bist schuld. Egal, was du gesagt hast.«

Autos fahren vorbei. Beifahrer drücken ihre Gesichter an die Scheibe, um die beiden streiten zu sehen. Stanley fuchtelt mit erhobenen Armen, und Isoldes Hände sind über ihrem Bauch gekreuzt. Endlich macht Stanley mit der Hand eine Scherenbewegung, die besagt: *genug*. Er ist der Erste, der sich umdreht und geht.

Montag

»Was würden Sie tun«, fragt Julia, »wenn ich behaupten würde, dass Sie hier, wenn wir allein waren, was mit mir gemacht haben? Was Unanständiges. Wenn ich mich jemandem anvertrauen würde. Weil ich es nicht mehr aushalte.«

Über den Giebeln zieht ein Südwind auf, der den Himmel schwarz-violett färbt und ihn abwärtszuzerren scheint. Die Saxofonlehrerin durchquert den Raum, schaltet die Lampe ein und zieht den Vorhang ein Stück zu, um den düsteren Himmel auszuschließen.

»Ich weiß nicht, was ich tun würde«, sagt sie, ohne Julia anzusehen.

»Ich würde lügen«, sagt Julia, schon schmaläugig, und spinnt den Gedanken weiter. »Ich würde mir silberne Lügen ausdenken und sie mit perfekt plausiblen Details wie mit Scherben spicken, lauter Mosaiksteinchen: scharfkantig und unverwüstlich, die Art von winzigen, makellosen Details, die jeden von der Wahrheit meiner Worte überzeugt. Ich hätte Alibis. Ich würde andere Leute mit einbeziehen und ihnen eine Geschichte auftischen und sie so lange und gründlich einüben, dass sie früher oder später alle selber glauben, dass sie die Wahrheit sagen.«

»Klingt nach sehr viel Aufwand«, sagt die Saxofonlehrerin gelassen, doch ihre Hände und Augen sind reglos, und sie beobachtet Julia jetzt mit ungeteilter Aufmerksamkeit. »Was hättest du davon?«

»Es würde das Image verändern, das ich an der Schule habe.«

»Was hast du denn für ein …«

»Dass ich auf Mädchen stehe«, sagt Julia laut. Der Kragen ihrer Schulbluse steht offen, und das hohle V ihrer Kehle überzieht sich mit einem zornigen gepunkteten Rot.

»Und wie sollte das gehen?«

»Wenn irgendeine tragische Geschichte dahinterstünde«, sagt Julia, »dann wäre das wie ein Grund oder eine Ursache. Wie bei dieser Victoria.«

»Isoldes Schwester.«

»Ja!«, sagt Julia hitzig. »Isoldes Schwester. Egal, was sie jetzt tut, ob sie durchdreht oder sonst was und am Schluss mit einer Million Leuten schläft und säuft wie ein Loch und durch sämtliche Prüfungen rasselt, es wird keiner mehr sagen, dass sie einfach eine Versagerin ist oder eine Schlampe. Sondern es wird heißen, dass sie ja leider *beschädigt* ist, dass es einen Grund für ihr Verhalten gibt, nämlich dass sie missbraucht wurde. Was immer sie von jetzt an tut, ist einfach eine Folge davon. Das ist irgendwie die totale Freiheit. Sie kann alles tun, was ihr einfällt, und ist nicht verantwortlich. Sie hat schließlich einen *Grund.*«

»Das ist eine sehr interessante Sichtweise«, sagt die Saxofonlehrerin.

»Ich möchte auch einen Grund haben«, sagt Julia. »Wenn sich herausstellt, dass ich beschädigt wurde, dann wäre es nicht mehr meine Schuld. Es wäre irgendwas Krasses, es wäre was Tragisches. Es wäre eine *Wirkung* – die Wirkung von etwas, das ich nicht in der Hand habe. Ich wäre einfach nur Opfer.«

»Alle wollt ihr beschädigt sein!«, sagt die Saxofonlehrerin plötzlich. »Ihr alle. Das ist die eine Eigenschaft, die alle meine Schülerinnen gemeinsam haben. Das ist euer Thema und eure Variation: Ihr sehnt euch absolut nach der Opferrolle. Das scheint euch der einzig mögliche Weg, um euch einen Vorsprung gegenüber euren Klassenkameradinnen zu verschaffen. Und du hast recht. Würde ich dich sexuell belästigen, Julia, täte ich dir einen ungeheuren Gefallen. Ich gäbe dir einen Freifahrschein, um in Selbstmitleid und Selbstverherrlichung und Selbstekel schamlosester Art zu schwelgen, und keine deiner Mitschülerinnen hätte auch nur den Hauch einer Chance, sich mit dir zu vergleichen.«

»Ja, genau das meine ich«, sagt Julia.

Die beiden sehen einander schweigend an.

»Welche Details würdest du zur Ausschmückung verwenden?«, fragt die Saxofonlehrerin. »Diese scharfkantigen Mosaik-Details, die dein Alibi polstern wie dicht gesetzte Münzen auf einem Paillettentop?«

»Nichts Körperliches, erst mal«, sagt Julia. »Das wäre zu durchschaubar. Die Lüge wäre zu grell, da kämen sie dahinter. Irgendwas Psychologisches. Etwas Heimtückisches, Einsickerndes. Ein steter Tropfen, der am Ende viel schlimmer wäre, viel subtiler und verheerender als eine kurze Berührung hinter den Kulissen oder ein neckischer Klaps.«

»Trotzdem ist es eine Lüge, Julia«, sagt die Saxofonlehrerin. »Im Kern. Es wird dich nicht befriedigen. Im Grunde ist das Ganze nur ein Lügengebäude.«

»Woher wollen Sie das wissen?«, sagt Julia. »Woher wollen Sie wissen, wie Sie mich beeinflusst haben? Woher wollen Sie wissen, dass ich nicht beschädigt bin? Woher wollen Sie wissen, dass sich nicht eine kleine Kritik, irgendein abfälliger Kommentar von Ihnen, den Sie längst vergessen haben, in mir festgesetzt hat und mir jedes Mal wieder hochkommt, wenn ich stolpere oder scheitere? Eine Winzigkeit, die sich immer tiefer hineinfrisst, wie ein Glassplitter, der sich vom Finger bis ins Herz wühlt? Irgendeine Winzigkeit, die mich für immer verändert – woher wollen Sie das wissen?«

Ausnahmsweise hat die Saxofonlehrerin nichts zu sagen. Sie betrachtet die Vögel vor dem Fenster.

Mittwoch

Die Reihe der Saxofonistinnen der Abbey-Grange-Jazzband weist jetzt Lücken auf: erst Victoria, die sich entschieden hat, nicht mehr zu kommen, dann Bridget, die nie mehr kommt. Die Leerstellen wurden mit schlechteren Spielerinnen gefüllt, die Stühle ein Stück dichter zusammengerückt, um die Kurve zu straffen.

»Ach, das hätte Bridget gefallen«, sagt die erste Posaune hin und wieder, denn sie weiß, dass Tote immer sehr sentimental und immer voller Anerkennung und Freude über die kleinen Dinge sind. Manche weinen noch immer, nicht um Bridget, die nicht erinnernswert war, sondern um sich, weil sie sich vorstellen, sie selber seien gestorben – und wie unersetzlich sie dann wären.

Die christliche Gruppe an der Schule war im Zusammenhang mit dem Hinauswurf von Mr Saladin und dessen Nachspiel recht zurückhaltend, eigentlich zugeknöpft; nach Bridgets Tod indes blühte sie auf. Dass es einen Mann blind und unwiderstehlich zu einem Mädchen hinzieht, das er nach Ausbildung und Weisung hätte beschützen sollen, ist ein menschliches Mysterium. Vermarktbarer ist hingegen das göttliche Geheimnis dieses einen unerleuchteten Mädchens, das in diesiger Dunkelheit niedergemäht und ausgelöscht wurde: Die christliche Gruppe ist in ihrem Element. Rund um die Schule schießen Annoncen für Gebetsgruppen aus dem Boden, Anmeldungen zu Jugendlagern erreichen Rekordzahlen. Um die Mittagszeit erscheint im Innenhof ein christlicher Pfannkuchenstand, der von ein paar Engagierten betrieben wird; sie wälzen die Pfannkuchen in Zitrone und Zucker und sind von einem inneren Leuchten erfüllt. Sie verteilen weder Flugblätter noch weise Worte noch Aufrufe zur Umkehr, sie verteilen Pfannkuchen. Das genügt. Bald tauschen viele Mädchen ihr Fick-mich-Armband aus Plastik gegen eine Nylonschleife, die sie auffordert zu bedenken, was ein erwachsener Mann alles anstellen könnte, wäre er einer von ihnen, stünde vor denselben Entscheidungen und würde von denselben Begierden umnachtet. Bridget war selbst eine Zeit lang Mitglied und hat die Verpflichtungsschleife aus Nylon getragen – das ist ein Trost, finden die Mädchen einmütig, während sie stumm um ihr Seelenheil flehen und seitwärts tasten, um einander bei den Händen zu fassen.

Die Mittags-Jugendgruppe verlagert sich, um dem verstärkten Zulauf zu begegnen, von einem Klassenzimmer ins

Foyer der Schule, und nachdem der Schulpsychologe schon lange in sein frostiges Kämmerchen zwischen Schulkassenamt und Krankenstation zurückgekehrt ist, stehen jetzt die Jugendleiter auf, um seinen Platz einzunehmen. Sie kommen zu dem Schluss, dass Er aller Wahrscheinlichkeit nach genau so handeln würde wie sie jetzt, und wenn sie ihre Armbänder betrachten, verspüren sie ein Pochen der Befriedigung darüber, dass sie die eine richtige Antwort auf die der Schleife eingestickte rhetorische Frage besitzen.

In gewisser Weise stellt Bridget also doch noch Victoria in den Schatten. Victorias fragwürdige Opferrolle, der allzu sichtbare Makel ihres Einverständnisses, kann mit dem fraglosen Opferstatus einer Unfalltoten letztlich nicht konkurrieren. Aber die posthume Bridget ist keine einzigartige und universale Berühmtheit und gefeiert, wie Victoria gefeiert wurde, ein wandelndes Symbol und Quelle ihres Ruhms; Bridget ist ein Instrument, subtiler und elastischer und vielseitiger einsetzbar. Es ist das Beste, worauf sie je hätte hoffen können.

»An meiner Highschool gab es ein Mädchen, das gestorben ist«, werden die Mädchen Jahre später sagen. »Sie wurde auf dem Fahrrad überfahren, als sie auf dem Heimweg von der Arbeit war. Gott, war das traurig. Es ging mir echt an die Nieren. Uns allen. Ich kannte sie kaum, aber trotzdem. Total traurig.«

Dienstag

»Das war's dann«, sagte Patsy, als die Saxofonlehrerin ihr Lehrdiplom erhielt. Mit Prägung und blauem Wasserzeichen, mit Tinte geschrieben und mit Silber verziert und unter glänzendem Glas: Sie betrachteten es gemeinsam. »Das war's«, sagte Patsy. »Jetzt bist du verdammt. Ein Leben lang verurteilt, vor der Welt als alte Jungfer dazustehen, als schmallippige, verschlossene, tüchtige alte Jungfer, die aufgetakelt und mit zusammengebissenen Zähnen in einem weder von Lust noch von Liebe erhellten Zimmer nachts im Bett liegt. Das ist die eine Wahrheit an den Musiklehrern, und jeder kennt sie: Sie sind allein, immer allein, sitzen schlaff und ergrauend in ihren kalten Unterrichtsräumen und warten im Dunkeln auf den nächsten Schüler, wie ein Bettler, der auf eine Mahlzeit hofft. Herzlichen Glückwunsch.«

Sie stießen miteinander an und tranken.

»Aber du bist keine alte Jungfer«, sagte die Saxofonlehrerin, die noch in den Anblick ihres glänzenden Diploms vertieft war und mit dem Blick die Worte nachzeichnete.

»Trotzdem denkt es immer noch jeder. Oder sie denken, Lesbe. Wenn sie großzügig sind, denken sie, ich sei eine Lesbe.«

»Deswegen wollte sie ja unbedingt diesen Ring«, sagte Brian und deutete auf den vorletzten Finger an Patsys linker Hand. »Sie sagte: Ich will den dicksten, fettesten alten Diamanten, den du kriegen kannst. Es ist nicht bloß ein Symbol, es ist eine ganze verdammte Werbekampagne.«

»Und das war alles, was du schließlich aufgetrieben hast«, sagte Patsy mit angewiderter Miene und wedelte mit der Hand, als wäre der Ring nichts wert. Sie lachten.

»Jedenfalls gut gemacht, altes Haus«, sagte Brian und nahm die Hände der Saxofonlehrerin in die seinen. »Damit fängt alles an.«

Während Isolde ihr Instrument auspackt, spricht die Saxofonlehrerin begeistert über das bevorstehende Konzert, den Veranstaltungsort, die übrigen Teilnehmer und die seltene Gelegenheit, dass jetzt jeder endlich mal alle anderen zu hören bekommt. Isolde hört nicht hin. Sie will die Beschwerde der Saxofonlehrerin über Stanley ansprechen. Der Gedanke daran verursacht ihr Herzklopfen, und die Frage, die sie sich zurechtgelegt hat, lähmt sie, zehrt ihre gesamte Energie auf. Sie spürt, dass das Thema gefährlich ist, dass sie von vornherein mit dem Rücken zur Wand steht: Sie hat etwas Falsches angefangen, und sie wird verlieren.

Es klopft an der Tür.

»Warte eine Minute, Isolde«, sagt die Saxofonlehrerin heiter. »Das müsste wohl Julia sein.«

»Was?«, fragt Isolde.

»Ich dachte, wir könnten das Rascher-Duett probieren, ihr beide zusammen«, sagt die Saxofonlehrerin. »Ihr habt beide eine Stimme geübt, und ich dachte, es wäre nett, es mal zusammenzubringen, wie es sich gehört.«

Isolde wird rot. Sie sieht die Saxofonlehrerin einen Moment lang sprachlos an, dann sagt sie: »Ich wusste nicht, dass ich im Duett spielen soll.«

»Tja«, sagt die Saxofonlehrerin, »es war nicht sicher, ob Julia es diesen Freitag überhaupt schafft. Es war sozusagen eine Idee in letzter Sekunde. Weißt du, es bringt einem wirklich viel, mit jemandem zusammenzuspielen; du wirst sehen, das ist eine ganz neue, schöne Erfahrung.« Sie geht aber nicht zur Tür, um zu öffnen, sondern steht neben Isolde herum, die Hände auf den Hüften, und beäugt ihre Schülerin.

»Ich hätte geübt«, sagt Isolde. »Wenn ich das gewusst hätte.« Ihr Mund ist plötzlich ausgetrocknet.

»Du erinnerst dich doch an Julia, oder?«, fragt die Saxofonlehrerin.

»Ja«, sagt Isolde.

»Wunderbar.« Die Saxofonlehrerin geht rasch zur Tür und entriegelt sie. »Willkommen«, begrüßt sie das ältere Mädchen.

»Hallo, mein Schatz«, sagt Julia, als sie hereingefegt kommt, und Isolde weiß in derselben Sekunde, dass Julia aus sich herausgetreten und jemand ganz anderes geworden ist: Sie spielt Theater, und Isolde muss mitmachen.

»Süße«, sagt sie, und sie küssen einander auf die Wange wie alte Freundinnen, wie Freundinnen über dreißig, die einst, lang ist's her, Lehrerin und Schülerin waren. Die Saxofonlehrerin hat sich unterdessen in den Schatten an der Wand aufgelöst.

»Ich weiß, heute ist eine Probe geplant, Patsy, und es gibt viel zu tun«, sagt Julia, »aber ich muss unbedingt mit dir reden. Nach dem, was zwischen uns war. Tut mir leid, dass ich dich so damit überfalle. Draußen im Flur habe ich immer wieder darüber nachgedacht, wie ich es dir sagen soll, und ich glaube, ich muss es jetzt einfach loswerden, bevor ich mich nicht mehr traue, überhaupt noch was zu sagen. Das ist alles. Ist das komisch?«

»Das ist nicht komisch«, sagt Isolde weich, tritt jedoch mehrere Schritte von der anderen Frau zurück. Sie hält ihr Saxofon in der Hand. Julia hat ihr Sax noch nicht ausgepackt, sodass sie einander nicht ebenbürtig erscheinen: Isolde mit der glänzenden Waffe ihres Instruments vor der Brust und Julia waffenlos, die Handflächen weiß nach oben gekehrt.

»Es kommt mir einfach so schrecklich unfair vor«, sagt

Julia. »Dass ich so unauslöschlich, so unverwischbar gezeichnet bin, wie eintätowiert steht dein Name in blauer Tinte über meinem Herzen, während deine Tinte abwaschbar ist. Sie war immer abwaschbar, und das war dir die ganze Zeit klar.«

»Na komm, Liebes«, sagt Isolde. »Du redest von einem einzigen Kuss. Du redest von einem einzigen Rotweingeschmack eines Kusses in der dämmrigen Dunkelheit eines späten Abends, als du noch unter dem Eindruck eines euphorisierenden Konzertes warst, das dein Blut in Wallung versetzt hat.«

»Ja«, sagt Julia heftig.

»Ein Ausrutscher.«

»Ja«, wiederholt Julia.

»Na komm«, sagt Isolde noch einmal, aber schwach. »Wir überreagieren sicher. Wir führen uns auf wie Teenager.«

Es tritt eine Pause ein, in der sie einander ansehen.

»Das ist, glaube ich, schlimmer als jede andere Beschämung«, sagt Julia. »Nicht umständehalber oder vorläufig oder aufgrund des älteren Rechts, von jemand anderem zurückgewiesen zu werden, sondern einzig und allein aus dem alles abtötenden Grund, dass ich *unerwünscht* bin und immer sein werde. Ich fühle mich ausgeleuchtet, in der grellen Ödnis einer kahlen Bühne festgenagelt, ohne ein Versteck irgendwo, ohne Rechtfertigung.« Sie stößt ein grausames kleines Lachen aus, das nicht das ihre ist. Nach einem Moment fügt sie hinzu: »Kannst du mir vielleicht sagen, warum? Kannst du mir vielleicht verraten, warum Brian und nicht ich?«

Julia geht mehrere Schritte auf sie zu. Isolde weicht nicht zurück. Der Abstand zwischen ihnen ist jetzt geringer, und sie sehen einander lange in die Augen, ehe Isolde spricht.

Sie sagt: »Ich war immer überzeugt, dass die Entscheidung einer Frau für eine andere Frau eine reaktive Entscheidung sein müsste, nämlich im negativen Sinn von den Mustern bestimmt, die sie vermeiden will. Ich dachte immer, dass eine Frau erst dann zu dem Schluss kommen kann, dass sie andere Frauen will, wenn sie entschieden hat, dass sie keine Männer will. Es ist eine öffentliche Stellungnahme und insofern eine Art Aktivismus. Es ist eine Klage. Eine Bekundung von Unzufriedenheit. Es ist eine Haltung, wie sie zu einem bestimmten Charakter passt: emphatisch, kämpferisch, radikal, der Typ Frau, der aus weltanschaulichen Gründen bestimmte Unternehmen boykottiert, der sich als Streikposten vor ein Fabriktor stellt.

Eine Spielart dieses Typs erkenne ich auch an dir – an der Art, wie du deine Ansichten verteidigst, deiner Skepsis, der stillschweigenden Herausforderung, zu der du alles machst, was sagst. Aber es ist auch noch eine andere Eigenschaft an dir, die mir seltsamerweise jetzt dämmert – eine kindliche, hilflose Verletzlichkeit, eine Not. Diese Eigenschaft ist es, die eine neue Möglichkeit in meiner Weltsicht eröffnet hat: dass die Entscheidung einer Frau für eine andere Frau als solche ein freier Entschluss sein könnte, nicht eine zweite Wahl mit Hindernissen, nicht ein halbiertes Begnügen mit dem Rest, nachdem die Männer alle geprüft und aussortiert wurden. Diese positive Definition – dass eine Frau eine andere Frau einfach als solche lieben könnte –, das macht mich nervös.«

»Nervös, warum?«, fragt Julia und geht noch einen Schritt auf sie zu. Unwillkürlich streckt sie ihre dünne rote Hand aus und ergreift Isoldes Fingerspitzen. Isolde weicht nicht zurück. Sie senkt den Blick, betrachtet einen Moment die beiden Hände, Julias knochigen, tintenfleckigen

Daumen, der zart ihre Knöchel streichelt. Ihre Hände sind kalt.

»Ich soll dir dieses erblühende *Etwas* mit Brian erklären«, sagt Isolde, wieder aufblickend, »aus dem sich eine Frucht entwickeln könnte oder auch nicht. Aber ich glaube nicht, dass ich aktiv zwischen dir, Vertreterin der Frauen, und Brian, Vertreter der Männer, entschieden habe. Vielmehr brachte ich mich in eine Position, in der ich gar nicht entscheiden musste. Ich ließ mich seine Versuchung sein; ich verhielt mich so passiv wie möglich und tat nichts, als er auf mich zukam. Es waren deine sumpfigen, nebelumwaberten, unausgeloteten Tiefen, die mich nervös machten, Liebes. Ich wollte etwas Geschütztes, etwas Bewährtes. Ich wollte ein Standardgefühl, keine nervöse, unsichere Unbetretbarkeit von einem Gefühl, in dem alles von Angst und sogar Schuld überlagert war. Ich will nicht verführt werden. Ich will es einfach nicht. Ich will es bequem haben.«

»Das willst du?«, fragt Julia. »Wie kann das sein?«

»So ist es eben«, sagt Isolde. »Letzten Endes. Es ist einfach so.«

Julia tritt vor und küsst sie auf den Mund, und im selben Moment sind sie wieder im verrauchten Mief der Bar, die letzte Nummer wird gespielt, das letzte Lied. Sie sind in der Ecke, haben sich gerade erhoben, um zu gehen, sie wickeln sich wieder in Schals und Mäntel und wenden zum Zeichen der Anerkennung, zum Abschied auch, ihre lächelnden Gesichter der Band zu. Patsy dreht sich zur Saxofonlehrerin und will etwas sagen, doch was immer es war, erstirbt ihr auf den Lippen. Ihr Blick zuckt hinab zum Mund der Saxofonlehrerin, und dann beugt sich die Saxofonlehrerin zu ihr und küsst sie, die behandschuhten Fingerspitzen an die Wange der anderen Frau gelegt.

Patsy packt nicht mit beiden Händen den Mantel der Saxofonlehrerin. Sie greift ihr nicht in den Rücken und fummelt an ihrem Pulloversaum, um die Hände darunterzuschieben und Haut zu spüren. Sie tritt nicht nahe zu ihr, damit die Brüste einander berühren, die Hüften einander berühren, die Körper der Länge nach fest aneinandergeschmiegt sind. Sie hebt nicht die Hand, um sie ans Gesicht der Saxofonlehrerin zu legen. Sie steht einfach da und empfängt mit geschlossenen Augen den Kuss. Als die Saxofonlehrerin von ihr abrückt, öffnet sie die Augen, lächelt traurig, nickt kurz und geht.

VIERZEHN

Oktober

»Irgendwelche Vermutungen?«, fragt der Schauspielleiter im Foyer, wo sie beieinanderstehen, sich mit dem Abriss ihrer Eintrittskarte ans Handgelenk schlagen und die um die Getränketheke versammelte Menge betrachten. »Oder gar Befürchtungen?«

»Nur Befürchtungen«, sagt der Bewegungsleiter. Er lächelt nicht.

»Ein bunter Haufen in diesem Jahr«, sagt der Schauspielleiter in seiner abrupten, geistesabwesenden Art. »Ich bin unbedingt auf Überraschungen gefasst.«

»Was war ihr Requisit? Die Spielkarte«, beantwortet der Bewegungsleiter seine Frage selbst und reibt sich den Nacken. »Das ist doch zu leicht. Beim Improtheater ist Ästhetik die halbe Miete.«

»Trotzdem bin ich auf Überraschungen gefasst. Gehen wir rein.«

Die schweren Türen zum Theatersaal haben sich endlich geöffnet, ein magerer Portier, ein Kostümbild-Mitarbeiter, der als Pikass verkleidet wurde, entriegelt auch den zweiten Flügel. Mit sorgfältig geschminktem Gesicht beugt er sich in seinem bemalten Sandwich-Board steif nieder, um den unteren Riegel zu lösen. Er lässt den Riegel in seiner Versenkung verschwinden, richtet sich wieder auf und rückt seine Kopfbedeckung zurecht, eine eng anliegende schwarze Haube, die wie eine Badekappe seinen Kopf umschließt. Er lächelt vorsichtig. Die Dozenten halten ihm den rosa umrandeten Abriss hin, dann treten sie hintereinander unter dem Bogen hindurch in den Zuschauerraum.

Samstag

»Ihnen allen herzlichen Dank, dass Sie gekommen sind«, sagt die Saxofonlehrerin in die Dunkelheit hinein. Ihre Stimme ist höher als sonst und klingt seltsam angestrengt, obwohl sie gar nicht nervös wirkt, auch ihre herabhängenden Hände zittern nicht. »Ich freue mich wirklich sehr, dass Sie es alle geschafft haben herzukommen.« Sie senkt den Blick, holt Luft, dann fährt sie fort.

»Wie alle durstigen Mütter, die heute anwesend sind«, sagt sie, »wird jeder und jede Einzelne von Ihnen heute Abend genau das zu sehen bekommen, was Sie sehen wollen, und nicht mehr. Sie werden sich jetzt schon danach sehnen, dass ich zum Schluss komme, damit Ihre Töchter die Bühne betreten und Sie alle, der Reihe nach, den großen Trost erleben können, Ihre bestehenden Einstellungen bestätigt zu finden.«

Unten im Dunkeln hustet jemand, was jemand anderes als Ermutigung nimmt, um sich als erleichtertes Echo des ersten ausgiebig zu räuspern.

»Alle Eltern, die ein Konzert als öffentliche Vorführung von Zuneigung sehen – Sie sind mit dem Begriff vertraut –, möchte ich in dem Sinne ermutigen, dass ein Auftritt niemals mehr sein kann als ein Hinweis oder Indiz«, sagt die Saxofonlehrerin. »Aber ich muss Ihnen allen einschärfen, dass es anmaßend und unrecht wäre, sollten Sie erwarten, als Besucher dieses Konzerts Ihre Töchter wirklich zu *sehen*. Als

Mütter ist es Ihnen verwehrt, die Intimität und Privatheit ihres Vortrags zu teilen.«

Der Saxofongurt um ihren Hals hat sich seitlich an ihrem Kragen verhakt und zerrt ihn schräg abwärts, sodass die milchweiße Haut ihrer Brust zu sehen ist.

Sie sagt: »Wären Sie nicht die Mütter dieser Mädchen, wären Sie vielleicht in der Lage, sie anders zu sehen, nämlich sowohl als Person wie als Typ. Wenn Sie nicht Mütter wären, und wenn Sie sehr genau hinsähen, wären Sie vielleicht in der Lage, eine Rolle, eine Figur zu erkennen und auch eine Person, die darum kämpft, diese Rolle aufrechtzuerhalten, eine Person, die überhaupt erst beschließt, dass *diese* bestimmte Rolle diejenige ist, die sie ausfüllen will.

Es gibt Menschen, die sehen nur die Rolle, die wir spielen, und es gibt Menschen, die sehen nur den Schauspieler dahinter. Und es ist etwas sehr Seltenes und Merkwürdiges, wenn jemand die Fähigkeit besitzt, beides gleichzeitig zu sehen: Dieses doppelte Gesicht ist eine Gabe. Wenn Ihre Töchter Sie zu ängstigen beginnen, so liegt das daran, dass Sie beginnen, diese Gabe zu erlangen. Ich wende mich hier vor allem an die Frau hinter Mrs Winter, Mrs Sibley, Mrs Odets und den Übrigen«, fügt sie hinzu, »an die Schauspielerin, die ich nicht zu sehen vorgab, die Frau, die alle Frauen spielt, alle Frauen, aber nie die Mädchen, nie die Töchter. Die Rolle der Tochter steht Ihnen, wie Sie wissen, nicht mehr offen.«

Sie hält eine gewölbte, leere, nach oben gewandte Hand in die Luft. Die Mütter nicken.

»Lassen Sie mich Ihnen jetzt meine erste Schülerin vorstellen«, sagt sie, »eine Studentin am St Margaret's College, die seit fast vier Jahren zu mir kommt. Bitte begrüßen Sie mit mir auf der Bühne: Briony-Rose.«

»Stanley?«, sagt Felix an der Tür zum Grünen Raum und blickt mit einem Ausdruck beflissener Besorgtheit herein. »Bist du okay?«

»Ich schmeiße hin«, sagt Stanley in den Spiegel. Sein Gesicht ist weiß. »Ich pack das nicht. Die Eltern des Mädchens sind im Publikum. Ich pack's nicht. Ich mach die Fliege. Ich will kein Schauspieler mehr sein. Ich kann das nicht durchziehen. Es versaut die ganze Aufführung, aber ich kann nicht, tut mir leid, ich kann nicht.«

»Du spinnst«, sagt Felix, beruhigend, wie er hofft. »Denk daran, wie viel Kohle wir investiert haben. Wenn wir das nicht durch die Abendkasse wieder reinkriegen, zahlt jeder aus eigener Tasche. Die anderen werden stinksauer sein. Du kannst jetzt nicht aussteigen.«

»Ich gehe weg«, sagt Stanley. »Ich ziehe für eine Weile fort, bis Gras drüber gewachsen ist.« Er will das Gesicht in den Händen vergraben, aber er war bereits in der Maske und ist sich bewusst, dass Lippenstift und Puder verschmieren werden. Er stößt ein jähes Geheul aus und haut mit beiden Fäusten auf den Schminktisch. »Warum sind sie hier? Warum? Was für Sadisteneltern wollen tatsächlich ein Stück über ihre missbrauchte Tochter sehen?«

»Was?«, sagt Felix, der zum ersten Mal wirklich zuhört. »Du meinst die Eltern des echten Mädchens? Dieser Victoria?«

Stanley stöhnt nur zur Antwort und tritt fest nach dem Heizkörper. Ein willkommener Schmerz schießt bis in seine Wade hinauf und bleibt.

»Quatsch«, sagt Felix. »Woher sollen sie das wissen? Niemand weiß, worum es geht. Es ist die Premiere. Nicht mal die Dozenten wissen es. Wie kommst du denn darauf?«

Stanley hebt einen trübseligen Blick zu Felix, dann schüttelt er den Kopf. »Ich hab sie gesehen«, sagt er. »Im Foyer. Mit der kleinen Schwester.«

Eine Pause tritt ein. Dann sagt Felix: »Was für Sadisteneltern …«

»Sie ist meinetwegen gekommen«, sagt Stanley. »Isolde ist hier, um mich zu sehen. Als Überraschung.«

»Wer?«, fragt Felix, jetzt völlig perplex.

»Isolde«, sagt Stanley. »O Gott. Und sie hat ihre Eltern mitgebracht. Sie weiß nicht, worum es geht, sie weiß nichts von Victoria oder sonst was, und jetzt werden sie gleich – o Gott. Ich kann's nicht. Nicht vor ihnen.«

In Felix' Augen glimmt leise Panik auf, als ihm dämmert, dass Stanley Ernst machen und tatsächlich die Flucht ergreifen könnte. Er wirft einen raschen Blick über die Schulter den Garderobenflur entlang und fragt dann: »Sind deine Eltern hier?«

Stanley stößt ein weiteres Geheul aus. »Mein Dad«, sagt er. »Zu allem verdammten Überfluss! Mein Dad!«

»Meiner auch«, sagt Felix. Dann sagt er zögernd: »Wenn die Eltern des Mädchens wirklich gekommen sind, Stanley, dann müssen sie auch bereit sein, sich schockieren zu lassen. Man geht nicht in eine Vorstellung wie diese und glaubt, man könnte … seine Unschuld bewahren. Unmöglich. Sie müssen wissen, was ihnen bevorsteht. Und sie sind keine Kinder.«

»Aber sie wissen doch gar nicht, worum es geht«, sagt Stanley. »Es ist Premiere. Wo in diesem ganzen Scheißprogramm steht denn, dass es ein Stück über ihre Tochter ist? Nirgends. Sie sind hier, um mich auf der Bühne zu sehen, als Überraschung.« Wieder betrachtet er sich im Spiegel. Die Maskenbildnerin hat ganze Arbeit geleistet, hat seine blonden Brauen unter Puder verschwinden lassen und ihm schwarze Bögen gezeichnet, die höher und eckiger sind als die originalen. Er hat einen kleinen roten Schmollmund, und alle natürlichen Schatten seines Gesichts sind grau unterlegt: die kleinen Runzeln um seinen Mund, die Vertiefungen an seinen Wangen, unter dem Kinn. Die Augen schwarz umrandet.

Felix ist immer noch vollkommen durcheinander. »Das Gute ist«, sagt er, angestrengt bemüht, die Situation wieder in den Griff zu bekommen, »dass du mit deinem Kostüm und allem absolut nicht zu erkennen bist. Falls es das ist, was dir Sorgen macht. Wegen der Eltern.«

»Ach!«, sagt Stanley. Unter seiner Schminke sind seine Zähne zusammengebissen und die Augen rot und das Gesicht bleich, aber im Spiegel ruckt die Schmollmundkarikatur, die Stanley ist, mit dem Kopf und scheint sogar zu lächeln.

Samstag

Isolde und ihre Eltern sind bereits auf der Bühne, als die Lichter angehen, Isolde am äußersten Ende des Sofas und noch weiter nach außen, über die Lehne hinausgebeugt – mit jeder Faser ihres Körpers streckt sie sich fort von den beiden anderen Figuren im Scheinwerferlicht: einem beleibten schnurrbärtigen Vater und einer zaundürren, bis oben hin zugeknöpften Mutter.

»Mach dir eines klar«, sagt Isoldes Mutter, »nämlich dass du diesen kleinen Vorgeschmack darauf, was sein könnte, jetzt in dir hast. Du hast ihn runtergeschluckt wie ein Bonbon aus einer braunen Tüte.«

»Mach dir eines klar«, sagt Isoldes Vater, »nämlich dass es jetzt, nachdem wir Bescheid wissen, nicht mehr vorkommen wird.«

»Denk daran – der einzige Unterschied zwischen dir und irgendeiner anderen«, sagt Isoldes Mutter, »ist die Frage, zu welchem Preis und unter welchen Umständen du bereit bist nachzugeben.«

Durch die Mattglastür in der Mitte der Kulisse treten Stanley und sein Vater ein. Ihnen voraus geht Victoria, die eine Hand ausgestreckt hält, als zeigte sie ihnen den Weg.

»Das ist er«, sagt sie überflüssigerweise und macht aus dem Satz mehr, als sie sollte, weil er ihr einziger ist und sie gesehen werden will. Die Mutter macht eine wedelnde Handbewegung, und mit dem manierierten, wohlüberlegten Gang eines Schauspielers, der eine zu kleine Rolle hat und deshalb jede einzelne Geste bis zum Exzess einstudiert hat, geht Victoria ab.

Die Gruppe steht einen Moment reglos. Stanley und Isolde sehen einander wild, mit einer schwelenden Wut an, von der die Leute im oberen Kreis und in den Parkettbereichen mit eingeschränkter Sicht nichts mitbekommen.

Dann sagt Isoldes Vater steif: »Gerade wollte ich sagen: Lassen Sie uns, nachdem wir jetzt schon hier sind, die Sache auf zivilisierte Weise regeln, wie Erwachsene. Aber just als es mir schon auf der Zunge lag, wurde mir klar, dass das Wort *Erwachsene* angesichts der Umstände nicht so recht angemessen ist.«

Ein Schweigen tritt ein. Stanleys Vater ist der Erste, der Platz nimmt.

»Der Zweck dieses Konzerts«, sagt die Saxofonlehrerin, »besteht eigentlich darin, die Schülerinnen sich gewissermaßen selbst äußern zu lassen. Eigentlich ist es nur ein Vehikel, das ihnen die Möglichkeit gibt, dem eigenen Wachstum, dem eigenen Erwachen eine Stimme zu geben, es darzubringen wie eine Jungfrau an einem Altar, vor aller Augen. Am heutigen Abend wäre eine gute Frage, die Sie sich während des Konzerts stellen könnten: Was sagt mir dieser Vortrag über die Vortragende? Welche blanke Form tritt aus dem sich verziehenden Nebel der Musik dieses Mädchens zutage? Welche privaten Dinge werden dargeboten und welche verraten?«

Julia sitzt in der zweiten Reihe, das Saxofon auf dem Schoß, und wartet auf ihr Stichwort, um sich zu erheben und zur Bühne hinaufzugehen.

»Ich erwähne das nur«, sagt die Saxofonlehrerin, »weil meine nächste Schülerin ein sehr schwieriges Jahr hinter sich hat. Vieles ist geschehen, das diesem Mädchen das Leben in diesem Jahr schwer gemacht hat, und wenn wir sehr viel Glück haben, werden wir in ihrem Vortrag heute Abend den Niederschlag mancher ihrer tragischen und schönen Erlebnisse zu sehen bekommen. Ihr seelischer Kummer macht jede Note, die sie für Sie spielt, zum Drama, und sie wird viel mehr heraufbeschwören als nur Sehnsucht und Verlust. Wenn wir sehr viel Glück haben, und das ist meine Hoffnung, dann wird es uns beschieden sein, das gesamte Ausmaß der Zumutung zu erkennen, die sie dieses Jahr aushalten musste: Wir werden den unaussprechlichen Inzest zweier Frauen miteinander erleben, hier auf der Bühne vorgespielt wie eine aus einer Schatzkammer entwendete seltene Aufnahme. Sie werden sehr genau hinhören müssen.«

Julias Handflächen sind kalt und schweißfeucht, und sie wischt sie unwirsch an ihren Hosenknien ab.

»Und bevor ich Julia auf der Bühne willkommen heiße«, sagt die Saxofonlehrerin, »möchte ich auch allen heute hier anwesenden Müttern für die eigenartige Befriedigung danken, die darin liegt, etwas zu sagen, das niemand hört.«

Oktober

»Du hast gar nicht gesagt, dass er die Hauptrolle spielt, Issie«, sagt Isoldes Vater, auf das Programm deutend. »Da, sein Name steht ganz oben.«

»Er hat mir ja nichts verraten«, sagt Isolde. »Er fand sowieso, ich sollte nicht kommen. Wahrscheinlich ist er nervös.« Verkrampft vor stellvertretendem Lampenfieber blickt sie zur Bühne hinauf. Im Orchestergraben brennen die Lichter, und jetzt sieht sie dort unten die Musiker aus der halb verborgenen Tür in der Wand kommen und ihre Plätze an den Instrumenten einnehmen. Sobald sie sitzen, sind sie aus Isoldes Blickfeld verschwunden.

»Pikdame«, liest Isoldes Vater vor, dann nimmt er seine Lesebrille ab und sagt: »Wie findest du das, hm?«, und stößt Isolde leutselig mit dem Ellenbogen an.

»Vielleicht hätten wir nicht schon zur Premiere kommen sollen«, sagt Isoldes Mutter und schwenkt die Knie zur Seite, um ein junges Paar durchzulassen. »Wenn er nervös ist.«

»Aber ich hab's euch doch gesagt – er weiß ja gar nicht, dass ich heute da bin«, sagt Isolde. Sie reckt den Hals und sieht sich in der Menge um. Sie beobachtet einen Pulk älterer Studenten des Instituts, die sich hinten im Parkett auf eine keilförmige Fläche von Sitzen verteilen, und kommt sich auf einmal idiotisch vor, dass sie ihre Eltern mitgebracht hat. Sämtliche Schauspielschüler umklammern und umarmen einander und unterhalten sich stürmisch gestikulierend, und Isolde stellt sich vor, wie sie sich nach der Aufführung hinter die Bühne durchzwängt, um Stanley zu überraschen, an seine Garderobentür klopft und von der Türschwelle aus schüchtern lächelt, während hinter ihr die Schauspieler auf dem Korridor kreischen und rufen, und auf einmal erfasst sie eine grauenhafte Furcht.

»Wir müssen nicht hinter die Bühne«, sagt sie laut, um sich zu beschwichtigen. »Ich kann ihn genauso gut morgen anrufen.«

Seit dem Krach am Straßenrand hat sie nicht mehr mit Stanley gesprochen.

»Ist das nicht nobel hier?«, sagt Isoldes Vater. »Schaut euch diese Stuckverzierungen an dem Bogen an. Schöne Arbeit.«

Die Band setzt ein, im Saal gehen die Lichter aus.

»Wieso habe ich keine Pfefferminzbonbons dabei«, sagt Isoldes Mutter. »Hoffentlich gibt es eine Pause.«

Oktober

»Es ist immer – und ausschließlich – aus zweiter Hand«, sagt der Bewegungsleiter und trommelt mit ungeduldigen Fingern auf das Glanzpapier des Programms auf seinen Knien. Das Umschlagbild zeigt die Karikatur eines Mädchens mit Zöpfen und Schuluniform, und darunter steht der Titel des

Stücks: *Die Bettpfostenkönigin.* Der Schauspielleiter hält mit gerecktem Kopf über die Menge hinweg Ausschau und hört nur mit halbem Ohr zu, aber der Bewegungsleiter spricht sowieso in erster Linie zu sich – mit einer merkwürdig angespannten Dringlichkeit, die auf kein Publikum warten kann. Er sagt: »Darum kommt man nie herum. Auch wenn du am erfolgreichsten, lebhaftesten und mitreißendsten bist, bist du doch immer nur … Zuschauer.«

September

»Weißt du was?«, fragt Stanleys Vater und beugt sich über das Sofa zu Isolde hinüber. Sie wendet den Kopf, sodass sie beide im Profil vor cremeweißem Hintergrund zu sehen sind: das zart aufgeworfene Schmollmündchen des Mädchens und die hohle Wange, der kantige Kiefer des Mannes.

»Wenn ich eine Gruppentherapiestunde veranstalte«, sagt Stanleys Vater, »sagen wir sechs oder sieben oder mehr Klienten in einem Raum, vielleicht eine ganze Familie, je nachdem, woran ich gerade arbeite, dann ist meine Strategie, erst mal gar nichts zu sagen. Ich stelle Fragen, fordere die Leute zum Reden auf, schlage Themen vor, aber was mir selber durch den Kopf geht, sage ich nicht. Nicht mal in Andeutungen. So halte ich es in der ersten und der zweiten Stunde.

Am Ende der zweiten Stunde sitzen schon alle auf Kohlen. Sie wollen wissen, was das für einer ist, dieser Psychologe, der nur zuhört, dasitzt und zuhört und ab und zu eine Frage stellt, immer eine milde Frage, nie was Provozierendes, nie was Scharfes. Ich bin zu teuer, bin zu bekannt, als dass ich es mir leisten dürfte, einfach nur zuzuhören. Sie werden argwöhnisch. Mit Seitenblicken auf mich fangen sie an, miteinander zu zanken, um mich endlich zum Eingreifen zu zwingen.

Ich gehe früh, immer. Gleich nach der Stunde bin ich weg. Nie ermutige ich sie, mich besser kennenzulernen. Ich halte sie mir vom Leib, bleibe auf Distanz, und wenn ich in der *dritten* Stunde hereinkomme, sind sie wie Mäuschen. Ihre gesamte Zwietracht ist in sich zusammengefallen, und ihre Aufmerksamkeit gilt ausschließlich *mir*, absolut mir. Und dann …« Stanleys Vater legt die Fingerspitzen einer Hand zusammen und lässt sie auseinanderschnellen, als entließe er ein Rauchwölkchen. »Dann kann ich alles sagen«, sagt er. »Die dritte Stunde ist die goldene. Sie hören auf alles, was ich sage. Sie hören mich.«

»Hat diese Geschichte eine Moral, die irgendwas mit Jungfräulichkeit zu tun hat?«, fragt Isolde leicht nervös.

»Keine Moral«, sagt Stanleys Vater. »Ich mache nicht in Moral. Mein Geschäft sind schmutzige Witze und zum Zeitvertreib auch Geschichten.«

»Gut«, sagt Isolde. Sie wendet sich ab, und die Schatten in ihrem Gesicht zerlaufen, als sie in dem grellweißen Nebel aufgeht, der vor und hinter dem Rampenlicht emporsteigt.

Stanleys Vater betrachtet sie mit Mitgefühl und sagt: »Jungfräulichkeit ist übrigens ein Mythos. Es gibt keinen Ein-/Aus-Schalter, keinen Augenblick, von dem an es kein Zurück mehr gäbe. Es ist einfach ein erstes Erlebnis, wie jedes andere erste Mal. Das ganze Beiwerk, die Lichter und Vorhänge und Spezialeffekte – das gehört alles zum Mythos.«

Isolde dreht ihm abermals das Gesicht zu, und die Schatten kehren zurück, bemächtigen sich wieder der dunklen

Seite ihres Gesichts, sodass sie abermals halbiert ist, wie ein abnehmender Mond.

Stanleys Vater lächelt. Er sagt: »Mach dir nichts vor.«

Samstag

»Und trotzdem fanden weitere Psychologenstunden statt«, sagt Julia, »sie krallten sich in den Schulkalender wie ein festgebackener Schmutz, den niemand abkratzen wollte. Trotzdem trafen wir uns, um über die zweifelhafte Vergewaltigung des Mädchens zu diskutieren, das sich die Bluse bis hinunter zu der weißen Rosenknospe in der Mitte ihres BHs aufknöpfte. Wir saßen zusammen und redeten über das Mädchen, das sich mittags bei der Probe rote Lutscher in den Mund steckte und von der Lutscherkugel ganz leicht die Unterlippe herunterziehen ließ, sodass sich ihr Mund ein Stück öffnete und man das nasse Rollen ihrer Zunge sah.

Und Mr Saladin«, fährt sie unbarmherzig fort, »Mr Saladin, der nur noch Schlag Mitternacht in fünf Monaten hätte abwarten müssen, den Glockenschlag, der Victoria verwandelt hätte – aus dem Kind wird eine Erwachsene, so sicher wie aus der Kutsche der Riesenkürbis und dem gesattelten Pferd die schmutzige gemeine Küchenmaus. Es hätte ein Geburtstagsgeschenk sein können, wenn er nur gewartet hätte. Bei unserem Schulpsychologen lernten wir, dass Mr Saladins schwerstes Vergehen seine Ungeduld war. Wir lernten, dass die Moral lautet: ›*Wer hastig läuft, der fällt; drum eile nur mit Weil*‹.«

Die Mütter sind gebannt.

»Nein, stimmt nicht«, sagt Julia. »Das haben wir gar nicht gelernt.«

Sie spricht wie eine Magierin oder Zirkusdirektorin.

»Wir lernten, dass alles in der Welt in zwei Aspekte zerfällt: gut und böse, männlich und weiblich, wahr und falsch, Kind und Erwachsener, Lust und Leid. Wir lernten, dass der Schulpsychologe eine Landkarte besitzt, eine Karte, die alles erklärt und verständlich macht. Einen Schlüssel. Wie in einem Theaterprogramm, wo Sie auf der einen Seite die Namen der Schauspieler und auf der anderen die Personen im Stück haben – eine klare Trennung zwischen Dichtung und Wahrheit. Wir lernten, dass es einen Unterschied gibt – dass es *immer* einen Unterschied gibt – zwischen Vortrag und Vortragendem, zwischen Realität und Lüge. Wir lernten, dass es keinen Mittelweg gibt.«

Julia betrachtet ihr Publikum.

»Nur die Beobachter«, sagt sie, »und die Opfer von Beobachtung.«

Die Mütter wagen nicht zu rascheln.

»Aber der Schulpsychologe hat gelogen«, sagt Julia. »Sie haben gelogen. Nämlich was den damit verbundenen Schmerz betrifft, das komplizierte Chaos, das unendlich dorniger und elender und brutaler ist, als Sie sich überhaupt noch erinnern können, denn mit jedem Jahr, das vergeht, senkt sich ein Gazeschleier über Ihre Augen und wird dichter und dichter, bis Ihre Kindheit im Nebel verschwunden ist.«

Die Saxofonlehrerin beobachtet Julia von der Bühnenseite her. Sie hat einen Kloß in der Kehle, und es drückt ihr die Brust zusammen. Es könnte Stolz sein.

»Stellen Sie sich vor«, sagt Julia, »Victoria ist wahrscheinlich heute Abend, genau in diesem Augenblick, mit Mr Saladin zusammen, liegt irgendwo hingebreitet und durchglüht von jugendlicher Lust, während ihre Schwester und ihre Eltern in der niederdrückenden Dunkelheit eines Theatersaals am anderen Ende der Stadt sitzen. Sie liegt wahrscheinlich nackt und schmiegsam und mit schlaffem, butterweichem Körper über ihm ausgestreckt. Er flüstert ihr wahrscheinlich die abnehmende Zahl der Tage ins Haar, die es noch dauert, bis sie zu ihrem wahren Ich geworden ist, bis ihr Körper ganz ihr Besitz sein wird, und sein Besitz. Wahrscheinlich streichelt er sie mit seiner schwieligen, verwitterten Erwachsenenhand.«

Sie blickt die Mütter an.

»Und Sie wünschen, Sie wären an ihrer Stelle«, sagt Julia leise. »Sie wünschen, Sie wären an ihrer Stelle.«

Samstag

Isolde und Julia stehen allein vor dem schwarzen Stoff des Bühnenhintergrunds. Es gibt kein Bühnenbild, keine Kulissen. Sie tragen beide ihre Schuluniform, aber unterschiedlich: Isoldes Kleider sind sauber und gebügelt, Julias hingegen zerknittert und geflickt und schmuddelig und raffiniert. Sie blicken einander über die Bühne hinweg an.

Isolde sagt: »Ist es, weil ich nicht gelernt habe, mich zu lieben, dass ich mich lieber in der beruhigenden Fremdheit eines Körpers vergraben wollte, dem diese wesentliche Ähnlichkeit fehlt, deretwegen ich mich zwangsläufig hätte *vergleichen* müssen? Bei dir wäre ich verdoppelt, intensiviert, gespiegelt worden. Bei ihm sind unsere Unterschiede praktisch ausgelöscht, nicht vorhanden.«

»Ja«, sagt Julia. »Aber das ist nur ein Teil davon.«

Isolde sagt: »Liegt es also daran, dass ich Angst hatte? Liegt es daran, dass ich keine Vorlage dafür hatte, kein Modell, und das unerwartet riesige Ausmaß meiner Arglosigkeit, dieser bodenlos klaffende Abgrund meines Nichtwissens einfach zu fremdartig, zu erschreckend war? Es war zu groß für mich – zu groß, als dass ich es ganz hätte fassen können, wie etwas Vollkommenes oder Tragisches oder Erhabenes.«

»Ja«, sagt Julia.

»Das ist vollkommen neu für mich, Julia«, sagt Isolde. »Solche Angst zu haben.«

»Mach dir keine Sorgen«, sagt Julia. »Das kommt nie wieder.«

Das Licht verändert sich.

»Ich weiß noch, wie ich vor unserem Haus in deinem Auto saß«, sagt Isolde, »wir beide im hellgrauen Licht der Straßenlaterne, voneinander getrennt durch unsere Sicherheitsgurte, diese Gurte quer über der Brust, die uns an den Kunstledersitz drückten. Und du hast den Kopf zu mir gedreht und ganz kurz aufgelacht, als wärst du wirklich nervös, und dir auf die Unterlippe gebissen und das Haar teilweise über dein Gesicht fallen lassen, ohne es zurückzustreichen. Und dann hast du gesagt: Kann ich nur …?, und die Frage sterben lassen und hast die Hand ausgestreckt und mir unters Kinn gelegt, hast einfach herübergegriffen, dich gegen den Sicherheitsgurt gelehnt, der dich zurückhielt, im Zaum hielt, an den Sitz fesselte. Ich hatte schreckliche Angst. Ich erinnere mich, dass ich meine Lippen leckte. Ich erinnere mich, dass mein Mund trocken war. Ich erinnere mich, dass du mich geküsst hast.«

»Ein Ausrutscher«, sagt Julia.

»Mein Sündenfall.«

Und Julia sagt: »Mein Sündenfall.«

Isolde sagt: »Was wird jetzt aus dir?«

Julia wendet die Augen von ihr ab und blickt hinaus auf die Geistergesichter des Publikums. Sie schweigt einen Moment. Dann sagt sie: »Was zu erwarten ist, nehme ich an. Langsames Ausblenden.«

Oktober

»Es ist zu leicht«, sagt Stanleys Vater, als er aus dem Taxi aussteigt. »Ach, Stanley, das ist zu leicht, und ich werde es sowieso sagen.«

Er steigt über den Rinnstein hinweg und breitet die Arme zu einer Umarmung aus, in die er Stanley fest einschließt. Stanley nimmt den vertrauten Schwall Rasierwasserduft am väterlichen Hemd wahr.

»Was ist zu leicht?«, fragt Stanley, als sie wieder getrennt sind und das Taxi um die Ecke verschwunden ist.

»Du hast meine Methoden noch überboten«, sagt Stanleys Vater. »Du hast meine Ideen aufgegriffen und bist mit ihnen durchgegangen, hast was draus gemacht, das mir im Traum nicht eingefallen wäre. Ich bin geschmeichelt und beeindruckt und ein bisschen beschämt, dass du nicht mehr Vernunft besitzt.«

»Meinst du die Versicherungssache?«, fragt Stanley.

»Ganz genau.«

»Ich habe nämlich mit Versicherungen telefoniert«, sagt Stanley. »Etliche habe ich angerufen. Wegen deiner Idee, wie man eine Million machen kann, und jetzt weiß ich, dass es nicht funktioniert.«

»Natürlich funktioniert es nicht. Ich wollte dich bloß aufziehen, und Schande über dich, dass du mich ernst genommen hast«, sagt Stanleys Vater. »Aber *dieses* …«

Er lacht und breitet die Arme aus. Über der Doppeltür des Foyers flattert ein riesiges Hochglanzbanner mit dem Wort *Premiere!* im Wind und stemmt sich konvex gebläht in die am Balkongeländer vertäuten Ösen. An beiden Türflügeln hängen Plakate von einem Mädchen in Schuluniform, das sich geziert eine Spielkarte in die Tasche schiebt.

»Das ist brillant«, sagt Stanleys Vater. »Und es ist urkomisch. Aber es würde mich wundern, wenn euer Stück länger als eine Woche läuft. Wahrscheinlich drehen sie euch schon morgen Abend den Strom ab.«

»Wär vielleicht nicht das Schlechteste«, sagt Stanley.

»Steckst du in Schwierigkeiten?«

»Ja.«

»Brauchst du Hilfe?«, fragt sein Vater, der ausnahmsweise nicht im Therapiemodus läuft, sondern Stanley mit einem neugierigen halben Lächeln beäugt, als wäre er sehr stolz.

»Ja«, sagt Stanley, leiser. »Ich wurde wegen etwas beschuldigt.«

»Ausgezeichnet«, sagt sein Vater. »Das erzählst du mir beim Essen. Gehen wir zum Chinesen.«

Oktober

»In deinem Terminkalender«, sagt Isolde, »deinem schwarzen Terminkalender mit dem goldenen Streifen, fand ich einen Artikel, der aus der Titelseite der Zeitung ausgeschnitten war. Die Überschrift war *Lehrer leugnet Sex mit Schülerin.* Nur war es nicht bloß der Artikel, sondern eine Fotokopie des Artikels, die Fotokopie einer Fotokopie, auf der bestimmte Schlüsselsätze mit gelbem Leuchtmarker angestrichen waren, vielleicht von dir.«

Stanley, den Kopf in den Händen, sitzt ein wenig von ihr abgerückt.

»Die eine Hälfte des Artikels war mir bekannt«, sagt Isolde, »die Hälfte nämlich, die noch am Falz der Zeitung hing, nachdem meine Ma sich draufgestürzt und versucht hatte, die Titelseite abzureißen, sie sagte: Geier, Geier!, und zerknüllte das abgerissene Stück. Als sie aus dem Zimmer war, las ich den übrig gebliebenen Teil mit der Überschrift *Lehrer Sex* und all den zerpflückten, entzweigerissenen Wörtern und versuchte, das Ganze wieder zusammenzusetzen, die scharfkantigen Bruchstücke der Liebe meiner Schwester.«

Stanley rührt sich nicht, er presst beide Hände an die Schläfen und hockt da wie ein resignierter Boxer, der weiß, dass er den Kampf verloren hat.

»Ich las also den Artikel«, sagt Isolde, »diesmal vollständig und fotokopiert, die wichtigen Sätze gelb markiert, Sätze wie ›erhielt Privatunterricht‹ und ›vorübergehend von der Schule entfernt‹. Ich fragte mich, warum du das neben deinem Busausweis und deinen Bibliotheksbelegen und deinen handgeschriebenen Lieblingssonetten in deinem Kalender hast. Ich dachte, es ist wahrscheinlich eine Übung, die ihr an der Schule macht, bloß eine Übung, irgendwas über Skandale in der Presse.«

In einer jähen flüssigen Bewegung richtet Isolde sich auf und zieht die Ellenbogen an die Seiten.

»Aber *jetzt*«, sagt sie, »jetzt weiß ich, wie es wirklich war. Jetzt weiß ich, dass du eine Gelegenheit in mir gesehen hast. Jetzt weiß ich, dass ich eine Schachfigur war, eine schimmernde Schachfigur, die den ganzen Weg bis zur aufgerauten Karton-Unterkante des Spielbretts zurückgelegt hat, um sich in eine Königin zu verwandeln – eine Königin für dich, eine Königin für deinen Auftritt und deine Aufführung und deine Karriere. Ich weiß jetzt, dass irgendwas an mir schließlich doch noch meine Schwester verriet, irgendein kleiner Anflug von Übereinstimmung oder Vertrautheit, der dich, wenn ich den Kopf abwandte und mir auf die Lippe biss und meine Haare zurückstrich, *sie* sehen ließ; und auf einmal hast du dann alles Mögliche an mir gesehen, das du verwenden konntest. Ich weiß, dass du dachtest: Ihre Nähe zu ihrer Schwester ist viel wert.«

Isolde richtet sich noch höher auf, als sammelte sie alle Fäden ihrer Person, alle Fransen ein und polsterte sich damit, um weitermachen zu können. Als sie spricht, ist ihre Stimme halb erstickt wie ein Wehklagen, das Stanley Herzklopfen macht und ihn zwingt, den Blick abzuwenden.

»Ich erfülle für dich einen doppelten Zweck«, sagt Isolde. »Ohne es zu wissen, bin ich in der Mitte halbiert und geteilt: in einen Nutzen und einen Zweck. Du willst meine Nähe zu ihr ausnützen, mich auspressen, all die kleinen Buntglassplitter an Information über Victoria aufklauben, die alles ausmachen, was ich weiß. Du willst die vollständige Geschichte, für dich. Du willst meine Schwester, aber du willst sie nicht ganz: Du willst ihren Schatten, ihr Spiegelbild, ihren Niederschlag auf der Titelseite der Zeitung. Du willst die Luft, die sie atmet, und die Räume, durch die sie sich bewegt, und die Dinge, die sie im Vorübergehen streift. Und deswegen willst du mich.«

»Isolde«, sagt Stanley mit leiser, von seinen Händen gedämpfter Stimme. »Du wirst nicht benutzt. Nichts an dir wurde je benutzt oder verwertet.«

»Aber ich habe dich benutzt«, sagt Isolde auftrumpfend, mit hell und klar tönender Stimme. »Genau wie du mich habe ich dich benutzt. Das wollte ich dir nur sagen. Du bist eine Art Schutz für mich, weiter nichts. Sozusagen ein Beweis.«

Samstag

»Noch ein Letztes, eh' wir zum Schluss kommen«, sagt die Saxofonlehrerin, nachdem die letzte Schülerin von der Bühne getrippelt und an ihren Platz im Parkett zurückgekehrt ist. Der Steinway-Flügel hinter ihr ist verhüllt wie ein mächtiges leinwandverhängtes Grabmal, das umgekippt und liegen geblieben ist.

»Ich möchte gern noch eine meiner Schülerinnen würdigen«, sagt die Saxofonlehrerin, »eine schlaksige, welke Schülerin, die dieses Jahr gestorben ist, von einem Auto überfahren, als sie mit dem Fahrrad von ihrer Spätschicht auf dem Weg nach Hause war.«

Im Raum ist es mit einem Mal totenstill.

»Lange habe ich versucht, Bridgets Tod als Tragödie zu sehen«, sagt die Saxofonlehrerin. »Es ging nicht. Jetzt auf einmal kann ich ihn, glaube ich, so betrachten.«

Sie senkt den Blick und sammelt ihre Gedanken.

»Wäre Bridget am Mittwoch in die Jazzband gekommen«, sagt sie, »an dem Mittwoch, der nicht kam, dem Mittwoch, den sie nicht mehr erlebte, dann wäre sie eine Berühmtheit gewesen. Die blasse, strähnige Bridget, stets das kleine Mädchen, das wenig wusste und sich keine großen Gedanken machte, stets das Mädchen, das der Schatten seiner selbstgerechten, tugendhaften, ihm nachstellenden Mutter war, stets das Mädchen, das einen Witz als Letzte verstand – sie wäre auf einmal bewaffnet gewesen, hätte etwas anzubieten und zu sagen gehabt. Umringt und gehätschelt und angestupst wäre sie worden, wenn sie vor aller Welt noch einmal ihre Sechs-Minuten-Unterhaltung mit Mr Saladin in der Videothek durchlebt hätte. Alle hätten ihr zugehört. Mucksmäuschenstill wäre es im Raum gewesen. Und sie wäre vom ersten dünnen Strahl lichthellen Behagens gewärmt worden, den sie je erlebt hat. Einen Augenblick lang wäre sie beliebt gewesen, denn zum ersten Mal in ihrem kurzen unglücklichen Leben hätte sie eine echte Information besessen. Dieses kleine Vergnügen wurde Bridget versagt. Das ist der Grund, weshalb wir ihren Tod tragisch nennen können.«

Die Mütter nicken.

»Arme Bridget«, sagt die Saxofonlehrerin weich. »Es ist grausam.«

November

Julia und Victoria sitzen zwischen einer schläfrigen Handvoll Schülerinnen aus der Dreizehnten im Gemeinschaftsraum, alle matt hingebreitet in der herandrängenden Hitze des Fastsommers. Die Spanne ihrer Highschool-Jahre ist beinahe abgelaufen, und mit einer liebevollen Nostalgie sehen sie sich in der Welt um, die sie sehr bald hinter sich lassen werden. Durch das Fenster dringen Gelächter und Rufe der Mädchen auf dem Sportplatz herein.

Nach und nach leert sich der Gemeinschaftsraum, es geht eine nach der anderen, bis die Tür hinter der Letzten ins Schloss fällt und nur Julia und Victoria noch da sind. Julia sitzt über ihrem Antrag für ihr Abschlusszeugnis, und Victoria beobachtet sie eine Weile von der anderen Seite des Raumes her.

»Hattest du eigentlich was mit meiner Schwester?«, fragt sie plötzlich. Ihre Stimme ist dünn. »Vor einiger Zeit. Wart ihr zwei irgendwie zusammen oder so?«

Julia blickt auf und betrachtet das andere Mädchen mit gleichgültiger Miene. »Ist es das, was alle behaupten?«

»Na ja«, sagt Victoria verlegen. »Ja, schon.« Sie wirkt kleiner als sonst. Ihre Lippen sind in einer Weise vorgeschoben, dass sie für eine kurze halbe Sekunde ein bisschen wie ihre Schwester aussieht. Als wäre für einen Moment das Bild der Jüngeren über ihr Gesicht gehuscht, so wie ein Sonnenstrahl durch eine Wolke sticht.

Julia sieht Isoldes Bild aufblitzen und wieder verschwinden, dann sagt sie: »Warum fragst du sie nicht einfach? Wenn du's wirklich wissen willst. Warum fragst du Isolde nicht einfach?«

Es klingt zu intim, Isoldes Name in Julias Mund. Sie merken es beide und werden rot.

»Ich habe wohl darauf gewartet, dass sie zu mir kommt«, sagt Victoria. »Dass sie damit herausrückt. Bevor ich fragen muss.«

»Das ist aber nicht passiert.«

»Nein.«

Julia wendet sich ab. »Und was sagen sie denn alle?«, fragt sie mit dem Gesicht zum Fenster, zur Wand.

»Nur, dass du sie geküsst hast, ein Mal.«

»Das ist alles?«

»Und jemand hat ein Fick-mich-Armband in der Requisite gefunden, und es war zerrissen.«

»Das ist alles?«

»Ja. Das ist alles. Also was war wirklich?«

Julia sagt nichts. Victoria sitzt da und wartet. Sie hat einen gespannten, schmeichelnden Ausdruck im Gesicht, und sie sitzt leicht vorgebeugt, sodass es aussieht, als hoffte ihr ganzer Körper auf eine Antwort. Sie hat die Brauen gehoben.

Julia schaut noch immer zum Fenster hinaus. Die Mädchen auf dem Hockeyfeld draußen jubeln und jubeln.

Schließlich seufzt Victoria und sagt: »Julia, ich wäre glücklich, wenn du mir einfach genügend Fakten erzählen würdest, damit ich es mir vorstellen kann. Damit ich es mir nacherzählen kann. Damit ich mir vorstellen kann, ich wäre wirklich dabei gewesen.«

DANK

Mein tiefer Dank an Denis und Verna Adam.

An Damien Wilkins, Jane Parkin und Fergus Barrowman: danke für euren Rat, euren Zuspruch und eure Klugheit.

An Stephen Pike: danke für deine Bosheit und deine irre Idee mit der Lebensversicherung. Danke auch Lolo Pike und Emily Nyberg für eure Zuneigung und Gastfreundschaft.

An Charlotte Bradley, Tane Upjohn-Beatson, James Christmas, Jane Groufsky, Jemimah Walker, Clare Bramley, Nathan McLoughlin und Gemma McCabe: danke für eure Einfälle und fürs Zuhören. Danke allen vom Tennyson Street Studio – Chloe Lane, Lawrence Patchett, Joan Fleming, Sarah Barnett, Amy Brown, Pip Adam und Asha Scott-Morris. Eure Begeisterung bedeutet mir sehr viel.

Meine Liebe und Dankbarkeit an Felicity, Jonathan und Sebastian: danke für die Aufnahme in euer Haus und Bekämpfung des Fiebers.

Liebe und Dankbarkeit an Mum, Dad und Will.

Größten Dank schulde ich Johnny Fraser-Allen: danke für deinen Glauben.